SUSANNE TÄGDER

DIE FARBE DES SCHATTENS

KRIMINALROMAN

TROPEN

Die vorangestellten Zitate erschienen zuerst in folgenden Publikationen:
Friedrich Dürrenmatt, *Das Versprechen. Requiem auf den Kriminalroman*, Verlag Die Arche, Zürich 1958 sowie Uwe Johnson, *Jahrestage: Aus dem Leben von Gesine Cresspahl*, Suhrkamp Verlag, Frankfurt am Main 1970.

MIX
Papier | Fördert gute Waldnutzung
FSC® C014496

Tropen
www.tropen.de
J. G. Cotta'sche Buchhandlung Nachfolger GmbH
Rotebühlstraße 77, 70178 Stuttgart
Fragen zur Produktsicherheit: produktsicherheit@klett-cotta.de

Dieses Werk wurde vermittelt durch die Literarische Agentur Gaeb & Eggers
Cover: Hafen Werbeagentur gsk GmbH, Hamburg
unter Verwendung mehrerer Abbildungen von
© Jacinta Bernard, Silas Manhood / Trevillion Images, Neil Bowman / Shutterstock, picture alliance / imageBROKER | Gabriele Hanke, kospar / Shutterstock
Gesetzt von C.H.Beck.Media.Solutions, Nördlingen
Gedruckt und gebunden von GGP Media GmbH, Pößneck
ISBN 978-3-608-50273-2
E-Book ISBN 978-3-608-12477-4

WINTER 1992

»Es ging wie in einem bösen Traume zu, wie verhext, als sollte ich dieses Land, diese Berge nie kennenlernen.«

FRIEDRICH DÜRRENMATT, DAS VERSPRECHEN

»Die Dämmerung schärft die Lichter.«

UWE JOHNSON, JAHRESTAGE

1

Der Autodieb, der ihm an diesem frühen Morgen gegenübersitzt, gibt sich beim Lügen keinerlei Mühe. Hauptkommissar Arno Groth rollt auf seinem Bürostuhl näher an den Schreibtisch heran und balanciert dabei eine volle Tasse Kaffee, auf der »Held der Arbeit« steht. Die Armlehnen des Stuhls sind aus Hartplastik und passen nicht ganz unter die Tischplatte, sodass Groth aufpassen muss, sich nicht die Finger einzuklemmen. Es ist Mitte Januar. Das Deckenlicht brennt, und sein karges Büro spiegelt sich in der Fensterscheibe. Erdgeschoss mit Blick auf den Innenhof des Wechtershagener Polizeireviers. Auf die dünne Gardine, die hier mal hing, verzichtet Groth inzwischen. Es gibt nichts zu beschönigen. Groth stellt die Kaffeetasse ab, ein Abschiedsgeschenk seiner Hamburger Kollegen. Mittlerweile ist es über drei Monate her, seit er sein altes Revier in Hamburg verlassen hat, um als Aufbauhelfer Ost ins mecklenburgische Wechtershagen zu ziehen. Eine Entscheidung, die er nicht ganz freiwillig getroffen hat. Angekommen ist er noch nicht.

Der Autodieb besitzt weder Führerschein noch Ausweis und beantwortet die Frage nach seinem Alter mit einem Schulterzucken. Groth schätzt ihn auf siebzehn und trägt die Zahl, gefolgt von einem Fragezeichen, ins Protokoll ein.

»Was hattest du vor mit dem Auto?«, fragt Groth.

»Rumfahrn?«

»Wohin?«

»Keine Ahnung. Rumfahrn eben.«

»Und dann?«

Groth erntet einen düsteren Blick.

»Das Auto hätte ich wieder zurückgebracht und genau da abgestellt, wo ich's gefunden habe.«

Groth notiert das.

»Ge-FUN-den«, betont er laut beim Schreiben und versucht, seiner Stimme einen Unterton von Sarkasmus zu verpassen. Doch der Versuch bleibt ungehört, denn just in diesem Moment setzt im Gebäudeflügel gegenüber der Abbruchhammer ein. Das Erdgeschoss wird renoviert, die Wandfliesen der alten Kantine abgemeißelt. Groth wartet ab, bis die Hammerschläge verstummen. Bekendorf, sein Chef, der aus Lübeck stammt, hat den Umbau veranlasst. Nun wechselt Bekendorf in Kürze ans neue Landeskriminalamt in Schwerin und hinterlässt ihnen zum Abschied eine Baustelle. Was Bekendorf ebenfalls hinterlässt, ist sein Chefposten. Groth soll ihn ab Februar übernehmen, vorübergehend, bis ein Nachfolger gefunden ist.

Groth überfliegt den Bericht von Polizeimeisteranwärter Bunterode. Die Streife hat den Autodieb in den frühen Morgenstunden bei Pragsdorf aufgegriffen, da war er zu Fuß unterwegs zurück nach Wechtershagen. Allein. Einen halben Kilometer weiter stand das Auto, das er in einen Weidezaun gefahren hat. Groth kann nur annehmen, dass auch andere dabei waren und längst über alle Berge sind. Dieser hier muss das Pech gehabt haben, nicht per Anhalter mitgenommen worden zu sein.

In letzter Zeit haben sie es fast wöchentlich mit Autodiebstählen wie diesem zu tun, begangen von Jugendlichen, die beliebige Autos aufbrechen, zu einer wilden Spritztour benutzen und auf vereisten Straßen in den Graben setzen. Die wenigen, die vors Jugendgericht kommen, werden von mild gestimmten Richtern ohne größere Konsequenzen nach Hause geschickt. Bekendorf setzt große Hoffnung in einen neu berufenen Staatsanwalt aus Kiel, der bei seinen Fällen die höchste Verurteilungsquote im Kollegium erreicht haben soll.

Manchmal hat Groth das Gefühl, dass die ganze Stadt verrücktspielt. Bereits am zweiten Januar tauchte eine Frau bei ihm auf, um einen Entführungsfall zu melden, der bereits zehn Jahre zurücklag. Als er sich bei den Kollegen danach erkundigte, erfuhr er, dass die Frau im Revier hinlänglich bekannt sei, die Entführung habe es nie gegeben. Am siebten Januar hatten sie es mit zwei Bombendrohungen zu tun, eine betraf den Sonderschulkomplex in der Jahnstraße, die andere das voll besetzte Arbeitsamt in der Sponholzer. In der Nacht zum Sonntag ein Kioskeinbruch in der Oststadt. Und heute in aller Frühe nun also wieder ein paar Jugendliche, die im gestohlenen Auto über Landstraßen rasen, im Weidezaun landen und den Wagen dann einfach dort stehen lassen.

In den Gesichtern der Jungen immer derselbe Ausdruck von aufgesetzter Langeweile, hinter dem sich, das kann Groth riechen, eine diffuse Wut auf alles verbirgt.

»Wer macht da sonst noch mit?«, fragt Groth und lässt die Sekunden verticken, bis er nachhakt. »Wer von deinen Freunden war dabei, als das Auto im Zaun gelandet ist?«

»Es gibt keine anderen.«

»Das stimmt nicht. Wir haben um die Unfallstelle herum Fußspuren gefunden, Sohlenprofile von mindestens drei Personen. Deine, und dann noch mal zwei andere. Wer sind die?«

Als Antwort erhält Groth ein Schulterzucken.

»Ich sag doch, es gibt keine anderen.«

»War das geplant, oder habt ihr einfach beschlossen: Heute gehen wir auf Spazierfahrt?«

Der Junge hat seine Hände in den Taschen der Bomberjacke vergraben und starrt haarscharf an Groth vorbei. Groth kennt diesen Blick. Er ist wie eine Mauer, es gibt kein Durchkommen.

Auf Groths Telefon leuchtet die gelbe Ruftaste auf. Es ist Hellberg, ein Kollege der Schutzpolizei.

»Sie sollten gleich mal rüberkommen«, sagt Hellberg. Seine Stimme, sonst die Ruhe selbst, hat einen Anstrich von Dringlichkeit. Im Hintergrund kann Groth die Funksignalgeräusche der Einsatzleitstelle ausmachen, Stimmengewirr und hin und wieder die Bassstimme des Wachhabenden.

»Was gibt's denn?«, fragt Groth noch. Aber Hellberg wiederholt nur das Wort »gleich« und legt auf.

Groth klappt die Akte zu und sagt dem Torsten, Sven oder Felix, der ihm gegenübersitzt – die Namen der Jungen verschwimmen inzwischen –, er müsse los, das sei es für heute gewesen, aber nur für heute, die Sache werde noch ein Nachspiel haben. Dann ruft er Bunterode an und bittet ihn, die vollständigen Personalien des jungen Mannes aufzunehmen und diesen in die Obhut seiner Eltern zu entlassen.

2

Als Groth im Gebäude gegenüber eintrifft und den Wachraum betritt, ist vom Stimmengewirr, das er eben noch durchs Telefon hörte, nichts mehr übrig. Stattdessen hat sich Schweigen ausgebreitet, als hätten alle gerade eine große Anstrengung hinter sich gebracht.

Hellberg ist der Erste, der Groth entdeckt.

Er winkt ihn heran und reicht Groth den Durchschlag eines Formulars. Eine Vermisstenanzeige mit dem Datum von heute, sieben Uhr zwölf. Groth überfliegt sie. Ein Junge wird gesucht, elf Jahre alt, er ist am Abend zuvor nicht nach Hause gekommen. Die Familie wohnt in der Wallstraße am Rand der Mönkebergsiedlung in einem Plattenbau.

»Die Krankenhäuser haben wir alle abtelefoniert«, sagt Hellberg leise zu Groth. »Die Eltern suchen seit gestern Abend um acht. Hatten einige Nachbarn zusammengetrommelt. Wir sind um zweiundzwanzig Uhr fünfzig verständigt worden und mit zwei Streifenwagen rauf ins Wohngebiet. Nichts.«

Groth nickt. »Und die Schulfreunde?«

»Wir haben schon einen Wagen zur Schule des Jungen geschickt. Der Unterricht beginnt um sieben Uhr fünfundvierzig. Nicht auszuschließen, dass er doch bei einem Freund übernachtet hat und direkt zur Schule geht.« Die Worte bleiben blass. »Unwahrscheinlich«, gibt Hellberg zu. »Aber nicht ausgeschlossen.«

»Nein«, sagt Groth mechanisch. Sein Blick ruht bereits auf den Eltern. »Auszuschließen ist es nicht.«

Groth betrachtet die Familie, die im Wartebereich auf einer Reihe aneinandergeschraubter Stühle Platz genommen hat. Der Vater, rotwangig und bullig gebaut, wechselt immer wieder die Sitzhaltung. Bei seinen Bewegungen knarrt die Rückenlehne des Stuhls. Auf dem Schoß der Mutter sitzt ein Junge von vielleicht fünf Jahren, der unter der Latzhose noch sein Schlafanzugoberteil trägt. Immer wieder drückt er den Rücken durch und stößt sich vom Oberkörper der Mutter ab, bis diese ihn unter den Armen packt und zurück auf den Schoß zerrt. Sein kleiner Winterstiefel ist ihm vom Fuß gerutscht und liegt auf dem Boden. Die Mutter schaut starr auf ein Fahndungsposter an der Wand, bis sie zu spüren scheint, dass Groth sie von der anderen Seite des Raumes beobachtet. Er wendet sich dem Formular in seiner Hand zu, bevor sich ihre Blicke treffen.

Der vermisste Junge heißt Matthias, genannt Matti, Beck. Groth sucht nach den Personalien der Eltern. Die Mutter, Marlies Beck, von Beruf Krankenschwester. Der Vater, Heiko Beck, Maschinist, zurzeit arbeitslos.

Er hat es im Lauf seines Berufslebens nur wenige Male erlebt, dieses augenblickliche Begreifen, dass etwas Schwerwiegendes geschehen ist. Vor vielen Jahren in Hamburg schauten sein damaliger Chef Jo Allers und er mit dem gleichen Gefühl auf das Foto eines vermissten Mädchens, das bei einsetzendem Regen auf dem kurzen Weg vom Spielplatz nach Hause verschwunden war. Die Vermisstenanzeige von Marlies und Heiko Beck spricht genau diese Sprache. Matti Beck, elf Jahre alt, ein dunkelblonder, schlanker Junge, zuletzt gesehen am Mittwochabend um achtzehn Uhr von einem gleichaltrigen Freund auf dem Mönkeberg, Nähe Kaufhalle, etwa fünf Minuten Fußweg von seinem Zuhause in der Wallstraße entfernt, das er am gestrigen Abend nicht mehr erreicht hat. Bekleidet mit einem wattierten Anorak, blauweißen, stark verwaschenen Jeanshosen mit Latz, schwarzen Gummistiefeln, vermutlich behaftet mit Matschresten. Die Mutter, so heißt es im Protokoll, habe ihn um kurz vor achtzehn Uhr noch mal zum Einholen geschickt, um Graubrot zu besorgen, aber von diesem Gang sei er nicht zurückgekehrt. Er komme sonst immer pünktlich zum Abendessen, ihr mittlerer Sohn und zugleich der verlässlichste, um den sie sich von jeher am wenigsten gesorgt habe. Bis um neun Uhr abends habe sie immer wieder den Teller auf seinem Platz angestarrt und fest geglaubt, er würde gleich an der Tür klingeln. Doch dann sei die Sorge in Angst umgeschlagen. Alles haben sie abgesucht, den Fahrradkeller, die Kaninchenställe im nahe gelegenen Kleingarten, auch die Nachbarn im Haus seien dabei gewesen. Geklingelt habe man bei den Schulfreunden, bis weit nach zehn Uhr, gibt der Vater im Protokoll an, da sei das Viertel schon ganz still gewesen, die Lampen des Suchtrupps gespenstisch dort oben auf dem Berg. Die Polizei habe er gegen elf Uhr verständigt. Matti sei reif für sein Alter, immer sei Verlass auf ihn, wie er sich ganz allein um die Kaninchen kümmere, und nun einfach so zu verschwinden, das sehe ihm gar nicht ähnlich. Weglaufen? Wieso denn? Nein, das sei ausgeschlossen, niemals würde er das tun. Niemals. Er war doch nur fünf Minuten von zu Hause entfernt.

Groth wirft jetzt einen genaueren Blick auf die Mutter. Sie ist von zwei Beamten umringt. Ihr Gesicht ist fast weiß. Jemand hält ihr in diesem Moment eine Kaffeetasse hin, ihre Augen richten sich darauf, aber sie weiß nichts mit diesem Gegenstand anzufangen.

Dann sagt sie an einen der Beamten gewandt: »Können wir jetzt gehen? Was, wenn Matti gerade jetzt zurückkommt? Ich muss doch da sein, wenn er zurückkommt.«

Groth nimmt sich einen Stuhl und setzt sich zu den Eltern. Als er sich vorbeugt, riecht er an den Becks den Schweiß einer angstdurchwachten Nacht.

»Mein Name ist Groth, ich bin von der Kriminalpolizei.«

Die Augen der Mutter, die eben noch ausdruckslos auf das Kleinkind gerichtet waren, schauen ihn jetzt erschrocken an.

»Die Kollegen haben mich informiert. Ich werde bei der Suche nach Matti helfen.«

Groth pausiert.

»Wer ist im Moment bei Ihnen zu Hause?«

»Das ist mein Sohn aus erster Ehe, Rickie.«

»Wie alt?«

»Neunzehn.«

»Wohnt er noch bei Ihnen?«

»Rickie? Nein. Der wohnt nicht mehr bei uns.« Als sie das sagt, meint Groth einen Hauch von Resignation in ihrer Stimme zu hören.

»Der kommt manchmal übers Wochenende aus der Kaserne«, schaltet sich Heiko Beck ein. »Hat noch sein Bett bei uns und seine Sachen.«

»Haben Sie Telefon?«

»Ja. Wieso fragen Sie das?«

»Kennt Matti die Nummer? Auswendig, meine ich?«

Die Mutter schaut den Vater an.

»Ich glaub schon«, sagt sie und scheint auf eine Bestätigung ihres Mannes zu warten. Dann wendet sie sich wieder an Groth. »Denken Sie, dass er vielleicht anrufen wird?«

»Das weiß ich nicht«, sagt Groth. »Aber Sie sollten jetzt tatsächlich in Ihrer Wohnung anwesend sein. Ich werde Sie beide in wenigen Minuten nach Hause fahren. Dort würde ich gerne Mattis Zimmer sehen. Für die Suche brauchen wir Fotos von ihm. Und danach sprechen wir weiter.«

Zwischen den Satzhappen macht Groth jeweils eine kurze Pause. Und Marlies Beck nickt hinein in die Pausen, sie klammert sich jetzt an das Gerüst der empfohlenen nächsten Schritte und an den Gedanken, den Groth gepflanzt hat. Zu Hause ist ein Telefon, und über das Telefon wird Matti sich melden.

Wahrscheinlich hätte er das nicht sagen sollen. Aber er weiß, was die Untätigkeit anrichten kann. Schlimme Dinge, und noch schlimmere Gedanken, er hat es selbst erlebt, damals, als Saskia, seine Tochter, nach einem Unfall sechs Wochen im Koma lag, bevor sie starb, und er nichts, aber auch gar nichts tun konnte, um sie da rauszuholen. Die Machtlosigkeit, denkt Groth. Das ist das Schlimmste.

Er kann es nicht beschwören, aber Marlies Beck scheint sich ein wenig zu entspannen.

Dann wendet er sich an den Vater.

»Ich muss Sie der Ordnung halber fragen, Herr Beck, wo Sie sich gestern zwischen achtzehn und neunzehn Uhr aufgehalten haben.«

Heiko Beck saß gerade noch nach vorne gebeugt da und starrte zu Boden, doch jetzt schießt sein Blick Groth entgegen.

»Wo soll ich gewesen sein? Ich war zu Hause.«

»Und am Nachmittag?«

»Unterwegs.«

»Geht das etwas konkreter?«

»Ich war beim Arbeitsamt. Und weil die halbe Stadt arbeitslos ist, gibt es dafür jede Menge Zeugen.«

Er spuckt Groth die Worte entgegen.

»Und wann kamen Sie nach Hause?«

»Na, das dürfte so um sechs gewesen sein. Matti war da schon zum Einholen.«

»In Ordnung«, sagt Groth, doch Heiko Beck starrt an ihm vorbei und schüttelt den Kopf.

3

Kaum eine halbe Stunde später fahren sie in langer Reihe auf den Mönkeberg, ein Dienstwagen und dahinter zwei Einsatzwagen. Groth hat in aller Eile einen Einsatzplan zusammengestellt und dabei Bekendorf verflucht, der ausgerechnet in dieser Woche seinen Antrittsbesuch im Landeskriminalamt macht, zwei ganze Tage lang, als hätte er sonst nichts zu tun. Nun bleibt die Koordinierung der Suche nach Matti Beck also an ihm als Dienstältestem hängen, und er hat kaum genug Leute zur Verfügung. Groth geht die Namen durch. Schaller, Krüger, Bunterode. Sein Blick fällt auf Marlene Thiese, die seit Anfang des neuen Jahres als Auszubildende bei ihnen ist. Groth kennt sie aus seinem Unterricht an der Polizeischule Pasewalk, da fiel sie ihm mit ihrer forschen Art auf, also holte er sie kurzerhand nach Wechtershagen. Bisher konnte sie nur im Innendienst eingesetzt werden, da die neuen Uniformen für die weiblichen Mitarbeiter noch nicht ausgeliefert wurden. Doch als er mit Hellberg durchzählt und auf lediglich zehn Kollegen kommt, da ist die Uniform plötzlich nicht mehr so wichtig.

»Scheiß drauf«, sagt Hellberg. »Die Thiese kommt mit.«

Die Becks wohnen in einem fünfstöckigen Plattenbau am Außenrand der Mönkeberg-Siedlung. Der Wohnblock ist schmucklos, bis auf einige Fassadenfliesen, deren Farbe Groth an Quittengelee erinnert. Sie warten, bis Heiko Beck die Haupttür aufschließt. Der Schlüsselbund fällt ihm einmal aus der Hand.

Hellberg sagt etwas, doch bis auf die Worte, er komme gleich nach, versickert seine Bemerkung in der allgemeinen Anspannung. Sie sind eine schwerfällige Karawane, als sie in einer Reihe die Steinstufen hinaufsteigen bis in den dritten Stock, ein schweigender Tross aus Helfern. Groth ist sicher, dass hinter den Türspionen alle Augen auf ihnen ruhen, auch wenn sie auf dem Weg nach oben niemandem begegnen. An der Wohnungstür der Becks erwartet sie ein blasser junger Mann in einer Sporthose.

Marlies Beck ist die Erste, die fragt.

»Hat er sich gemeldet?«

»Nein. Nichts.«

»Das ist mein Sohn Rickie«, sagt Marlies Beck, als Groth hinter ihr den Flur betritt.

Mit fahrigen Bewegungen hängt sie die Handtasche an einen der unteren Haken, die Winterjacke des Fünfjährigen ebenfalls, ihren eigenen Mantel in zweiter Reihe über eine Regenjacke, die Mütze des Kindes wirft sie abwesend hinterher, und tatsächlich bleibt sie am Fell einer Kapuze haften. Auf dem Weg ins Wohnzimmer streift sie ihre Stiefel ab und schiebt sie mit dem Fuß zur Seite. Im engen Flur staut es sich hinter Groth.

Erst als Schaller sich mit einem Hüsteln nach vorne drängt, kommt Bewegung in die Karawane. Heiko Beck hat inzwischen die Schlüssel abgelegt und führt den Suchtrupp ins Wohnzimmer. Es gibt wenig Platz, selbst ein Sessel ist mit Kleidungsstücken behängt, auf dem Sofa steht ein voller Wäschekorb.

Die Wohnung atmet schwer unter dem Gewicht der Nachlässigkeit. Groth schaut sich um und nimmt wahr, dass sich der Alltag der Becks an den verstreuten Habseligkeiten ablesen lässt. An der Garderobe haben sich die letzten Monate in Schichten angesammelt. Im Wohnzimmer häuft sich Liegengebliebenes – Spielsachen, Geschirr, ein Fieberthermometer. Aus dem Schuhschrank quellen Sandalen, Gummistiefel und Schnürschuhe, die Küche hat keinen unbesetzten Haken, selbst Taschen und Einkaufsnetze hängen noch halb voll da. Unter dem Tisch am Fenster ein Bierkasten.

Sie setzen sich auf die Polstergarnitur, Groth, Schaller und Krüger, während Marlies Beck zum Wohnzimmerschrank geht und ein Fotoalbum aus einem Stapel zieht. Als sie es aufschlägt, fallen ihr lose Bilder entgegen. Es erscheint Groth falsch, hier zu sitzen, die Unordnung des Zimmers erdrückt ihn. Der Federkern des Sofapolsters knarrt, sobald er sich rührt. Im Zimmer ist es zu warm, Groth zieht den Reißverschluss seiner Jacke auf, zerrt am Hemdkragen und versucht, einer inneren Unruhe Herr zu werden, indem er zum Fenster geht und in die Ferne schaut, links auf die Wechtershagener Oststadt und rechter Hand auf das alte Brauereigelände mit seinem gemauerten Schlot. Während er am Fenster steht, legt er sich die Worte zurecht, die er gleich zu den Becks sagen wird. Er wird das Wort *Suche* betonen. Er wird ihnen sagen, dass es eilt, ohne das Wort *Eile* zu benutzen. Er wird ihnen aufzeigen, dass sie systematisch vorgehen und Mattis Weg am gestrigen Abend so genau wie möglich nachzeichnen müssen. Er braucht die Namen von allen Personen, die Matti gut kennen und wissen könnten, was ihm gestern Abend auf dem Nachhauseweg ... Als Groth in Gedanken *zugestoßen* sagen will, legt Marlies Beck drei Fotos auf den Wohnzimmertisch.

»Da ist er neun«, sagt sie und zeigt auf ein Strandfoto. Matti mit Kescher und breitem Grinsen auf einem Stück Sandstrand. Sein Gesicht ist nur unscharf zu erkennen, hier wurde ins Sonnenlicht hinein fotografiert, sodass Matti wie ein Schatten vor gleißendem Hintergrund wirkt.

»Welches ist das neueste Foto?« Groth rückt die Bilder zurecht.

»Das hier.« Heiko Beck klopft mit dem Zeigefinger auf ein Klassenfoto. »Das wurde in diesem Schuljahr aufgenommen. Der Junge hier vorne links, das ist Matti.«

Sie werden das Gesicht stark vergrößern müssen, denkt Groth.

Auch wenn er teilweise durch ein anderes Kind im Schneidersitz vor ihm verdeckt wird, bemerkt Groth, dass Matti zu den Kleinsten in der Klasse gehört. Etwas anderes fällt auf. Der Junge lächelt nicht. Er schaut ernst in die Kamera, soldatisch, möchte Groth das nennen. Er betrachtet die anderen Jungen auf dem Bild, aber da ist keiner, der heraussticht. Schräg hinter Matti, in dritter Reihe ganz außen, steht eine Lehrerin im Sommerkleid. Auch sie schaut mit erhobenem Kopf in die Kamera, als hätte der Fotograf zu größtmöglichem Ernst aufgerufen. Groth muss an die Schwarz-Weiß-Fotos seiner eigenen Grundschulzeit denken, als er sich mit Hupp, Penborn, Reinfarth und wie sie alle hießen verewigt sah und sie wie Kämpfer wirken wollten.

»Gibt es noch aktuellere Fotos?«, fragt Groth. »Vielleicht auf einem Film, der noch nicht entwickelt wurde?«

Beide Becks zögern kurz und schütteln dann den Kopf.

»Und an Weihnachten? Da haben Sie nicht fotografiert?«, schaltet sich Krüger ein.

Marlies Beck schaut zu ihrem Mann und sieht verlegen aus, als hätte man sie bei einem Fehler ertappt.

»Daran haben wir nicht gedacht. Wir waren ja nur unter uns.«

»Wer ahnt denn auch ...« Heiko Becks Stimme bricht. Dann räuspert er sich und setzt erneut an: »Wer ahnt denn auch so was.«

»Sicher«, sagt Groth. »Sie haben natürlich recht. Das ist schon in Ordnung. Mit diesem Bild können wir arbeiten.«

Er reicht es an Krüger weiter, damit der es zu Hellberg bringt.

»Mit welchen von diesen Jungen ist Matti gut befreundet?«, fragt Groth.

»Länger befreundet ist er eigentlich nur mit Axel.«

»Axel«, notiert Groth. »Und wie weiter?«

»Bunge. Das ist der Schulkamerad, der Matti gestern Abend zuletzt gesehen hat. Er wohnt im Haus gegenüber. Sonst fällt mir da niemand ein. Matti erzählt ja nicht viel.« Marlies Beck schaut Hilfe suchend zu Rickie.

»In letzter Zeit hat er sich auch mit Dennis getroffen. Den kennt er aus dem Jugendklub.«

»Jugendklub?«, hakt Schaller nach.

In diesem Moment klingelt es. Marlies Beck schreckt auf. Aus dem Flur hören sie schwere Schritte und Männerstimmen, dann erscheint Hellberg in der Tür. Die Becks sehen ihm voller Anspannung entgegen. Doch Hellberg bringt keine Neuigkeiten. Er klappt eine Karte auf und legt diese quer über die Fotografien auf dem Wohnzimmertisch. Die Zonen der Suchaktion sind schraffiert.

»Die gesamte Strecke zur Kleingartensiedlung«, sagt Hellberg und zeigt auf den nordöstlichen Quadranten. »Die Kaninchenställe. Damit fangen wir an. Dann weiter hier entlang, als Nächstes, ganz wichtig, die Großbaustelle Ecke Breite Straße und weiter bis zum Fußweg, der zum alten Brauereigelände hinunterführt. Und die Kollegen von der Kriminalpolizei gehen in der Nachbarschaft von Tür zu Tür.«

Die Becks sehen Hellberg in diesem Moment mit so viel Dankbarkeit an, dass Groth sich fast schämt, hier zu sitzen und die dunkle Seite der Suchaktion zu verkörpern.

Denn das ist es doch, eine Suchaktion. Nicht mehr und nicht weniger. Der Junge ist elf Jahre alt. Von einer Straftat muss man noch lange nicht ausgehen. Groth erinnert sich an seinen Ausbilder, Dr. Seel, der von den vier Möglichkeiten des Verschwindens sprach, und nur eine davon, die seltenste, ist das Verbrechen. *Weggelaufen, verlaufen, verunfallt.* So lautete Seels Reihenfolge, wenn ein Kind verschwand. Als Groth nun die Seel'sche Formel durchspielt und das Alter, die Umstände, die äußerst geringe Wahrscheinlichkeit für eine Straftat einbezieht, kommt er bei genauer Überlegung zum wahrscheinlichsten Ergebnis, und das ist ein Unfall. Matti Beck muss gestern Abend in der Nähe seines Zuhauses einen Unfall gehabt haben. Dass er noch nicht gefunden wurde, kann nur bedeuten, dass er sich an einem Ort befindet, den man nicht ohne

Weiteres einsehen kann – einer Garage vielleicht, einer Laube. Oder eben einer Baustelle.

Groth nickt sich selbst zu. Tatsächlich ist er jetzt wieder besser gestimmt. Warum er bei der Lektüre der Vermisstenanzeige so schwarzgesehen hat, versteht er selbst nicht mehr. Der Mönkeberg ist voller Fassaden mit Fenstern und Balkonen. Wo Fenster sind, sind auch Augen. Irgendjemand wird Matti Beck am Abend zuvor gesehen haben.

In Mattis Zimmer findet Groth den Bruder Rickie auf der Bettkante eines abgenutzten Etagenbettes sitzend, mit einer Zigarette in der Hand und einer zerwühlten Decke im Rücken. Als Groth den Raum betritt, springt der junge Mann auf und stößt mit dem Kopf an der Querlatte an. Rickies Gesicht verzerrt sich für eine Sekunde, doch obwohl sich sein Mund öffnet, kommt kein Schmerzenslaut heraus. Stattdessen beeilt er sich, auf dem Fensterbrett einen Platz für seinen Aschenbecher zu finden. Dann schaut er zur Mutter, die hinter Groth im Türrahmen steht.

»Matti und Sie teilen sich das Zimmer?«, fragt Groth.

»Rickie ist ja nur noch an den Wochenenden da«, erklärt Marlies Beck, obwohl Groth sie gar nicht gefragt hat.

»Und gestern Abend? Wo waren Sie da?«

»Ich war in der Kaserne«, sagt Rickie. »Aber um neun wurde ich verständigt und kam dann gleich her.«

Groth sieht sich im Zimmer um. Etagenbett, Kleiderschrank, Fenster, Schreibtisch und ein Regal, alles in Kirschholzfurnier.

»Schläft Matti hier oben?«

Er betrachtet die sauber gefaltete Bettdecke auf dem oberen Bett. Ein Poster von Guns N' Roses an der Wand, darunter eine Bleistiftzeichnung von Michael Jackson, kaum größer als eine Postkarte.

Rickie hat die Zigarette ausgedrückt und scheint unentschlossen, wo er sich hinstellen soll. Groth durchquert das Zimmer. Im Gegensatz zum Rest der Wohnung liegt hier nichts herum. Er hebt die Gardine an und sieht einen bewachsenen Hang, dahinter einige Gartenparzellen, Felder und in der Ferne das schnurgerade Rollfeld eines Flugplatzes. Unter dem Fensterbrett strömt eine bleierne Hitze aus dem Heizkörper. Groth öffnet den Schrank, blättert die Kleidungsstapel durch.

»Das sind meine Sachen«, erklärt Rickie. »Mattis sind auf der anderen Seite.«

Pullover, Hemden, eines davon ein altes Pionierhemd, zwei Hosen. Er fasst ganz nach hinten in die Schrankfächer. Tatsächlich findet er im untersten ein gutes Dutzend Motorradzeitschriften und eine Blechschachtel, darin zu seiner Überraschung eine große Menge Kronkorken und mehrere Telefonkarten. Die meisten sind zerkratzt, Groth fragt die Mutter, ob Matti damit jemanden angerufen habe.

Marlies Beck sieht Groth überrascht an. »Davon weiß ich nichts. Wen sollte Matti denn anrufen?«

»Einen Verwandten vielleicht? Haben Sie Verwandtschaft? Jemanden, dem Matti nahesteht?«

»Meine Eltern. Die wohnen in Grimmen. Telefon haben die gar nicht.«

»Wissen Ihre Eltern, dass Matti vermisst wird?«

Marlies Beck will antworten, aber die Stimme gehorcht ihr nicht. Sie hält sich eine Hand vor den Mund und nickt Groth zu.

»Wir haben die Nachbarn in Grimmen angerufen«, sagt Rickie. »Noch gestern Abend.«

Groth macht sich die Notiz, eine Streife bei den Großeltern vorbeizuschicken.

Jetzt geht sein Blick zum Schreibtisch. Mattis Schulbücher stehen ordentlich aufgereiht zwischen zwei Buchstützen. Am Tisch lehnt ein Schulranzen, ein viel zu kindliches Exemplar für einen Elfjährigen, gelb, mit zwei Riemen und abgerundeten Ecken. Von der Stuhllehne tropft eine Trainingsjacke. Groth rückt den Stuhl ab und bemerkt, dass im Papierkorb nur wenig liegt, als wäre er kürzlich geleert worden. Einige Holzflocken, ein Bleistiftstummel, das silberne Papier eines Kaugummistreifens.

Groth öffnet die einzige Schublade unter der Tischplatte. Der Inhalt sieht zerwühlt aus; Kaugummipackungen und Stifte liegen durcheinander, dazwischen Münzen, ein Kinderausweis. Auf dem Foto lächelt Matti in die Kamera, ein oberer Schneidezahn fehlt.

»Wir haben dort schon gesucht«, sagt Marlies Beck. Sie zeigt auf die Schublade. »Und nichts gefunden. Aber vielleicht fällt Ihnen ja etwas ...« Sie beendet den Satz nicht.

Der Inhalt eines Federmäppchens ist in die Schublade gekippt worden. Unter einem Zeichenblock zieht Groth einen blauen Pappausweis hervor, die Mitgliedskarte der Jungpioniere. Im Innern das gleiche Foto wie im Kinderausweis. *Ich verspreche, ein guter Jungpionier zu sein*, liest Groth.

»Ist es möglich, dass Matti Geld mitgenommen hat? Wo ist sein Erspartes?«

»Hier.« Rickie greift nach einer Schatulle auf dem Regalbord über dem Schreibtisch und gibt sie Groth. »Es ist alles noch da.«

»Ich habe Matti zwei Mark und einige Groschen für den Einkauf gegeben«, sagt Marlies Beck. »Aber damit kommt man nicht weit.«

»Nein«, sagt Groth. In der Schatulle findet er einen Geldschein, zehntausend Złoty, und eine Menge Münzen, 10-Pfennig-Stücke, 5-Pfennig-Stücke, dazwischen auch Alupfennige und zwei silberne DDR-Markstücke. »Weit kommt man damit nicht«, wiederholt er.

Als er die Schatulle auf das Bord zurückstellt, fällt sein Blick auf einige Bücher. *Die Reise nach Sundevit. Käuzchenkuhle.* Groth blättert eins davon auf und bemerkt, dass Matti mit Bleistift einzelne Wörter angestrichen hat. »Troff«. Am Seitenrand steht in Schreibschrift »triefen«. Auf der nächsten Seite fällt Groths Blick auf einen Satz, den er überlesen möchte. »Ein Fremder stand da in der Dunkelheit.« Er klappt das Buch zu und stellt es zurück.

»Dieser Freund aus dem Jugendklub«, fragt Groth und dreht sich zu Rickie um. »Dennis. Wie heißt der weiter?«

Rickie kratzt sich am Kopf.

»So gut kenn ich den gar nicht.«

»Der Name ist wichtig.«

Rickie scheint mit der Antwort zu zögern. »Also schön. Er heißt Haude.«

Groth notiert sich das.

»Ist Matti ein guter Schüler?«

»Ich glaub schon.«

Groth wendet sich an Marlies Beck.

»Gibt es andere Probleme in der Schule? Streit mit einem Mitschüler?«

Marlies Beck schaut zu Rickie. »Nein, das kann ich mir nicht vorstellen.«

Im Schulranzen findet Groth Hefte, ein Federmäppchen und eine Zeitschrift. *IMS, Illustrierter Motorsport*, mit der Schlagzeile »Motorrad WM: Starker Auftakt in Japan«. In der Zeitschrift liegen lose Arbeitsblätter. Groth will sie gerade zurückstopfen, als ihm auffällt, dass sich auf der Rückseite eines Blattes mit Rechenaufgaben und der Note »Gut« eine Bleistiftzeichnung befindet.

Groth hält Marlies Beck das Blatt hin.

»Hat Matti das gezeichnet?«

Sie nickt. »Ja, das ist von Matti. Er zeichnet sehr viel, das hat er von meinem Vater.«

Groth sieht sich die Zeichnung genauer an. Ein Wolf mit aufgerissenem Maul. Durch einen Wechsel von hellen und dunklen Schattierungen hat Matti es geschafft, das Fell des Tieres echt wirken zu lassen. Nur das Maul ist nicht fertig. Groth bemerkt, dass anstelle von Zähnen eckige Buchstaben eingezeichnet sind.

Groth schließt die Schultasche und schiebt sie zurück an ihren Platz. Das Blatt mit der Zeichnung aber rollt er ein und steckt es in die Innentasche seiner Jacke.

Auf dem Weg durchs Treppenhaus nach draußen stellt sich Groth vor, wie Matti Beck am Abend zuvor diesen Weg genommen hat, das war vor genau sechzehn Stunden. Im Treppenhaus herrscht eine künstliche Stille, die Groth an Krankenhausflure während einer Operation erinnert. Auch Schaller, der vor ihm geht, dämpft seine Schritte, als sei die Stille eine Blase, die bei Unachtsamkeit platzt. Als sie draußen auf den Gehweg treten, ist die Suchmannschaft bereits ausgerückt. Einige Nachbarn stehen bei Hellberg, in einem von ihnen erkennt Groth Heiko Beck. Sie treten in der Kälte auf der Stelle, reiben ihre Handschuhe aneinander. Zwei Männer deuten jetzt auf etwas, was sich den Gesten zufolge hinter dem Wohnblock befinden muss. Schließlich nickt Hellberg, und die Gruppe schwärmt aus.

»Scheißkälte«, sagt Hellberg, als Groth und Schaller auf ihn zukommen. Er führt sie ins Haus zurück, eine Treppe nach unten, wo Krüger, Marlene Thiese und Bunterode in einem fensterlosen Raum an die Wand gelehnt unter Wäscheleinen zur Lagebesprechung auf sie warten. In der orangefarbenen Beleuchtung zwischen Wäschestücken wirken sie unsicher, deplatziert.

Hellberg schließt die Tür hinter sich. »Der Suchradius steht. Wir bekommen in Kürze Verstärkung aus Anklam und werden dann mit insgesamt zwanzig Einsatzkräften vor Ort sein. Außerdem ist der Vater des Jungen mit etwa einem Dutzend Nachbarn unterwegs. Rückmeldung an mich jeweils zur vollen Stunde per Funk.«

Hellbergs Blick wandert über die Wäschestücke, die auf den Leinen hängen, Kniestrümpfe, gerippte Unterhemden, Frotteehandtücher, eine geblümte Bluse, ein Kinderpullover mit aufgedrucktem Schlumpf.

»Wir müssen so schnell wie möglich einen zentralen Raum finden, wo unsere Leute sich aufwärmen können. Der Trockenraum«, Hellbergs Blick geht wieder zu den Leinen, »ist ungeeignet.«

»Turnhalle?«, sagt Schaller.

»Ich kümmere mich darum.« Hellberg nickt Groth zu, um ihm das Wort zu erteilen.

»Da Bekendorf nicht da ist, übernehme ich stellvertretend die Aufgabenzuweisung für den heutigen Tag«, sagt Groth. »Das Wichtigste ist, Zeugen zu finden, die Matti gestern Abend gesehen haben. Wir sollten mit zwei Hypothesen arbeiten. Hypothese eins: Matti befindet sich noch im Wohngebiet. Nach der Erstbefragung der Eltern halte ich das für die wahrscheinlichste Variante. Wir haben keine Anhaltspunkte dafür, dass Matti weglaufen wollte. Bleibt die Möglichkeit eines Unfalls.«

»Die immer unwahrscheinlicher wird, je länger wir suchen«, sagt Schaller.

Krüger stimmt ihm zu. »Seine üblichen Aufenthaltsorte sind bereits durchsucht worden. Kellerräume im Wohnhaus und den Nachbarhäusern, die Böschung hinter dem Haus und der Kleingarten der Familie Beck, einschließlich Laube. Wenn Matti einen Unfall gehabt hat, dann müsste das an einem anderen, weitaus ungewöhnlicheren Ort passiert sein.«

»Die Großbaustelle für das neue Mönkeberg-Center«, schlägt Marlene Thiese vor. »Vielleicht hat er sich dort mit älteren Freunden zum Rauchen getroffen.«

»Das lässt sich in Erfahrung bringen.« Krüger macht sich eine Notiz.

»Hypothese zwei«, fährt Groth fort. »Matti ist einer Straftat zum Opfer gefallen. Was ist hier denkbar?«

»Machen wir den Anfang bei der Familie«, sagt Schaller. »Da ist der Vater, der arbeitslos ist. Der Halbbruder Rickie. Beide waren zum Zeitpunkt von Mattis Verschwinden nicht da, der Vater auf dem Rückweg vom Arbeitsamt, der Bruder in der Kaserne. Diese Angaben werden wir noch prüfen. Wir haben keine Anhaltspunkte für Konflikte oder Streit in der Familie. Die Mutter war mit dem jüngsten Sohn in der Wohnung und hat Matti zum Einkaufen geschickt.«

»Sind gestern Abend irgendwelche Notrufe oder sonstige Meldungen aus dem Viertel bei uns eingegangen?«, fragt nun Hellberg. »Irgendein Diebstahl, Drogendelikt, eine Schlägerei? Vielleicht ist Matti gestern Abend jemandem in die Quere gekommen.«

»Ich kann das überprüfen«, sagt Bunterode.

»Bleibt die Möglichkeit, dass Matti in ein fremdes Fahrzeug gestiegen ist und aus dem Wohngebiet transportiert wurde.« Krüger schaut in die Runde.

Schaller nimmt den Stift aus dem Mund. »Das passt doch gar nicht zu dem Jungen. Sollten wir nicht besser davon ausgehen, dass er das Auto, also den Fahrer, kannte?«

»Richtig«, sagt Groth. »Ich bin einverstanden. Es ist wahrscheinlicher, dass Matti mit jemandem gehen würde, den er kennt. Wer käme infrage?«

»Na, der ältere Bruder, denke ich mal.«

»Wer noch?«

»Der Vater.«

»Unwahrscheinlich. Die Familie hat kein Auto. Ganz abgesehen von einem Motiv.«

»Nachbarn.«

»Eltern von Schulfreunden.«

Die Liste wächst. Groth wartet ab, bis sich alle die Stichpunkte notiert haben.

»Vor allem müssen wir die Stelle, an der Matti verschwunden ist, so genau wie möglich eingrenzen«, sagt Schaller. »Je genauer, desto bessere Chancen haben wir, Zeugen zu finden.«

»Richtig«, sagt Groth. »Das ist das Ziel: Wir konzentrieren uns auf Augenzeugen. Wenn Matti tatsächlich in der Kaufhalle war, dann gibt es sicher jemanden, der das bestätigen kann. Die Kreuzung vor der Kaufhalle war um diese Zeit belebt. Der Bus muss vorbeigefahren sein. Leute sind noch schnell ins Geschäft gelaufen vor Ladenschluss.«

»Vergesst nicht die Rückseite der Kaufhalle und die Mülltonnen«, sagt Schaller an Hellberg gewandt. Auf die Bemerkung folgt ein kurzes Schweigen.

Nachdem Groth die Aufgaben verteilt hat, bittet Hellberg um Rückmeldung bei ihm bis spätestens sechzehn Uhr.

»Mit Einbruch der Dunkelheit«, sagt Krüger. Das Wort hallt einen Moment lang von den Wänden des Trockenraums.

»Mit etwas Glück ist Matti bis dahin gefunden«, sagt Hellberg. Da ist Entschlossenheit in seinen Bewegungen, als er seine Mappe zuklappt und zur Tür geht.

»Genau das ist das Ziel«, sagt Groth und versucht, seiner Stimme ebenso viel Entschlossenheit zu verleihen.

Trotzdem verlassen sie den Raum mit einer gewissen Schwere, Groth kann es spüren.

Als er aus dem Keller ins Freie tritt, erscheint ihm das monotone Grau der Wallstraße im Tageslicht fast wie eine Filmkulisse. Er misst die Fassade des gegenüberliegenden Wohnblocks mit den Augen ab. Mindestens dreißig Fenster, dazu Balkone in Doppelreihen, manche verglast. Hier und da bewegt sich eine Gardine. Im windgeschützten Eck einiger Balkone wird geraucht. Groth sieht Arme, die sich zu Aschenbechern hinstrecken, kurz verharren, um wieder im Schatten zu verschwinden. Plötzlich überkommt ihn ein solches Gefühl von inszenierter Normalität, dass er überzeugt ist, Matti, oder jemand, der aussieht wie Matti, werde im nächsten Moment von der Angerstraße kommend auf die Wallstraße einbiegen, und er beginnt bereits, mit den Augen die Gehwege nach einem schmalen Jungen im wattierten Anorak abzusuchen.

4

In der Stadt ist an diesem Morgen viel Polizei unterwegs, das sagte Ulo schon beim Schichtwechsel zu ihr, und auch Ina bemerkt es jetzt, als sie nach der Nachtschicht auf den Mönkeberg zurückfährt. Zuerst denkt sie an Verkehrskontrolle, drosselt ihre Geschwindigkeit, wartet brav hinter jedem Bus. Aber die Polizei interessiert sich nicht für ihr Taxi. Die suchen etwas, aber was, kann Ina nicht erkennen. Sie biegt von der Angerstraße auf den Schotterweg zu den Garagen ein. Ausgerechnet heute trifft ihr linker Voderreifen den Buckel aus Altschnee, der seit Tagen hier liegt und den sie bisher mit Leichtigkeit umfahren hat. Es knirscht, als der krustige Schnee über den Unterboden des Wagens kratzt. Im angrenzenden Wohnblock steht ein älteres Paar im Mantel auf dem Balkon und verfolgt Inas Kurve so genau, als wollten sie den Fahrweg protokollieren. Wahrscheinlich haben sie auch die neue Delle vorne rechts im Visier. Ina gibt Gas, der Motor heult auf, und im nächsten Moment rutscht der Reifen zurück auf den Weg. Sie fährt im Schritttempo weiter. Im Rückspiegel sieht sie, dass der Schneeklumpen in kleine Stücke zerborsten ist. Wie nervös sie ist. Sie schiebt es der langen Schicht zu, ihrer Müdigkeit, die langsam alle Sinne befällt. Ina hält vor ihrer Garage und wirft einen Blick aufs erleuchtete Armaturenbrett. Zehn Uhr elf. Normalerweise endet ihre Nachtschicht um fünf, aber heute Morgen kamen drei frühe Krankenfahrten dazu, eine nach der anderen, und Ina sagte jedes Mal Ja.

Sie redet sich ein, dass sie das Geld braucht. Aber in Wahrheit braucht sie Ablenkung. Sie wollte nicht nach Hause. Sie wollte verdrängen, was ihr gestern Abend auf dem Weg zur Arbeit passiert ist.

Genau genommen war es nicht ihre Schuld, das Moped kam aus dem Nichts. Sie fuhr eine Abkürzung über die Windigstraße, das hätte sie nicht tun sollen. Der hintere Teil der Windigstraße ist am Abend wie ausgestorben, niemand kümmert sich mehr um die Beleuchtung, denn das letzte Haus, das dort steht, soll im Sommer abgerissen werden. Rückbau nennt man das.

Warum das Moped aus einem Gebüsch heraus auf die Straße schoss, konnte Ina sich nicht erklären. Die Kollision hat sie durch eine Vollbremsung vermieden. Trotzdem hat ihr Kotflügel eine Delle und mehrere Kratzer abbekommen, wie reingekämmt sehen die aus. Ihre Kollegen am Taxistand fragten natürlich sofort, was passiert sei, und Ina sagte, sie sei zu blöd gewesen, aus ihrer eigenen Garage auszuparken. Die anderen haben gelacht und den Kopf geschüttelt. Nur Ulo, der hat ihr das nicht abgekauft. Erzähl mir doch so was nicht, sagte sein Blick. Aber er ließ sie in Ruhe, das ist bei Ulo so.

In der Garage stellt sie den Motor ab und muss ihre Hände fast gewaltsam vom Lenkrad lösen. Die Handbremse knarrt, als sie sie anzieht. Dann ist es still. Im nächsten Moment fühlt Ina, wie sich die Angst mit langen Spinnenbeinen über ihre Schultern tastet. Es ist Unsinn, was soll hier schon sein, aber sie wartet trotzdem im Auto, bis sie sicher ist, allein zu sein. Erst dann steigt sie aus.

Von den Garagen sind es nur einige Schritte bis zu Inas Wohnblock in der Wallstraße. Sie steigt gerade über einen Schneerest, als ihr Blick auf eine Gruppe frierender Menschen vor dem Nachbarhaus fällt. Drei Polizeiautos parken vor dem Eingang. Unter der Haustür klemmt ein Keil und hält sie offen. In allen Fluren brennt Licht. Da ist was passiert, denkt Ina und schaut verstohlen hin. Es kann nichts mit ihrem Unfall von gestern zu tun haben, oder doch? Sie justiert den Riemen ihrer Handtasche im Gehen, schiebt ihn auf die Schulter bis fast zum Jackenkragen. Mit den Knöcheln fühlt sie den Pelzbesatz, und die Weichheit lässt sie einen Moment innehalten. Vielleicht sollte sie die Straße überqueren und fragen, was los ist. Würde nicht jeder Mensch, der nach der Nachtschicht von der Arbeit nach Hause kommt und Polizei in der Nachbarschaft vorfindet, fragen, ob etwas geschehen ist? Die Antwort ist Ja, und Ina will schon den Fuß auf den Schneesaum am Fahrbahnrand setzen, um die Straße zu überqueren, als ein Polizeiauto unmittelbar vor ihr auf der Straße wendet und neben ihr hält.

Ina senkt den Blick. Eine Scheibe wird hinuntergekurbelt. Man sei auf der Suche nach einem elfjährigen Jungen aus der Nachbarschaft.

Das ist es also. Ein vermisstes Kind. Inas erster Gedanke geht zu ihrem Sohn, Benno, doch der kann es nicht sein. Benno ist fast dreizehn.

Vermisst seit gestern Abend. Ob sie etwas gesehen habe?

Gestern Abend.

»Nein«, sagt Ina. Und weil ihr das zu billig vorkommt, fügt sie hinzu: »Leider.«

Der Polizist auf der Beifahrerseite nickt.

»Bitte an uns wenden, wenn Sie etwas Verdächtiges bemerken.«

»Irgendwas bemerken«, setzt sein Kollege hinzu.

Und Ina versichert, das werde sie tun.

Sie hastet weiter. Nach Hause. Fast erwartet sie, dass auch ihre Haustür offen steht, aber nein, sie ist geschlossen, der Hausflur wirkt dunkel im spärlichen Tageslicht. Ina tritt auf die Steinstufe vor dem Eingang und sperrt auf. Ihr Herz klopft schnell, während sie die Worte verdaut. Ein verschwundenes Kind. Schon seit gestern. Sie versucht zu verstehen, was das bedeutet. Die Suchaktion, die Präsenz der Polizei, die Nachbarn vor dem Haus. Gestern. Ausgerechnet. Ist dieses Wort nicht im Grunde ein Todesurteil? Niemand überlebt bei diesen Temperaturen eine Nacht im Freien.

Auch wenn sie nicht so denken sollte – nicht schwarzmalen, denn gibt es nicht auch ganz harmlose Erklärungen, Übernachtung bei einem Freund? Abgehauen? Streit mit den Eltern? –, kann Ina nicht aus ihrer Haut. Sie nennt die Dinge beim Namen. Zu lange hat sie sich in ihrem eigenen Leben alles schöngeredet, die aufopfernde Arbeit im Saatgutlager der LPG, die in Wahrheit eine elende Plackerei war, das Gefängnis ihrer Ehe mit Andi und die Quetschmale, die sie blaue Flecken nannte, obwohl sie nichts Geringeres waren als der exakte Abdruck von Andis Zangengriff auf ihrer Haut.

Im Hausflur strömen ihr erste Mittagsgerüche entgegen. Zwiebeln, Mehlschwitze, Angebranntes. Aus der Wohnung im Hochparterre erreichen sie Wortfetzen eines Streits, eine männliche Stimme und eine weibliche.

Sie kennt diese Art von Streit, sie kennt seine schaukelnde Melodie und sein Crescendo. Ein Hin und Her ist es, er provoziert, sie dementiert, er tritt nach, sie wird persönlich. Die Nachbarn heißen Hilprecht. Ihr Briefkasten hängt genau unter Inas. An der Hilprecht'schen Wohnungstür huscht Ina jeden Abend besonders schnell vorbei. Sie will nicht in den Strudel gezogen werden, nicht mal passiv. Sie befreit zwei längliche Briefe, Rechnungen, aus ihrem Briefkastenschlitz, dann rennt sie drei Treppen nach oben. Sie tritt fast lautlos auf die Steinstufen, das hat sie über die Jahre gelernt, hastet an den Türen der Nachbarn vorbei, bis zu ihrer Wohnung, steht dort einige Sekunden still und horcht. Erst dann schließt sie auf, drückt die Tür wieder ins Schloss und ruft: »Benno?«

Keine Antwort. Keine Jacke am Haken. Natürlich nicht. Benno ist in der Schule.

Ina schiebt den Türriegel vor.

Sie sieht, dass Benno seine Adidas-Tasche mit den Sportsachen vergessen hat. Muss er eben nach der Schule mit Straßenschuhen zum Training. Seine neuen Winterstiefel haben einen Salzrand auf dem Vorleger hinterlassen, Größe 43, als wäre er schon erwachsen. Die hat er sich zu Weihnachten gewünscht, schwarze Stiefel mit dicker Sohle und Stahlkappe, weil alle so was tragen. Die Schuhe gefielen ihr nicht, aber er wollte keine anderen und ließ nicht mit sich reden. Es missfällt ihr, dass Benno sich in dieser Weise von anderen beeinflussen lässt. Eigentlich sollte sie sich darüber freuen, denn offensichtlich hat er Freunde gefunden. Aber sie fragt sich, warum er keinen seiner Freunde je mit nach Hause bringt.

Ina hängt ihre Jacke auf und schlüpft in die Hausschuhe. Auch die mit Fell besetzt. Die hat sie vor Weihnachten gekauft, einfach so, weil die Verkäuferin aussah wie ihre Mutter. Sie konnte nicht anders, das Fell zog sie magisch an. Du verhätschelst dich, sagt Ina zu sich selbst. Einfache Pantoffeln hätten doch gereicht.

Ein Kind ist verschwunden. Im Nachbarhaus. Wie schrecklich. Das Wort stellt sich fast automatisch ein. Aber wenn Ina ehrlich ist, fühlt sie nichts. Sie hat gerade kein Mitleid übrig für die Sorgen anderer. Wer sich allein durchschlägt, so wie sie, braucht alle Kraft für sich selbst. Sie muss heute Abend mit Benno reden. Wer weiß, was mit dem verschwundenen Jungen passiert ist. Sie will Benno in Zukunft um sieben zu Hause wissen, besonders wenn sie Nachtschicht fährt, das ist nicht zu viel verlangt. Oder doch? Vielleicht muss sie ihm diese Freiheit gönnen, die Sorge aushalten, nach allem, was er durchgemacht hat.

Auf ihren Jungen ist Verlass, sagt sie sich, als sie in der Küche steht und auf das ordentlich gestapelte Geschirr auf dem Abtropfgitter schaut. Benno hinterlässt nie einen ungespülten Teller. Dass er gefrühstückt hat, kann sie nur ahnen. Auf dem Küchentisch liegt ein Zettel aus der Schule, darauf, quer gelegt, ein Stift für sie zum Unterschreiben. Ina muss lächeln. Manchmal fragt sie sich, wer hier auf wen aufpasst.

Als es an der Tür klingelt, fährt Ina vor Schreck zusammen.

Im Hausflur stehen ein Mann und eine Frau. Noch während sie

durch den Spion schaut, hält der Mann einen Dienstausweis in ihre Richtung. Polizei. Natürlich. Sie suchen den verschwundenen Jungen. Ina entriegelt die Tür.

»Mein Name ist Groth. Kriminalpolizei. Und das hier ist meine Kollegin Frau Thiese.«

Als Ina nicht antwortet, sagt der Polizist: »Es geht um den Jungen aus dem Nachbarhaus, der vermisst wird. Sie haben sicher davon gehört.«

Ina nickt und spürt Zugluft im Haus. Das Licht im Treppenhaus geht aus und kurz darauf wieder an. Sie hört auch weiter unten im Haus Stimmen und das Wort Polizei. Wieder drückt der Wind gegen die Tür.

»Dürfen wir kurz stören?«, sagt er Polizist. Erst jetzt versteht Ina, dass er hereingelassen werden möchte.

Sie sitzen am Esstisch in Inas halbleerer Wohnung. Als die Polizisten ihre Blicke über die kahlen Wände und die wenigen Möbelstücke gleiten lassen, hebt sie ihr Kinn und lässt sich nichts anmerken.

»Frau ...«, setzt der Polizist an. Er blättert in seinem Schreibblock, findet eine leere Seite.

»Pelz. Ina Pelz«, hilft Ina aus.

Es ist der Name, der auf dem Klingelschild steht. Ina überlegt, ob sie erklären soll, dass sie hier nur zur Untermiete wohnt. *Ach übrigens, eigentlich heiße ich Paul. Meine Freundin hat mir die Wohnung überlassen.* Aber jetzt ist der falsche Name schon raus. Und wozu etwas aufrühren, das der Polizist gar nicht wissen will. Tatsächlich nimmt er jetzt den Stift zur Hand, und Inas Zögern bleibt unbemerkt.

»Richtig.« Er trägt den Namen in seinen Block ein. »Wir sprechen heute mit allen Nachbarn, um etwas über den Verbleib von Matti Beck zu erfahren. Er ist seit gestern Abend verschwunden. Kennen Sie den Jungen?«

»Nein«, sagt Ina. Sie überlegt, ob es üblich ist, der Polizei etwas zu trinken anzubieten. Die Polizistin ist jung, sie hat sich nicht hingesetzt und schaut sich ein wenig um, sehr dezent, aber Ina kann aus den Augenwinkeln sehen, dass die Frau vor dem Fenster im Wohnzimmer stehen bleibt und den Hals streckt, um nach unten Richtung Hof zu blicken.

»Wohnen Sie hier alleine?«

»Nein. Mit meinem Sohn.« Und um nicht kurz angebunden zu wirken, fügt sie hinzu: »Wir sind gerade erst eingezogen.«

»Wie alt ist Ihr Sohn, wenn ich fragen darf?«

»Zwölf.«

»Kennt er Matti Beck?«

»Nein, den kennt er nicht.«

»Dann haben Sie ihn schon nach Matti gefragt?«

Ina zögert. Sie will sich nicht in Widersprüche verstricken.

»Nein. Gefragt habe ich ihn nicht. Aber er hat nie von einem Jungen gesprochen, der so heißt.« Der Name des Jungen will ihr nicht über die Lippen.

»Verstehe«, sagt der Polizist.

Seine Kollegin hat ihre Runde beendet und setzt sich jetzt zu ihnen an den Esstisch.

»Haben Sie gestern Abend zwischen achtzehn und zwanzig Uhr irgendetwas beobachtet, was mit dem Verschwinden des Nachbarjungen zu tun haben könnte?«

Zwischen achtzehn und zwanzig Uhr, denkt Ina. Also doch. Sie weiß, dass sie jetzt einfach Nein sagen muss. Nichts leichter als das. Aber erstens ist es gelogen, und zweitens muss sie zu diesem kleinen Wort Nein auch das passende Gesicht machen, und das fällt ihr schwer. Sie ist zu nervös, um ein Bedauern in ihre Miene zu legen. Früher gelang ihr das gut. Wie auf Knopfdruck konnte sie Unschuld, Anteilnahme, Gelassenheit produzieren. Vor allem Gelassenheit, das war ihre Spezialität. So tun, als wäre nichts gewesen. Morgens zur Arbeit gehen und aussehen, als hätte sie einen netten

Abend vor dem Fernseher verbracht, während ihr Körper schmerzt. In den vielen Jahren ihrer Ehe mit Andi hat sie das Versteckspiel unter langen Blusenärmeln und Schlaghosen perfektioniert. Sie schlüpft in die Erinnerung wie in die Bühnenversion ihres alten Lebens. Dann sieht sie Andi vor sich, in Krawallstimmung, wie er sich ein drittes Bier holt und zu provozieren beginnt. Bereits da ist klar, wie der Abend enden wird. Und sie, Ina, an der alles abzuperlen scheint. Sie wirkt beinahe heiter da oben auf der Bühne, als ahne sie nicht, dass hinter dem Vorhang der Wolf lauert.

Doch ausgerechnet jetzt, wo es darauf ankommt, kann sie nicht in ihre alte Rolle schlüpfen. Sie hat den gestrigen Abend vor sich, den grellen Schreck im Gesicht des Mannes, einen Sekundenbruchteil bevor er den Lenker herumriss und stürzte. Ihr klingt auch das Geräusch des Aufpralls in den Ohren, gefolgt vom Quietschen ihrer Bremsen und dem Schlittern von Blech über Asphalt.

Ina zwingt sich, die Erinnerung wegzuwischen. Der Polizist hat sie etwas gefragt, er wartet auf ihre Antwort.

»Ich habe heute Nacht gearbeitet und bin eben erst zurückgekommen«, sagt sie.

Doch der Polizist scheint etwas bemerkt zu haben. Er schaut sie interessiert an. Forschend.

»Wo arbeiten Sie denn?« Es ist die junge Kollegin, die das fragt.

»Ich bin in der Fahrgastbeförderung tätig«, sagt Ina.

»Ach. Busfahrerin?«

»Taxi.«

»Sie sind Taxifahrerin?«

»Ja, genau.«

Der Polizist notiert das.

»Um wie viel Uhr sind Sie denn nach Hause gekommen?«

»Gegen zehn«, sagt Ina. »Wie gesagt, aufgefallen ist mir nichts.«

Der Polizist zieht einen waagerechten Strich unter die wenigen Wörter, die er in den Block geschrieben hat.

»Sie sind ganz sicher, dass Sie gestern Abend nichts bemerkt haben?«

Wieder hat der Polizist diesen forschenden Blick.

»Nein«, sagt Ina. »Ich meine, ja. Ich bin sicher.«

»Und irgendetwas im Haus oder in der Gegend, das Ihnen in letzter Zeit merkwürdig vorkam? Nachbarn, Besucher, Handwerker, Fremde?«

»Nein, nichts. Wir kennen ja auch noch nicht viele Nachbarn.«

»Richtig. Sie sagten, dass Sie noch nicht lange hier wohnen. Von wo sind Sie denn zugezogen?«

Ina erschrickt über die Frage. Wie dumm von ihr, den Umzug noch mal zu erwähnen.

»Ach, nur aus einem anderen Stadtteil«, lügt sie und lächelt dabei. Endlich stellt sich die einstudierte Leichtigkeit von früher auf ihrem Gesicht ein. »Ich habe Ihnen gar nichts angeboten.«

»Schon gut«, sagt der Polizist. Er steckt den Schreibblock in die Innentasche seiner Jacke und steht auf. »Wir müssen dann auch weiter. Danke für die Auskunft.«

Sie sind schon an der Tür, als er ihr eine Visitenkarte in die Hand drückt.

»Wenn Sie sich doch noch an etwas erinnern«, sagt er. »Hier erreichen Sie mich.«

Ina schließt hinter den beiden ab und lehnt ihren Kopf an die Tür. Sie lauscht auf die Schritte der Polizisten, die jetzt zur Tür ihrer Nachbarin gehen. Ganz schwach nimmt Ina das Schrillen einer Klingel wahr. Einmal. Dann noch mal. Nach einer Pause ein drittes Mal. Doch es bleibt still in der Nachbarwohnung. Schließlich entfernen sich die Schritte der Polizisten durchs Treppenhaus. Und irgendwann hört sie, wie unten die Haustür ins Schloss fällt.

5

Der Jugendklub befindet sich auf dem Gelände der Mönkebergschule in einem Bungalow und ist geschlossen. Auf einem Plakat steht »Nachmittagsbetreuung«, also muss er später wiederkommen. Groth schaut durch ein Fenster in den Raum. Ganz hinten kann er einen Billardtisch ausmachen. Ein Sofa. Lautsprecherboxen.

Er setzt seine Runde in der Kaufhalle fort. Die Mitarbeiterin, die am Abend zuvor die Kasse machte, ist auch heute da. Ja, sie kenne Matti Beck, der komme oft auf den letzten Drücker vorbei. Netter Junge, aus dem man kaum ein Wort herauskriege, ein wenig verwahrlost vielleicht.

Manchmal komme er mit dem kleinen Bruder, den hole er nämlich oft aus der Krippe ab. Aber gestern Abend? Nein, da habe sie ihn nicht gesehen.

»Und es gab keine zweite Kasse gestern?«, fragt Groth.

»Nee, die Kollegin ist krank. Ich hab den Laden allein gemacht.«

Er schreibt sich trotzdem den Namen der Kollegin auf.

Groth umrundet die Kaufhalle und findet auf der Rückseite drei Parkplätze. Nur einer ist belegt, ein schmutzig weißer Golf mit verbeulter Stoßstange. Vom Rückspiegel baumeln silberne Ketten in verschiedenen Längen. Groth notiert sich die Autonummer. Neben dem Wareneingang steht ein Müllgroßbehälter aus Stahlblech. Groth schiebt die Abdeckung auf und erspäht zwischen leeren Kartons schwarz angelaufene Bananen, lose Toastbrotscheiben, selbst eine tote Krähe, die jemand hier entsorgt hat. Alles ist überfroren.

Am Kiosk in der Breiten Straße erinnert sich der Verkäufer auch nicht an den Jungen. Es sei kalt gewesen und wenig Betrieb. Da mache er schon mal für 'ne Weile die Scheibe zu und verziehe sich nach hinten. »Zum Heizlüfter«, sagt der Mann und tritt auf die Seite, um Groth einen Blick ins Innere werfen zu lassen.

»Verstehe«, sagt Groth. »Und wann haben Sie zugemacht?«

»Um halb sieben, wie immer.«

»Ist Ihnen etwas aufgefallen, als Sie nach Hause gingen?«

»Nicht, dass ich wüsste.«

Groth hat sich schon abgewandt und steht unschlüssig am Bordsteinrand, als der Mann ihn noch mal zurückruft.

»Wegen gestern«, sagt er. »Jetzt fällt mir doch noch was ein. Da war auch der Karl hier unterwegs. Ungefähr um die Uhrzeit, nach der Sie fragen.«

»Karl.«

»Genau. Der ist Stammkunde.« Der Mann macht mit geschlossener Faust und abgespreiztem Daumen eine Trinkbewegung in Richtung Mund. »Wenn Se verstehen, was ich meine.«

Groth nickt.

»Der kam gegen sechs aus der Kneipe raus und hat sich dann hier bei mir noch mal eingedeckt. Vielleicht fragen Se den mal.«

»Sicher«, sagt Groth. »Und wo finde ich diesen Karl?«

»Keine Ahnung, wo der wohnt. Aber Se sind doch von der Polizei, det ist doch Ihr Spezialgebiet, Leute finden.«

Die Scheibe schließt sich vor Groths Gesicht.

Die Kneipe heißt Zum Paradies und ist geschlossen. Groth späht ins Innere. Der dunkle Raum sieht so unbelebt aus, dass Groth sich fragt, ob für immer geschlossen ist. Doch im Fenster klebt ein Zettel: »Täglich außer Montag, 17 bis 22 Uhr. Freitags Broiler«. Also wird er später wiederkommen.

Um die Mittagszeit trifft Groth vor dem Haus der Becks ein. Von Hellberg ist nichts zu sehen. Auch die Streifenwagen sind weg. Vor dem Nachbarhaus ist ein Klapptisch aufgestellt mit Thermoskannen und Bechern, einige Männer stehen drum herum, die übernächtigt aussehen.

Groth will gerade ins Auto einsteigen, als sich aus der Gruppe ein Mann im Alter von Heiko Beck löst und auf ihn zukommt.

»Ich bin mit der Familie Beck gut bekannt. Wohne im Nebenhaus. Gibt es was Neues?«

»Noch nicht«, sagt Groth. »Wir suchen vor allem Zeugen, die Matti Beck gestern Abend gesehen haben.«

»Aber sucht ihr denn auch richtig? Müsste man sich nicht jede Wohnung vornehmen? Nur mit den Nachbarn reden, das bringt doch nichts.«

Groth bemerkt eine angestaute Wut im Gesicht des Mannes und begreift. Die Leute trauen der Polizei nicht zu, Matti zu finden. Angst hat sich breitgemacht.

»Wohnungen durchsuchen können wir nur bei einem konkreten Verdacht«, sagt Groth. »Und zum Glück haben wir bisher keinen Anhaltspunkt für ein Verbrechen.« Dann spricht er so laut, dass auch die anderen ihn hören. »Die Suche ist in vollem Gange. Wir sind froh über jeden Helfer und jeden Hinweis.« Er nickt sowohl dem Mann vor ihm als auch den Wartenden am Klapptisch zu.

»Gibt es einen Ort, an dem die Kinder heimlich spielen? Oder rauchen? Irgendeinen Ort, an dem Matti sich verletzt haben könnte?«

»Der Eiskeller vielleicht.« Es ist ein Mann mit Fellmütze, der das sagt. Sofort pflichten die anderen ihm bei.

»Eiskeller«, wiederholt Groth.

»Auf dem Brauereigelände«, sagt der Mann mit der Mütze. »Da ist ein alter Schacht in den Hang getrieben, in dem man früher Bier gelagert hat. Das ist alles längst abgesperrt. Aber die Kinder lassen sich von so was ja nicht abhalten.«

Groth steigt ins Auto. Seine Finger schmerzen vor Kälte. Er bläst in seine Fäuste, stellt sich vor, wie Matti bei Dunkelheit ins Innere eines verfallenen Eiskellers klettert, verwirft den Gedanken, dann nimmt er das Funkgerät auf, um Hellberg zu lokalisieren.

Die Suchmannschaft hat in der Turnhalle der Mönkebergschule Stellung bezogen. Hellberg steht hinter einem Tisch, auf dem zwei Umgebungskarten mit Klebestreifen festgemacht sind. Er sieht angestrengt aus, wie jemand, der etwas erzwingen will. Vermutlich gilt das auch für ihn selbst, denkt Groth, er ist seit fünf Stunden ohne Pause im Einsatz, und wenn er ehrlich ist, hat er nichts, was sie weiterbringt.

»Wir haben die Keller aller umliegenden Häuser, die Kleingartensiedlung und den Hang hinter dem Wohnhaus durchkämmt«, sagt Hellberg und lässt seine Hand wie einen Schirm über der Umgebungskarte schweben. »Die Staffel Anklam war bis eben auf dem Brauereigelände unterwegs. Und als Nächstes nehmen wir uns die Großbaustelle Mönkeberg vor.«

Als Groth den Eiskeller erwähnt, winkt Hellberg ab.

»Da sind wir gerade durch«, sagt er.

»Und?«, fragt Groth, obwohl er das Ergebnis an Hellbergs Gesicht ablesen kann.

»Negativ.«

Die Schulglocke ertönt, kurz darauf erscheinen an den Turnhallenfenstern die ersten Kindergesichter, es ist ein Geschiebe um die beste Sicht ins Innere der Halle. Zwischen all den Gesichtern entdeckt Groth eines, das Matti entfernt ähnlich ist.

Marlene Thiese wartet bereits vor dem Eingang des Jugendklubs auf Groth. Sie studiert ein Poster mit den Filmvorstellungen des Monats. Ein weiteres Plakat hängt in der Tür, »Anlaufstelle Offene Jugendarbeit«, darunter ein Siegel mit Bundesadler. »Gefördert durch das Bundesministerium für Frauen und Jugend.«

Groth geht einige Schritte am Bungalow entlang. Ein Kasten aus Fertigbetonteilen, ein wenig zurückversetzt, als wolle er sich im Schatten der Turnhalle verstecken.

In diesem Moment schwingt die Tür auf, ein Mann im Strickpullover tritt heraus. Groth schätzt ihn auf Anfang vierzig.

»Kann ich was für euch tun?«

»Groth, und das ist meine Kollegin Frau Thiese. Wir sind von der Kriminalpolizei und möchten mit dem Leiter des Klubs sprechen. Es geht um den Jungen, der gestern verschwunden ist. Matti Beck.«

»Dachte ich mir schon. Harry Langnagel.« Der Mann streckt Groth die Hand entgegen. »Bin hier der Erzieher. Ich laufe bei den Jugendlichen nur unter Harry.« Der Mann winkt sie durch die Tür. »Ihr könnt mich auch gerne so nennen.«

Es ist überheizt im Bungalow. Langnagel geht zu den Fenstern und stellt zwei auf kipp. Ein Geruch nach zuckriger Brause hängt in der Luft. Groth schaut sich um. Ein Büro neben dem Eingang, so vollgestopft mit Kartons und Klappstühlen, dass es wie eine Abstellkammer aussieht. Im Hauptraum erkennt Groth den Billardtisch, den er durchs Fenster gesehen hat, davor zwei Sofas, über die Patchworkdecken geworfen sind, eine Tanzfläche, Lautsprecherboxen zu beiden Seiten. An der Wand hängt ein Regalbrett mit leeren Bierflaschen, Tyskie, Corona, Tuborg, Classic, Budweiser, Estrella Galicia.

Groths Blick geht zu Langnagel zurück.

»Wie gut kennen Sie Matti Beck?«

»Ich würde sagen, dass ich ihn nicht besonders gut kenne. Hab mich nie länger mit ihm unterhalten. Ihr müsst euch das so vorstellen, dass manche Jugendliche den Kontakt zu mir suchen, andere eher nicht.«

»Und Matti fiel in die zweite Gruppe?«

»Genau. Der wirkte auf mich ziemlich schüchtern.«

Groth nickt.

»Wie oft kam er denn in den Klub?«, fragt Marlene Thiese.

»Zweimal die Woche, würde ich sagen? Ich hab 'ne ABM-Stelle und bin selbst auch nicht jeden Tag hier.«

»Kam Matti gestern Abend vorbei?«

»Das kann ich nicht sagen. Gestern war ich auf Fortbildung.«

»Und den Bruder«, fragt Groth, »Rickie Beck, kennen Sie den auch?«

»Ja, der hilft manchmal aus, wenn wir ein Fest machen.«

»Ach?«, sagt Groth. »Gegen Bezahlung?«

»Sieht das hier so aus, als ob wir Geld rumliegen haben?« Langnagel deutet mit dem Kinn in den Raum. »Nein, der macht das freiwillig für 'n Bier.«

»Würden Sie sagen, dass Rickie Beck zur rechten Szene gehört?«

Harry Langnagel atmet durch.

»Wo der politisch steht, weiß ich nicht. Das interessiert mich auch nicht. Wir sind ein offener Jugendtreff.«

Groth spürt einen Anflug von Ungeduld. Vielleicht ist es der Geruch, der in den Teppichen, Vorhängen und Möbeln festhängt. Vielleicht ist es Langnagels betont lässige Art.

»Aber wenn hier jemand mit Glatze und Springerstiefeln auftaucht, das muss Ihnen doch auffallen.«

»Sicher fällt mir das auf. Aber solange die Jugendlichen untereinander keinen Krawall machen, ist mir das egal.«

»Ist das denn so?«, fragt Groth. »Ist es hier so friedlich, wie Sie das beschreiben?«

Langnagel nickt. »Wir sind eine Anlaufstelle für alle Jugendlichen aus dem Viertel. Sie können in den Treff kommen, wie sie sind, ganz egal ob sie ihre Haare lang oder kurz tragen. Wenn einer doch mal pöbelt, fliegt er raus. Meistens renkt sich das aber schnell wieder ein.«

»Wo waren Sie gestern Abend nach achtzehn Uhr?«

»Wie bitte?«

Groth weiß, dass er zu sehr vorprescht. Auch Marlene Thiese sieht ihn in diesem Moment verdutzt an.

»Na, wie schon gesagt, ich war gestern beim Fortbildungskurs.«

Groth lässt den Stift über dem Notizblock pendeln und sieht Langnagel an.

»In Güstrow. Ging bis um sechs. Danach bin ich direkt nach Hause.«

»Kann das jemand bestätigen?«

Langnagels Stimme verrät jetzt Ungeduld. »Die zwölf Kursteilnehmer zum Beispiel. Und meine Frau. Reicht das?«

»Sicher«, sagt Groth und steckt Block und Stift ein. »Das war's schon.«

Groth fährt zurück aufs Revier, er hat die Fotografien an sich genommen und will dringend eine Suchmeldung an die Presse herausgeben. Wenn er sich beeilt, kann sie noch in der morgigen Ausgabe des *Vier-Tore-Kuriers* erscheinen. Gerda Küttel fängt ihn am Hintereingang ab und lässt ihn wissen, dass Bekendorf am Telefon sei, gerade als Groth die Spanplatten betritt, die wegen der Bauarbeiten verlegt sind und die unter seinen Schritten leicht wippen.

»Groth«, ruft Bekendorf in die Leitung. Er hat die Angewohnheit, beim Telefonieren die Stimme zu erheben.

»Setzen Sie mich ins Bild, was ist los bei euch?«

Und Groth fasst die Ereignisse des Morgens zusammen. Matti Becks spurloses Verschwinden, die Suchaktion, die spärlichen Hinweise, die Unterbesetzung, mit der sie zu kämpfen haben.

»Wir könnten dringend mehr Leute brauchen«, sagt Groth.

»Wir können immer mehr Leute brauchen«, sagt Bekendorf. »Aber lassen Sie mal die Kirche im Dorf, Groth. Nach Ihrer Schilderung haben wir zwei Dutzend Leute vor Ort. Außer dem Alter des Jungen, und auch das ist grenzwertig, gibt es bisher keinen Anhaltspunkt für eine Straftat. Der Junge könnte was angestellt haben und sich aus Angst vor den Eltern irgendwo verstecken.«

Groth ist einen Moment sprachlos.

»Mobilisieren Sie so viele Nachbarn wie möglich«, fährt Bekendorf fort. »Aber bei dieser dünnen Beweislage kann ich nicht noch mehr Leute abziehen, Groth, das steht auf zu wackligen Füßen.«

»Dann sagen Sie das mal den Eltern«, schießt Groth zurück. Auch seine Stimme ist jetzt laut. »Was schlagen Sie vor?«

»Ich schlage vor, Ruhe und Besonnenheit in die Aktion zu bringen, Groth. Mehr nicht. Geduld. Das ist auch im Sinne der Eltern, glauben Sie mir. Ich sag Ihnen was.« Bekendorf pausiert, als notiere er sich etwas. »Ich mache mich jetzt auf den Rückweg, aber vorher fordere ich für morgen zwei Fährtenhunde an, die bringen wir auf den Mönkeberg. Einverstanden?« Bevor Groth antworten kann, sagt Bekendorf: »Bestens.«

Groth hat gerade den Hörer aufgelegt, als Schaller und Bunterode vom Schulhaus zurückkommen.

»Wir haben mit dem Freund gesprochen, Axel Bunge. Er hat bestätigt, was er schon Mattis Eltern erzählt hat. Matti und er sind sich zufällig begegnet. Matti war zu Fuß unterwegs. Die beiden haben sich kurz unterhalten, dann ist Axel nach Hause und hat noch gesehen, wie Matti die Angerstraße überquert hat. Wir können nur vermuten, dass er zur Kaufhalle wollte.«

»Worüber haben die beiden gesprochen?«

»Tja, das ist leider wenig ergiebig. Sie haben sich über ein Sammelalbum unterhalten.«

»Zur Fußball-EM im Sommer«, fügt Bunterode hinzu. »Sie wollten ihre Ersparnisse zusammenlegen, um Klebebilder zu kaufen.«

»Dann haben wir also keine Ahnung, ob Matti außer zur Kaufhalle auch noch woanders hinwollte?«

»Keine. Die anderen Schüler in der Klasse wussten auch nichts.«

»Und die Lehrerin?«, fragt Groth.

Schaller klappt seinen Notizblock auf. »Ruhiger Schüler, netter, ein wenig stiller Junge, sehr zuverlässig, malt gerne. Beteiligt sich nur dann am Unterricht, wenn er aufgerufen wird. Sie sagt auch, dass er für sein Alter sehr selbstständig ist. Sein muss, das waren ihre Worte.«

»Muss?«, fragt Groth.

»Die Eltern haben nicht viel Zeit, sagte sie. Die Mutter sei wohl überfordert. Matti laufe zu Hause irgendwie mit.«

Wohin ist Matti Beck am gestrigen Abend verschwunden? Was hat ihn bewogen, seine Besorgung abzubrechen? Welche Hand hat ihn auf dem kurzen Weg zwischen seinem Zuhause und der Kaufhalle fortgelenkt? Das Wort »spurlos« kommt Groth in den Sinn. Sein alter Ausbilder, Dr. Seel, wollte es nicht gelten lassen, dieses Wort. »Spurlos gibt es nicht. Wer glaubt, keine Spuren zu finden, hat nicht gründlich genug gesucht«, sagte Seel.

Groth bleibt noch eine Stunde am Schreibtisch und geht eine Liste von offenen Fragen durch.

Eiskeller.

Den streicht er durch.

Die Großbaustelle des neuen Mönkeberg-Centers.

Dahinter setzt er ein Fragezeichen, er ist nicht sicher, ob Hellbergs Trupp dort bereits fertig ist.

Die Uhr tickt. Wenn Matti dort verunglückt ist, dann haben sie noch eine Chance, ihn lebend zu finden.

Kurz nach siebzehn Uhr klopft Groth an die Scheibe vom Paradies. Innen brennt Licht, doch die Tür ist noch verschlossen. Der Wirt, ein Mittfünfziger mit Vollbart, zieht sich gerade die Schürze über sein Flanellhemd und scheint Groth sofort anzusehen, dass er von der Polizei kommt.

»Dachte ich mir schon, dass früher oder später einer von euch aufkreuzt«, sagt er.

Groth versucht, den Unterton zu ignorieren. »Ich suche einen ihrer Stammgäste. Der hat den Jungen vielleicht gesehen. Karl heißt der Mann.«

Der Wirt fährt sich über den Bart.

»Ausgerechnet Karl. Aus dem werden Sie nicht viel rauskriegen.«

»Stimmt es, dass er gestern hier war?«

»Stimmt. Kam gleich um fünf auf zwei Bier.«

»Wo finde ich ihn denn?«

»Im Sommer auf der Straße und im Winter in irgendeiner billigen Absteige. Der hat keine feste Bleibe, wenn Sie das meinen.«

»Hat er einen Nachnamen?«

»Davon gehe ich aus. Bin aber nicht das Meldeamt.«

Als Groth die Bemerkung mit einem Kopfschütteln quittiert, lenkt der Mann ein.

»Der lässt sich bestimmt bald wieder hier blicken. Ohne Bier schafft der das nicht lange.«

Nachdem er seine Runde beendet hat, steigt Groth noch einmal die Treppen zur Wohnung der Becks hinauf. Er hätte gerne andere Nachrichten als die, dass sie immer noch nicht wissen, was Matti Beck in den wenigen Minuten zwischen seinem Zuhause und der Kaufhalle passiert ist. In der Wohnung der Becks ist es still, der jüngste Sohn schläft bereits. Eine Nachbarin aus dem ersten Stock sitzt mit Marlies Beck im Wohnzimmer. Ein paar Schnittchen trocknen auf einem Teller auf dem Sofatisch vor sich hin, die Käsescheiben haben sich nach oben gewölbt. Das Telefon steht direkt zu Marlies Becks Füßen auf dem Boden und klingelt nicht. Von Heiko Beck und Rickie ist nichts zu sehen.

»Die sind mit den Nachbarn draußen. Wir können doch jetzt nicht aufgeben, nur weil es dunkel wird.«

»Natürlich nicht. Niemand gibt auf«, sagt Groth.

Er berichtet Marlies Beck von der Suche. Er benutzt das Wort »ergebnislos«, aber weil er es nicht so stehenlassen will, fügt er hinzu, dass der Suchradius morgen vergrößert werde. Er erwähnt die Hunde, aber entgegen Bekendorfs Prophezeiung kann er danach nicht Ruhe und Besonnenheit aus Marlies Becks Gesicht ablesen, sondern blanke Furcht und die Frage, was dieser Schritt bedeutet. Groth sagt, es sei alles Routine und dass morgen die

Vermisstenmeldung in der Zeitung erscheine. Vielleicht komme dadurch ein entscheidender Hinweis.

»Warum geht das bloß alles so langsam?«, sagt Marlies Beck. Die Frage ist an niemanden gerichtet. Sie steht auf und stellt sich ans Fenster, als läge die Antwort irgendwo dort draußen bei den Suchenden.

Groth entschuldigt sich kurz und geht noch einmal in Mattis Zimmer, allein.

Als er sich dort ans Fensterbrett lehnt, versucht Groth, in seinem Kopf ein Bild von Matti entstehen zu lassen. Noch ist der Junge seltsam konturlos. Was beschäftigt ihn? Warum wirkt er so ernst? Er mag Musik, Motorräder, kümmert sich um die Kaninchen und immer wieder auch den kleinen Bruder. *Matti läuft so mit.* Aber da sind seine Zeichnungen, die Runen im Wolfsmaul, die Groth signalisieren, dass er eine andere Seite von Matti noch nicht kennt. Das Wort »verwahrlost« fällt Groth ein, die Kassiererin hat es benutzt, es ist ein Straßenwort, als würde jemand einen Streuner beschreiben. Vielleicht ist es tatsächlich so. Um den Jungen hat sich niemand richtig gekümmert, weder vor noch nach der Schule.

Groths Blick fällt auf den Kalender über dem Schreibtisch. Die Felder auf dem Januarblatt sind leer, als wären die Tage des neuen Jahres ereignislos geblieben. Doch zwei Daten, Mittwoch, der 8., und Mittwoch, der 15., sind mit Bleistift eingekreist. Das letztere Datum liegt genau eine Woche vor Mattis Verschwinden.

Groth nimmt den Kalender von der Wand und geht zurück ins Wohnzimmer, um die Mutter danach zu fragen. Marlies Beck hält den Kalender ins Licht und fährt mit den Fingerspitzen über das Blatt.

»Ich weiß nicht, was diese Kreise bedeuten«, sagt sie. »Matti muss an diesen Tagen etwas vorgehabt haben.«

»Mittwoch«, sagt Groth. »Zwei Mal. Kinoabend? Klassenarbeiten? Eine Veranstaltung? Geburtstage? Da klingelt wirklich nichts bei Ihnen?«

Er kann sehen, dass Marlies Beck angestrengt überlegt. Ihr Blick geht Hilfe suchend zu Groth, dann zur Nachbarin. Schließlich legt sie den Kalender auf dem Tisch ab.

»Ich wünschte, ich wüsste etwas darüber. Aber Matti hat mir nichts erzählt.«

Und als er die Verzweiflung im Gesicht von Marlies Beck sieht, da schämt er sich, sie so bedrängt zu haben.

»Keine Sorge«, sagt Groth. »Wir finden das heraus.«

Er verabschiedet sich und ist schon aus dem Zimmer, als er Marlies Becks Stimme noch einmal hört. Wie zu sich selbst sagt sie: »Matti erzählt mir überhaupt so wenig von sich.«

Auf dem Weg durch den Flur wirft Groth noch einen Blick in die Küche. Auf der Anrichte steht der Laib Brot aufrecht mit der Schnittfläche nach unten auf einem Brett. Schubladen sind halb herausgezogen, vielleicht weil sie klemmen, vielleicht aber auch, weil sich hier niemand die Mühe macht, sie nach Gebrauch zuzuschieben. Auf dem Küchentisch geben die Schnittmengen brauner Ringe und Krümel Auskunft über die letzten Mahlzeiten. Fast scheint es Groth, als hätten sich die Bahnen dieser fünf Menschen, die im Protokoll als Familie Beck geführt werden, wie die von Billardkugeln nach dem Stoß verhalten. Vielleicht sah man sich beim Frühstück. Vielleicht stand der eine im Flur und machte sich bereit zu gehen, wenn der andere gerade zurückkehrte. Sekunden des Kontakts, bevor man sich für den Rest des Tages aus den Augen verlor.

Die Haustür fällt hinter Groth ins Schloss. Er wendet sich, ohne zu überlegen, nach links, geht die Wallstraße entlang. Mattis Lehrerin sagte, die Mutter sei überfordert. Er kann das nicht ausschließen, es würde erklären, warum Marlies Beck so wenig über ihren elfjährigen Sohn zu wissen scheint.

Groth geht noch einmal ins Paradies und holt sich eine Brühwurst mit Kartoffelsalat. Karl ist auch jetzt nicht da, also isst Groth die Wurst im Stehen an der Theke und spaziert anschließend die

Breite Straße entlang. Das Licht in den Fenstern und Fluren hat eine tiefgelbe Farbe. Eine Katze streicht vor ihm um die Hausecke. Als er zur Wallstraße kommt, findet er hinter einem Verschlag für Mülltonnen eine Lücke zwischen den Wohnblocks und schlüpft hindurch. Jetzt steht Groth auf der Rückseite eines lang gestreckten Wohnblocks, auf von Frost knirschendem Gras. Aus den verglasten Balkonen fällt Licht auf den Boden. Ein Plattenweg ist zu sehen, dann Gras, dann bodenloses Schwarz. Groth tastet sich ihm entgegen, Fuß vor Fuß über die Wiese. Die Dunkelheit hüllt ihn nach wenigen Schritten so vollständig ein, dass er die Orientierung verliert. Er streckt die Arme aus, als balanciere er über einen Holzstamm. Bald beginnt er zu schwanken und greift in die Jackentasche, um seinen Autoschlüssel hervorzuziehen. Er hat eine winzige Taschenlampe am Schlüsselbund, gerade stark genug, um am Abend das Türschloss seines Passat auszuleuchten oder das Schlüsselloch im Hinterhof seines Wohnhauses. Als er das Lämpchen anschaltet, fühlt er sich wie ein Liliput-Krieger, der sich mit einem Zahnstocher bewaffnet.

Er tastet sich weiter voran, bis zur Böschung. Ein spitzer Zweig sticht Groth in die Stirn, er leuchtet hinein ins blattlose Geäst und sieht, dass ein Trampelpfad, kaum breiter als ein Schuh, unter tief hängenden Zweigen bergab führt. Um besser zu sehen, kniet er sich hin, doch die Kälte dringt binnen Sekunden durch den Hosenstoff. Er muss am Tag wiederkommen, um herauszufinden, wohin dieser Trampelpfad führt. Groth beginnt sich zu fragen, wie viele solcher Nischen und Pfade es geben mag hier oben auf dem Berg. Matti wird sie alle kennen. Aber hat er einen von ihnen gestern benutzt?

Wenig später steht Groth wieder an der Hauptstraße und schaut sich um. Der Stadtbus kommt und entlädt einige Spätheimkehrer. Sie klappen Kapuzen und Kragen hoch und hasten davon, ohne aufzuschauen. Die Schritte einer Frau hallen noch eine Weile an den Hauswänden empor, dann wird es still. Hier und da ein bellender Hund; ein klappernder Topfdeckel; eine laute Fernsehstimme; Abspannmusik, die durch ein Kippfenster nach draußen dringt.

Groth ist schon fast beim Auto, als er sich noch einmal umdreht und zur Wohnung der Familie Beck im dritten Stock hinaufschaut. Er sieht inmitten hell erleuchteter Fenster ein einziges dunkles Viereck und glaubt zu wissen, dass das Mattis Zimmer sein muss. In anderen Fenstern hängt noch immer Weihnachtsschmuck, sinnlos vor sich hin blinkende Lichterketten rund um die Fensterrahmen oder ein einzelner Papierstern. Und manchmal nichts als eine dünne Gardine.

Geh nach Hause, Papa, flüstert ihm Saskias Stimme zu. Morgen ist auch noch ein Tag. Es ist ein Satz, den er oft zu ihr gesagt hat und der sich tatsächlich als falsch erwiesen hat. Er konnte das damals nicht wissen. Und doch. Was würde er geben, für nur einen Tag mehr mit ihr.

Groth spürt, wie die Kälte unter seine Jacke zu kriechen beginnt. Er hört das Klirren eines Schlüsselbunds und schaut auf. Jemand tritt aus einem Hauseingang in die Dunkelheit, hustet und sperrt ab. Kurz darauf startet ein Moped und fährt in Richtung Stadt davon. Danach Stille. Groth macht eine Gestalt aus, die ihn vom Balkon über einem leer stehenden Friseursalon anstarrt und meint Zigarettenrauch zu riechen. Weiter weg pfeift jemand, vermutlich nach einem Hund. Groth steht da wie verwurzelt und nimmt den Mönkeberg bei Nacht in sich auf. In den breiten Fassaden bilden die beleuchteten Fenster ein Muster, ein schwindendes, denn nach und nach werden Lichter ausgeknipst, bis nur noch wenige Rechtecke übrig bleiben.

Von der Hauptstraße her nähern sich Scheinwerfer, und als ihr Licht ihn erreicht, sieht Groth zu seinem Erstaunen, dass es ein Taxi ist. Es wirkt in dieser Gegend wie ein Fremdkörper. Ein Eindringling aus dem Westen, genau wie er, und während Groths

Blick dem Wagen folgt, fragt er sich, wer sich wohl an diesem Abend hierherchauffieren lässt. Schaller hat ihm erzählt, dass vor zwanzig Jahren selbst hochrangige Funktionäre auf dem Mönkeberg gewohnt haben. Es war modern hier, die Wohnungen sehr gefragt. Aber dann merkt er, dass die Taxe niemanden abliefern wird. Stattdessen biegt sie zu einigen Garagen hin ab. Er erinnert sich an die Taxifahrerin, mit der er am Morgen gesprochen hat. Die Reifen knirschen auf einem ungeteerten Zufahrtsweg. Dann verschwindet der Wagen aus seinem Blickfeld, Groth hört noch, wie eine Autotür zuschlägt. Dienstende.

Auch für ihn ist der Abend zu Ende. Er kann hier nichts tun. Saskia hat recht, was soll er sich die Nacht um die Ohren schlagen. Morgen wird er gebraucht, denn sobald es hell ist, geht die Suche weiter. Matti Becks Foto wird im *Vier-Tore-Kurier* erscheinen, und wer weiß, vielleicht haben sie alle etwas Entscheidendes übersehen und Matti taucht von selbst aus dem Dunkel wieder auf.

6

Als Groth gegen zweiundzwanzig Uhr seine Wohnungstür aufschließt, beginnt das Telefon zu klingeln. Er ist müde und lässt sich Zeit, bis ihm einfällt, dass der Anruf vom Revier kommen könnte. Vielleicht haben sie den Jungen gefunden.

»Groth?« Das Telefon verrutscht, als er den Hörer ans Ohr reißt.

Doch es ist nicht Hellbergs Stimme, die sich meldet, sondern die von Irina Diehl. Groth wirft mit dem Fuß die Wohnungstür ins Schloss. Sie sind zusammen zur Schule gegangen, Irina Diehl und er. Dreißig Jahre ist das jetzt her, seit er in der Oberstufe hinter ihr saß und versuchte, an ihrem ausladenden rötlichen Haar vorbei auf die Tafel zu schauen. Groth hatte Irina Diehl aus den Augen verloren, mehr noch, er hatte vergessen, dass es sie gab, bis er ihr nach seiner Rückkehr aus Hamburg vor wenigen Monaten plötzlich an der EOS Friedrich Engels gegenüberstand, wo Irina Diehl Deutsch und Kunsterziehung unterrichtet.

»Arno. Ich habe Telefon. Seit heute. Du bist mein zweiter Anruf.«

Ihre Stimme ist unnatürlich hoch und so laut, dass Groth die Hörmuschel vom Ohr abrückt. Sie hat sich seit Weihnachten nicht bei ihm gemeldet, was ihr gar nicht ähnlich sieht.

»Ich gratuliere«, sagt Groth.

»Danke. Wie geht es dir, Arno?«

»Bestens.« Groth horcht dem Wort hinterher und findet, dass er das in Anbetracht seiner augenblicklichen Verfassung sehr überzeugend gesagt hat. Doch am anderen Ende der Leitung bleibt es still.

Dann hört er Irina Diehl durchatmen.

Sie sei im Moment krankgeschrieben, sagt sie. Der Kreislauf, nichts Ernstes. Sie habe Stress gehabt, direkt am Anfang des neuen Jahres. Ja, in der Schule. Ihre Klasse sei schwierig. Sie habe eine Nacht in der Klinik verbracht, für alle Fälle, bestens umsorgt von einer gewissen Frau Speck. »Ist das nicht ein passender Name für eine Krankenschwester?«

Groth muss dem zustimmen.

»Bei Frau Speck bist du schnell wieder auf den Beinen, Arno, glaub mir das.«

Irina Diehl trinkt etwas, Groth hört sie schlucken.

»Und du?«

»Bestens«, wiederholt Groth.

»Ich wusste es. Bei dir geht es auch nicht nach Plan.«

Er kann ihr nichts vormachen, also erzählt er ihr von dem vermissten Jungen.

»Was die Eltern durchmachen, das mag man sich gar nicht vorstellen. Habt ihr eine Spur?«

»Noch nicht«, sagt Groth. »Hoffentlich schon morgen.«

»Da jammere ich wegen meiner Wehwehchen.«

»Das ist schon in Ordnung. Jammern ist Volkssport.«

»Ich habe im Krankenhaus das Buch gelesen, das du mir zu Weihnachten geschenkt hast.«

Groth stellt in diesem Moment fest, dass er Irina Diehls Weihnachtsgeschenk für ihn noch nicht mal ausgepackt hat. Wie konnte er das vergessen.

Also weicht er aus und sagt: »Ich stand letzte Woche vor deiner Schule und habe auf dich gewartet.«

In der Leitung wird es ganz still.

»Wirklich? Letzte Woche?«

Groth nickt, obwohl sie das nicht sehen kann.

Er lässt die Vorgeschichte aus. Dass er auf dem Rückweg von Hamburg war und an der EOS Friedrich Engels vorbeikam.

Er hatte am Morgen noch Saskias Grab auf dem Ohlsdorfer Friedhof besucht, war danach zurückgefahren und fand sich zufällig genau dann vor dem Schultor wieder, als die Glocke ging. Also hielt er am Straßenrand an. Er sah die Schüler aus dem Tor bersten, zu Beginn laut, wild, in rasendem Tempo. Dann wurde es ruhiger, es kamen die älteren Jahrgänge. Er bemerkte ein Mädchen mit rötlichem Haar, das Irina Diehl ähnelte. Sie ging die Treppe hinunter und ließ sich am Seitenflügel von einem Jungen Feuer geben. Er hörte sie lachen. Genau dort hatten sie auch geraucht, damals. Jedesmal wenn das Tor aufschwang, schaute Groth hin. Doch Irina Diehl kam an diesem Tag nicht heraus. Er erinnert sich an das Gefühl von Leere, als er das Auto anließ und nach Hause fuhr.

»Am Sonntag gehe ich ins Schauspielhaus«, sagt Irina Diehl jetzt. »Zu einem Uwe-Johnson-Abend. Ich brauche die Ablenkung, Arno. Komm doch mit.«

Groth zögert. »Bei mir geht es nur, wenn sich der Fall bis dahin geklärt hat.«

»Wie wahrscheinlich ist das?«

»Es ist ungewiss.«

»Das ist aber schade, Arno.«

Groth beschließt, das Thema zu wechseln. »Wenn ich heute dein zweiter Anruf bin, wer war denn der erste?«

Wieder bleibt es einen Moment lang still in der Leitung.

»Meine Schwester«, sagt Irina Diehl schließlich. Groth würde das gerne glauben, doch da liegt ein Zögern in Irinas Stimme, wie bei jemandem, dem gerade eine plausible Lüge eingefallen ist.

Nach dem Gespräch zieht Groth die Jacke aus. Er stellt seine Schuhe auf den Vorleger. Unter der Dusche klopft sein Herz von den Anstrengungen des Tages. Auf dem Weg ins Wohnzimmer fällt sein Blick auf Irina Diehls Geschenk auf der Flurkommode, das da seit Weihnachten liegt. In Gedanken sieht er, wie sie es an ihrem Küchentisch einpackt. Das Papier ist dick und handbedruckt mit kleinen Sternen. Groth tippt auf ein Buch und nimmt es mit in seinen Lesesessel.

Er schaltet die Stehlampe ein, die er vor vielen Jahren in Hamburg bei Möbel Ordnung gekauft hat. Da war er noch verheiratet. Auch den Teppich, der jetzt hier in diesem Zimmer liegt, haben sie damals gemeinsam gekauft, Marianne und er. Wie wenig sie mitgenommen hat aus ihrer Ehe. All die Dinge, die Erinnerungen, gehören jetzt ihm.

Groth fragt sich, warum er Irina Diehls Päckchen bis jetzt nicht öffnen konnte. Etwas hielt ihn davon ab, eine Angst, die er nicht benennen kann.

Doch als er jetzt sieht, was sie für ihn gekauft hat, da schämt er sich für sein Zögern. Das Geschenk trifft so genau seinen Geschmack, dass er überrascht ist, wie gut Irina Diehl ihn kennt. Eine Erstausgabe der *Mutmassungen über Jakob* von Uwe Johnson, dazu eine Karte vom Wechtsee, auf der steht:

Lieber sperriger Arno, ich finde, Du ähnelst ihm ein wenig, diesem Uwe Johnson, was meinst Du? Vielleicht gefällt Dir, wie er schreibt, er ist weit rumgekommen, bis nach Rom und New York. Ich bin froh, dass Du jetzt wieder da bist, und wünsche Dir frohe Weihnachten. Deine Irina.

Er hätte den Abend im Schauspielhaus nicht absagen sollen.

Marianne, seine Ex-Frau, konnte ein Lied davon singen.

»Deine Absagen sind alle vollkommen verständlich«, sagte sie zu ihm. »Aber es sind einfach zu viele, Arno.«

Auch sein ehemaliger Chef Jo Allers ist geschieden. Zweimal. Jetzt lebt er mit einer Hotelfachfrau zusammen, die ebenso lange Arbeitszeiten hat wie er. Sie versteht mich, sagt Allers. Doch heiraten will er sie nicht, damit sei er durch. Geert Lüppert, sein Hamburger Kollege, der bereits morgens um acht Fischbrötchen isst, hatte keine Frau, bis er fast vierzig war. Dann heiratete er Lise, eine Belgierin, fast zehn Jahre älter als er selbst und auch bei der Polizei. Er habe sich in ihre Kochkunst verliebt und sie sich in seinen Appetit. Schmorfleisch, Kalbsrouladen, Moules-frites. Lüppert spricht nur in den höchsten Tönen von seiner Frau, nennt sie seine Göttin, allerbeste Hälfte, Zauberin, Engel, die Frau, die so einer wie er gar nicht verdiene.

Es rührt Groth, wenn er daran denkt.

Auch Lüpperts Hochzeit rührte ihn. Groth war einer von nur zehn Gästen. Er wollte zuerst gar nicht hin, denn er war zwei Wochen zuvor von Marianne geschieden worden.

Ob Gerstacker, sein Ost-Kollege, verheiratet ist, weiß Groth nicht. Er hat ihn nie gefragt. Es ist erst wenige Wochen her, seit Gerstacker entlassen wurde; man hatte ihm eine alte Stasi-Verbindung nachgewiesen. Für Groth fühlt es sich an, als wäre er seit Gerstackers Weggang verwaist. Verwitwet? Das richtige Wort fehlt hier, denkt Groth. Es fehlt für Eltern, die ein Kind verlieren. Und es fehlt für Kollegen, die plötzlich allein dastehen.

»Das ist mal wieder typisch, Papa«, hört er Saskia sagen. »Immer drückst du dich ums Persönliche.«

Groth lässt das Geschenkpapier auf den Boden gleiten und schlägt das Buch auf.

Es handelt von einem Eisenbahner, der Jakob Abs heißt. Groth selbst war mal Rangierer gewesen, wenige Monate nur, bevor er im Herbst 1960 Wechtershagen verließ und nach Hamburg ging. Er sieht ihn sofort vor sich, diesen Jakob Abs, der quer über die Gleise geht, um den Weg abzukürzen. Groth erinnert sich an die Schienen im alten Güterbahnhof, die ineinander- und wieder auseinanderliefen, geordnet wie Webstränge. Er erinnert sich auch an vereiste Weichen und das Knirschen der eisernen Zughaken beim Ankuppeln. Damals war Groth so jung, dass er dachte, es sei alles zu beherrschen, Haken und Bügel und Eisenpuffer, bis er einen alten Rangierer traf, dem im Lederhandschuh sämtliche Finger fehlten.

Als ihm die Augen zufallen, klappt Groth das Buch zu. Es ist spät geworden. Im Badezimmer steht er einige Sekunden mit der Zahnbürste im Mund reglos da und schaut in den Spiegel. Arno Groth, sperrig, geschieden, verwaist. Natürlich hat Saskia mal wieder recht. In fremden Leben ist er besser als in seinem eigenen.

7

Groths Wecker klingelt am nächsten Morgen um halb fünf. Es ist Freitag. Tag zwei der Suche nach Matti Beck. Er hat unruhig geschlafen. Mehrmals schreckte er hoch, sein Herz klopfte stark, und er fand seine Gedanken bei dem Moment, als er Marlies Beck sagte, er sei von der Kriminalpolizei und werde bei der Suche nach ihrem Sohn helfen. Sein nächtlicher Verstand warf ihm Untätigkeit vor. Er sah Marlies Beck vor sich, die ihm in die Augen schaute und ihn anklagte, er habe seit gestern Morgen nichts getan, oder zumindest nicht genug, denn wenn ihr Junge noch am Leben sei, dann sinke die Chance, ihn zu retten, von Minute zu Minute.

Tatsächlich treiben ihm immer neue Fäden und Fragen entgegen, an die er nicht gedacht hat. Was, wenn ihm die Ermittlungen im Fall Matti Beck tatsächlich entgleiten?

Groth bleibt einen langen Moment auf der Bettkante sitzen, im Dunkeln. Er kennt diese Selbstzweifel. Er kennt auch ihre lähmende Kraft. Mit dem Hamburger Polizeiarzt Dr. Ewald hat er darüber gesprochen, damals, als er nach Saskias Tod wieder zur Arbeit zurückkehrte und nicht mehr funktionierte, weil er jeden Schritt und vor allem sich selbst anzweifelte. Ewald sagte ihm damals zum Trost: »Wer zweifelt, der findet.« Es ist ein Satz, den Groth nicht vergessen hat. Trotzdem hatte Ewald ihn damals für weitere drei Monate dienstunfähig geschrieben und einen Ortswechsel vorgeschlagen. Und nun ist er also hier in Wechtershagen. Wie lange er bleibt, wird sich zeigen. Bei seinem letzten Besuch in Hamburg fragte ihn Jo Allers, wie die Dinge denn stünden.

In Wechtershagen werde doch bald eine leitende Stelle frei. Ob er die nach Bekendorfs Weggang übernehmen wolle? Und Groth antwortete, er werde es sich überlegen.

»Aber überleg nicht zu lange«, sagte Allers. »Manche Chancen bieten sich nur einmal im Leben.«

Als die Fährtenhunde aus Rostock eintreffen, ist das Viertel bis auf einige Neugierige noch schlafend still. So still, dass es sich wie Froststarre anfühlt. Das Tal unterhalb des Mönkebergs wirkt im Raureif wie ein gefrorener See. Auf Groths Klopfen öffnen die Becks die Tür, die schlaflose Nacht steht beiden ins Gesicht geschrieben. Im undichten Fass der Hoffnung haben sie an diesem Morgen den Bodensatz erreicht. Der Vater sagt, er sei bis um ein Uhr morgens mit zwei Arbeitskollegen unterwegs gewesen. Seine Frau habe dieses Gefühl gehabt, dass Matti vielleicht doch zum Eiskeller gegangen sei, auch wenn dort bereits gesucht worden war, also seien sie die Wege zum Brauereigelände wieder und wieder abgelaufen, jeden Stein hätten sie umgedreht, nichts.

»Wir haben jetzt die Hunde«, sagt Groth. »Jeder verfügbare Polizist hilft heute bei der Suche.«

Groth hält sich an diesem Morgen so genau es geht an den Einsatzplan. Sie haben eine begrenzte Anzahl von Helfern zur Verfügung, die sie strategisch einsetzen müssen. Bei Hellberg laufen auch heute die Fäden zusammen, und er, Groth, wird den wenigen Spuren folgen, die sie haben. Krüger und Schaller schwärmen aus, um zwei Hinweise zu überprüfen, die gestern eingegangen sind. Marlene Thiese hat den Auftrag, sich im Jugendklub umzusehen. Groth selbst will noch einmal ausführlich mit Axel Bunge sprechen, vielleicht kriegt er etwas über diese seltsamen Kreise heraus, die Matti in den Kalender gemalt hat. Doch dann erreicht sie die Nachricht, ein Hund hätte angeschlagen, und zwar unten bei der Kleingartenanlage an einem Teich. Bei den Wartenden kommt bei diesem Funkspruch alles zum Stillstand. Wieder rauscht das Funkgerät. Entwarnung. Ein Handschuh wurde unter einer Eisschicht im Teich gefunden. Gartenhandschuh, uralt. Falscher Alarm.

Jemand bringt Groth den Kaffee, den er so dringend braucht, doch schon nach dem ersten Schluck wird er unterbrochen, weil in diesem Moment Hennemann, ein Reporter vom *Vier-Tore-Kurier*, eintrifft und ihn mit Fragen bombardiert, die zu diesem Zeitpunkt niemand beantworten kann. Da Groth nicht wegkommt, schickt er Marlene Thiese los, um Alibis zu überprüfen, allen voran die von Rickie, Langnagel, Heiko Beck. Ein Punkt auf Groths Einsatzplan bleibt unterdessen offen. Jemand muss diesen Karl ausfindig machen. Ein Bauchgefühl sagt ihm, dass es wichtig ist, mit dem Mann zu sprechen.

Als Groth bei den Bunges klingelt, öffnet ihm eine ältere Frau in einer Kittelschürze.

»Axel ist schon in der Schule«, sagt sie.

»Und Sie sind?«

»Seine Großmutter.«

Sie macht keine Anstalten, Groth in die Wohnung zu lassen.

Groth hält ihr seinen Dienstausweis hin. Er wird der Frau jedes Wort aus der Nase ziehen müssen.

»Ist Ihnen an Axel gestern Abend oder heute Morgen irgendetwas aufgefallen? War er durcheinander? Oder ungewöhnlich schweigsam?«

Die Großmutter sieht Groth an, als hätte er sehr wenig Ahnung.

»Das müssen Sie schon die Eltern fragen. Ich habe Axel heute noch gar nicht gesehen.«

»Verstehe«, sagt Groth. »Wohnen Sie denn nicht hier, Frau – Bunge?«

»Nee, ich wohne in der Innenstadt. Kümmere mich tagsüber um die beiden Kleenen, bis die Eltern von der Arbeit kommen.« Und dann wird ihr Blick weicher. »Schlimme Sache, das mit Matti.«

Groth nickt, doch er wundert sich ein wenig, denn aus den Worten klingt eine Gewissheit, die er nicht einordnen kann.

»Dann werde ich Axel mal in der Schule aufsuchen«, sagt Groth und will gerade die erste Treppenstufe nehmen, als die Frau ihn nochmals anspricht.

»Kaum auszumalen, was die Eltern durchmachen. Kann man nur hoffen, dass die Sache dieses Mal anders ausgeht.«

Groth hat schon die Hand am Treppengeländer und dreht sich noch mal zu Frau Bunge um.

»Wie?«

Doch die Wohnungstür hat sich bereits geschlossen. Groth steht noch immer auf der obersten Treppenstufe und fragt sich, wovon die Frau um Himmels willen spricht.

Die Mönkebergschule, ehemals Polytechnische Oberschule 19, ist ein lang gezogenes Rechteck mit sehr vielen Fenstern.

Als Groth das Gebäude erreicht, ist der Unterricht bereits im Gange, der Schulhof bis auf einige verstreute Fausthandschuhe verwaist. Über den Hof weht es eisig, an den Rändern und um die wenigen Bäume liegen mehr Schneereste als anderswo im Viertel. Man kann die Windschneisen an ihnen ablesen.

Groth geht die Stufen zum Hauptgebäude hinauf. Aus einem Fenster dringt Gesang, aus einem anderen die Stimme eines Lehrers, der über Endmoränen spricht. Groth liest »Schulsekretariat Ziermann« an einer Tür und klopft. Drinnen steht eine Frau um die fünfzig von ihrer Schreibmaschine auf und kommt zum Tresen. Groth legt ihr seinen Dienstausweis hin.

»Dann sind Sie wegen Matti Beck hier«, sagt sie, und Groth nickt.

»Weiß man denn schon etwas?«

»Nein«, sagt Groth. »Wir suchen noch. Ich möchte mit den Kindern aus seiner Klasse sprechen. Zuerst Axel Bunge. Und danach ...«, Groth blättert sein Notizbuch auf, »Dennis Haude.«

»Den Axel kann ich Ihnen aus dem Unterricht holen, aber einen Dennis Haude haben wir hier nicht.«

»Da sind Sie sicher?«

Sie nimmt ihre Brille ab und schaut Groth an wie einen schlecht vorbereiteten Schüler.

»Da bin ich sicher. Ich arbeite seit vierzehn Jahren hier.«

Groth wird von Frau Ziermann gebeten, im Lehrerzimmer zu warten. Außer ihm ist niemand hier, aber Groth fühlt sich trotzdem beobachtet, denn das Zimmer gibt Geräusche von sich, die Heizung knackt, und er hört ein Pfeifen, das ihn verunsichert, bis er merkt, dass es Luft ist, die aus einer Thermoskanne entweicht. Kalter Zigarettenrauch hängt in der Luft. Frau Ziermann hat ihm einen Tisch in der Ecke zugewiesen, auf dem Hefte gestapelt sind.

Groth hat kaum die Jacke ausgezogen, da erscheint die Schulsekretärin bereits mit einem dunkelhaarigen Jungen, den er vom Klassenfoto wiedererkennt.

»Du bist also Axel«, sagt Groth.

Der Junge nickt.

Im Sitzen verschwindet Axel fast hinter den Heftstapeln, also schiebt Groth alles an den Rand, bis genug Platz für sie beide ist und er seinen Notizblock auf der Tischplatte ablegen kann. Der Junge sieht sich vorsichtig im Raum um. Wahrscheinlich war er noch nie hier, hat sich immer schon gefragt, was genau sich hinter der Tür verbirgt, an der »Lehrerzimmer« steht und die ihm verschlossen ist.

»Ich heiße Groth und bin von der Polizei. Aber das hat dir Frau Ziermann sicher schon gesagt. Wie du weißt, suchen wir nach deinem Freund Matti. Stimmt es, dass du ihn vorgestern Abend gesehen hast?«

»Ja, das stimmt.«

»Erzähl mir davon. Wo war das?«

»Das war auf der Angerstraße am Schleichweg.«

»Schleichweg?«

»So nennen wir den Fußweg zu meinem Haus.«

»Und worüber habt ihr gesprochen?«

»Fußball.«

»Dann interessiert ihr euch beide für Fußball. Spielt ihr in einer Mannschaft?«

»Ich spiele, aber Matti nicht.«

»Als Matti weiterging, hat er dir da gesagt, wohin er da wollte?«

»Nein, aber ich konnte ja sehen, dass er einen Beutel dabeihat.«

»Einen Beutel?«

Axel nickt.

»Einen leeren Beutel?«

Wieder nickt Axel.

»Den nimmt Matti immer mit, wenn er zur Kaufhalle geht.«

»Kannst du mir den Beutel beschreiben?«

»Der ist rot.«

Groth schreibt das in sein Notizbuch.

Er schiebt den Block in die Tischmitte und malt die Wallstraße, die Angerstraße, dann das Haus, in dem Matti wohnt, den breiten Grünstreifen zwischen den Fahrbahnen und auf der anderen Straßenseite Axels Wohnhaus. Der Junge schaut Groth aufmerksam zu, er hat sich eine Handbreit vom Stuhl erhoben, die Unterarme auf dem Tisch und beugt sich über die Zeichnung.

»Siehst du, was das ist?« Groth zeigt mit dem Stift auf seine Skizze.

»Das ist die Wallstraße. Ich wohne hier.«

»Wo genau habt ihr euch getroffen, Matti und du?«

»Hier.« Axel zeigt auf eine Lücke zwischen zwei Häusern in der Angerstraße.

»Und da ist auch der Schleichweg?«

Axel nickt.

»Und in welche Richtung ist Matti dann gegangen?«

»Da lang.« Axels Finger fährt sehr genau an der Seite der Straße entlang, wo der Gehweg zu vermuten ist, den Groth aber nicht eingezeichnet hat, dann weiter zur Breiten Straße und um die Ecke.

»Hast du ihn hier noch gesehen? An der Ecke zur Breiten Straße, meine ich.«

Axel nickt.

»Du hast also noch ein wenig am Schleichweg gestanden.«

»Ich konnte meinen Schlüssel nicht finden.«

Groth verkneift sich ein Lächeln. Dann klappt er den Block zu. Ein roter Beutel, denkt Groth. Sieh mal an, so einer muss doch auffallen.

»Kennst du einen Jungen, der Dennis Haude heißt?«

Groth meint ein leichtes Erschrecken in Axels Augen zu sehen. Der Junge zerrt an seinen Ärmeln, während er überlegt, dann sagt er: »Ja, den kenn ich.«

»Woher kennst du ihn? Er geht nicht auf diese Schule, oder?«

»Dennis ist älter. Der geht auf die Gesamtschule.«

»Wohnt er hier im Viertel?«

Axel nickt.

»Woher kennst du ihn?«

»Aus dem Jugendklub.«

»Und Matti kennt ihn auch.«

»Ja, Matti auch.«

»Ist Dennis euer Freund?«

Schulterzucken.

»Also nein?«, hakt Groth nach.

»Ich weiß nicht. Dennis hat so viele komische Ideen. Matti mag das.«

»Aber du magst es wohl nicht.«

Sofort schüttelt Axel den Kopf, und dieses Mal sieht er erleichtert aus, als hätte er sich eine Last von der Seele geredet.

»Kannst du mir sagen, was das für Ideen sind, die Dennis hat?«

Jetzt zögert der Junge. Während des Gesprächs hat er weiter an den Ärmeln seines Pullovers gezogen, sie so weit gedehnt, dass die Bündchen bis über die Hände reichen, als wolle er im Stoff verschwinden. Jetzt lässt er los, und Groth sieht, dass auf den Fingerknöcheln von Axels rechter Hand etwas steht. Er hat nur zwei, drei Sekunden, um die verblassende Beschriftung zu entziffern, bevor die Hände wieder im Pulloverärmel verschwinden, aber wenn Groth richtig sieht, stehen da die Buchstaben H, dann wohl ein E, dann unleserlich.

Er macht sich eine Notiz.

»Sind das Ideen, für die Dennis Schwierigkeiten bekommen könnte?«

Keine Antwort.

»Ich meine, mit seinen Eltern. Oder mit der Polizei.«

»Vielleicht. Das weiß ich nicht.«

»Ich will ganz ehrlich mit dir sprechen, Axel. Du bist klug, das kann ich merken. Wir sind in großer Sorge, dass Matti etwas passiert ist. Wichtig ist nur, dass wir ihn bald finden. Wenn jemand etwas gemacht hat, das er nicht hätte tun sollen, dann werde ich ein Auge zudrücken. Aber ich möchte das wissen.«

Axel scheint über Groths Worte nachzudenken.

»Dennis und Matti haben sich ein paarmal getroffen. Ich war nicht dabei. Also kann ich gar nichts davon wissen.«

Groth wartet ab, ob noch etwas kommt, aber Axel hat sich wieder in seinen Pullover zurückgezogen und wischt mit dem Ärmel über die Tischplatte. Also kann ich gar nichts davon wissen. Hat Axel das gerade so gesagt? Die Formulierung findet Groth ungewöhnlich. Er lässt sie nochmals durch seinen Kopf rollen und schreibt sich den Satz schließlich auf.

»Gibt es etwas, das Matti immer mittwochs gemacht hat? Ich habe da nämlich einen Kalender gesehen, da waren die letzten beiden Mittwoche eingekreist. Kannst du dir vorstellen, warum?«

»Nein«, sagt Axel. »Mittwochs spiele ich immer Fußball. Was Matti da macht, weiß ich nicht.«

»Als du mit Matti vorgestern über Fußball gesprochen hast, was genau hat er zu dir gesagt?«

»Er hat über das Sammelalbum geredet.«

»Ach, was sammelt er denn?«

»Na, Fußballaufkleber. Für die EM. Wir wollen so viele wie möglich kaufen und dann tauschen.«

»Sammelt ihr sonst noch was?«

»Kronkorken. Und leere Telefonkarten. Aber die sind schwer zu kriegen.«

Groth muss lächeln. Da hat er seine Erklärung für die Schachtel in Mattis Zimmer. Außerdem fühlt er sich in seine Kindheit zurückversetzt, als er alles sammelte, was ihm brauchbar erschien, jedes Stück Schnur, gut gewachsene Stöcke zum Schnitzen, Granatsplitter im Herbst auf den abgeernteten Feldern. Einer von ihnen, Bertram Enke, hob eine herumliegende Granate auf, die scharf war. Sie hat ihn zerfetzt. Enkes Name hat sich auf ewig in Groths Gedächtnis eingebrannt. Genau wie der Knall, den er gar nicht gehört hat. Groth war nicht dabei, aber es sprach sich herum, was mit Enke passiert ist, und Groths Fantasie hat im Laufe der Zeit eigenmächtig all die Bilder ergänzt, die ihm erspart geblieben sind.

»Kann ich jetzt gehen?«

Groth schreibt das Wort »Telefonkarten« zu Ende. Dann sagt er: »Ja, Axel. Ich bringe dich in deine Klasse zurück. Danke für deine Hilfe. Kannst du mir aber noch etwas versprechen?«

Der Junge ist bei dem Wort »ja« bereits aufgesprungen.

»Wenn du dich doch noch an etwas erinnerst, was wichtig sein könnte, dann sag das deinen Eltern, deiner Lehrerin oder mir. Hand drauf?«

Groth reicht Axel die Hand.

Der Junge schlägt ein. Und jetzt sieht Groth: H, K, Z.

Groth betritt direkt hinter Axel das Klassenzimmer, an dem »207 Frau Schledorn« steht. Als sein Kopf in der Tür auftaucht, wird es schlagartig still.

Alle Augen sind auf Groth gerichtet.

Eine stickige Wärme schlägt ihm entgegen. Er versucht, Frau Schledorn auszumachen, und entdeckt sie ganz hinten im Raum neben einem Schülertisch stehend. Als sie sich aufrichtet und auf Groth zukommt, erkennt er in ihr die ernste Lehrerin im Sommerkleid auf dem Klassenfoto.

Groth bittet sich einige Minuten der Unterrichtszeit für Fragen an die Klasse aus.

»Wer von euch ist denn mit Matti befreundet?«

Drei Hände gehen nach oben, dann eine vierte, fünfte.

»Wir wollen versuchen, dass wir Matti so schnell wie möglich finden«, sagt Groth. »Wollt ihr mir dabei helfen?«

Er hat jetzt die volle Aufmerksamkeit der Kinder.

»Hat Matti euch etwas Ungewöhnliches erzählt? Wollte er weglaufen? Hatte er plötzlich viel Geld? Oder hat er sich mit jemandem heimlich getroffen? Ich möchte, dass ihr das entweder mir oder eurer Lehrerin oder euren Eltern sagt. Niemand wird für irgendetwas bestraft werden. Alles ist wichtig.«

Es ist so still in der Klasse, dass Groth wieder die Stimme des Endmoränen-Lehrers durch die Kippfenster hört. Hin und wieder knarrt eine Sitzfläche, schurrt ein Schuh. Ein Bleistift fällt zu Boden.

Aber niemand streckt die Hand.

Groth wendet sich an Frau Schledorn.

»Wenn ich Sie noch kurz draußen sprechen könnte.«

Als sie das Klassenzimmer verlassen haben, branden hinter der Tür sofort die Kinderstimmen auf.

Groth stellt sich mit der Lehrerin ans Fenster und spürt die Kälte, die durch das Fensterglas an sein Gesicht dringt. Unter ihnen liegt der blanke Schulhof, der von oben betrachtet eine Knochenfarbe hat. Groth sieht Spielgeräte, Turnstangen, die eisig sein müssen, ein Drehkarussell, das sich im Wind wie von selbst bewegt.

»Haben Sie eine Veränderung an Matti bemerkt?«

»Nein. Nicht in letzter Zeit.«

»Aber davor?«, hakt Groth nach.

»Na ja, seit der Wende, da gibt es einige Schwierigkeiten zu Hause, wie bei so vielen. Soviel ich weiß, wurde der Vater arbeitslos, und die Mutter ist plötzlich die Hauptverdienerin. Als Krankenschwester arbeitet sie Nachtschicht, da ging in der Familie wohl das ein oder andere durcheinander. Jedenfalls hat Matti häufiger mal etwas vergessen. Schulmaterial, Hausaufgaben und so weiter.«

Groth nickt.

»Würden Sie ihm zutrauen, von zu Hause wegzulaufen?«

»Dafür sehe ich überhaupt keinen Grund.«

»Meinem Kollegen sagten Sie, dass Matti für sein Alter sehr selbstständig sein muss«, sagt Groth. »Wie meinten Sie das?«

»Ich meinte damit die Realität hier auf dem Mönkeberg. Es gilt für die meisten meiner Schüler. Die Eltern haben zu tun, und die Kinder laufen irgendwie mit. Die hatten schon immer viele Freiheiten, können überall hin und kennen sich mit allem aus.«

»Trotzdem wirkt Matti sehr ernst auf den Fotos. War er unglücklich? Ist es möglich, dass er zu Hause geschlagen wird?«

Frau Schledorn schaut Groth jetzt verärgert an.

»Was Sie da alles hineinlesen. Als ob eine Familie selbst schuld ist, wenn ihr Kind verschwindet. Ich kenne Frau Beck vom Elternabend. Die spaziert auch nicht gerade mit einem Dauerlächeln durch die Welt. Liegt vielleicht in der Familie. Aber wenn Sie mich fragen, liegt es daran, dass wir zurzeit ganz allgemein wenig zu lachen haben.«

Sie zieht die offenen Hälften ihrer Strickjacke wie einen Vorhang zusammen.

»Ich muss diese Fragen stellen«, sagt Groth. »Es geht allein um das Kind, verstehen Sie? Wir schulden es Matti, in alle Richtungen zu denken.«

Sie atmet durch und nickt. Die Fensterscheibe ist inzwischen beschlagen, und Frau Schledorn wischt eine Handbreit frei. »Die Leute hier fühlen sich abgeschrieben. Was sie sich erarbeitet haben, zählt nicht mehr. Das Geld entwertet. Jeder Dritte arbeitslos. Wer kann, der geht in den Westen. Jetzt auch noch Schuldzuweisungen, das ist einfach zu viel. Ich würde Ihnen dringend raten, den Leuten zu zeigen, dass Sie auf ihrer Seite stehen.«

Groth schaut durch die freigewischte Stelle nach unten auf den Schulhof. Zwei ältere Jungen tauchen am fernen Ende auf, treten aus dem Schatten eines Flachbaus, einer kickt mit dem schwarzen Stiefel etwas vor sich her. Der andere schaut mit kahlem Kopf in ihre Richtung, zum Schulhaus, und zwar, wenn Groth sich nicht täuscht, ziemlich genau zu diesem Fenster.

»Ich werde mir das, was Sie sagten, zu Herzen nehmen«, sagt Groth. Gleichzeitig beschleicht ihn das Gefühl, dass er die Menschen hier oben vielleicht nie ganz verstehen wird. »Danke.«

8

Inas Finger sind weiß vor Kälte. Sie hat die Spuren von gestern Abend vom Taxi gewaschen, aber nicht in der neuen Waschanlage am Ring, sondern selbst, mit Eimer und Schwamm bei Temperaturen um die null vor der Garage. Ein Nachbar kam vorbei und hat den dampfenden Eimer beäugt, von wegen Autowäsche auf Privatgelände, und dann noch in dieser Kälte. Aber da sind Lackspuren am Kotflügel, und Ina muss auf Nummer sicher gehen mit all der Polizei, die hier jeden Stein umdreht. Sollen ruhig alle mitkriegen, dass sie den Wagen wäscht. Haben sie endlich mal was zu gucken.

Das Wasser hat sie von oben aus der Wohnung nach unten geschleppt bis zum Hinterausgang, weiter an den Balkonen entlang, unter den Teppichstangen hindurch bis zum Schotterweg, an dem die farblose Reihe Garagen steht. Ihre ist die ganz hinten, wo die Wintersonne nicht hinkommt, gleich neben einem Geflecht aus Hecke, in das Ina jetzt das Schmutzwasser kippt. Aus den Augenwinkeln sieht sie, wie der Nachbar, der gerade noch auf einen Berg aus karstigen Schneeresten einhieb, jetzt auf seinem Spaten lehnt und zu ihr rüberschaut. Ina tut so, als nähme sie seine Blicke nicht wahr. Sie lässt die letzten schwarzen Tropfen aus dem Eimer rinnen. Danach trocknet sie ihre Hände ab und erlaubt sich endlich, Handschuhe anzuziehen. Wie Heizkissen fühlen die sich an. Sie bewegt die Finger im Wollstoff und betrachtet den Wagen, der vor der offenen Garage steht. Das Dach ist so sauber, dass sich die Buchstaben des Taxischilds darin spiegeln. Wie stolz sie oft nach

Dienstschluss auf den Mönkeberg zurückfährt, die Taxe ein Blickfang zwischen den Kleinwagen. Beim Eintauchen in die Siedlung bildet sie sich manchmal ein, aus allen Fenstern bejubelt zu werden wie eine Diva im eierschalenfarbenen Kleid. Eine Diva mit Schrammen.

Inas Blick bleibt am rechten Kotflügel hängen. Eine Delle ist sichtbar, dazu einige tiefe Kratzer genau dort, wo das Moped entlangschrammte. Einen Moment später, und sie hätte den Fahrer voll erwischt. Für den Bruchteil einer Sekunde hatte sie den Mann im Blick, als er sich, vom Scheinwerfer geblendet, im Schreck zu ihr drehte. Der Knall, den sie erwartete, blieb aus, stattdessen hörte sie ihre Reifen quietschen. Der Mann riss den Lenker herum, geriet ins Schlingern und rutschte vom Sattel. Das Moped schurrte ohne Fahrer auf der Seite liegend über die Fahrbahn, bestimmt zehn Meter weit. Ein Wunder, dass dem Mann nicht Schlimmeres passiert ist. Als Ina sich jetzt zum Vorderreifen bückt, sieht sie auch auf der Felge einige Schrammen. Aus einem alten Baumwollhemd, aus dem Benno rausgewachsen ist, hat sie Lappen geschnitten. Jetzt quetscht sie einen Klacks Elsterglanz aus der Tube auf den Lappen und poliert die Felgen. Mit dem nächsten Lappen wischt sie den Wagen trocken, zuerst die Fenster und zum Schluss, nachdem sie den Lappen ausgetauscht hat, die Aufschrift auf der Fahrertür: Funk Taxi Adler 55 77.

Ina hat die Führerscheinprüfung zur Fahrgastbeförderung in nur zwei Monaten abgelegt. Vor der Wende fuhr sie zur Erntezeit einen W50 Lader, das kam ihr zugute.

Sie wirft gerade die Lappen und Schwämme in den leeren Eimer, als sie von hinten Melanies Stimme hört.

»Na, siehst ja ganz durchgefroren aus.«

Ina erschrickt. Sie stellt sich mit dem Rücken vor die Delle und hofft, dass Melanie nichts davon sieht.

»Hab das Auto gewaschen.«

Melanie hat ihre Hände tief in den Jackentaschen vergraben

und streckt die Arme durch. Sie haben sich im Spätsommer auf dem Sportplatz kennengelernt, Melanie und sie, als ihre Söhne gegeneinander Fußball spielten. Ina hatte kein Interesse an Bekanntschaften, aber Melanies subversive Art gefiel ihr.

»Hast ja sicher gehört, was hier los ist. Ich weiß nicht, wie's dir geht, aber ich mach mir Sorgen um Ingo. Von wegen. Schiss hab ich, richtig Schiss.«

Melanie tritt einen Schritt näher und senkt die Stimme.

»Da ist bestimmt was passiert. Es wär nicht das erste Mal.«

Als Melanie ihr das zuraunt, macht Ina einen Schritt nach hinten und stößt mit der Ferse an ihren Putzeimer.

»Schlimm so was«, sagt sie. Ihr Blick geht zur Straße, wo in diesem Moment Hundegebell zu hören ist.

»Die rücken mit Spürhunden an.« Melanies Kinn deutet in Richtung Gebell. »Da wird einem ganz anders.«

»Wie alt war der Junge doch gleich?«

»Elf. Matti Beck. Die Familie wohnt da vorne.«

Melanies Hand deutet ungenau auf einen der Balkone am Nachbarhaus. Dass Ina gerade in der Vergangenheitsform nach dem Alter des Jungen gefragt hat, scheint Melanie nicht gemerkt zu haben. Aber ihr selbst ist es aufgefallen. Und es stimmt schon. Wenn sie ehrlich ist, glaubt sie, dass der Junge nicht mehr lebt.

»Ich kenne die Mutter. Den Vater auch, aber den sieht man nicht so oft. Arbeitslos seit der Wende«, tratscht Melanie weiter. »Die Mutter ist auch so eine Insichgekehrte. Sagt nur das Nötigste. Aus der wirst du nicht schlau. Aber immer freundlich, das schon. Na ja, egal. So was wünscht man keinem.«

»Keinem«, wiederholt Ina.

Eine Weile stehen sie da und beobachten, wie sich einige Polizisten mit Stangen in der Hand auf dem Kiesweg zu den Garagen sammeln.

»Ich glaub, die suchen jetzt gleich auch hier alles ab«, sagt Melanie.

Ina versucht die Unruhe zu überspielen, die sie gerade erfasst, und klimpert mit dem Schlüsselbund.

»Ich fahr mal besser den Wagen rein.«

Als sie im Sommer hier ankamen, Benno und sie, da kreischten Möwen in der Luft, und im Wind roch man den Seetang der Küste. In Berlin schien ihr das Klima milder, sie kann sich noch an einen Artikel in der *Berliner Zeitung* vom letzten Winter erinnern: »Temperaturrekord – Höchste gemessene Durchschnittstemperatur im Januar seit dreißig Jahren«. Aber vielleicht täuscht sie sich. Vielleicht hat die Zeitung das nur gebracht, damit auch mal was Positives berichtet wird. Es kann ihr sowieso egal sein, denn jetzt sind sie hier. Neues Spiel, neues Glück. Rückkehr ausgeschlossen. Hier in Wechtershagen, das sagt auch Benno, muss man die Kälte abkönnen.

Ina hatte Benno nichts von Wechtershagen erzählt, nicht vom Umzug, nichts vom Taxiführerschein, bis es ans Packen ging. Sie saßen schon im Auto, die Taschen und Plastebeutel, die sie hastig verstaut hatten, im Kofferraum, und fuhren Richtung Norden, als sie Benno in ihre Pläne einweihte. Er hatte nicht schlecht gestaunt, als er hörte, womit sie in Zukunft ihr Geld verdienen würde.

Wie von Benno nicht anders zu erwarten, kam er zuerst mit praktischen Fragen: »Von wo kriegst du denn die Taxe?«

»Die Taxe ist geliehen«, sagte Ina. »Die fahre ich nur beruflich.«

Benno ließ das erst mal auf sich wirken.

»Und wo parkst du die Taxe, wenn du nicht arbeitest?«

»Na, in unserer Garage.«

»Wir haben eine Garage? Wirklich? Wo denn?«

»Gehört zur Wohnung«, sagte Ina. Eine Spur Stolz schwang in ihrer Stimme mit. »Dreiraum mit Garage. Ist zwar fünf Treppen hoch, dafür mit schönem Blick.«

»Blick wohin?«

Auf die anderen Plattenbauten, dachte Ina. In fremde Fenster, Balkone und Küchen. In lauter kleine Leben, so wie unseres.

Sie schaute ihren Sohn im Rückspiegel an.

»Du fragst mir ja Löcher in den Bauch.«

Ina betritt gerade das Haus, als jemand ihren Namen ruft.

»Frau Paul!«

Die Stimme hallt durchs Treppenhaus.

Es ist der Nachbar von vorhin.

»Sie sind doch Frau Paul?«

Ina antwortet nicht.

»Wegen dem Treppendienst«, sagt der Nachbar. »Da müssten Se sich noch eintragen.«

»Sicher«, sagt Ina. »Das mache ich noch.«

»Das machen Se aber bald, ja? Treppendienst gilt für alle, so ist das nun mal.«

Ina nickt.

»Außer Sie sind hier nur zu Besuch. Sind Se hier nur zu Besuch?«

»Nein«, sagt Ina.

»Sie ham wohl die Wohnung von der anderen jungen Frau übernommen, wa?«

Ina antwortet nicht.

»Ham Se sich denn bei der Hausverwaltung angemeldet?«

»Das ist alles längst erledigt.« Ina setzt ihren freundlichsten Blick auf, eine einstudierte Maske.

Der Mann überlegt kurz, doch er scheint fürs Erste beruhigt und bohrt nicht weiter. Er hält ihr die Tür auf und lässt Ina zuerst in den Hausflur.

»Von wo sind Se denn?«, fragt er.

»Von hier«, lügt Ina. »Ich komme von hier. Schönen Tach noch«, und ist in der nächsten Sekunde mit Eimer, Lappen und Elsterglanz über die halbe Treppe nach oben gehuscht und um die Ecke verschwunden.

Benno hat sich kein einziges Mal beklagt, als sie ihm morgens am Hellersdorfer Küchentisch eröffnete, dass sie wegziehen an einen unbekannten Ort.

Ob sie in den Westen gingen, fragte Benno.

»Kein Kommentar«, antwortete Ina.

Ob der Ort einen Namen habe?

»Ja«, sagte sie. »Klar hat er das. Jeder Ort hat einen Namen.«

Aber mehr verriet sie nicht, noch nicht, damit Benno nicht aus Versehen etwas ausplaudere. Als sie ihm den Namen zwei Stunden später im Auto auf der Höhe von Oranienburg zum ersten Mal auf der Straßenkarte zeigte, da fuhren sie gerade auf die Autobahn.

»Wechtershagen«, las Benno laut vor.

Sie konnte sehen, dass er dabei nickte. Der Name hatte ihm sofort gefallen, genau wie ihr.

Mit Wechtershagen verband sie nicht viel. Sie war niemals zuvor hier gewesen, kannte niemanden außer Klaudia, ihrer Freundin aus Schulzeiten, die auch nicht von hier stammte, aber just zu der Zeit ihre Wechtershagener Wohnung untervermieten wollte, als Ina sich entschloss, Andi nun wirklich ein für alle Mal und endgültig zu verlassen.

Es war genau, was sie brauchte – eine Wohnung, die auf den Namen von jemand anderem angemietet war und in der Benno und sie verschwinden konnten.

Und nun ist hier alles voller Polizei. Gestern Abend versuchte sie, mit Benno über den vermissten Jungen zu sprechen.

»Weißt du etwas über ihn? Ihr geht doch auf die gleiche Schule.«

Benno schüttelte den Kopf.

»Was hat eure Lehrerin dazu gesagt?«

Sie ließ Benno zu Ende kauen.

»Dass wir die Augen offen halten sollen. Und uns melden, wenn wir was wissen.« Er sah sie nicht an, als er das sagte.

Ina hat gespürt, dass Benno ihr nicht alles erzählt. Noch vor einigen Wochen sprudelten die Ereignisse des Schultages aus ihm heraus. Plötzlich hat sich etwas zwischen sie geschoben, als würde sich eine unsichtbare Hand auf Bennos Mund legen, wenn sie mit ihm über Persönliches sprechen möchte. Ja, er ist fast dreizehn, und sie weiß, dass Jungen in diesem Alter verschlossener werden. Sie weiß auch, dass er seine erste Zigarette geraucht hat. Auch das hat er ihr nicht erzählt. Aber als sie ihn auf den Geruch ansprach, der ihm anhaftete, seinem Haar, seinem Atem, da gab er es zu. Er habe nur zweimal gezogen. An der Zigarette von jemand anderem, sagte er. Nur so. Da sei nichts dabei.

Ina ließ ihn in Ruhe. Sie hätte gerne gefragt, wie der Freund heißt, an dessen Zigarette Benno gezogen hat. Sie wüsste gerne, was sie sonst noch Verbotenes machen. In Bennos Schreibtischschublade hat sie seine alte Kinderbörse mit Geld gefunden, mehr als sie ihm gegeben hat, auch dessen Herkunft würde sie gerne kennen.

Ina steht in der Wohnung und schiebt den Riegel vor. Einen Moment lang lauscht sie in die Stille. Dann stellt sie den Eimer ab, zieht die Jacke aus, schlüpft in die weichen Hausschuhe.

Vor ihrer nächsten Tour hat Ina noch eine halbe Stunde Zeit. Sie beschließt, mit dem Taxi ganz langsam am Fußballfeld hinter dem Jugendklub vorbeizufahren in der Hoffnung, Benno mit den anderen beim Training zu sehen, aber sie sind außer Sichtweite. Sie traut sich nicht, auszusteigen und nachzusehen, und kurbelt das Fenster herunter. Aus der Ferne hört sie Rufe und Bolzgeräusche und stellt sich vor, wie sie alle mit bunten Trikots auf hart gefrorenem Boden Fußball spielen, Benno im Tor und die anderen im Sturm. Es machte sie glücklich, dass er Teil einer Mannschaft ist. Sie sieht alles genau vor sich, die vor Kälte roten Gesichter, das Gedränge und Gerangel um den Ball und Bennos weißen Atem. Doch in diesem Moment bemerkt sie im Rückspiegel, wie die Tür des Klubhauses aufgeht und zwei ältere Jugendliche herauskommen.

Die Tür fällt schon zu, als sie abgefangen wird und ein weiterer Junge heraustritt. Es ist Benno. Er trägt seine Schulkleidung und Straßenschuhe. Der Sportbeutel mit seinen Fußballsachen hängt über seiner Schulter wie ein Requisit.

9

Die Gesamtschule ist nur einen Steinwurf von der Mönkebergschule entfernt, doch der Weg führt Groth an der Turnhalle vorbei über unbebautes Gelände, über das der Wind bläst und ihm Tränen in die Augen treibt. Das Sekretariat ist nicht besetzt, also geht Groth auf die Suche nach jemandem, der ihm weiterhelfen kann, angefangen beim Hausmeister bis zu einer vorbeieilenden Lehrerin. Jeder kennt Dennis Haude, aber der Hausmeister sagt, er habe keine Stundenpläne im Kopf, und bittet Groth, er möge kurz warten. Als der Mann nach fünf Minuten nicht zurück ist, gibt Groth auf. Die Lehrerin glaubt, dass Dennis in die zehnte Klasse gehe, aber sie wisse leider nicht genau, wo sich die zehnten Klassen gerade befänden, Werkunterricht vielleicht. Oder Sport? Sie führt Groth wieder zurück zum verschlossenen Sekretariat, da ihr auch nichts Besseres einfällt, bis Groth das Gefühl hat, sich in einer Endlosschleife zu bewegen. Schließlich klopft er an jede Tür im Erdgeschoss, bis er irgendwann ein Ja hört und eintritt. Hinter der Tür befindet sich das Lehrerzimmer. Die Schulrektorin ist im Raum und kennt Dennis »nur zu gut«.

Groth erfährt, dass Dennis die zehnte Klasse wiederholt. Aber sprechen könne Groth ihn leider nicht, denn Dennis Haude sei gestern und heute nicht zum Unterricht erschienen.

Sieh mal an, denkt Groth.

»Entschuldigt?«, fragt er.

»Er ist dem Unterricht ferngeblieben«, sagt die Rektorin. »Wenn ich jedes Mal fragen würde, warum, hätte ich viel zu tun.«

Groth fühlt ein Kribbeln im Oberkörper, eine Unruhe, denn hier scheint ihm zu viel des Zufalls am Werk. Er lässt sich die Wohnadresse geben, Hüsunger Weg, er weiß, wo das ist. Er wird Schaller und Bunterode mitnehmen. Vielleicht haben sie hier ihre erste konkrete Spur, da geht er nicht allein.

Groth und Schaller treffen kaum zwanzig Minuten später vor einem Hochhaus im Hüsunger Weg ein. Bunterode fährt hinter ihnen und soll unten vor dem Haus den Eingang sichern. Das Kribbeln in Groths Körper ist zurück, er nimmt zwei Stufen auf einmal, stolpert fast, denn mit jeder Minute hat sich das Gefühl gefestigt, dass zwischen Dennis und Matti eine Verbindung besteht.

Hatte Axel nicht davon gesprochen, dass Dennis komische Ideen habe? Groth hätte weiter nachhaken müssen. Was genau meinte Axel damit? Wenn er mit Gerstacker unterwegs gewesen wäre, dann wäre ihm das nicht durchgerutscht. Gerstacker war bekannt für Präzision, dem entging nichts. Groth drückt auf die Klingel neben der Wohnungstür. In seinem Kopf beginnen sich die Gesichter von Matti und Axel in diesem Moment zu überlagern, er sieht Axel vor sich, als er an Mattis Foto denkt.

Die Tür öffnet sich, und Groth ist einigermaßen perplex.

Vor ihm steht ein junger Mann mit kurz geschorenem Haar, den er kennt. Nur zu gut kennt, um die Worte der Gesamtschulrektorin zu benutzen.

Vor ihm steht der Autodieb, den Groth gestern befragt hat. Da hieß er allerdings noch ganz anders.

»Dennis Haude?«, fragt Groth.

»Was soll das?«

»Bist du Dennis Haude?« Groth setzt den Fuß auf die Türschwelle.

»Möglich.«

»Seit wann ist es so schwierig, sich seinen eigenen Namen zu merken?«

»Was gibt's denn noch? Ich hab doch schon alles gesagt.«

»Da bin ich anderer Meinung«, sagt Groth. Er drängt sich an dem Jungen vorbei in die Wohnung. Vier Zimmer, schätzt Groth. Er wirft einen Blick in die Küche, dann ins Bad. Ähnlich geschnitten wie die der Becks. Ein Bierkasten auf dem Flur. Am Haken ein weiß-blauer Schal für Hansa Rostock.

»Sind deine Eltern hier?«

»Sind auf der Arbeit.«

»Kennst du Matti Beck?«

»Wen?«

»Er hat ein miserables Namensgedächtnis«, sagt Groth an Schaller gewandt, der inzwischen in der Tür steht, sodass sie den Jungen zwischen sich haben.

»Kennst du ihn?«, wiederholt Groth.

»Kann sein.« Dennis legt den Kopf in den Nacken, dann lenkt er ein. »Ja, ich kenn den.«

»Wie man hört, habt ihr euch getroffen. Warum?«

»Ich hab mich mit dem nicht getroffen.«

»Du lügst.«

»Ich kenn den nur aus dem Jugendklub.«

»Matti Beck ist seit vorgestern Abend verschwunden. Was weißt du darüber?«

Dennis sieht Groth jetzt zum ersten Mal in die Augen. Nur kurz, doch Groth glaubt in seinem Blick erste Anzeichen von Sorge zu erkennen. Dennis fährt sich mit der Hand über den ausrasierten Nacken.

»Ich glaube, wir sollten ihn mitnehmen«, sagt Schaller zu Groth. »Das wird hier sonst nichts.«

»Wo warst du Mittwochabend zwischen achtzehn Uhr und Mitternacht?«, fragt Groth.

Seinem Gegenüber steht jetzt Angst ins Gesicht geschrieben.

»Vorgestern war ich unterwegs, das wissen Sie doch.«

»Ich weiß, was du nach Mitternacht gemacht hast. Ein Auto geklaut«, sagt Groth.

»Also gut, ja. Scheiße, Mann. Aber ich weiß nicht, wo der Beck ist. Ich hab den seit Tagen nicht gesehen.«

»Aber wo warst du, bevor ihr das Auto geklaut habt?«

»Wir war'n den ganzen Abend in Pragsdorf im Kutter. Das is 'ne Kneipe. Ham einen draufgemacht. Als wir nach Hause wollten, war der letzte Bus weg. Deshalb ham wir den Corsa geliehen.«

Groth verkneift es sich, das Wort zu kommentieren. »War Matti Beck mit euch im Kutter?«

»Was? Nein, im Leben nicht.«

Groth sieht auf Dennis Haudes Kopfhaut an einigen Stellen Blutkrusten, nadelstichgroß, wie sie nach einer schlechten Rasur entstehen. Er wirft einen Blick auf das Paar matschige Springerstiefel an der Tür und kann sich denken, mit welcher Art Freunde Dennis seine Freizeit verbringt. Groth wünschte, dass der Vermisstenfall in diesem Moment seine Auflösung fände: Matti Beck hat sich aus irgendeinem Grund, Bewunderung oder Rebellion, einer Gruppe von Neonazis angeschlossen. Sie haben nach einem Kneipenbesuch ein Auto geklaut, kaputt gefahren und mussten sich in der Nacht getrennt voneinander zu Fuß zum Mönkeberg durchschlagen. Jetzt sitzt Matti verängstigt in irgendeinem Unterschlupf, vielleicht einer Telefonzelle, vielleicht am Bahnhof, und traut sich nicht nach Hause, weil er denkt, dass er etwas Schlimmes angestellt hat.

Aber Groth muss davon ausgehen, dass Dennis Haude die Wahrheit sagt. Es waren keine Fußspuren in Matti Becks Schuhgröße am Fundort des Corsa. Das Auto war leer. Ist es möglich, dass Matti zumindest vorher, im Kutter, mit dabei war? Vorsichtshalber wird er die Wegstrecke entlang der Bundesstraße absuchen lassen, sicher ist sicher.

»Wer sind die anderen, mit denen du das Auto aufgebrochen hast?«

Dennis schüttelt den Kopf wie jemand, der sich geschlagen gibt.

Und dann bekommt Groth zwei Namen, Christian und Günni,

und den Nachsatz, dass sie sich schon um fünf getroffen haben. Mit dem Bus seien sie rausgefahren nach Pragsdorf. Ehrenwort, er habe nichts mit Matti zu tun gehabt. Nichts.

Die nächsten zwei Stunden verbringt Groth damit, Dennis Haudes Alibi zu überprüfen. Er fährt mit Bunterode raus nach Pragsdorf, und auf der Fahrt taxiert er jede Stelle, an der sich ein Junge aufhalten könnte, Unterstände, Bänke, Schuppen, ein Gasthaus mit vernagelten Fenstern. Als sich im Kutter niemand meldet, ruft Groth nach oben zur Wohnung über der Kneipe, wo ein Fenster offen steht. Tatsächlich zeigt sich ein Gesicht. Zu Groths Überraschung ist es jung, ein Mann Anfang dreißig, glatt rasiert, untersetzt.

»Was wollt ihr?«

»Polizei«, ruft Groth. »Es geht um drei Ihrer Gäste. Dauert nicht lange.«

Nach einigen Minuten hört Groth Schritte im Innern der Kneipe, ein Stuhl wird gerückt, dann dreht sich ein Schlüssel im Schloss. Statt sie hineinzubitten, stößt der Mann nur die Tür auf und taucht ins Innere ab, bis man ihn nicht mehr sieht. Bunterode geht voraus, Groth hinterher. Es ist dämmrig, die Tische und Stühle nur schemenhaft zu sehen. Selbst mit geschlossenen Augen kann man eindeutig zuordnen, welches Getränk hier bevorzugt ausgeschenkt wird. Der Boden klebt an mehreren Stellen, und Groth sucht sich eine, die ihm sauber erscheint.

In diesem Moment flammt das Deckenlicht auf.

»Es geht um vorgestern Abend«, sagt Groth. »Mittwoch. Da hatten Sie Gäste aus Wechtershagen hier. Einer heißt Dennis Haude, er ist Schüler. Können Sie sich an die Gruppe erinnern?«

»Warum fragen Sie mich das?«

»Ich sage Ihnen, warum, sobald Sie meine Frage beantwortet haben.«

Der Wirt nimmt einen Lappen und beginnt, in Kreisen über

den Tresen zu wischen. Groth ist nicht sicher, was in dessen Kopf vorgeht, vielleicht denkt er nur nach, aber das Wischen sieht aus, als nähme der Mann Maß, um eine passende Antwort zu schneidern.

»Ich kenne nicht alle meine Gäste«, sagt er schließlich. »Um das glasklar zu machen. Am Mittwoch hatten wir Live-Musik um sieben. Es hat sich ab halb sieben gefüllt, und, ja, da waren auch drei Jungs um die achtzehn dabei. Woher die kamen, das kann ich Ihnen nicht sagen. Aber an die drei erinnere ich mich, weil sie unter den Ersten waren.«

»Wie früh also?«

»Um halb sieben, würde ich sagen. Der Bus aus Wechtershagen kommt um achtzehn zwanzig. Ich vermute mal, dass die da drin waren.«

»Es waren also drei«, wiederholt Groth. »Da war nicht auch ein noch jüngeres Kind von vielleicht elf Jahren dabei?«

Der Wirt wirft den Lappen in die Spüle und schaut Groth an.

»An Elfjährige schenke ich hier nicht aus. Und jetzt würde ich dann ganz gerne mal erfahren, worum es geht.«

Groth holt das vergrößerte Foto von Matti Beck aus seiner Jackentasche und legt es in die feuchte Wischspur.

»Dieser Junge ist am Mittwochabend auf dem Mönkeberg verschwunden. Wir fragen uns, ob er mit den älteren Freunden unterwegs war. Haben Sie ihn hier gesehen?«

Der Wirt wirft einen Blick auf das Bild, während er sich die Hände trocknet.

»Das kann ich ausschließen.«

»Sicher?«

»Absolut sicher.«

Groth und Bunterode blinzeln in den verhangenen Himmel, als sie vor dem Kutter stehen.

»Rückfahrt?«, fragt Bunterode.

Groth nickt. Er blickt auf die kaum befahrene Kreuzung, an der der Kutter zurückversetzt liegt. Eine typische Dorfkreuzung, große Straße trifft kleine Straße, es geht tiefer ins Land oder zurück in die Stadt. Mehr gibt es hier nicht.

Zurück in die Stadt. Es gilt auch für Matti Becks Verschwinden.

»Den Versuch war es wert«, sagt Bunterode, als hätte er Groths Gedanken gelesen.

Als sie in die Wallstraße einbiegen, ist gerade ein Mannschaftswagen der Polizeiinspektion Rostock zur Verstärkung des Suchtrupps eingetroffen. Groth fragt sich, wer das veranlasst hat. Bekendorf sicher nicht. Ein Anwohner hat ein Kissen in sein offenes Fenster gelegt und schaut nach unten. Hellberg ist im Gespräch mit dem Mannschaftsführer, sie blicken auf eine Karte, die Hellberg in der Hand hält. Über allem liegt eine erstaunliche Gewissenhaftigkeit, als hätten sie einen Ermittlungsansatz, eine konkrete Spur, die es jetzt zu verfolgen gilt. Aber die Wahrheit ist, dass sie mit Stangen in jedes Gebüsch stechen, weil sie gar nichts wissen. Als Groth sich nähert, stellt er Blickkontakt mit Hellberg her, signalisiert ihm, er sei zurück, und Hellberg nickt, um im nächsten Moment mit der flachen Hand einen Strich durch die Luft zu ziehen.

Also auch hier bisher nichts.

Noch haben sie drei Stunden Tageslicht, die gilt es auszunutzen. Plötzlich kommt ihm der Name Karl wieder in den Sinn. Ein Gefühl von Dringlichkeit überfällt Groth. Er wollte sich bereits heute Morgen darum kümmern. Er atmet durch. Zu viele lose Fäden.

10

Manchmal hat Ina den Geruch von Andis Rasierwasser in der Nase. Das passiert ganz plötzlich, auch wenn sie gar nicht an ihn denkt, am Taxistand zum Beispiel, oder beim Durchqueren des Bahnhofsgebäudes von Wechtershagen, wo sie in der Standpause aufs öffentliche WC geht. Jede Menge Gerüche gibt es da, aber sie filtert ausgerechnet den einen heraus, den sie vergessen will – Florena Privileg. Auch jetzt wehte er gerade für ein, zwei Sekunden heran. Es ist Freitag, früher Nachmittag, sie steht mit den anderen Fahrern im Windschatten vor dem Kiosk am Wechtershagener Bahnhof. Die anderen reden, und Ina muss an ihren Ex denken. Vorsichtig schaut sie sich nach allen Seiten um. Von Andi ist nichts zu sehen, wie auch, er weiß gar nicht, wo sie ist. Während sie die Passanten mustert, verweht der Januarwind alle Gerüche, auch diesen, bis er nur noch in ihrer Erinnerung existiert. Der Flakon stand jahrelang auf der Ablage ihres Berliner Bads. Auf dem Etikett eine geschnitzte Kriegerfigur mit gezückter Lanze, hoch zu Ross. Der Krieger sah aus, als wolle er im nächsten Moment zustechen.

Heute war sie mit dem Taxi bereits in Woldegk, Burg Stargard und zweimal zur Poliklinik. Harry, ihr Dispatcher, schiebt ihr alle Dialysefahrten zu, als hätten die Nierenkranken ein Abonnement bei ihr. Der Fahrgast, der zuletzt auf der Rückbank saß, war gerade fertig mit der Behandlung. Hielt sich an ihr fest, als sie ihn vor der Klinik in die Taxe bugsiert hat. Da konnte sie unter der wattierten Jacke seine Zerbrechlichkeit fühlen, einen dünnen Arm, der fast nur aus dem Knochen und wabbeliger Haut zu bestehen schien.

Ina ging behutsam mit ihm um. An der Art, wie der Mann auf dem Rückweg selig aus dem Fenster in die vorbeiziehende Winterlandschaft schaute, auf abgeerntete Felder, mit Frostkruste überzogen, kahle Obstbäume, Krähen, die von schwarzerdigen Wiesen aufflatterten, konnte sie erkennen, dass er sonst nie rauskommt. Ein Leben am seidenen Faden, dachte sie, als sie in den Rückspiegel schaute, aber ein Leben, immerhin.

»Na, biste mit den Gedanken gerade ganz weit weg?«

Es ist Ulo, der Fahrer aus Cölpin mit dem steifen Knie, der sie das fragt. Dabei schaut er sie mit forschendem Blick an. Ulo entgeht nichts. Er hat genau wie sie was übrig für die Versehrten. Das fiel Ina gleich auf. Er hat diese Art, den Leuten ihr Gepäck abzunehmen, lange bevor sie das Taxi erreichen. Dabei macht er lange Schritte mit dem gesunden Bein, zwei, drei große Sätze, und kaschiert seinen humpelnden Gang mit Schnelligkeit. Ganz anders Herbert, den die anderen Berti nennen. Er ist der Wortführer ihrer Truppe, das sagt er selbst. Hat eine Stimme, die manchmal der von Andi verdammt ähnlich ist. Als Ina neu war am Taxistand und Berti ihr was zurief, da war sie wie erstarrt. Das Blut wich ihr aus dem Kopf, ganz anders wurde ihr, so sehr hat sie geglaubt, Andi stehe ihr gegenüber. Inzwischen findet sie es gut, dass mit Herberts Stimme immer mal wieder eine Schrecksekunde kommt. Das muss wohl so sein. Es hält sie auf Trab. Das Schlimmste wäre, einzurosten und nicht zu reagieren. Nicht mal zu merken, wenn Andi eines Tages tatsächlich vor ihr steht. Denn Ina weiß sehr wohl, dass das passieren kann.

Im Sommer, als sie mit ihrem Sohn gerade erst in die Stadt gezogen war, haben die neuen Kollegen sie zwei Wochen lang beäugt. Was will die hier, sagten die Blicke, so ’ne lütte Person, ’ne Frau, ausgerechnet in diesem Beruf. Ein kräftiger Windstoß, und die kippt uns vor die Füße. Aber Ina ist nicht gekippt. Na schön, einmal war sie kurz davor. Aber inzwischen ist sie seit sechs Monaten

Taxifahrerin und hat achtzehntausend neue Kilometer auf dem Tacho. Einmal ist ein Fahrgast übergriffig geworden, ein älterer Typ, vielleicht sechzig. Kam von einer Trauerfeier, das muss man sich mal vorstellen. Saß auf der Rückbank und hat ihren Kopf an den Haaren nach hinten gezogen, bis es anfing zu spannen. Wahrscheinlich glaubte der allen Ernstes, dass sie das anmacht. Ob sie mit ihm mal rechts ranfahren wolle, hat er gefragt. Gleich hinter Sponholz war das, weit und breit kein anderes Auto. Der Mann konnte nicht wissen, dass Ina Erfahrung hat mit Typen wie ihm. Sie hat nicht lange gefackelt. Ist auf die Bremse gestiegen, und zwar kräftig. Der Mann war nicht angeschnallt. Knallte mit der Stirn gegen die Kopfstütze. Ihre Haare ließ er vor Schreck los. Bis er sich berappeln konnte, hatte Ina schon ihren Standort über Funk durchgegeben und das Pfefferspray in der Hand. Sagte dem Mann, dass die Fahrt genau hier und jetzt zu Ende sei. Mit der allergrößten Ruhe tat sie das. Der Schock kam eine Stunde später, als sie fast zu Hause war. Sie fuhr schon die Breite Straße entlang, erst da blieb ihr die Luft weg. »Nicht mit mir«, flüsterte Ina ins Wageninnere und versuchte, ihre stoßweise Atmung in den Griff zu bekommen. »Nicht mit mir, du Schwein.« Tatsächlich bog sie bereits zu den Garagen ab, als die Panik sie mit voller Breitseite erwischte.

Sie hat nur Ulo davon erzählt.

»Das musst du melden«, hat er gesagt.

»Wem soll ich das melden?«

»Na, der Polizei. Den Typen musst du anzeigen.«

»Ach wo«, winkte Ina ab. »Doch nicht wegen so was.« Gleichzeitig wusste sie, dass Ulo recht hat. Aber Polizei und melden, das geht bei ihr nicht.

Auf die Frage, wieso sie nach Wechtershagen gezogen ist, hält Ina drei verschiedene Antworten parat. Wenn die Kollegen fragen, sagt sie, dass sie wegen des Wetters hier ist, wieso denn sonst. Die Kollegen finden das gut, die geben sich mit frechen Antworten zufrieden, solange sie was zu lachen haben. Wenn Ulo sie fragt, dann wird sie geheimnisvoller und sagt, sie sei hier, weil sie den Geruch eines bestimmten Rasierwassers vergessen will. Darauf kann sich Ulo seinen eigenen Reim machen. Und tatsächlich hat er sie ganz ergriffen angeguckt und kein zweites Mal gefragt.

Die dritte Antwort hat sie noch niemandem gegeben. Es ist die ungeschminkte Antwort, die nur für Ina selbst bestimmt ist. Sie ist in Wechtershagen gelandet, weil Andi ihr keine Wahl ließ. Er hätte sie und Benno sonst umgebracht.

Als Ina aus ihren Gedanken auftaucht, fährt Berti los, der stand mit seiner Taxe auf der Eins. Der Fahrgast kam gerade mit dem 14:43er aus Berlin. Kein Koffer, nur so eine Ledertasche mit rechteckigem Griff. Ist aus dem Westen, der Typ, das können sie alle auf den ersten Blick sehen.

»Arzt«, tippt Ulo.

»Chef«, sagt Ina.

»Chef ist kein Beruf.« Ulo drückt die Zigarette aus und geht zu seinem Wagen, um aufzurücken auf die Eins.

»Ich mach Feierabend«, ruft ihm Ina hinterher.

»Aber nicht zu lange«, sagt Ulo und zwinkert ihr zu. Sie beobachtet, wie er sein steifes Bein ins Taxi fädelt, geschickt, das muss man ihm lassen. Ulo war Leistungssportler. Früher. Was genau er für Sport machte, weiß sie nicht. Sie wollte schon mehrmals fragen, aber traute sich nicht, weil es ihr plötzlich so persönlich vorkam. Persönlich ist hier am Taxistand nicht gefragt. Gefragt ist alles, was witzig ist, unverfänglich, oder mit Geldverdienen zu tun hat. Besonders mit Geldverdienen. Als Ina an Ulo vorbeifährt, hebt er die Hand und macht eine Faust für sie. Das ist ihr Gruß. Wahrscheinlich ahnt Ulo nicht, dass sie jeden Abend darauf wartet, auf diese kurze Geste, die sagt: Lass dich nicht unterkriegen, Mädchen.

11

Am Nachmittag sitzen sie auf Klappstühlen zur Besprechung in einer ruhigen Ecke der Turnhalle, gleich neben der Sprossenwand. Bekendorf ist vor einer halben Stunde eingetroffen, auch Schaller, Krüger und Bunterode sind zurück. Krüger nippt an einem Becher mit Tee. Er sagt, er habe Halsschmerzen. Kein Wunder, die Kälte.

»Vielleicht vom vielen Reden. Verdammtes Klinkenputzen«, sagt Schaller. Groth ist von einer bleischweren Müdigkeit befallen, die es zu überspielen gilt. Bekendorfs Miene verfinstert sich zusehends, als mehrfach das Wort »erfolglos« fällt, nicht nur bei Groth. Die Spur zu Dennis Haude hat nichts erbracht, auch den vielleicht einzigen Zeugen, Karl ohne Nachnamen, konnte Groth bisher nicht ausfindig machen. Die Berichte der anderen fallen nicht besser aus. Krüger und Schaller präsentieren eine Liste der vorbestraften Anwohner. Es sind drei Namen, die sie eingehender überprüfen ließen. Auch hier kein Hinweis auf einen Zusammenhang, geschweige denn ein Motiv. Krüger berichtet, dass die Thiese Rickie Becks Alibi überprüft habe. Der sei am Mittwochabend in der Kaserne gewesen, kein Zweifel.

»Beim Busdepot kam auch nichts rum«, sagt Bunterode mit einem Blick zu Groth. »Der Busfahrer, der an dem Abend nach Pragsdorf rausgefahren ist, erinnert sich nicht an Matti Beck.«

»Dann hätten wir also alles Wesentliche geprüft«, sagt Bekendorf. Auch seine Stimme klingt kraftloser als sonst. »Bei der Familie Beck deutet nichts auf eine Beteiligung hin. Wir müssen davon ausgehen, dass Matti Beck auf der Breiten Straße zwischen Ecke Angerstraße und Kaufhalle verschwunden ist.« Groth liest in den Gesichtern der anderen, dass sie alle in diesem Moment das Wort »spurlos« mitdenken. »Manche Fälle verweigern sich der Logik«, pflegte Allers zu sagen, wenn sie sich bei einem ihrer Hamburger Fälle verrannt hatten und in einer Sackgasse gelandet waren. Doch damit kann Groth Bekendorf nicht kommen, das weiß er inzwischen. Sobald man vor Bekendorf das Wort »Instinkt« ausspricht, kriegt der einen roten Hals.

Dennoch verstärkt sich bei Groth das Gefühl, dass das systematische Abarbeiten entfernter Hinweise und Spuren nichts bringt. Es widerspricht jeglicher Logik, aber Groth fühlt sich Matti Beck und seinem Schicksal am nächsten, wenn er planlos durchs Mönkebergviertel streift und sich Notizen macht.

Gegen halb fünf ziehen die Einsatzwagen ab. Als Hellberg sich verabschiedet, kann Groth sehen, dass der Feuereifer in dessen Gesicht nach den vergeblichen Anstrengungen auch dieses Tages erloschen ist. Vielleicht wird der Schlaf die Hoffnung zurückbringen, aber sicher ist Groth sich nicht, denn die Erfahrung eines Kriminalisten lässt sich nicht einfach ausknipsen. Wenn es am Tag zwei keine einzige Spur gibt, ist die Wahrscheinlichkeit eines guten Ausgangs gering. Es ist Schaller, dem heute die undankbare Aufgabe zufällt, die Becks über den Stand der Ermittlungen zu informieren.

Um fünf geht Groth ins Paradies und bestellt einen Broiler. Er sitzt an einem Tisch mit Blick auf die Tür. Jedes Mal, wenn sie aufschwingt, schaut Groth hin, denn er hofft, dass sich Karl endlich zeigt. Der Wirt hat die strikte Anweisung, Groth sofort ein Zeichen zu geben. Doch statt Karl taucht der Reporter vom *Vier-Tore-Kurier* auf, den Groth schon am Morgen auf der Wallstraße gesehen hat. Hennemann. Er kommt direkt auf ihn zu.

»Tach.«

Hennemann lässt seine Umhängetasche auf den leeren Stuhl neben Groth fallen. Dann kramt er aus seiner Jacke eine Packung f6 hervor und hält sie Groth hin.

»Auch eine?«, fragt er.

Groth winkt ab. »Ich warte auf jemanden.«

»Den großen Unbekannten?«

»Genau den.« Groth verzieht das Gesicht. Mit Humor kann er heute Abend nichts anfangen, mit geschmacklosem schon gar nicht. Zum Glück ist er zu müde, um sich zu ärgern.

»Darf ich?« Als Hennemann fragt, landet bereits seine Lederjacke über der Stuhllehne und mit ihr ein Schwung kalter Luft. »Gibt's inzwischen eine heiße Spur?«

Groth beobachtet, wie Hennemann zuerst ein Feuerzeug und dann eine Zigarette aus der Schachtel klopft.

»Leider nein«, sagt Groth. Und weil er das nicht so stehenlassen will, ergänzt er: »Wir arbeiten daran.« Seine Stimme ist heiser.

Hennemann nickt und sieht Groth zum ersten Mal mit einem Anflug von Verständnis an.

»Der Junge ist jetzt seit zwei vollen Tagen verschwunden. Und Spuren gibt's auch keine. Ich frage mich, wie lange man sich noch Hoffnung machen kann.« Auch wenn es keine Frage ist und Hennemann das Wort Polizei nicht erwähnt hat, weiß Groth, dass in dieser Bemerkung Kritik steckt. An ihm. An der Arbeit der Polizei.

Groth spürt jetzt doch Ärger. Er hat eine Stimme im Kopf, die ihm ohnehin genau diese Fragen vorsetzt, all die Spitzen und Selbstzweifel, die ihn verunsichern. Da braucht er nicht auch noch einen belehrenden Reporter am Tisch, der in die gleiche Kerbe schlägt.

»Schon gut«, sagt Hennemann, als hätte er Groths Gedanken gelesen. »Eigentlich wollte ich Ihnen das hier geben.«

Er zieht ein Papier aus seiner Umhängetasche und schiebt es über den Tisch. Groth faltet es auf und hält es ins Licht. Eine kopierte Seite aus dem *Vier-Tore-Kurier*, die Schrift teilweise verschwommen, dicht bedruckt. Unten rechts hat jemand mit Sauklaue ein Datum hingekritzelt. Groth entziffert: Juli 1986. Und einen handgeschriebenen Namen, »C. Warnke«. Groth streicht die Seite vor sich flach und überfliegt die Schlagzeilen.

»29. Internationales Sommerlager in der Pionierrepublik.« Groth schaut Hennemann fragend an. »In Mittenwalde wird der erste Roggen geerntet.«

»Nein, nein«, sagt Hennemann und tippt mit dem Feuerzeugboden auf eine Kurzmeldung im Kasten. »Es geht um das hier.«

»Die Polizei bittet um Mithilfe«, liest Groth laut vor und sieht jetzt, dass die Meldung einen achtjährigen Jungen aus Wechtershagen betrifft. Kein Name. Die Rede ist von einem Tötungsdelikt in der Nähe eines Badesees.

»Und?«, fragt Groth.

»Sagt Ihnen wohl nichts, wa?« Hennemann klopft die Asche von seiner Zigarette, lehnt sich zurück und mustert Groth.

»Hätte ich mir ja denken können, dass die Polizei mal wieder im Dunkeln tappt. Vor sechs Jahren ist am Schiefersee ein Junge ermordet worden. Der Täter wurde nie gefasst.«

»Wir konzentrieren uns auf Matti Beck«, sagt Groth. »Hierzu«, er zeigt auf das Blatt, »fehlt mir im Moment noch die Zeit.«

»Verstehe«, sagt Hennemann. »Aber Sie sollten sich über kurz oder lang damit befassen. Die Leute hier oben auf dem Mönkeberg haben ein verdammt gutes Gedächtnis. Und diese Geschichte hat leider einen üblen Nachgeschmack hinterlassen.« Hennemann zieht seine Jacke von der Stuhllehne. »Die Kopie dürfen Sie behalten«, er zwinkert Groth zu. »Den Ratschlag auch. Angenehmen Abend wünsche ich.«

Als Hennemann die Tür öffnet, weht ein kalter Luftzug herein und lässt das Papier auf der Tischmitte aufflattern. Groth nimmt es kaum wahr, seine Gedanken sind bei dem Satz, den er gestern von Axels Großmutter gehört und ignoriert hat. *Kann man nur hof-*

fen, dass die Sache dieses Mal anders ausgeht. Groth schaut auf die Uhr. Er sollte nachhaken, auch wenn es lange her ist und er nichts weiß über den Jungen aus der Zeitungsnotiz, den Badesee, den Mord.

Neben ihm taucht der Wirt auf und holt Groth in die Gegenwart zurück. Er serviert den Broiler und dazu ein Bier, das Groth gar nicht bestellt hat. »Wenn Sie mich fragen«, sagt der Wirt, »dann ist der Junge am Mittwochabend von jemandem ins Auto gezerrt worden. So was geht blitzschnell. Das Auto stoppt, Tür auf, Kind rein.«

Groth versucht, sich das vorzustellen.

Beim Essen beobachtet er jeden Wagen, der draußen vorbeifährt. Die Tür schwingt auf, ein Mann mittleren Alters erscheint in der Kneipe. Groths Blick sucht den des Wirts, doch der schüttelt den Kopf.

Am Ende hat Groth über zwei Stunden vergeblich auf Karl ohne Nachnamen gewartet.

Es ist also die dritte Nacht, in der Matti nicht zu Hause sein wird. Groth ist noch einmal zurück ins Büro gefahren, um zu sehen, ob er jemanden antrifft, aber in der Räumen der Kriminalpolizei ist alles verwaist. Es ist halb acht. Groth blättert sein Telefonverzeichnis auf und ruft Schaller zu Hause an, um ihn nach dem Fall aus dem Jahr 1986 zu fragen.

Als Schaller nach langem Klingeln endlich rangeht, ist er kaum zu verstehen. Im Hintergrund läuft Heavy-Metall-Musik, doch dann sagt Schaller: »Moment«, und es wird schlagartig still.

»Was weißt du über den Mordfall an einem Jungen, der C. Warnke hieß?«, fragt Groth.

»Ich erinnere mich daran«, sagt Schaller. »Da saß die MUK über mehrere Monate dran. Soweit ich weiß, war das ein Sexualdelikt.«

»Und die Umstände? Denkst du, wir sollten den Fall näher prüfen?«

»Klingt weit hergeholt, wenn du mich fragst. Wenn wir eine Leiche mit ähnlichen Verletzungen hätten, wäre das was anderes.«

Also abwarten, denkt Groth, als er sich von Schaller verabschiedet. Doch kurz danach ändert er seine Meinung und legt Gerda Küttel die Kopie auf den Schreibtisch, die er von Hennemann erhalten hat. Dazu schreibt er den Vermerk: »Akten anfordern, eilt«.

Groth betrachtet sich im Spiegel über dem Bürowaschbecken. In diese Ecke des Zimmers dringt wenig Licht, es gibt keine zusätzliche Lampe, noch dazu wirft sein Oberkörper einen Schatten auf die Oberfläche des Spiegels. Groth wendet den Kopf hin und her, um die Länge seiner Bartstoppeln zu inspizieren, und kommt zu dem Schluss, dass es bis morgen noch geht. Er spritzt sich kaltes Wasser ins Gesicht, gegen die dunklen Ringe unter den Augen. Die Erfrischung tut ihm gut. Er spürt fast so etwas wie Elan, als wäre seine alte Stärke wieder greifbar. Wie das möglich ist, versteht er selbst nicht.

Groth schiebt einige Zettel zusammen, Telefonnotizen von Gerda Küttel, die sich in seiner Abwesenheit angesammelt haben. Eine davon betrifft den Dienstbeginn des neuen Staatsanwalts aus Kiel in der kommenden Woche. Bekendorf bittet zur Begrüßung in sein Büro. Außerdem hat Bekendorf für den nächsten Tag um acht Uhr eine Lagebesprechung angesetzt, obwohl Samstag ist.

Was wäre ein guter Ausgang in diesem Fall? Was bleibt noch zu hoffen? Dass er abgehauen ist, denkt Groth. Das beste Szenario bleibt, dass Matti entgegen aller Wahrscheinlichkeit und entgegen all dem, was man bislang über ihn weiß, von zu Hause weggelaufen ist. Vielleicht übernachtet er in einer Gartenlaube oder einer Bahnhofshalle. Vielleicht sitzt er in diesem Moment über einer glühenden Heizröhre in der Berliner S-Bahn und fährt die ganze Nacht Schleifen von Endhaltestelle zu Endhaltestelle. Groth zieht einen Zettel aus dem Stapel und schreibt darauf: »Klären, ob Verwandtschaft in Berlin«. Als er den Zettel ablegt, fällt ihm ein, dass er das längst gefragt hat. Das zweitbeste Szenario ist Unfall.

Matti Beck ist verunglückt. Aber warum wurde er noch nicht gefunden? Hätte er dann nicht in einem Straßengraben, einer Mulde, irgendwo da draußen liegen müssen, wo man bereits gesucht und nichts Verdächtiges entdeckt hat? Und wenn er tatsächlich verunglückt ist – die Nächte sind so eisig, dass er keine Chance hätte, eine weitere Nacht zu überstehen.

Jetzt beginnt also die lange Zeit des Trotzdem. Trotzdem werden sie weiterhin die Nachbarschaft durchkämmen, Zeugen vernehmen, neue Vermisstenanzeigen im *Vier-Tore-Kurier* schalten und jeder noch so kleinen Spur, jedem Hinweis nachgehen.

Und dann wenden sich Groths Gedanken dem wahrscheinlichsten Szenario zu. Matti ist einer Straftat zum Opfer gefallen. Sagte nicht Hellberg, dass das Viertel seit Kurzem als Brennpunkt bekannt ist? Vielleicht ist Matti am Abend seines Verschwindens jemandem in die Quere gekommen. Raub, Drogen, Diebesgut, da gibt es eine lange Liste von Möglichkeiten. Groth kann doch die Unruhe spüren, die auf dem Mönkeberg herrscht. Er kommt nicht heran an die Leute. Sie sprechen nicht aus, was sie denken. Trotzdem kann er sie fast greifen, diese unausgesprochene Sorge vor der Zukunft. Mattis Lehrerin hat davon gesprochen. Groth versucht, sich an ihre genauen Worte zu erinnern. Dass er besser zuhören soll? Nein, sie sagte, er müsse den Menschen auf dem Mönkeberg zeigen, dass er auf ihrer Seite steht.

Als Groth gegen halb neun sein Büro abschließt, kommt er an der Tür zu Gerstackers ehemaligem Büro vorbei. Der Anblick hat etwas Endgültiges. Als Gerstacker noch im Dienst war, stand die Tür fast immer auf, immer im Neunzig-Grad-Winkel, und zwar bis exakt siebzehn Uhr dreißig, denn dann sperrte Gerstacker ab und fuhr mit dem Fahrrad nach Hause. Gegen achtzehn Uhr sperrte Frau Schubert mit dem Generalschlüssel wieder auf, um bei Gerstacker Staub zu wischen. Groth bezweifelt, dass es viel zu wischen gab. Er erinnert sich genau an das Arrangement auf Gerstackers

Schreibtisch. Eine Schreibtischunterlage aus giftgrünem Hartplastik, Taschenbuchausgaben von StGB und StPO West und daneben, einträchtig, als hätte ein Systemwechsel nie stattgefunden, ein Handbuch der Sozialistischen Kriminalistik, das Gerstacker noch aus Studienzeiten an der Humboldt-Uni gerettet hatte. Das Fach, sagte Gerstacker, werde dort inzwischen gar nicht mehr gelehrt.

Welche Ironie, denkt Groth, dass ausgerechnet der korrekte Gerstacker seine Stasi-Mitarbeit nicht offengelegt hat. Dabei hatte sie nur wenige Monate gedauert. Es war die Lüge, die ihn den Kopf gekostet hat.

12

Am Abend, als die ganze Nachbarschaft nach dem verschwundenen Jungen sucht, sitzt Benno an Dr. Morgenthals Esszimmertisch über einem Gedicht von Mörike, »Frage und Antwort«. Er liest es laut vor. Benno versteht alles und doch nichts. Er kennt jedes Wort in diesem Gedicht, aber das Gesamte, also was Mörike mit den Worten gemeint hat, das ist ein einziger unverständlicher Brei. Seine Hände hat Benno unter die Oberschenkel geschoben, die Füße lässt er unter dem Tisch über Dr. Morgenthals glattem Fußboden baumeln. Er starrt auf sein Deutschbuch. Alles, was er sieht, sind Wortreihen, immer vier und vier, wie kleine Pakete.

»Eine Metapher«, erklärt Dr. Morgenthal, »ist nichts anderes als ein Rätsel. Der Dichter will uns nicht direkt sagen, was er meint. Er will, dass wir uns ein wenig anstrengen.«

Anstrengen. Wer will sich denn anstrengen.

»Die ganze Welt ist voller Metaphern«, fährt Morgenthal fort. »Wir müssen sie nur erkennen.«

Benno ist nicht bei der Sache. Aber Dr. Morgenthal auch nicht. Einmal hören sie Polizeisirenen und schauen beide zum Fenster. Benno fragt sich, ob die Sirenen auch etwas bedeuten, so wie das Gedicht. Vielleicht, dass man den Jungen gefunden hat. Vielleicht, dass der Junge tot ist. Das hat Ingo ihm heute Morgen auf dem Schulhof gesagt.

»Den finden sie nicht mehr lebend«, sagte Ingo. »Wäre ja auch nicht das erste Mal.«

Was genau er damit meinte, verstand Benno nicht. Er hätte gerne gefragt. Ingo muss es wissen, er ist ein Jahr älter als Benno und wohnt schon immer hier auf dem Mönkeberg. Dass Ingo überhaupt mit ihm spricht, grenzt an ein Wunder.

Dr. Morgenthal gibt ihm seit zwei Monaten Stützunterricht, einmal die Woche, immer am Freitag. Frau Schenk hat ihn darum gebeten. Benno hat das Gespräch zwischen den beiden gehört, Frau Schenk nannte Dr. Morgenthal »Herr Doktor« und Dr. Morgenthal nannte Frau Schenk »Genossin Schenk«. Benno stand vor der Tür zum Klassenzimmer, als sie über ihn sprachen. Frau Schenk sagte, dass Benno wegen einer Lernschwäche in der Schule nicht mitkomme. Sie sagte auch etwas von häuslichen Problemen, obwohl das gar nicht stimmt. Benno nimmt ihr das übel. Sie sind ja gerade deswegen hierhergezogen, seine Mutter und er, damit sie keine häuslichen Probleme mehr haben. Und vor allem will Benno auf gar keinen Fall, dass die anderen Schüler irgendetwas von seinem Unfall erfahren. Wenn die rauskriegen, dass mit seinem Kopf was nicht stimmt, dann ist er geliefert.

Jedenfalls hat Frau Schenk das mit der Lernpatenschaft angesprochen, und Dr. Morgenthal hat Ja gesagt. Benno geht überhaupt nur hin, weil er seinen Kopf trainieren will. Damit man nichts merkt. Damit er aufholt und niemand auf die Idee kommt, er könne anders sein. Zu Dr. Morgenthal ist er immer höflich. Sagt Danke, Bitte und Auf Wiedersehen. Morgenthal ist auch höflich zu ihm. Er weiß wahrscheinlich alles über Benno, dass der Vater fehlt, Eltern getrennt, Schlüsselkind und so weiter. Dr. Morgenthal war sehr lange Lehrer, bevor er in Rente geschickt wurde, da weiß man so was. Das mit der Rente war nicht freiwillig, sagt Ingo. Der Morgenthal war in der Partei.

Benno hat Schwierigkeiten, Dr. Morgenthal in die Augen zu sehen, weicht seinem Blick geschickt aus, indem er vorgibt, im aufgeschlagenen Buch zu lesen oder an die Decke zu schauen. Dass sie ein Gedicht über bange Liebe und Naturgewalt lesen, macht die Sache nicht einfacher.

Das Heft, das Morgenthal ihm gegeben hat, um sich das Gelernte aufzuschreiben, kritzelt Benno mit seinen Klubzeichen voll. Als Morgenthal ihn darauf anspricht und fragt, was das für Runen seien und ob die eine Bedeutung hätten, so wie das Gedicht, fühlt Benno sich ertappt und sagt nein, das bedeute nichts, er male einfach nur so. Dann blättert er schnell die Seite um und legt den Stift beiseite.

Kurz darauf fragt Morgenthal, ob Benno vielleicht doch ein Beispiel für eine Metapher habe.

Und Benno sagt: »Das Dritte Reich.«

Dr. Morgenthal sieht sehr überrascht aus. Er muss kurz überlegen. Dann sagt er: »Das geht nicht ganz in die richtige Richtung, Benno. Sprecht ihr über diese Zeit im Geschichtsunterricht?«

Benno sagt Ja, obwohl das nicht stimmt.

Endlich ist die quälende Stunde um. Morgenthals Wanduhr schlägt sieben. Draußen ist es still geworden. Vielleicht haben sie die Suche aufgegeben.

»Ich bringe dich noch nach unten«, sagt Morgenthal, während Benno sein Deutschbuch zuklappt.

»Falls schon zugesperrt ist«, fügt er hinzu.

Benno findet, dass das nicht nötig ist, aber er schweigt.

Er legt jetzt eine große Eile an den Tag. Stopft Buch und Stifteetui in den Ranzen. Wie jede Woche ist er schon in der Diele, als Morgenthal noch eine Notiz für Bennos Mutter schreibt, schlüpft in seine Schuhe, pflückt den Anorak vom Bügel und steht im nächsten Moment vor Morgenthals Wohnungstür im Hausflur. Dr. Morgenthal kommt kaum hinterher. Muss seine Schuhe zubinden. Den Schlüssel vom Haken nehmen. Die Wohnungstür zieht er hinter sich ins Schloss. Das Schließgeräusch hallt durchs Treppenhaus.

Während sie nach unten gehen, an den Fensterbänken mit Kakteen vorbei, schweigen sie, fünf Treppen lang. Ihre Schritte hallen durchs Haus. Der ein oder andere Nachbar lauscht ihnen nach. So ist das eben, Benno tut es in seinem Treppenhaus ja auch. Schritte entziffern. Er kennt sie auswendig wie ein Gedicht. Jeden im Haus kann er an den Schritten erkennen, weiß, wer kommt und geht. Er hört am Stapfen der Schritte sogar, wie müde der Mensch ist.

Natürlich ist die Haustür unten noch nicht abgeschlossen.

»Bis nächste Woche«, sagt Morgenthal.

»Danke«, sagt Benno. Er duckt sich unter dem ausgestreckten Arm des Lehrers durch den Türspalt, schabt mit dem Rücken am Holz entlang, dann ist er draußen. Ein Katzentrick. Einmal schaut er sich noch um und sieht, dass Morgenthal in der offenen Haustür steht und winkt. Benno wundert sich darüber, denn wenn er sich nicht umgedreht hätte, dann ginge Morgenthals Winken doch verloren. Warum sollte man winken, wenn es sowieso keiner sieht. Das ist schwer zu verstehen.

In diesem Moment fällt ihm auf, dass er bei seinen Besuchen noch nie ein anderes Kind gesehen hat und dass er wahrscheinlich Morgenthals einziger Schüler ist.

Benno wird auf der Höhe der Mönkebergschule aus seinen Gedanken gerissen, als jemand von hinten den Tragegriff seines Ranzens packt und ihn schüttelt. Er stolpert, bekommt einen kräftigen Schubs und fällt vornüber auf die eisigen Gehwegplatten.

Über ihm stehen Dennis, Christian und Günni.

»Wo kommste denn her, Blitzbirne?«

Benno sagt nichts.

»Wohl in der Schule eingeschlafen, wa?«

»Lass ma«, sagt Dennis jetzt und bahnt sich einen Weg zu Benno, der noch auf dem Boden sitzt.

»Komm, steh wieder auf. Gibt was zu besprechen.«

Kurz darauf gehen sie einträchtig nebeneinanderher. Dennis hat einen Arm um Bennos Schultern gelegt.

»Kein Wort über den Rinke, ist das klar?«

»Das ist klar.«

»Oder müssen wir dir das da reinhämmern?«

Dennis klopft mit seinen Fingerknöcheln sehr fest auf Bennos Stirn, genau unter der Mützenkrempe.

»Ich sag doch, das ist klar.« Benno versucht, sich unter Dennis' Knöcheln wegzuducken.

»Ich seh schon, wir verstehn uns.«

Von hinten tritt jemand in Bennos Kniekehlen. Dann hört er Günnis Stimme: »Der Vollspast hat das doch bis morgen schon wieder vergessen.«

Dennis zieht Benno die Mütze vom Kopf und wirft sie auf die Fahrbahn, nachdem gerade ein Bus an ihnen vorbeigerauscht ist. »Nee, det vergisst der nicht. Der will doch nicht auf der Straße landen, so mitten im Verkehr. Könnte ja wer weiß was alles passieren.«

13

Der Anruf kommt am Samstagmorgen, als sie sich gerade zur Morgenlage um den ovalen Tisch in Bekendorfs Büro setzen wollen. Es ist Hellberg. Ein Hauswart habe soeben ein lebloses Kind gefunden. Die Beschreibung, das müsse er leider sagen, passe auf Matti Beck.

Als Groth diese Meldung entgegennimmt, schaut er in die Gesichter der Kollegen am Tisch. Sie alle hängen an Groths Lippen.

»Wo?«, fragt Groth.

»In einem Keller«, sagt Hellberg. »Windigstraße 17.«

Einsatzwagen seien unterwegs, Krankenwagen ebenfalls, Groth möge bitte alles Weitere veranlassen.

Groth trifft mit der Kriminaltechnik ein, sie fahren im Korso, er mit Blaulicht voran. Er fühlt sich wie der Teilnehmer einer Prozession. Die Bewohner auf beiden Straßenseiten schieben die Gardinen zur Seite, manche treten im Unterhemd auf den Balkon, um mit ernsten Gesichtern auf die Kolonne hinabzublicken, deren frühmorgendliches Auftauchen nichts Gutes bedeuten kann. Jeder hier weiß, dass ein Junge vermisst wird. Wer noch Hoffnung hatte, begräbt sie spätestens jetzt, denn was da unten geschieht, sieht nicht nach Krankenwageneinsatz aus und schon gar nicht nach Routine. Groth kann sich ausmalen, was in den Köpfen vor sich geht. Also doch, werden sie denken. Also doch.

Der Wohnblock mit der Nummer 17 sieht genauso aus wie der, in dem die Familie Beck wohnt. Fünf Stockwerke hoch, die Fassade konkav wie ein hohler Bauch. Er versteht nicht, warum in diesem Haus bis jetzt nicht gesucht wurde. Groth duckt sich mit Schaller und Krüger unter einem Absperrband durch. Auch hier ruhen alle Blicke auf ihnen.

Das Kind liegt im hinteren Teil eines schmalen Kellers. Der Raum ist nicht breit genug für den Körper, also liegt er schräg da, ein wenig verkantet, ein Fuß berührt die linke Bretterwand, der Kopf die rechte. Es ist kalt hier unten, aber nicht ganz dunkel, denn an der Schmalseite des Verschlags lugt ein hohes Kellerfenster aus der Wand, eines, das mit engmaschigem Draht fast blind gemacht ist. Wenn Groths Orientierungssinn stimmt, befindet sich vor diesem Fenster der Gehweg mit einer Bushaltestelle. Über den Beinen der Leiche streut eine Glühbirne sparsames Licht in den Raum.

Groth hat die Angewohnheit, sich Tatorte wie diesen als Zeichnung vorzustellen. Den Körper, alle Gegenstände, die Details sieht er schraffiert in Schwarz-Weiß. Er versieht den Raum mit einem Hilfsraster, das Bild mit Achsen und Winkelangaben. Lagerungswinkel im Raum, sechzig Grad. Der Kopf liegt vom Kellerzugang abgewandt Richtung Fenster. Groth lässt sich Überzieher aushändigen, streift sie über seine Schuhe und tritt an den Körper des Jungen heran. Eine verwaschene Jeans-Latzhose, der rechte Clip aus der Öse gelöst. Schwarze Gummistiefel, einer vom Fuß gerutscht. Ein wattierter Anorak, der als achtloses Bündel vor der Bretterwand liegt. Ein Ärmel fällt so, als strecke er sich, um den Jungen an der Schulter zu berühren. Dunkelblondes Haar, bis weit übers Ohr gewachsen. Das Gesicht hat eine blassblaue Farbe und wirkt aufgedunsen. Groth beugt sich über den Leichnam und erkennt den ernsten kleinen Jungen auf dem Klassenfoto wieder. Er nickt Schaller seine Gewissheit zu.

»Wem gehört dieser Keller?«

»Der Hausverwalter sagt, dass er leer steht. In diesem Hausteil stehen alle Keller leer. Die Wohnungen auch.«

»Ist das der gleiche Hausverwalter, der den Jungen gefunden hat?«

»Genau der.«

»Was hat den Mann veranlasst, in diesen Keller zu gehen?«

»Er sagt, dass er unserer Aufforderung Folge leisten und nach dem Rechten sehen wollte. War unter der Woche nicht dazu gekommen. Hatte so ein Gefühl, weil in dem Verschlag eine Plane lag.«

Krüger zeigt im Kellervorraum auf eine graue Stoffplane mit dem Schriftzug VEB Getränkekombinat.

»Damit war der Junge zugedeckt?«

»Korrekt.«

»Und während der letzten zwei Tage ist niemand auf die Idee gekommen, in diesem Haus die Keller zu durchsuchen?«

Betretenes Schweigen.

Ein Schuh schurrt über den Estrich.

Draußen, nur wenige oberirdische Schritte von hier entfernt, hält schnaufend ein Bus.

»Es hätte nichts mehr geändert«, sagt Krüger. »Wir wären zu spät gewesen. So oder so.«

Sie atmen weiße Wolken in die Luft und schauen auf die deutliche Strangmarke um Matti Becks Hals.

Jeder im Raum scheint dem Gedanken nachzuhängen, den Krüger ausgesprochen hat. Groth kann nicht fassen, wie nah am Alltag der Menschen diese Tat geschehen ist.

»Die Nachricht wird sich im Viertel wie ein Lauffeuer verbreiten. Wir sollten jetzt doch den Eltern …« Schaller beendet den Satz nicht.

»Wer übernimmt es?«

Ein Blitz erhellt den Raum, als der Kriminaltechniker das erste Foto macht.

Alle schauen auf Groth.

Am Ende der Kellertreppe steht Marlene Thiese, obwohl sie ohne Uniform gar nicht hier sein dürfte, und schaut Groth entgegen. Ob sie mitwolle, fragt er. Er müsse jetzt die Eltern verständigen. Groth hat schon den Autoschlüssel in der Hand, doch dann fällt ihm ein, dass sich das Haus der Becks zwei Straßen weiter befindet, keine fünfhundert Meter von hier entfernt, und sie genauso gut zu Fuß gehen können. Einige Minuten Abstand, denkt er, da kann er sich sammeln.

Im Treppenhaus der Becks, auf dem schweren Weg nach oben, setzt Groth seine Schritte geräuschlos auf die Steinstufen. Er weiß nicht, warum er das macht, denn es ändert nichts und macht nichts erträglicher. Vielleicht ist es der Respekt vor einer unumstößlichen Realität, vor der Erhabenheit der Trauer, die mit ihm Einzug hält.

Marlies und Heiko Beck stehen bereits an der Tür. Ihre Blicke gehen zu Groth, dann zur jungen Frau hinter ihm und zurück zu Groth. Es ist noch kein Wort gefallen, aber schon spiegelt sich in ihren Gesichtern das, was Groth ihnen jetzt gleich sagen wird. Die Nachricht muss ihm anhaften, denn Marlies Beck liest sie sofort von ihm ab.

»Nein!« Das Wort hallt als schriller Schrei durchs Treppenhaus.

Groth öffnet die Lippen, doch der Schock im Gesicht der Mutter lässt ihn verstummen. Marlies Beck, die nur einen Schritt hinter ihrem Mann steht, sacken die Beine weg, sie kippt in die Jacken in ihrem Rücken, sinkt hinein in die übervolle Garderobe. Sie schaut Groth noch an, als sie nach unten rutscht, bis sie den Boden erreicht und all die Kleidungsstücke, Mützen, Schals, Jacken, auf sie niederregnen, die sich mit ihr vom Haken gelöst haben.

Im Paradies hängt ein Perlenvorhang vor dem Gang zu den Toiletten. Groth erinnert sich, wie er gestern die Schnüre mit beiden Händen zur Seite schob, als mache er einen Schwimmzug. Er erinnert sich auch an das helle Klimpern beim Hindurchgehen.

Als er jetzt aus dem Haus der Becks zurück auf die Wallstraße tritt, hat er das Gefühl, die Suche nach Matti, die wenigen Spuren, alles, was bisher war, hinter einem solchen Vorhang zurückgelassen zu haben. Bis heute Morgen hatten sie es mit einem vermissten Jungen zu tun. Jetzt mit einem Mordfall.

Selbst die Luft hat sich verändert. Groth kann es riechen. Gestern pfiff der Wind durch die Siedlung, doch heute ist es windstill, der Himmel ist weiß wie die Unterseite eines Topfdeckels, und es riecht nach Heizung. Auf *Welle Nord* sprachen sie am Morgen von Inversionswetterlage. Gerüche, Abgase, Heizungsluft, alles bleibt unter einer dicken Wolkenschicht hängen und rührt sich nicht von der Stelle.

Als Groth wieder in der Windigstraße eintrifft, steht Bekendorf vor dem Haus Nummer 17 und lässt sich von Hellberg über den Einsatz informieren. Groth schnappt den Begriff »Leerstand« auf. Gerade als Bekendorf Groth entdeckt und einen Schritt auf ihn zumachen will, fährt ein BMW mit Kieler Kennzeichen vor, und Bekendorf geht stattdessen dem Fahrer entgegen, einem hochgewachsenen Mann im dunkelblauen Lodenmantel, engen schwarzen Jeans und Lederschuhen. Sie begrüßen sich per Handschlag und betreten gemeinsam das Haus. Groth kann nur vermuten, dass es sich um den neuen Staatsanwalt handelt, den Bekendorf angekündigt hat, und überlegt, den beiden in den Keller zu folgen. Aber Groth steckt nach dem Besuch bei den Becks in einer Gedankenspirale fest, in der er Marlies Beck wieder und wieder lautlos zu Boden sinken sieht.

Schaller steht mit einem ungepflegt aussehenden Mann vor dem Haus und kommt jetzt auf Groth zugeeilt.

»Der Mann da«, sagt Schaller, »das ist der Karl, den du suchst. Karl Rinke.«

»Was?« Groths Stimme ist so laut, dass sich einige Einsatzkräfte nach ihm umdrehen.

»Er wohnt in diesem Haus. Inoffiziell.«

Groth versucht, die Information einzuordnen, Karl Rinke. Seine

Anwesenheit, ausgerechnet hier. Der Mann wirkt schmächtig und steht in seinem Pullover frierend da.

»Er ist der Hauswart«, flüstert Schaller.

»Der Hauswart«, wiederholt Groth. »Was für ein Zufall.«

Dann tritt er an den Mann heran.

»Herr Rinke? Mein Name ist Groth. Ich bin von der Kriminalpolizei.«

»Schlimme Sache das.« Rinke deutet auf das Kellerfenster, dessen Gitter genau über den Gehwegplatten liegt. Ihre Blicke folgen Rinkes Hand. Die Kuppe seines Zeigefingers ist gelb verfärbt.

Einen Moment lang schweigen sie.

Dann fragt Rinke: »Sie ham nicht zufällig 'ne Kippe für mich?«

Groth wühlt zwischen Taschentüchern und Hustenbonbons in seiner Jackentasche und gibt Rinke einige Münzen. »Der Kiosk hat bestimmt welche.«

Rinke starrt auf die Münzen in seiner Handfläche.

»Schönen Dank auch.«

»Ich hätte zuerst aber einige Fragen«, sagt Groth. »Am besten im Haus.«

Rinke bewohnt eine Zweizimmerwohnung im Hochparterre. Sobald Groth über die Türschwelle tritt, riecht er Schnaps. Eine Matratze liegt auf dem Boden, darüber ein verrutschtes Laken voller Flecken. Neben dem Bett ein zerknüllter Schlafsack. Auf dem Fensterbrett hat Rinke eine Serie von Miniaturflaschen aufgereiht. Jägermeister, Korn, Kleiner Feigling.

»Ist es richtig, dass Sie die Leiche gefunden haben?«

Rinke nickt.

»So gegen achte war det. Da bin ich runter. Wollte das schon gestern Abend erledigt haben, aber wie det eben manchmal so ist, kam was dazwischen.«

»Verstehe.« Groth wirft Schaller einen Blick zu. »Sie haben also einen Schlüssel für den Keller.«

»Ich hab die Schlüssel fürs janze Haus.«

»War die Tür zur Kellertreppe denn heute Morgen abgeschlossen?«

»Nein.«

Groth wechselt einen Blick mit Schaller. »Ist diese Tür sonst abgeschlossen?«

Rinke scheint seine Worte abzuwägen. »Eher nein, würd ich mal sagen.«

»Und die Tür nach hintenraus zum Hof?«

Jetzt wirkt Rinke ungehalten. »Was weiß denn ich, welche Tür wann abgeschlossen ist. Ich führ da nicht Buch rüber, um det mal ganz deutlich zu sagen.«

Rinke hat die Stimme erhoben, die Worte hallen von den Wänden der leeren Wohnung.

»Am letzten Mittwoch zwischen achtzehn und, sagen wir mal, zweiundzwanzig Uhr, waren Sie da zu Hause, Herr Rinke?«

»Mittwoch.« Rinke zögert. Er scheint nach seiner kurzen Tirade kraftlos und wirkt überfordert. »Kann sein. Weiß ick aber nicht mehr mit allerletzter Sicherheit.«

»Das ist wichtig.«

Der Mann wischt sich mit der flachen Hand übers Gesicht.

»Also, wenn det so wichtig ist, dann sach ich mal lieber Nein.«

Schaller legt den Kopf in den Nacken und sieht verzweifelt aus.

»Warum sind Sie nicht schon früher runter in den Keller? Wir haben doch schon am Donnerstag gebeten, dass die Keller abgesucht werden.«

»Also, die Meldung hab ich erst gestern gekriegt. Und wie gesagt, ich wollte ja gleich runter, damit das erledigt ist, aber mir kam was Wichtiges dazwischen.«

»Was kam Ihnen denn dazwischen?«

»Eine ... Einladung. Ich wurde gestern eingeladen. Von weiblicher Seite, wenn Se verstehen, was ich meine. Roswitha heißt die Dame. Wohnt im Haus nebenan.«

Rinke grinst. Er hat noch immer die Münzen in der Hand, die Groth ihm gegeben hat, und braucht einige Anläufe, um sie in seine Hosentasche zu stecken.

»Kannten Sie den Jungen? Matti Beck?«

»Die ganze Stadt hat von dem geredet.«

»Sie waren doch am Mittwoch am Kiosk, Herr Rinke. Haben Sie Matti Beck dort gesehen?«

Ein Markstück fällt klirrend auf den Boden, rollt ein Stück und landet zwischen den Falten des Bettlakens.

»Haben Sie was gesehen?«, hakt Groth nach.

»Vielleicht.«

Groth, der sich gerade nach der Münze bücken will, hält inne.

»Vielleicht auch nicht.«

Groth spürt eine wachsende Abneigung gegen Rinke und dessen achtlose Art.

»Also, ja oder nein?«

Rinke murmelt etwas vor sich hin.

»Alles immer nur ja oder nein. Schwarz oder weiß.«

Groth hat die Münze aufgehoben und umschließt sie mit der Faust. Er muss versuchen, nicht ungeduldig zu wirken. Er kennt sich aus mit Naturen wie Karl. Wer drängelt, hat verloren.

»Könnte sein, dass ich den gesehen habe, als ich aus der Kneipe kam.«

»Den Jungen?«

»Genau den.«

»Wann?«

»Vor ein paar Tagen.«

»War das am Mittwoch?«

»Möglich.«

»Oder davor?«

»Eher davor.«

»Wann?«

»Ich denke mal, Montag.«

»Montag war die Kneipe zu«, sagt Groth. »Also kann das nicht am Montag gewesen sein.«

»Dann kann das nicht Montag gewesen sein«, wiederholt der Mann. »Das ist dann wohl man so.«

»Also vielleicht doch am Mittwoch. Um wie viel Uhr?«

»Was weiß ich, kommt drauf an, wie lange ich in der Kneipe war.«

»War es noch hell draußen?«

»Dunkel.«

»Wo haben Sie ihn gesehen?«

»Na, vorm Kiosk. Der war mit ’nem anderen da.«

»Jungen?«, fragt Groth.

Karl nickt. »Der andere hatte ein Fahrrad. Stand an einen Bauzaun gelehnt.«

»Moment. Der andere hatte ein Fahrrad?«

»Möglich. Vielleicht auch ein Moped.«

»Der andere, wie alt war der?«

»Schwer zu sagen.«

»War der andere genauso alt? Oder älter?«

»Vielleicht älter. Ich kannte den nicht.«

»Ist einer von den beiden in die Kaufhalle gegangen?«

»Nee. Die Kaufhalle war zu. Ja richtig, jetzt kommt es mir wieder. Das war ja Sonntag. Der Kiosk war auch zu.«

Groth, der sein Notizbuch gezückt hat, klappt es wieder zu. Ein einziges Gefasel, was soll er da aufschreiben. Auch Schaller wirft Groth einen Blick voller Verzweiflung zu.

Rinke steht regungslos da und starrt einige Sekunden vor sich hin.

»Die ganze Klauerei«, sagt er. »Das nimmt ja Ausmaße an, nimmt das ja.«

Rinke hat angegeben, im Aufgang nebenan eine Frau zu kennen, die Roswitha heißt. Groth sucht die Schilder ab und klingelt im zweiten Stock bei R. Hökelmann.

»Die Polizei war gerade schon bei mir«, sagt die Frau, die ihm öffnet. Sie trägt einen hüftlangen Pullover, darunter eine enge Hose, unter der sich zwei spitze Knie abdrücken.

»Trotzdem habe ich noch ein paar Fragen an Sie«, sagt Groth.

Sie seufzt. »Alles ist knapp, aber die Fragen, die gehen nie aus.«

Die Frau ist auf die Seite getreten und lässt Groth in die Wohnung.

Sie führt ihn in die Küche. Auf dem Herd köchelt etwas in einem Emaille-Topf mit Blumenmuster vor sich hin, Groth tippt auf Pellkartoffeln.

»Ein Schmuckstück, die Wohnung«, sagt er, als sie sich an den Küchentisch setzen. Sein Zeitgefühl verrutscht. Die Möbel in der Küche sehen aus wie aus einem Katalog der frühen Siebziger.

»Kann man so sagen. Seit vierundsiebzig wohn ich hier.« Die Frau stellt Groth ungefragt ein Glas Apfelmost hin.

»Erstbezug damals. Das war schon was, sag ich Ihnen. Richtig modern hat man hier gewohnt. Vom Kraftfahrer bis zum Funktionär war hier in unserm Block alles vertreten. Lehrer, Friseurmeister, Elektriker, Zahnarzt. Ich selbst war bei der Post angestellt. Aber det interessiert ja jetzt keinen mehr. Im April müssen wir alle hier raus. Das Haus wird renoviert. Da kommen Balkone ran, Aufzug ins Treppenhaus, versteht sich, neue Böden. Und was das dann an Miete kosten wird, das hab ich lieber gar nicht erst gefragt.«

»Haben Sie schon was Neues?«

»Ich zieh zwei Straßen weiter. Gleiche Wohnung, aber ohne Blick.«

»Blick?«

»Na von hier hat man ja den Blick ins Grüne.«

Die Frau deutet auf das Fenster, und Groth hebt die Gardine an. Das Haus ist Randbebauung, es gibt kein Gegenüber.

»Vielleicht sollte das alles so sein«, sagt sie. »Ich weiß nicht, ob ich hier noch wohnen wollte, nach so was. Det mit dem Jungen mein ich.«

Groth nickt. »Waren Sie am Mittwoch zwischen achtzehn und zweiundzwanzig Uhr zu Hause?«

»Mittwochs geh ich zum Kegeln. Das hab ich dem Kollegen doch schon alles gesagt. Gegen zehn war ich zurück, da war hier alles ruhig.«

»Was können Sie mir über die ehemaligen Mieter im Haus nebenan sagen?«

»Na, übrig sind da ja nicht mehr viele. Da war Hermann im dritten. Der is schon fünfundsiebzig und kam die Stufen kaum noch rauf. Is seit November im Seniorenheim in Pasewalk, da wohnt die Tochter. Und der Sohn von den Grieses, der kam noch mal vorbei, um seine Sachen abzuholen. Soll jetzt in Hamburg arbeiten im Flugzeugwerk, Sie wissen schon. Die Friedrichs, Basedows und Haucks sind schon letztes Frühjahr ausgezogen. Und der Rest ist gleich nach der Wende rüber in den Westen.«

»Haben Sie sonst etwas beobachtet? Kam jemand häufiger ins Haus?«

»Da fällt mir nur der Rinke ein.«

»Der Hauswart?«

»Na, Hauswart is 'n großes Wort für den. Der verdient sich was nebenbei. Guckt hier nach dem Rechten. Jedenfalls, wenn er nüchtern ist.«

Groth, der sich gerade über seinen Block gebeugt hat, um das aufzuschreiben, schaut die Frau an.

»Schwerer Trinker?«

»Allerdings.«

»Und Sie sagen, der arbeitet für die Genossenschaft?«

»Na ja, so als Aushilfe. Früher war der mal Schlosser. Kann gut mit die Hände. Manchmal hab ich den sogar zu mir reingerufen, wenn es mal was zu reparieren gab. Karl, hab ich gerufen, kannste mal kurz mit dem Werkzeug reinschauen? Hat er immer gemacht. Immer gefällig. Das muss ich schon sagen. Nur weil einer trinkt, ist er ja kein schlechter Mensch.«

Frau Hökelmann nimmt einen Schluck Apfelmost und beginnt zu husten. Es ist ein scheppernder Husten, der länger geht, als Groth lieb ist. Er überlegt, aufzustehen und der Frau auf den Rücken zu klopfen.

»Schon gut«, presst sie hervor und hustet noch einmal nach. »Also wie gesacht, der war immer gefällig. Hat sich drüben mit dem Nötigsten eingerichtet. Matratze, paar wenige Möbel. Also vier Sterne is det nich. Gibt nicht mal mehr Warmwasser. Kommt manchmal bei mir zum Duschen vorbei, der Karl.«

»Ach«, sagt Groth. »Auch gestern?«

Frau Hökelmann nickt. »War nötig, kann ich Ihnen sagen.«

14

Rechtsmediziner Rolf Steinert bezeichnet sich selbst als Wessie. Er pendelt zwischen Lübeck und Greifswald und hat seine Wochenendpläne wegen der anstehenden Sektion verschoben. Nun hat er reichlich Publikum, darunter ein designierter Beamter des LKA. Neben Groth, Bekendorf und Schaller ist auch der Kieler Staatsanwalt zur Sektion erschienen, sein Name ist Rolli Kuhn. Es ist sein erster Auswärtstermin im neuen Amt. Sie alle beugen sich in diesem Moment über ein Diktiergerät, während Steinerts Kollege Dr. Hain die Kassette einlegt und demonstriert, dass sich die Klappe nicht schließen lässt. Sie müssten ein Einmachgummi darüberspannen, damit das halte, erklärt Hain. Das stelle man sich mal vor, sagt Steinert. Ihnen werde hier Technik vorgesetzt, die der Westen ausgemustert hat. Kein Wunder, dass er jede zweite Sektion aus dem Gedächtnis protokollieren müsse. Hain wickelt das Gerät in eine durchsichtige Plastiktüte, während sich Steinert zum Tisch begibt.

»Dann sind wir so weit.«

Als Hain das Tuch über dem Leichnam anhebt, wird es still im Raum. Unter einem vergitterten Fenster brummt ein kleiner Kühlschrank. Selbst Steinerts Stimme klingt jetzt ruhig, verrät nichts mehr von seiner Ungehaltenheit. Die unausweichliche Realität hat es trotz der Gitter vor den Fenstern in den Sezierraum geschafft.

»Sektionsprotokoll des Instituts für Gerichtliche Medizin und Kriminalistik der Ernst-Moritz-Arndt-Universtät Greifswald, Aktenzeichen GS 04/92, über Matthias Beck, geboren ...« Die Worte dröhnen durch den gefliesten Raum. Groth betrachtet den viel zu kleinen Körper auf dem Seziertisch und muss an Marlies und Heiko Beck denken. An ihre unaufgeräumte Wohnung, die Krümel, die Laufmaschen. Groth möchte Matti in seine Unordnung zurückschicken, jetzt sofort. Stattdessen diese Prozedur, diese Sterilität. Er ist nicht bereit für diesen Anblick und schämt sich für Steinerts anfängliche Tirade.

Die Sektion kreist eine Weile um die Beschreibung von Oberflächlichkeiten, Schürfungen, Verfärbungen, Hautunterblutungen, Oberhauteintrocknung. Fast möchte Groth vergessen, dass es das allein nicht gewesen sein kann, niemand stirbt an blauen Flecken und Schürfwunden. Doch dann widmet sich Steinert dem Hals.

»Strangulationsmarken in Form von braunrot verfärbten Oberhauteintrocknungen, zwischen 0,2 cm und 0,4 cm breit, vom Vorderrand des rechten Kopfwendermuskels horizontal über den Nacken verlaufend bis zur Mitte des linken Kopfwendermuskels.«

Steinert tritt einige Schritte zurück, während Hain Fotos macht.

»Eine weitere Strangulationsmarke verläuft auf der Halsvorderseite beidseitig kinnwärts.«

Auch diese wird fotografiert.

»Eine Stichverletzung im Brustbereich.«

Sie nehmen Maß, um die Klingenbreite zu bestimmen.

Nachdem Steinert den Brustraum geöffnet hat, zeigt sich, dass der Stich einen Ast der linken Lungenschlagader durchtrennt hat.

Steinert diktiert: »Einblutung im linken Brustraum. Die Blutmenge, die sich angesammelt hat, liegt bei etwa 1000 ml. Keine Einblutung in den Stichkanal.«

»Was genau heißt das?«, fragt Bekendorf. »Ist er an der Stichverletzung gestorben?«

»Ich gehe davon aus, dass der Stich in der präfinalen Phase beigebracht wurde.« Als Steinert in ratlose Gesichter blickt, fügt er hinzu: »Die Stichverletzung wurde kurz vor oder während des Sterbevorgangs beigebracht.«

»Und die Todesursache?«

»Tod durch Ersticken. Er wurde erdrosselt. Mit einer Kordel, wie ich vermute.«

Als keine Rückfragen kommen, beugt sich Steinert wieder über den Leichnam.

»Blutungen zwischen dem 7. und 6. sowie zwischen dem 6. und 5. Halswirbelkörper.«

Er schaut auf. »Ein typischer Befund in der Folge einer Überstreckung. Ich halte es für möglich, dass das Opfer mit der Schlinge um den Hals einige Meter weit gezogen wurde.«

Während Steinert weiterdiktiert, stellt Groth sich vor, wie er die Feststellungen des Mediziners den Eltern übermitteln soll, und findet keine Antwort.

Bekendorf hat im Anschluss an die Sektion eine Lagebesprechung anberaumt, in seinem Büro, in großer Runde. Als Groth das Chefzimmer betritt, sind die anderen bereits da. Er gesellt sich zu Krüger, Schaller, Hellberg und Bunterode. Sie alle wirken hohläugig, erschöpft. Niemand spricht. Hellberg hat die Augen geschlossen. Marlene Thiese fehlt, aber ob sie noch nicht da ist oder gar nicht eingeladen, weiß Groth nicht.

Staatsanwalt Rolli Kuhn sitzt am langen Ende von Bekendorfs ovalem Konferenztisch. Er hat den Stuhl weit zurückgeschoben, damit er ein Bein über das andere schlagen kann. So sitzt er abgerückt da, während sein Knie wie die Spitze eines Eisbergs oberhalb der Tischplatte in die Luft sticht. Kuhn scheint alles um sich herum zu beobachten, auch Groth, der sich einen Holzstuhl heranzieht und vis-à-vis von Kuhn Platz nimmt. Kuhn nickt ihm zu, aber Groth hat den Eindruck, dass er an etwas ganz anderes denkt und sowohl ihn als auch die anderen nur am Rande wahrnimmt.

Bekendorfs Büro steht im Zeichen des bevorstehenden Umzugs. Die Wände sind kahl. Der Stich einer Windmühle, der bisher hinter der Sitzecke hing, steht auf dem Boden, zusammen mit Bekendorfs gerahmtem Fechtdiplom. Die Glasvitrine ist bis auf einen einzelnen Buddelschiff-Dreimaster leer. Neben der Tür hat Bekendorf drei Umzugskartons aufgestapelt, aus dem obersten ragen einige Holzbügel und Bekendorfs italienische Tischleuchte heraus, deren langer Arm mit Leuchtkopf Groth an ein Periskop erinnert und die Anwesenden zu beobachten scheint.

»Zuerst möchte ich Ihnen allen den Leitenden Staatsanwalt, Roland Kuhn, offiziell vorstellen. Ein wenig früher als geplant, nicht wahr, aber so ist es nun eben unter diesen Umständen. Rolli, wenn du vielleicht ein paar Worte zu deiner Person sagen möchtest.«

Der Neue rührt sich kaum merklich. Seine Ellenbogen liegen auf den Armlehnen des Bürostuhls, die Hände hat er vor seinem Oberkörper zu einer Pyramide gefaltet. Dass sich alle Blicke auf ihn richten, scheint ihn nicht zu stören.

»Roland Kuhn. Gebürtig aus Kiel. Seit zwanzig Jahren im Staatsdienst. Psychologisches Zusatzstudium, vielleicht deswegen, wer weiß das schon so genau, mehrere Jahre Staatsanwalt in der Abteilung für Jugendstrafverfahren, dann gewechselt zur Staatsanwaltschaft Kiel, dort Abteilungsleiter seit fünf Jahren.«

Groth fragt sich während dieser Vorstellung, ob Kuhns Affinität zum Jugendstrafrecht ihm hier nützen wird. Jugendliche in Kiel sind nicht gleichzusetzen mit Jugendlichen in Wechtershagen. Dazwischen liegen ideologische Welten, die Wende und jede Menge Frust. Aber wenn Groth ehrlich ist, dann ist der Hauptgrund für seine Abneigung gegen Rolli Kuhn ein persönliches Problem, das nichts mit dem Fall zu tun hat. Es hat mit Psychologie zu tun und mit der Zeit nach Saskias Tod.

Als Groths Diensttauglichkeit nach dem Tod seiner Tochter infrage stand, musste er in Hamburg zur psychologischen Evaluation. Zweimal. Und beide Male hatte er so gar nichts übrig für die bohrenden Fragen. Er mochte es nicht, getestet zu werden. Nein, denkt er mit einem Blick auf Bekendorfs industrielle Schreibtischlampe, die ihn nach wie vor mit gekipptem Kopf anstarrt, es ging nicht nur darum, ihn zu evaluieren, sondern darum, ihn auszuleuchten.

»So, nachdem das geklärt ist, wollen wir anfangen«, sagt Bekendorf. »Ich muss in einer Stunde zur Besprechung mit dem Bürgermeister. Der Fall Matti Beck ist leider auch ein Politikum. Wir sollten also gleich zur Sache kommen. Groth, wenn Sie uns auf den aktuellen Stand bringen könnten.«

Groth öffnet die Akte und zieht die Straßenkarte hervor, auf der sie den Mönkeberg eingekreist haben.

»Ich beginne mit den Koordinaten. Wir wissen, dass sich Matti Beck am Mittwochabend gegen achtzehn Uhr auf der Angerstraße befand, etwa einhundert Meter nördlich der Wallstraße, am Ende eines Fußwegs, den die Jugendlichen in der Gegend den Schleichweg nennen. Er traf dort auf einen Schulfreund, Axel Bunge, der bestätigen konnte, mit Matti gesprochen zu haben. Er konnte auch bestätigen, dass Matti im Anschluss an ihr kurzes Gespräch auf der Angerstraße weiter Richtung Kaufhalle unterwegs war. Erst als Matti die Angerstraße überquert hatte, nämlich hier«, Groth deutet auf die Straßenkarte, »verlor Axel Bunge ihn aus den Augen.«

»Glaubhafte Aussage?«, fragt Bekendorf.

»Unbedingt«, sagt Groth. »Wir haben außerdem eine ungewisse Sichtung durch einen wohnsitzlosen Alkoholiker, der in der Gegend bekannt ist. Ich gehe aber davon aus, dass die Erinnerung des Mannes unzuverlässig ist. Ich spreche von Karl Rinke, der auch Matti Becks Leiche gefunden hat. Darauf komme ich noch.«

»Moment. Der Mann, der die Leiche gefunden hat, war am Mittwochabend in der Nähe der Kaufhalle?« Es ist Rolli Kuhn, der das fragt.

»Richtig«, sagt Groth.

»Ha! Bemerkenswert.«

Groth wartet ab, ob nach Kuhns Ausruf noch etwas kommt, aber der Staatsanwalt schüttelt nur kurz den Kopf, hinter der Handpyramide bleibt es still.

»Keine weiteren definitiven Kontakte oder Sichtungen. Wir wissen, dass Matti Beck nicht in der Kaufhalle war. Wir können also festhalten: Was Matti Beck an diesem Abend passiert ist, muss sich mit hoher Wahrscheinlichkeit zwischen 18:05 Uhr und 18:15 Uhr auf dieser Kreuzung abgespielt haben.« Groth zieht mit dem Finger einen Kreis um die Straßenkreuzung Ecke Angerstraße und Breite Straße. »Wir sehen drei Möglichkeiten. Entweder ist Matti Beck in ein fremdes Auto eingestiegen oder mit jemandem in dessen Wohnung gegangen, oder er hat sich aus Gründen, die wir nicht kennen, zu Fuß von der Kaufhalle entfernt, um etwas anderes zu erledigen. Was das sein könnte, wissen wir ebenfalls nicht. Auch die Eltern haben keine Erklärung.«

»Und niemand hat etwas beobachtet?«

»Niemand außer Karl Rinke. Das ist der Hauswart. Seine Aussage ist allerdings so vage, dass wir nicht mit letzter Sicherheit wissen, ob er Matti Beck tatsächlich am Abend seines Verschwindens vor der Kaufhalle sah oder schon an den Tagen davor.«

»Dann war Matti Beck auch am Tag davor in der Kaufhalle?«

»Das war er, allerdings mit seinem kleinen Bruder, den er an diesem Tag von der Kinderkombination abgeholt hat.«

Eine nachdenkliche Stille breitet sich aus.

Dass Rolli Kuhns Blick auf ihm ruht, macht Groth befangen. Er ärgert sich über sich selbst. Plötzlich sieht er statt des geradlinigen Verlaufs der Ermittlungen nur Unzulänglichkeiten und Fehler. Sein Versäumnis, Karl Rinke aufzuspüren. Die Wahllosigkeit, mit der er möglichen Spuren hinterhergehechtet ist, die Sackgasse, in die Dennis Haude ihn geführt hat. Auch Rickie Beck hat er bisher nicht eingehend befragt. Im Nachhinein steht Groth das korrekte Vorgehen so deutlich vor Augen, dass er sich nicht erklären kann, warum er es vor zwei Tagen nicht ebenso klar gesehen hat.

»Eine letzte Bemerkung«, schließt Groth, »betrifft einen Mordfall aus dem Jahr 1986. Damals wurde ein Achtjähriger in der Nähe eines Badesees ermordet. Der See ist weniger als zwei Kilometer vom Mönkeberg entfernt.«

Bekendorf winkt ab. »Ich habe Ihren Vermerk zu diesem Fall gesehen, Groth. Das war ein Sexualdelikt, wir haben hier eine ganz andere Handschrift. Wenn wir uns zu intensiv mit dem alten Fall befassen, besteht die Gefahr, dass wir in eine falsche Richtung ermitteln und wertvolle Zeit verlieren.«

Das Wort »Zeit« scheint eine Erinnerung ausgelöst zu haben, denn Bekendorf schaut auf seine Armbanduhr. Dann wendet er sich an Kuhn. »Was meinst du dazu, Rolli?«

»Ich habe zwei Anmerkungen«, sagt Kuhn. »Erstens stellt sich mir die Frage, ob wir tatsächlich ausschließen können, dass sich Matti Beck in schlechte Gesellschaft begeben hat. Es gibt solche Fälle. Ich sage nicht, dass es bei Matti Beck danach aussieht, aber meines Erachtens wurde nicht ausreichend in diese Richtung gedacht und ermittelt. Besonders die Freunde hätte man dazu gezielt einzeln befragen müssen. Das ist ein Versäumnis. Und zweitens das persönliche Umfeld. Was ist mit dem Vater? Dem Bruder? Wie genau wurden die beiden befragt? Gibt es Anhaltspunkte für Spannungen innerhalb der Familie? Wenn ich es richtig verstehe, dann ist der Bruder ein Halbbruder. Welches Verhältnis hat er zu Matti? Alles offene Fragen.«

Groth spürt diese Sätze wie Stiche in seine Brust. Er will sich gerade verteidigen, er hat schon auf der Zunge, dass er selbstverständlich schon in diese Richtung gedacht habe, wenn auch zugegebenermaßen noch nicht an alle Einzelheiten, als Bekendorf ihm zuvorkommt.

»Sehr guter Punkt. Das sehe ich genauso. Groth, setzen Sie sich bitte mit den Kollegen zusammen, um diesen Fragen nachzugehen. Das war es dann auch für heute. Ich muss mich leider verabschieden, zur nächsten Besprechung.«

Bekendorf steht auf und geht zur Tür. Doch statt den Raum zu verlassen, öffnet er die Tür und bleibt mit der Klinke in der Hand stehen wie ein Schaffner an der Endstation, der dafür sorgen muss, dass seine Fahrgäste auch wirklich aussteigen.

Groth ist verärgert. Er rafft seine Zettel zusammen, schiebt alles in die Akte zurück und geht hinter Schaller und Kuhn aus Bekendorfs Büro, ohne den Chef eines Blickes zu würdigen. Es stimmt. Er hätte dem Bruder und auch Heiko Beck mehr Aufmerksamkeit schenken müssen. Natürlich kennt Groth die Statistik. Über achtzig Prozent der Vermisstenfälle sind im familiären Umfeld verankert. Aber die schulmeisterliche Lektion des neuen Staatsanwalts hat Groth nicht gefallen. Beide Männer haben ein Alibi für die Tatzeit. Er hatte die Replik schon parat, als Bekendorf die Besprechung plötzlich abbrach.

Kurz darauf sitzen sie zu viert in Groths Büro und führen die Besprechung fort. Groth hat Marlene Thiese angerufen und sie in sein Zimmer gebeten. Immerhin war sie dabei, als Matti Becks Leiche gefunden wurde, und, ja, wenn er es sich recht überlegt, erinnert ihn ihre Hartnäckigkeit an Gerstacker. Besonders vor Kuhn fühlt Groth die Leerstelle, die sein Kollege hinterlassen hat. Kuhn hat sich von Gerda Küttel einen Stuhl organisiert und die gleiche Sitzhaltung eingenommen wie noch eben im Chefzimmer. Ein leichter Stimmungswechsel ist ihm anzumerken, denn der Plüsch des Chefzimmers ist hier nicht zu finden. Groth entgeht nicht, dass Kuhns Blick das Mobiliar und die kahlen Wände streift, bevor er durchs Fenster auf den im Hof abgestellen Schuttcontainer schaut, aus dem vier metallene Stuhlbeine wie Stäbe herausragen. Erst als Marlene Thiese den Raum betritt, findet Rolli Kuhns Blick ins Zimmer zurück.

»Noch eine Bemerkung bitte«, sagt Kuhn und wendet sich direkt an Groth. »Ich möchte noch einmal auf die heutige Leichenschau zu sprechen kommen. Wir haben den Vorteil, dass der Täter uns sozusagen seine Handschrift hinterlassen hat. Warum hat er so und nicht anders gemordet. Verstehen Sie, was ich meine? Wir müssen uns die Erkenntnisse der modernen Psychologie zunutze machen und den Täterkreis anhand dieser individuellen Merkmale eingrenzen. Das ist im Westen jetzt Standard.«

Und da versteht Groth, dass Rolli Kuhn glaubt, auch er, Groth, gehöre hier zum Bestand, zu den Ost-Kollegen, wie Schaller und Krüger, die bereits vor der Wende Volkspolizisten gewesen sind und das Privileg hatten, vom neuen Dienstherrn übernommen zu werden. Daher die schulmeisterliche Art. Daher die kritische Haltung, die Handpyramide, die er wie eine Monstranz beim Denken vor sich herträgt.

Es fällt Groth wie Schuppen von den Augen. Er wird in diesem Moment so behandelt, wie man die Kollegen des Altbestands eben behandelt. Wie Anfänger. Unbedarft, aber lernfähig.

Groth lässt sich in seinen Schreibtischstuhl sinken. Der Ärger kocht in ihm. Natürlich. Er sieht aus wie einer von ihnen. Die Jeans, die er trägt, ist noch aus den Achtzigern. Die Jacke hat er in Wechtershagen gekauft. Seine Haare ließ er im Friseurladen in der Fußgängerzone schneiden. Noch dazu das Büro, das nicht eine einzige westliche Note versprüht. Und ja, er stammt von hier. Geboren und aufgewachsen in Wechtershagen. Da kann er nicht drum herumreden. Dass er fünfundzwanzig Jahre in Hamburg Dienst getan hat, lässt sich leicht vergessen.

15

Gegen siebzehn Uhr klingelt Groth bei den Becks. Es ist still im Hausflur, so still, dass Groth auf Zehenspitzen gehen möchte. Vor der Wohnungstür stehen zwei Vasen mit Blumensträußen in Zellophanwolken. Groth fragt sich, ob die Überbringer der Blumen genauso wie er geklingelt haben und die Tür verschlossen blieb. Vielleicht wollte man die Blumen aber nur abstellen, wie es bei einem Unfall am Wegesrand üblich ist.

Groth versucht es noch einmal mit Klopfen. Ohne es zu wollen, stimmen seine Fingerknöchel einen Rhythmus an, lang, kurz, kurz, lang.

Tatsächlich hört er jetzt Schritte. Eine Bewegung hinter dem Spion. Dann öffnet ihm Heiko Beck die Tür. Der Mann sieht aus, als wäre er über Nacht kleiner geworden. Er winkt Groth durch die halb geöffnete Tür herein.

Groth betritt den Flur und steht an der Stelle, an der gestern Marlies Beck zusammengebrochen ist. Jemand hat die Jacken, die sie heruntergerissen hat, wieder aufgehängt, höher diesmal, als wolle man unten am Boden der Trauer ausreichend Platz lassen.

Groth hält die Blumenvasen vom Hausflur in den Händen.

»Wie geht es Ihrer Frau?«

»Meine Frau möchte mit niemandem sprechen«, sagt Heiko Beck. »Auch nicht mit Ihnen.«

Groth nickt.

»Nehmen Sie's nicht persönlich«, sagt Heiko Beck. »Sie meint es nicht so.«

»Natürlich nicht«, bekräftigt Groth.

»Es ist ...« Den Satz beendet Heiko Beck nicht.

Groth schiebt einige Schuhe zur Seite, um sich Platz zum Stehen zu verschaffen.

»Ich bin gekommen, weil das Ergebnis der Obduktion vorliegt«, sagt er.

Heiko Beck schaut angestrengt zur Seite, seine Brust bewegt sich auf und ab.

Nach einigen Sekunden fragt er: »Wo ist Matti denn jetzt?«

»Er ist noch in Greifswald. Im Universitätsklinikum.«

»Dann wissen wir also jetzt, was ihm passiert ist.«

Es klingt wie das Schlusswort am Ende eines Vortrags.

»Ja«, sagt Groth. »Wir sind ein großes Stück weiter.«

In diesem Moment geht die Tür zum Wohnzimmer auf, und Mattis kleiner Bruder erscheint im Flur. Er nagt an einem weißen Wurzelgemüse, das Groth nicht erkennt. Er tippt auf Steckrübe. Oder Kohlrabi. Ein Speichelfaden tropft auf den Boden.

»Geh wieder an den Tisch«, sagt Heiko Beck zu dem Jungen. »Ich komme gleich.«

Der Junge schaut Groth und die Blumen noch einen Moment mit blanken Augen an, dann kehrt er ins Zimmer zurück, ohne die Tür hinter sich zu schließen. Durch den Türspalt sieht Groth, dass der Fernseher tonlos läuft.

Er überlegt, wie er fortfahren soll.

»Gehen wir in die Küche«, sagt Heiko Beck und lässt Groth den Vortritt. Es ist dämmrig im Raum, im Haus gegenüber gehen die ersten Lampen an. Trotzdem macht Heiko Beck kein Licht.

Sie setzen sich an den Tisch am Fenster. Jemand hat die Tischplatte mit einem Lappen geputzt und breite Wischstreifen hinterlassen. Groth stellt die Blumenvasen ab und schiebt sie zur Seite, so weit es eben geht. Die Mappe mit dem Obduktionsbericht, die unter seinem Arm klemmt, legt er vor sich auf den Tisch.

Heiko Becks Hände umklammern die Tischkante, sein Blick ist

an Groth vorbei auf die Wand gerichtet, als könnte er dem Unausweichlichen nicht ins Gesicht sehen.

»Matti wurde erdrosselt«, sagt Groth. »Vermutlich mit einer Kordel.«

Heiko Beck nimmt diese Information entgegen, als läge es an ihm, stellvertretend für die gesamte Familie Haltung zu bewahren. Er atmet durch die Nase ein und schließt einmal kurz die Augen. Groth kann spüren, dass Heiko Beck gerade die unausweichliche Frage erwägt, ob sein Sohn gelitten hat. Doch der Vater spricht sie nicht aus, die brennende Ungewissheit, er hält alles zurück, was er nicht ertragen kann. Nur die Finger auf der Tischkante, die pressen den Schmerz heraus, bis die Nägel weiß werden.

Groth sagt nicht, dass Matti anschließend an der Schlinge über den Kellerboden gezerrt wurde.

Er wartet kurz und versucht, in Heiko Becks Gesicht zu lesen, ob er fortfahren kann.

»Der Täter hat ihm auch eine Stichverletzung zugefügt«, erklärt Groth. »Allerdings war die nicht ursächlich für seinen Tod.«

Und wieder verschweigt er, dass der Messerstich einen Ast der Lungenschlagader durchtrennt hat und für sich gesehen tödlich gewesen wäre.

Stattdessen sagt er das, was hoffentlich stimmt. »Er hat diesen Messerstich nicht mehr gespürt.«

»Und was ist mit ... Sie wissen schon. Hat der Täter Matti missbraucht?« Nur für dieses eine Wort löst sich Heiko Becks Blick von der Wand und trifft den von Groth.

»Nein«, sagt Groth. »Nein, das hat er nicht.«

»Sicher?«

»Sicher«, verspricht Groth.

Von der Straße ist leichter Abendverkehr zu hören, ab und zu schicken vorbeifahrende Autos einen Lichtstrahl über die gegenüberliegende Hauswand.

»Warum macht jemand so was? Ich verstehe das nicht. Ich verstehe das überhaupt nicht.«

Heiko Beck schüttelt den Kopf und hört nicht auf, auch nicht, nachdem Groth schon geantwortet hat.

»Es ist nicht zu verstehen.«

Sie sitzen im Schein der Flurlampe im Halbdunkel. Groth hat noch Fragen, besonders an Rickie Beck, den Bruder. Doch der Mann vor ihm musste gestern seinen toten Sohn identifizieren, er schafft es kaum noch, aufrecht zu sitzen, da ist für Nebensächliches kein Platz. Also lässt Groth einige Sekunden verstreichen. Dann schiebt er die Mappe in die Tischmitte. »Sie können sich den Obduktionsbericht natürlich ansehen. Wenn Sie das möchten.«

Heiko Beck schaut aus dem Fenster in die Dunkelheit.

»Ich möchte, dass Matti einfach mit uns am Tisch sitzt und Abendbrot isst.«

Bevor Groth geht, fragt er, ob Marlies Beck vielleicht doch mit ihm sprechen wolle. Vielleicht sei es gut, wenn sie den Befund aus seinem Mund höre.

»Nein.« Heiko Beck winkt ab. »Es geht nur mit Beruhigungsmitteln. Der Arzt war hier und hat ihr was gespritzt.«

»Und Rickie?«, fragt Groth. »Ist er da?«

Eine leichte Irritation huscht über das Gesicht des Vaters.

»Ja, er ist auf Sonderurlaub. Wieso?«

Groth will erklären, dass unter Brüdern mehr erzählt wird als vor den Eltern. Und dass sie jede Information brauchen, die sie kriegen können. Er legt sich noch die Worte zurecht, als in der Küchentür noch einmal der jüngste Bruder auftaucht, dessen Namen Groth noch immer nicht kennt. Er überlegt, danach zu fragen, doch dann sagt der Vater genau in diesem Moment: »Geh mal den Schlafanzug holen, Svenni. Bin gleich da.«

Der Junge bewegt sich nicht von der Stelle. Sein Blick klebt an Groth, und auch wenn Groth weiß, dass es nur ein Kinderblick ist, kann er ihn nicht erwidern, zu sehr spürt er in diesem Moment den Vorwurf darin.

Kurze Zeit später klopft Groth an die Tür zu Mattis Zimmer. Er findet Rickie vor dem Etagenbett auf dem Boden sitzend. Sein Kleidersack aus der Kaserne lehnt am Schrank. Den Aschenbecher hat er neben sich auf ein Buch mit schwarzem Einband und roter Umrandung gestellt. Groth entziffert: »Das Sein und das Nichts«.

»Interessieren Sie sich für Philosophie?« Groth deutet auf den Buchtitel.

Rickie Beck steht ungelenk auf und lehnt sich gegen den Bettpfosten. Er hat Mühe, Groth in die Augen zu schauen.

»Eigentlich wollte ich nach dem Wehrdienst studieren.«

Er kickt mit der Fußspitze nach dem Buch.

»Das sollten Sie tun«, sagt Groth.

»Ich weiß nicht mehr, wozu.«

Die Worte klingen hart, unversöhnlich. Noch vor wenigen Tagen sah Groth in Rickie Beck einen schüchternen jungen Mann, der kaum sprach, ohne sich von seiner Mutter soufflieren zu lassen. Und nun erlebt Groth ihn von einer ganz anderen Seite. Traurig. Frustriert. Wütend. Als wäre Rickie über Nacht ein anderer geworden.

»Wir konnten Ihr Alibi für die Tatzeit bestätigen«, sagt Groth. Von Rickie kommt keine Reaktion.

»Wie nah standen Sie sich, Matti und Sie? Als Halbbrüder, meine ich.«

Rickies Blick blitzt ihm entgegen.

»Was soll das heißen? Sind wir weniger gute Brüder, weil wir nicht den gleichen Vater haben? Sie kennen uns doch überhaupt nicht.«

»Genau deshalb stelle ich diese Fragen«, sagt Groth. Sein Tonfall ist ruhig. »Weil ich Matti und Sie kennenlernen will.«

Er gibt Rickie einige Sekunden Zeit, sich zu beruhigen, bevor er fortfährt.

»Was ist mit dem Kontakt zu Dennis Haude? Und den Runen, die er gezeichnet hat? Denken Sie, dass Matti sich für die rechte Szene interessiert hat?«

Rickie schaut Groth an, als wolle er den Hintergrund dieser Frage verstehen. »Matti hat Hakenkreuze gemalt, na und?« Es klingt trotzig. »Die rechte Szene, das ist doch für manche hier oben das Einzige, was sie noch haben.«

»Wie meinen Sie das?«

»Na, Familie. Zusammenhalt. Was weiß ich. Wenn zu Hause alles scheiße ist, dann suchst du dir eben was anderes.«

»Und zu Hause ist alles scheiße?«

Rickie sieht angezählt aus, sein Blick geht zum Fenster. »Wie würden Sie es denn nennen? Mein Stiefvater ist arbeitslos. Meine Mutter schiebt Nachtschichten, um uns alle über Wasser zu halten. Und wie es weitergehen soll, weiß sowieso niemand.«

Es ist die längste Ansprache, die Groth bisher von einem Mitglied der Familie Beck gehört hat. Als Rickie fortfährt, merkt Groth ihm an, dass er mit den Tränen kämpft.

»Die haben keine Angst, die Glatzen. Vor niemandem. Matti fand das gut.«

»Und Sie?«, fragt Groth.

»Ich? Ich bin mir nicht mehr sicher, was ich noch glauben soll.«

Als Groth wenige Minuten später die Wohnungstür der Becks hinter sich ins Schloss zieht, ist ihm zum ersten Mal ein Blick hinter die Fassaden des Mönkebergs geglückt. Was er gesehen hat, ist schwer zu ertragen. *Ich bin mir nicht mehr sicher, was ich noch glauben soll.* Der Satz verfolgt ihn noch, als er zu Hause ankommt und im Treppenhaus bei surrendem Flurlicht die drei Stockwerke zu seiner Wohnung hinaufsteigt.

An diesem Abend zwingt sich Groth, sein dunkelblaues Sakko

anzuziehen und Irina Diehl anzurufen, um ihr zu sagen, dass er nun doch zum Uwe-Johnson-Abend im Schauspielhaus kommen werde. Sein Fall lasse das zu. Eine Fügung. Das dazugehörige Adjektiv, glücklich, lässt Groth weg.

Als sie schweigt, fügt er hinzu: »Soll ich dich abholen?«

Er erwartet eine freudige Reaktion, ein »Wie schön, Arno, dann bis gleich«, doch stattdessen sagt Irina Diehl: »Ach herrje.«

Ihre Stimme klingt anders als sonst.

»Ich habe beschlossen, heute zu Hause zu bleiben.«

Groth spürt bei diesen Worten eine so heftige Enttäuschung, dass er selbst überrascht ist. Gerade noch musste er sich überwinden, den Schrank zu öffnen und sein Jackett vom Bügel zu nehmen. Und nun steht er hier und fühlt sich wie zerschlagen, weil Irina Diehl absagt. Er ist zu erschöpft, um zu protestieren, aber Groth begreift in diesem Moment, dass er heute nicht alleine sein will. Er braucht Abstand vom Tod und vom Fall Matti Beck.

Und als hätte Irina Diehl ihn gehört, seufzt sie und sagt: »Ach was soll's, Arno, wenn du mich abholst, dann komme ich mit.«

Auf der Bühne des Schauspielhauses steht nichts als ein mit rotem Samt bezogenes Sofa. Eine Schauspielerin mit Dagmar-Berghoff-Stimme beginnt, Passagen aus den *Jahrestagen* vorzulesen. Die ersten Sätze spülen über Groth hinweg wie die Brandung, die das Buch gleich am Anfang beschreibt. Doch dann zieht ihn das Erzählte in seinen Bann. Das übergangslose Verschwimmen von Ort und Zeit. Mal ist er in New York, mal in Mecklenburg. Alles scheint gleichzeitig zu geschehen; Gegenwart und Vergangenheit, Hier und Dort, Heimat und Fremde. Da schreibt jemand, der sich um eine Chronologie des Erzählens nicht schert und doch nichts dem Zufall überlässt. Jede Beobachtung, jede Erinnerung, jedes Wort scheint sehr genau gesetzt. Bald beginnen hinter Groths geschlossenen Augen die Bilder des Mönkebergs mit Johnsons Worten zu verschmelzen. Die leeren Fenster der Windigstraße. Wohnbauserien, fünf Stockwerke hoch, die Fassaden konkav wie hohle Bäuche.

Nach der Veranstaltung gehen sie in eine Kneipe bei Groth um die Ecke, die Apotheke heißt, bestellen Erbsensuppe, Tee und ein Glas Wein.

»Johnson ist wie du als junger Mann in den Westen gegangen, gerade als er sein erstes Buch veröffentlicht hatte«, sagt Irina Diehl.

»Aber anders als ich nie wieder zurückgekehrt.«

»Stimmt«, sagt sie. »Er blieb in seiner Wahlheimat England und ist dort gestorben. In einem Küstenort namens Sheerness.« Sie schaut zu, wie der Wirt ein Bier zapft. »Wie kalt das klingt. Wer möchte sterben an solch einem Ort.«

»Wahlheimat«, sagt Groth. »Das Wort klingt auch kalt. Als wolle man sich selbst etwas vormachen.«

»Du glaubst also nicht daran, dass man sich seine Heimat aussuchen kann?«

Groth überlegt. Hinter ihm drängen sich einige Kneipengäste vorbei, ein Mantel streift ihn sanft am Rücken. Er hat fast dreißig Jahre in Hamburg gelebt, doch immer wenn ihn dort jemand fragte, woher er komme, sagte er Wechtershagen.

»Das glaube ich tatsächlich nicht.«

»Aber vielleicht ist Uwe Johnson der Beweis. Er war sehr erfolgreich im Westen.«

»Wo er über seine mecklenburgische Heimat geschrieben hat.«

»Na schön, der Punkt geht an dich.«

Der Wirt platziert zwei Teller Erbsensuppe vor ihnen.

»Zum Wohl«, sagt Irina Diehl und stößt ihre Teetasse an sein Glas.

Groth fragt, ob sie noch krankgeschrieben sei, doch Irina winkt ab.

»Lass uns über etwas Angenehmeres sprechen.«

Groth sieht sie forschend an.

»Es geht mir gut, Arno, glaub mir.«

Das Gespräch verstummt, während sie die ersten Löffel Suppe essen. Dann sagt Irina Diehl: »Es tut mir leid, dass ich nicht da war, als du kürzlich vor meiner Schule auf mich gewartet hast, Arno. Was war denn der Grund für diesen Besuch?«

Groth weiß nicht, wie er darauf antworten soll. Dass er an jenem Morgen auf dem Ohlsdorfer Friedhof am Grab seiner Tochter war und Abstand brauchte? Irina Diehl würde sofort wissen wollen, was ihn auf den Friedhof geführt hat.

Also sagt er: »Ich war auf dem Rückweg aus Hamburg und hatte den Nachmittag frei.« Es stimmt, er hatte zwei Tage Urlaub genommen.

»Hamburg?«

»Um meine alte Dienststelle zu besuchen«, sagt Groth. Auch das stimmt, denn er hat sich mit Jo Allers, seinem Kollegen und langjährigen Dienstvorgesetzten, getroffen. Sie saßen in Allers Büro bei Kaffee und Bienenstich, und Allers wollte von Groth wissen, ob er sich vorstellen könne, Bekendorfs Stelle zu übernehmen.

Irina Diehl horcht auf.

»Glaubst du, dass du eines Tages wieder nach Hamburg zurückkehren wirst?«, fragt sie. Ihr Blick streift sein Gesicht, während sie den Löffel in die Suppe tunkt.

Groth lächelt. »Dazu gefällt es mir hier viel zu gut.«

Es geht ihm leicht über die Lippen, das Wort »gut«. Denn er hat das alte Hamburger Revier mit dem Gefühl des Reisenden betreten, der feststellt, dass eine Rückkehr unmöglich geworden ist. Er kennt jede Stufe im alten Polizeigebäude, er weiß, was sich hinter den geschlossenen Türen verbirgt, er erahnt jeden Geruch, bevor er ihn wahrnimmt. Zwiebeln aus Geert Lüpperts Büro. Schweiß aus dem ungelüfteten Verhörraum. Nichts kann ihn noch überraschen. In Hamburg gibt es für Groth nichts mehr zu tun.

In seinem Kopf beginnt es sich jetzt zu drehen. Nicht im unangenehmen Sinne, nein, es sind schöne Gedanken, die sich drehen. Ihm ist warm, die Suppe ist seine erste gute Mahlzeit seit Tagen. Er ist sich nicht sicher, aber wahrscheinlich ist das Glas Wein, das vor ihm steht, schon sein drittes. Der Wirt führt bestimmt eine Strichliste, da kann er sich vergewissern. Aber möchte er sich vergewissern? Selbst wenn es das dritte wäre, könnte er die ersten zwei ja ohnehin nicht mehr ungeschehen machen.

Er erklärt Irina Diehl diesen Sachverhalt.

»Arno.« Ihre Stimme ist ungewöhnlich streng. »Sieh mich mal an, Arno.«

Groth schaut von der Suppe auf. Ihr Haar. Es ist von hinten beleuchtet wie ein ..., Groth überlegt. Dann fällt es ihm ein: Aquarium. Hineinfallen möchte er.

»Arno, ich glaube, du hast genug Wein getrunken für heute.«

Irina Diehl zieht ihm das Glas zwischen den Fingern weg und nimmt selbst einen Schluck.

»Es ist zwar schade drum«, sagt sie. »Aber genug ist genug. Und leider kannst du heute nicht mehr ans Steuer.«

Vor der Apotheke debattieren sie einige Minuten, wie Irina Diehl nach Hause kommt. Groth fühlt den Alkohol doch ein wenig stärker als gedacht und ist froh, dass er sich an Irina Diehls Körper lehnen kann. Groth möchte ihr anbieten, bei ihm zu übernachten, aber er drückt sich, bis sie seinen Hofdurchgang erreichen und er kurz davor ist, das Wort »bleib« in den Ring zu werfen. Doch was stattdessen aus seinem Mund kommt, ist die Frage, ob er ihr ein Taxi rufen soll.

Das Telefon ist in Groths Wohnung, also nimmt er Irina Diehl mit hinauf. Während er telefoniert, spaziert sie seine Bücherwand ab, entdeckt die Johnson-Erstausgabe auf seinem Lesesessel und lächelt ihm zu. Dann geht sie weiter durchs Zimmer, nimmt das gerahmte Familienfoto auf, das neben dem Fernseher steht. Marianne, Saskia und er vor zehn Jahren in Travemünde. Saskia balanciert zwischen ihnen auf der Mauer der Strandpromenade. Im Hintergrund sieht man die gleiche Ostsee, die Jahre später im Sturm einen Mastbaum in Bewegung setzen wird, der Saskia am Kopf trifft. Groth weiß noch, dass ein älterer Herr das Foto gemacht hat. Er trug einen altmodischen Strohhut und verfehlte mit seinem knotigen Finger mehrmals den Auslöser. Als er Groth den Fotoapparat zurückgab, schien er ein Gespräch anfangen zu wollen, doch Saskia zog an Groths Hand, bis er nachgeben musste und dem Mann mit Strohhut nur entschuldigend zuwinken konnte. Eine verpasste Begegnung. Irina Diehl schaut kurz zu ihm, als wolle sie sich vergewissern, dass der Mann auf dem Foto tatsächlich der Groth ist, den sie kennt. Dann stellt sie das Bild wieder ab, ohne nach dem Verbleib der zwei Frauen in seinem Leben zu fragen.

Da schrillt die Klingel, das Taxi wartet. Irina Diehl greift ihre Handtasche, Groth nimmt den Schlüssel vom Haken. Etwas Unausgesprochenes liegt in der Flurluft. Dann begleitet er Irina Diehl die drei Treppen nach unten. Beim Einsteigen rutscht ihr ein Mantelschoß aus der Türöffnung, dann ein Ende des Schals. Als endlich alles verstaut ist, schließt die Taxifahrerin schnell die Tür, als könnte gleich wieder etwas herausquellen, und Groth bleibt gerade genug Zeit, sich zur Scheibe hinunterzubeugen und Gute Nacht zu rufen.

Die Rücklichter des Taxis lassen die Hofdurchfahrt rot aufleuchten, dann ist es dunkel.

»Ach, Papa«, hört er Saskias Stimme. »Warum machst du dir bloß das Leben so schwer.«

»Mache ich das?«, fragt er in den stillen Hof.

16

»Schaller, wenn Sie uns auf den aktuellen Stand bringen könnten«, sagt Bekendorf in der Morgenlage. Es ist Montag. Groth ist an diesem Morgen verkatert aufgewacht. Die Worte aus der gestrigen Lesung hallen in seinem Kopf nach. *Die schweren Böden, der Morgennebel.* Doch er merkte schon bei den ersten Handgriffen in der Küche, dass ihm sein Verstand wider Erwarten gehorchte. Bekendorf steht hinter seinem Stuhl und blickt über den ovalen Konferenztisch hinweg auf eine rollbare Stellwand, die sie für alle sichtbar an die Längsseite des Raumes geschoben haben. Der Geruch eines teuren Rasierwassers dringt in Groths Nase.

Bekendorf hat verfügt, dass im Fall Matti Beck aufgrund des gesteigerten öffentlichen Interesses eine Einsatzgruppe, bestehend aus Groth, Schaller, Krüger und ihm selbst, eingerichtet wird. Wegen des personellen Engpasses sollen Bunterode und Marlene Thiese die Ermittlungen unterstützen. Sie einigen sich auf den Namen »Einsatzgruppe Matti«. Groth werde ab der kommenden Woche die Leitung übernehmen, sagt Bekendorf, sobald er selbst weg sei. Sie alle warten darauf, dass er das Wort LKA ausspricht oder zumindest Schwerin, doch dieses Mal kommt es nicht, Bekendorf belässt es bei »weg«.

Die Stellwand ist spärlich bestückt, Tatortfotos, dazu eine Karte des Wohngebiets Mönkeberg einschließlich Kleingartensiedlung. Auf der Karte sieht der Mönkeberg mit seiner ringförmigen Bebauung aus wie eine Festung. Groth findet das passend. Man kommt schwer heran an die Menschen dort oben.

Schaller stellt seine Tasse ab. Das Rascheln von Papier ist zu hören, als er seine Zettel sortiert.

»Matti Beck wurde am Samstagmorgen gegen acht Uhr tot aufgefunden. Nach den Feststellungen des Rechtsmediziners wurde er mit einer ca. 0,3 Zentimeter dicken Schnur oder Kordel erdrosselt, die vorläufige Todesursache wird angegeben mit Asphyxie, Tod durch Ersticken. Des Weiteren gibt es eine Stichverletzung im Brustraum, die ihm mit einer etwa zehn Zentimeter langen und zweieinhalb Zentimeter breiten Klinge beigebracht wurde. Aufgrund von inneren Verletzungen ist wahrscheinlich, dass Matti Beck diverse Schläge in die Magengegend erhalten hat. Keine sonstigen Verletzungen, keine Anzeichen für sexuellen Missbrauch. Kurz nach Eintritt des Todes wurde die Leiche bewegt. Der Täter hat hierfür die gleiche Schnur oder Schlinge benutzt, mit der er das Opfer erdrosselte, und den Körper einige Meter weit über den Kellerboden geschleift.«

Schaller macht eine Pause und atmet durch.

»Die Kriminaltechnik konnte Schleifspuren von etwa fünf Metern Länge ausmachen. Wir gehen davon aus, dass die Leiche vom Kellergang in eines der Kellerabteile verbracht wurde, um sie dort zu verstecken.«

Schaller legt seine Notizen ab, während Krüger seinen Stuhl näher an den Tisch rückt.

»Natürlich stellt sich die Frage, wie der Täter ins Haus gekommen ist«, fährt Krüger fort und klappt einen Aktendeckel auf. »Das Gebäude in der Windigstraße 17 steht seit drei Monaten leer. Eine Mitarbeiterin der Wogesa Hausverwaltung hat zu Protokoll gegeben, die Haustür und sämtliche Wohnungstüren seien rund um die Uhr abgeschlossen. So sei das bei leer stehenden Objekten üblich. Wenn das stimmt, muss sich der Täter mit einem Schlüssel Zugang zum Haus und zu den Kellerräumen verschafft haben. Einbruchspuren gibt es nicht. Neben der Wogesa konnten wir eine weitere Person ermitteln, die einen Schlüssel zum Haus hat. Der

Mann heißt Karl Rinke. Im Mönkebergviertel wird er von einigen Anwohnern als, ich zitiere, ›Gammler‹ bezeichnet. Nach eigener Aussage wohnt Rinke vorübergehend im Haus Nummer 17 und sieht dort, ich zitiere noch einmal, ›nach dem Rechten‹.«

»Aus meiner Sicht ist der Zugang zum Haus alles andere als geklärt«, unterbricht Groth. »Die Tür auf der Rückseite des Hauses war unverschlossen, als die Leiche gefunden wurde. Wer diese Tür wann entsperrt hat, wissen wir nicht. Vielleicht war das schon vor Tagen.«

»Korrekt«, sagt Krüger.

»Trotzdem ist die erste Vermutung doch klar«, mischt sich Bekendorf ein. »Karl Rinke. Kein fester Wohnsitz. Haust in einer leeren Wohnung im Hochparterre, keine zwei Treppen über dem Keller, in dem wir die Leiche gefunden haben. Er ist vorbestraft. Unsteter Lebenswandel. Und wenn ich das richtig sehe, kannte er das Opfer.«

»Das wissen wir nicht mit Sicherheit«, sagt Krüger. Er schiebt seine Notizen in den Aktendeckel zurück.

Bekendorf geht zum Fenster und bewegt mit zwei Fingern die Gardine zur Seite. »Ich denke, wir sollten umgehend Rinkes Wohnung durchsuchen und den Mann befragen.«

»Da bin ich einverstanden«, sagt Krüger.

Schaller nickt.

»Groth?«

»Ich sehe bei Rinke kein Mordmotiv. Warum sollte der so was machen?«

»Woher wissen Sie, dass er kein Motiv hat? Menschenkenntnis, Groth? Oder haben wir Fakten?«

Er versucht, sich nicht provozieren zu lassen. Natürlich kann Bekendorf mit Bauchgefühl nichts anfangen, das ist nichts Neues. Und doch keimt Ärger auf in Groth, da kann er nicht aus seiner Haut.

»Wir werden ja sehen«, brummt er.

»Was haben wir sonst?«, fragt Bekendorf.

»Wir sollten uns noch einmal das direkte Umfeld von Matti Beck ansehen«, sagt Groth. »Besonders mit Axel Bunge, Mattis Freund, will ich ein zweites Mal sprechen.«

»Noch etwas?«

»Wir ermitteln die ehemaligen Mieter im Haus«, sagt Schaller.

Bekendorf nickt ihm zu. »Überprüfen Sie auch die Mitarbeiter der Wohnungsgenossenschaft, nur um sicherzugehen.«

Groth will ansprechen, dass er dringend auf die Ermittlungsakte im Fall Warnke wartet, doch aus einem Grund, den er sich selbst nicht erklären kann, zögert er. Schließlich kommt Bekendorf ihm zuvor und sagt:

»Gute Arbeit, allerseits. Wir haben jetzt zumindest eine konkrete erste Spur.«

Und dann nimmt Bekendorf einen roten Stift zur Hand, reißt aus einem Notizblock der Polizeigewerkschaft eine Seite heraus und schreibt einen Namen in Druckbuchstaben darauf. Den Zettel pinnt er genau in die Mitte der Stellwand, unter ein Foto des Leichenfundorts in der Windigstraße. Der Name in roter Schrift ist nicht zu übersehen.

Karl Rinke.

Sie stehen bereits an der gepolsterten Tür und wollen das Chefzimmer verlassen, als Groth seinen Namen hört. Bekendorf ruft ihn noch einmal zurück.

»Ich habe gute Nachrichten, Groth.« Bekendorf deutet auf den Stuhl vor seinem Schreibtisch. »Vom Innenministerium habe ich heute die Bestätigung bekommen, dass man Sie zum Interimsleiter der Kriminalpolizeiinspektion Wechtershagen ernennen wird. Befristet, versteht sich, bis ein Nachfolger gefunden ist.«

»Ich ging davon aus«, sagt Groth.

Bekendorf kneift die Augen zusammen, als wäre er sich nicht sicher, ob er Groths Reaktion angemessen findet.

»Wie steht es denn bei Ihnen mit einer Bewerbung für den Nachfolgeposten?«, fragt Bekendorf. Dann schiebt er Groth ein Papier über den Tisch. Eine Kopie aus dem Amtsblatt. »Die Stelle ist jetzt offiziell ausgeschrieben. Bewerbungen ans Innenministerium ab sofort auf dem Dienstweg.«

Groth überfliegt den Ausschreibungstext. *Beim Polizeipräsidium Wechtershagen ist zum 1. April 1992 der folgende Dienstposten ausgeschrieben: Leitung der Kriminalpolizeiinspektion, Dienstort Wechtershagen.*

Allers hat ihn vorgewarnt, er wird sich sehr bald entscheiden müssen.

»Ich bin interessiert«, sagt Groth. »Danke.« Es ist die Antwort, die er sich zurechtgelegt hat. Ob sie stimmt, weiß er nicht. Und ob sie ihn nehmen, mit all seinem Gepäck, ist eine ganz andere Frage.

Bekendorf lehnt sich in seinem Schreibtischstuhl zurück. »Wie mir berichtet wurde, gibt es einen weiteren Interessenten, ein Lübecker Kollege, den ich gut kenne. Aber ich denke, Ihre Chancen stehen ebenfalls gut, Groth. Besonders, wenn sich ein schneller Ermittlungserfolg im Mordfall Matti Beck einstellt.« Bekendorf steht auf und durchquert das Zimmer, um Groth die Tür zu öffnen.

Den Durchsuchungsbefehl für Rinkes Wohnung erhalten sie vor dem Mittagessen. Bekendorf ruft Groth an, er solle die Mannschaft zusammentrommeln. Kurz darauf rücken sie aus, Krüger und Schaller zuerst, dann Schierling und Paus von der Kriminaltechnik. Groth nimmt Marlene Thiese mit und fährt hinter ihnen her.

Sie sind zu viele für die kleine Wohnung und den einen überrumpelten Mann. Karl Rinke macht ihnen fluchend nach dem vierten Klingeln auf, mit nacktem Oberkörper unter der Winterjacke, die er sich wohl in der Eile übergeworfen hat. Die Wohnung ist ungelüftet, Rinke muss gerade aufgewacht sein. Sie riechen die Ausdünstungen von Alkohol und der alten Matratze auf dem Boden.

»Was soll das alles?«, schimpft Rinke, als sie sich im Flur an ihm vorbeidrängen. »Ich hab mit dem Jungen nichts zu tun. Nichts. Aber das ist euch ja scheißegal.«

Groth fragt Rinke, was er anhatte, als er die Leiche von Matti Beck im Keller fand.

Rinke schaut an sich herab. »Was werd ich schon angehabt haben. Eine von meinen Hosen eben. Und vermutlich die Joppe hier, ich hab nur die eine.«

Sie nehmen eine Hose mit und zwei lose Socken, die sie über dem Badewannenrand finden. Von der Jacke und einer weiteren Hose nimmt Schierling gleich Faserspuren ab.

Groth dreht eine Runde durch die Wohnung, ein Zimmer, Küche und Bad, dazu ein sehr schmaler Flur, auf dem sie sich immer wieder gegenseitig im Weg sind und an die Wand pressen müssen, um aneinander vorbeizukommen. Groth zieht die Schubladen des einzigen Schranks auf, ein alter Küchenschrank ist es, den wohl die letzten Mieter zurückgelassen haben. Groth bückt sich, um sich zu vergewissern, dass er ganz hinten in den Schubladen nichts übersieht, keine Schnur, keinen Zwirn, keine Kordel. Es gibt einige Stücke Besteck, aber nur ein Messer, ein klobiges Ding mit abgerundeter Spitze. Mehr als Butter kann man damit nicht schneiden.

Groth stellt sich ins Treppenhaus, als er seine Runde beendet hat. Von hier sind es nur zweieinhalb Treppen in den Keller. Er schaut über das Geländer und erahnt hinter der versiegelten Tür die steinerne Kellertreppe, die sie vor wenigen Tagen hinabgestiegen sind. Sofort sieht er wieder den Tatort vor sich, Mattis schmalen Körper auf dem Boden, darüber das engmaschige Gitterfenster, das die Geräusche der Straße durchlässt.

Nach einer Minute kommt Schierling ins Treppenhaus. Er hält Rinkes Winterjacke in der einen Hand und ein rotes Stück Stoff in der anderen.

»Das hier steckte in der rechten Jackentasche«, sagt Schierling. »Suchen wir nicht nach so was?«

Was da als Knäuel auf Schierlings Einmalhandschuh liegt und sich in diesem Moment entfaltet, ist ein Beutel. Ein roter Nylonbeutel, wie man ihn zum Einkaufen benutzt.

Schaller und Krüger treten hinter Schierling auf den Flur und schauen Groth ins Gesicht. Also doch, sagt ihr Blick. Siehst du, da haben wir den Beweis. Rinke ist unser Mann.

Eine halbe Stunde später sind sie fertig, Schierling wirft die Hecktür des Barkas zu und fährt mit Paus zurück zum Revier. Schaller und Krüger sprechen noch mit Rinke. Groth steht unentschlossen vor seinem Auto auf der Windigstraße. Ihm ist kalt, vielleicht vor Müdigkeit, vielleicht wegen der Niederlage, die er in diesem Moment empfindet. Alle Spuren deuten auf Rinke, aber der Mann passt nicht zu einem Verbrechen wie diesem. Groth sieht auf der anderen Straßenseite eine Gruppe Schulkinder nach Hause gehen. Eines zeigt auf das Haus Nummer 17, alle Köpfe drehen sich in seine Richtung, die Blicke streifen ihn. Und im nächsten Moment fangen die Kinder an zu rennen, bis sie vorbei sind am Unglückshaus. Groth kann sich an dieses Gefühl aus seiner Kindheit erinnern. Es war kurz nach dem Krieg. Da rannten sie schreiend an einem Haus in der Ihlenfelder Vorstadt vorbei, Hupp, Prinz, Reinfarth und er, denn am Tag zuvor war dort der sechsjährige Günther, das jüngste Kind der Familie Herbig, an Typhus gestorben. Man sah es dem Haus nicht an, aber man spürte es. Die Leute sagten damals, dass der Typhus herumging, ja, das war das Wort. Als sei der Typhus ein Wesen auf zwei Beinen. Er ging herum und suchte sich Opfer. Wie willkürlich das geschah, denkt Groth. Da gab es kein System, keine Gerechtigkeit. Sie hatten eine kindliche Auffassung vom Sterben, seine Schulkameraden und er. In ihrer Vorstellung konnte man dem Tod entkommen, wenn man schnell genug davonlief. Und nun fragt sich Groth, ob er das nicht auch heute noch glaubt.

Schaller und Krüger treten in diesem Moment ins Freie, Schaller wie üblich im Eilschritt. Seine Jacke ist offen, darunter blitzt ein gezackter Metallica-Schriftzug hervor, der nach Groths Dafürhalten exakt zu ihm passt. Schaller ermittelt genau so – zielstrebig, ohne Schnörkel und Skrupel. Und Krüger zieht mit. Er ist der Langsamere, Gründlichere. Die beiden nicken Groth zu, bevor sie ins Auto steigen und davonfahren. Groth schaut durch eine dunkle Auspuffwolke hinter ihnen her. Seit Gerstacker nicht mehr im Dienst ist, sind seine Arbeitstage stiller geworden. Er würde sich gerne mit Gerstacker besprechen, genau jetzt. Stattdessen ist er auf sich allein gestellt und hat das ungute Gefühl, dass sie bei den Ermittlungen eine falsche Richtung eingeschlagen haben.

Jetzt fällt ihm ein, dass er noch einmal mit Axel Bunge sprechen wollte, also macht er sich auf den Weg in die Wallstraße. Zu Fuß, es wird ihm guttun. Die Schulkinder sind ihm ein Stück voraus, Groth hört ihre Stimmen. Ein Mädchen dreht sich nach ihm um. Zuerst denkt Groth, sie habe ihn vielleicht von seinem Besuch in der Schule wiedererkannt und wolle sich vergewissern. Aber dann wird ihm klar, dass er für sie ein Fremder ist, der ihr folgt. Er verkörpert genau das, wovor ihre Eltern sie eindringlich gewarnt haben.

17

Axels Großmutter öffnet die Tür und hört sich an, was Groth zu sagen hat. Dass er noch einige Fragen habe, er werde nicht lange stören. Groth kann ihr den Unwillen ansehen, aber nach kurzer Überlegung lässt sie ihn in die Wohnung.

Axel sitzt vor einem aufgeklappten Schulheft am Esstisch und schaut Groth entgegen.

»Als wir vor einigen Tagen gesprochen haben«, sagt Groth, »da hattest du Buchstaben aufgemalt.« Groth zeigt auf Axels linke Hand. »Was hatten die zu bedeuten?«

»Ich weiß nicht mehr.«

»Du weißt nicht mehr, was die bedeutet haben?«

Axel lässt seine Hände unter der Tischplatte verschwinden und schüttelt den Kopf. Einige Haarsträhnen fallen ihm wie Grashalme in die Stirn.

»Vielleicht kannst du mir das hier erklären.«

Groth entrollt Mattis Zeichnung auf dem Tisch. Das Wolfsprofil kommt zum Vorschein, mit dem aufgerissenen Maul und einer Zahnreihe aus eckigen Buchstaben. Groth muss das Papier an beiden Enden festhalten.

Der Kopf des Jungen bewegt sich kaum, aber Groth hat keine Zweifel, dass Axel die Zeichnung betrachtet.

»Und?«

»Das sieht aus wie ein Wolf.«

»Vielleicht schaust du mal genauer auf die Zähne.«

Tatsächlich beugt sich Axel jetzt über die Zeichnung. Doch nach einem kurzen Blick zu Groth lehnt er sich wieder zurück und schweigt.

Groth lässt die Zeichnung los, die sich augenblicklich zusammenrollt.

»Wovor hast du Angst, Axel? Gibt es einen Grund, warum du nicht mit mir reden willst?«

»Ich weiß nichts darüber.«

»Worüber?«

»Die Zeichnung.«

»Ich kann dir sagen, woher diese Zeichnung kommt. Von Matti. Der hat das gemalt. Er war sehr begabt, findest du nicht? Er hätte sicher auch ganz normale Wolfszähne zeichnen können, aber stattdessen stehen da diese Buchstaben. H, K, Z.«

Groth lässt einige Sekunden vergehen.

»Und solche Buchstaben habe ich bei dir gesehen, Axel. Hat Matti die auf deine Hand gemalt?«

»Nein. Ich habe die selbst gemalt.«

»Wo denn? Zu Hause? Oder in der Schule?«

»In der Schule.«

»Ich sag dir was, Axel. Ich glaube, dass du diese Buchstaben aus dem Jugendklub kennst. Wir wissen beide, was sie bedeuten, nicht wahr? H, K, Z. Hakenkreuz.«

Groth erhält keine Antwort.

»Was macht ihr denn so, wenn ihr euch im Jugendklub trefft?«

»Wir spielen Tischtennis. Aber in letzter Zeit geh ich da nicht mehr hin.«

»Wer geht denn noch hin? Von deinen Freunden, meine ich?«

Axel zuckt mit den Schultern.

»Ist Matti noch hingegangen?«

»Ich glaub schon.«

»Mittwochs? Ist er mittwochs hingegangen?«

»Das weiß ich nicht.«

Axels Stimme ist jetzt sehr leise.

Die Großmutter erscheint mit verschränkten Armen in der Tür und sieht aus, als wäre sie kurz davor, einzuschreiten und ihren Enkel aus Groths Fängen zu befreien.

»Das war's auch schon, Axel«, sagt Groth jetzt. Der Junge sieht überrascht aus.

»Wir sind fertig?«

»Sicher.«

Er kommt hier nicht weiter.

Groth achtet sehr genau auf seine Worte, er bedankt sich nicht bei Axel. Er will den Jungen genau hier in seiner Verwunderung hängenlassen, unvollständig, wie einen Satz, den er in der Mitte abgebrochen hat. Axel hält etwas zurück. Wen versucht er zu schützen? Und wie kommt er, Groth, an ihn heran?

Auf dem Rückweg zu seinem Auto geht Groth am Jugendklub vorbei. Als er sich nähert, hört er Musik. Er kennt diesen Song, den Trommelwirbel, gefolgt von einem hämmernden Rhythmus.

Treat me like a prisoner,
Treat me like a fool.
Treat me like a loser,
Use me as a tool.
Face me 'til I'm hungry,
Push me in the cold.
Treat me like a criminal,
Just a shadow on the wall!

Groth entschließt sich, einen Blick in den Bungalow zu werfen. Als er die Tür öffnet, springt ihn die Musik in voller Lautstärke an. Vor den Lautsprecherboxen tanzen zwei junge Frauen. Groth schätzt sie auf sechzehn oder siebzehn. Mit ihren Lippen formen sie den Liedtext mit, während sie tanzen. Eine von ihnen hat türkis gefärbtes Haar. Bei der anderen sticht sich ein dicker Metallstift wie ein Pfeil durch die Ohrmuschel. Zuerst denkt Groth, außer den beiden sei niemand im Raum, doch dann bemerkt er ganz hinten am Billardtisch einen Jungen in Springerstiefeln und rotem Pullover.

Eine Unterhaltung ist bei dieser Lautstärke nicht möglich.

Groth greift sich ein Queue und geht zu dem Jungen.

Der tut so, als störe ihn Groths Gegenwart nicht, aber der Stock rutscht ihm ab, als er ihn jetzt platziert.

Sie spielen ein paar Züge. Der Junge ist gut, wahrscheinlich verbringt er seine Freizeit hier. Groth signalisiert ihm, dass er sich geschlagen gibt, und der Junge sieht Groth an und lacht.

Dass im Jugendklub so wenig Betrieb ist, muss mit der Angst der Menschen hier oben auf dem Mönkeberg zu tun haben. Ein ungeklärter Mord, wer würde sein Kind da nicht zu Hause wissen wollen. Groth stellt sein Queue zurück und sieht, dass die beiden Mädchen ihre Jacken anziehen. Die Musik läuft weiter, auch ihre Tanzbewegungen setzen sie fort, bis sie die Reißverschlüsse geschlossen haben.

Dann drückt das Mädchen mit dem Piercing auf die Stopptaste der Stereoanlage. Schlagartig ist es still.

Groth fühlt sich taub. Als die Mädchen zur Tür gehen, hört er ihre Schritte nicht.

Auch der Junge am Billardtisch macht sich bereit, aufzubrechen.

»Du spielst gut«, sagt Groth. Seine eigene Stimme dringt wie aus großer Ferne an sein Ohr.

»Sie auch.«

»Bin aus der Übung.« Groth lächelt.

»Ich muss jetzt los.«

»Sicher. Mein Name ist übrigens Groth.« Er will dem Jungen die Hand geben, doch der umklammert die Riemen seines Schulranzens.

»Hier.« Groth hält dem Jungen seine Visitenkarte hin. »Falls du mal Gesprächsbedarf hast.«

Es ist fast fünfzehn Uhr, als Groth in sein Büro zurückkehrt. Eigentlich will er nur in den Kalender schauen und sich vergewissern, dass er nichts übersehen hat, bevor er sich in der Fleischerei Uhlenkott etwas zu essen holt. Doch auf seinem Tisch liegt eine eilig zusammengeschobene Strafakte, bestehend aus drei Bänden. Der Stapel sieht aus, als wäre er gerade von der Zimmerdecke gefallen und hier bei ihm gelandet. Groth tritt näher und liest den Namen Christopher Warnke, dazu ein Aktenzeichen aus dem Jahr 1986.

Endlich. Groth schaltet seine Klemmleuchte an. Er hat das Gefühl, einen seit Jahren versiegelten Tatort zu betreten. Den Aktendeckel mit der römischen Ziffer eins hebt er langsam an, es ist die erste Begegnung mit einem Kind, das bisher nur als Name kursierte, in den Treppenhäusern des Mönkebergs hinter vorgehaltener Hand. Bald blättert Groth schneller. Die Aktenseiten bringen den erkalteten Geruch von Zigaretten mit, die über ihnen geraucht wurden. Dazu einen Ablauf, der ihm so bekannt vorkommt, dass es ihm den Atem nimmt. Er wendet die Seiten mit zunehmender Geschwindigkeit um und liest sich fest. Christopher, genannt Chris, Warnke, verschwunden am 18. Juli 1986, und zwar gegen achtzehn Uhr, ohne jegliche Vorwarnung, spurlos. Er war an diesem Tag mit dem Fahrrad unterwegs. Stand da rot? Groth blättert zurück. Ja, das Fahrrad war rot. Man fand es noch am selben Abend im hohen Gras neben einer Staude wildem Rhabarber, da lag es am Wegesrand, wie hingeworfen. Das Foto in der Akte lässt glauben, der Junge sei abgestiegen, um etwas im Gebüsch zu erkunden, oder am Bachlauf. Doch er ist nicht zu seinem Fahrrad zurückgekehrt. Keine Spuren am Rahmen, keine Beschädigungen, heißt es in der kriminaltechnischen Untersuchung. Als wäre Chris Warnke genau hier der Welt entstiegen und hätte nur das Fahrrad zurückgelassen. Groth betrachtet ein Schwarz-Weiß-Foto des schnurgeraden Weges. Hochgewachsenes Gras zu beiden Seiten. Das Gelände ist flach. Der Junge wusste, dass er pünktlich zu Hause sein musste. Groth liest die erste Einvernahme der Eltern.

Der Vater sagte, Chris sei am Nachmittag mit zwei Freunden zum Schiefersee gefahren. Dort gebe es einen kleinen Strand. Die Jungen seien im Sommer fast jeden Tag mit dem Rad zum Schwimmen dort. Doch Chris sei an diesem Tag vor den anderen nach Hause aufgebrochen. Allein. Die Eltern erwarteten ihn um neunzehn Uhr zurück. Um zwanzig Uhr machte sich der Vater auf die Suche nach seinem Sohn. Um zwanzig Uhr dreißig fand er zusammen mit den beiden Freunden und deren Vätern auf dem Feldweg das zurückgelassene Fahrrad. Um einundzwanzig Uhr alarmierte Steffen Warnke die Polizei. Der Junge wurde früh am nächsten Morgen gefunden. Seine Leiche lag etwa hundert Meter vom Fundort des Fahrrads entfernt in Bachnähe unter einem Schwarzholundergebüsch. Groth überfliegt das Tatortuntersuchungsprotokoll. Der Kopf des Kindes wies in Richtung Bach, ein Arm angewinkelt, der andere ausgestreckt. Rückenlage. Die Badehose nach unten gerollt und mit Labkrautkletten übersät.

Und dann sieht Groth etwas, das ihn unvorbereitet trifft, obwohl er es doch hätte ahnen können.

Der Major der K, der das Tatortprotokoll mit zwei anderen Kollegen der Kriminalpolizei unterschrieben hat, ist Gerstacker.

Groth blättert weiter. Gerstackers Name taucht auch in den weiteren Protokollen auf. Im zweiten Aktenband ebenso.

Sie haben mit Gerstacker tatsächlich den Mann vor die Tür gesetzt, der sich als Einziger im Mordfall Chris Warnke auskennt.

Es ist inzwischen halb vier, Groths Magen knurrt. Er klappt die Akte zu, dann steht er auf, tastet nach seinem Autoschlüssel und will sich schon auf den Weg zur Fleischerei machen, als er es sich doch anders überlegt.

Groth greift zum Telefon und wählt Gerstackers Nummer. Groth hat mit ihm seit dessen Entlassung vor wenigen Wochen nicht mehr gesprochen. Er presst den Hörer ans Ohr und wartet, doch es klingelt durch. Gerstacker ist nicht da.

Als Groth auf den Hof tritt, beschließt er, das Auto stehen zu lassen und zu Fuß zu gehen. Seit dem Morgen herrscht eine feuchte Kälte, die sich am Boden zu sammeln scheint. Das Hofpflaster schimmert nass, Groth setzt seine Schritte vorsichtig auf für den Fall, dass sich Glätte gebildet hat. Als er die Stargarder Straße erreicht, gehen die Straßenlaternen an. Groth ist in Gedanken so tief in den Fall Chris Warnke eingetaucht, dass er durch seinen weißen Atem hindurch den sommerlichen Schiefersee vor sich sieht und die Kälte kaum wahrnimmt. Chris Warnke verließ den See gegen achtzehn Uhr abends. Groth stellt sich den Feldweg vor, die staubige Furche, durch die Chris Warnke mit dem Fahrrad kam. Vielleicht saß er gar nicht im Sattel, sondern stand beim Treten auf den Pedalen, so wie Groth es als Kind gemacht hat, denn sein Fahrrad war schwer, er brauchte das Gewicht seines Körpers, um die Pedale in Schwung zu setzen. Was dann geschah, weiß niemand genau. Die nächsten zehn, zwanzig Minuten dieses Sommerabends sind gelöscht, grellweiße Helligkeit, wie bei einem Filmriss. Groth sieht Chris Warnkes Leichnam, wie er gegen halb sieben unter den Zweigen des Schwarzholunderbusches liegt. Die ersten Fliegen surren um ihn herum, denn da ist Blut, Speichel, Tränenflüssigkeit. Er liegt weit genug vom Weg entfernt, um dem ersten, hastigen Durchgang der Suchmannschaft zu entgehen. Erst am nächsten Morgen wird er gefunden, in aller Frühe. Dem Suchtrupp gehört auch sein Vater an.

Groth blendet diesen Moment aus, bis auf eine braune Jungensandale, die aus dem Gebüsch hervorschaut. Den Rest mag er sich nicht vorstellen.

Als Groth den Laden betritt, kreisen seine Gedanken noch immer um das, was er in der Akte gelesen hat. Er lässt sich geben, was er in der Auslage zuerst sieht, ein Frikadellenbrötchen. Er isst es im Geschäft, am Stehtisch, mit Blick auf die Straße. Groth beobachtet die Leute in ihren Mänteln, Mützen, Schals, die draußen vorbeieilen. Einmal sticht ihm ein roter Einkaufsbeutel ins Auge, der leer ist und am Arm einer Frau im Wind flappt wie eine Fahne. Nur wenige Gesichter drehen sich zu ihm hin. Was, wenn Gerstacker mit dem Fall Chris Warnke noch nicht abgeschlossen hat? Er kennt seinen Kollegen; einen ungelösten Mordfall, noch dazu an einem Kind, das nimmt Gerstacker nicht kampflos hin, Entlassung hin oder her. Bei dem Wort Entlassung fällt Groth ein, dass Gerstacker von Ausmusterung gesprochen hat. Wie ein Möbelstück, einen alten Schrank, den man nicht mehr braucht.

»Du solltest Widerspruch einlegen«, hatte Groth ihm damals geraten. Für Gerstacker, das weiß Groth inzwischen, war die Entlassung nicht ganz unerwartet gekommen.

»War eben zu dumm, um auf dem Fragebogen zu lügen«, sagte Gerstacker zu ihm. Und dass er sich tatsächlich eine Sache vorzuwerfen habe. »Bin nicht stolz drauf, das kannst du mir glauben.«

Um fünf versucht Groth es erneut, und jetzt meldet sich Gerstacker beim dritten Klingelton.

»Du hast vor sechs Jahren am Mordfall Chris Warnke mitgearbeitet«, sagt Groth statt einer Begrüßung.

»Das ist mir bekannt. Deswegen musst du mich nicht anrufen.«

Groth will jetzt seinen Textbaustein aufsagen, und zwar den, den er sich auf dem Rückweg von der Fleischerei zurechtgelegt hat. Er handelt vom möglichen Zusammenhang zwischen den beiden Fällen, von Zusammenarbeit und Unterbesetzung, aber als er jetzt Gerstackers Stimme hört, wirft er seine Pläne über Bord und kommt direkt zur Sache.

»Ich will mit den Warnkes sprechen und möchte, dass du mich begleitest.«

»Wozu?«

»Weil du die Akte besser kennst als jeder andere hier.«

Gerstacker schweigt.

»Die Warnkes werden sich an dich erinnern.«

Noch immer kommt keine Reaktion.

»Erzähl mir nicht, dass du den Fall einfach ad acta gelegt hast.«

Er hört Gerstacker am anderen Ende der Leitung einatmen.

»Also schön«, sagt er. »Aber nur das eine Mal. Danach musst du wieder alleine klarkommen.«

18

Am nächsten Morgen stiehlt sich Groth davon, um mit Gerstacker die Warnkes aufzusuchen. Er hat niemandem auf dem Revier davon erzählt, noch nicht, denn zuerst möchte er wissen, ob er richtigliegt mit seinem Gefühl, den Fall Chris Warnke nicht zu ignorieren. Gerstacker ist mit dem Bus gekommen und hat ihn am Kiosk auf der Breiten Straße erwartet. Jetzt sitzen sie in Groths geparktem Auto und starren auf eine Telefonzelle, während Gerstacker von den Ermittlungen der Morduntersuchungskommission berichtet.

»Am Fall Warnke haben wir uns damals die Zähne ausgebissen«, sagt er. »Da war kein Vorankommen. Jede Spur, die wir verfolgt haben, und das waren viele, verlief sich. Ein Kollege von damals hat den Fall am Ende so zusammengefasst: Ein perverser Täter setzt sich eines Tages in den nächstbesten Bus, um irgendwo ein Kind zu ermorden. Der Bus, den er erwischt, fährt zum Schiefersee, und das Kind, das er erwischt, ist Chris Warnke.«

»Will heißen?«

»Will heißen, dass Chris Warnke ein reines Zufallsopfer gewesen sein soll. So lautete unsere maßgebliche Hypothese am Ende der Ermittlungen.«

»Am falschen Ort zur falschen Zeit«, sagt Groth.

»Da war kein Muster zu erkennen, verstehst du. Nichts, das uns zu einem Nachbarn, Bekannten oder Familienmitglied gesteuert hätte. Kein anderer Fall, der auf eine Wiederholungstat schließen ließ.«

Gerstacker klappt seinen Mantelkragen hoch.

Eine Frau steht in der Telefonzelle und spricht scheinbar lautlos mit ausladenden Gesten. Es sieht aus, als beklage sie in der schalldichten Kapsel den Zustand der Welt.

»An solche Zufälle glaube ich nicht«, sagt Groth schließlich.

»Du willst nicht daran glauben«, erwidert Gerstacker. »Ich wollte das auch nicht. Aber ganz offensichtlich darf man den Zufall nicht unterschätzen.«

Groth wirft einen Blick auf Gerstacker, denn der klingt in diesem Moment wie jemand, der sich selbst von etwas überzeugen möchte.

Die Wohnung der Warnkes befindet sich im zweiten Stockwerk eines Gebäudes, an dem Groth in den letzten Tagen täglich vorbeigefahren ist. Er betrachtet das Haus, während sich Gerstacker über die Namen auf den Klingelschildern beugt. Groth merkt schon in diesem Moment, dass die Ähnlichkeit zwischen diesem und Matti Becks Zuhause zu groß ist, um an reinen Zufall zu glauben, jedenfalls für ihn. Nein, denkt Groth, als Gerstacker auf den Klingelknopf drückt, das Bauchgefühl täuscht ihn nicht. Auch wenn die Taten sechs Jahre auseinanderliegen, weigert sich sein Verstand, die beiden Mordfälle als zusammenhanglos zu verbuchen.

An der Wohnungstür werden sie von den Eltern empfangen. Dagmar Warnke trägt ein Wollkleid mit Rollkragen, darüber eine Perlenkette. Steffen Warnke streckt ihnen die Hand entgegen, der Arm im frisch gebügelten hellblauen Oberhemd wirkt muskulös. Als Groth seine Hand schüttelt, bemerkt er an Warnkes Handgelenken goldene Manschettenknöpfe mit einer Prägung, die wie ein Wappen aussieht. Groth selbst besitzt ein ähnliches Paar, er hat sie von seinem Vater zum Schulabschluss geschenkt bekommen und nie wertgeschätzt. Erst beim Umzug vor wenigen Monaten fiel ihm die Schachtel mit dem Stempel der Wechtershagener

Goldschmiede Nehring wieder in die Hände. Als er sie öffnete, kamen ihm die Manschettenknöpfe wie verschollene Erinnerungen vor, die aus dem Nichts auftauchen. Ein kurzer Moment der Reue trifft Groth. Plötzlich schiebt sich ein Gedanke nach vorne, er versteht rückblickend, welch immense Ausgabe dieser Kauf für seinen Vater bedeutet haben muss. Johann Groth war Schuhmachermeister gewesen, große Sprünge konnten sie sich nicht leisten. Und noch etwas anderes versteht Groth in diesem Moment, dass nämlich Steffen Warnke, anders als Groths Vater, diese Manschettenknöpfe niemals an seinen Sohn vererben wird.

Sie werden durch den Flur, an geschlossenen Zimmertüren vorbei, ins Wohnzimmer geführt. Dagmar Warnke fragt, ob sie einen Kaffee möchten. Groth will abwinken, doch dann sieht er, dass Kanne und Tassen schon auf einem gestickten Läufer auf dem Wohnzimmertisch bereitstehen. Sobald sie Platz genommen haben, geht Groths Blick zur Schrankwand, die die gesamte Breitseite des Wohnzimmers einnimmt und mit einer Vielzahl von Objekten bestückt ist, Vasen, Schalen, Kerzenhalter aus Porzellan, Holzfiguren, Nussknacker.

Gerstacker, der im Sitzen noch seinen Mantel aufknöpft, scheint die Aufreihung der Gegenstände mit fast andächtigem Staunen zu betrachten, als befände er sich in einem Museum. Groths Blick hakt sich an einer ungewöhnlichen Wanduhr fest, ein kupfernes Gehäuse mit zwölf Metallspießen, die wie Strahlen aus dem Ziffernblatt ragen. Die langen Zeiger werfen Schatten und verleihen ihr das Aussehen einer Sonnenuhr.

»Meine Frau hat das alles gesammelt«, sagt Steffen Warnke.

»Erzgebirge?«, fragt Groth, doch die Frage verhallt, als Dagmar Warnke ihnen Kaffee einschenkt. Ein Tropfen rinnt von der Tülle und frisst sich ins Tischtuch. Über dem Tisch, dem Raum und seinen Sammelobjekten hängen wie in einer Wolke all die ungestellten Fragen, die gleich die Stille besiedeln werden.

Steffen Warnke bricht als Erster das Schweigen.

»Ich nehme an, Ihr Besuch hat mit dem verschwundenen Jungen zu tun. Oder gibt es etwas Neues, das uns betrifft?«

Gerstacker räuspert sich. »Der neue Fall führt uns natürlich zum Fall Ihres Sohnes zurück. Deswegen sind wir hier.«

»Zum jetzigen Zeitpunkt glauben wir nicht, dass ein Zusammenhang besteht«, fügt Groth hinzu. »Aber wir wollen es auch nicht ausschließen.«

Groth versucht zu erkennen, wie die Warnkes hierauf reagieren. Der Verlust ihres Sohnes liegt sechs Jahre zurück; seither haben sie mit all den unbeantworteten Fragen gelebt. Zudem weiß er aus den Akten, dass Chris ihr einziges Kind war.

»Der Tod von Matti Beck nimmt uns sehr mit«, sagt Steffen Warnke. »Alles, was wir damals erlebt haben, kommt wieder an die Oberfläche.« Dann sagt er an seine Frau gewandt: »Als wäre es gestern gewesen.«

»Das könnte uns jetzt vielleicht von Nutzen sein«, sagt Groth. »Für uns ist von Interesse, ob eventuell eine Erinnerung zum Vorschein kommt. Ein Detail, eine Ähnlichkeit, irgendetwas, das Ihnen auffällt.«

Während Groth spricht, scheint Dagmar Warnke ihn sehr genau zu beobachten. Immer wieder wandert ihr Blick über den Rand der Kaffeetasse hinweg zu ihm, scheint sein Gesicht zu durchforschen, doch sobald Groth den Blick erwidert, huscht ihrer davon.

»Nun ja, Chris ist an einem Sommerabend verschwunden«, sagt Steffen Warnke. »Am achtzehnten Juli 1986 war das. Wir wollten am nächsten Morgen nach Breege in die Ferien fahren. Weil es ein heißer Tag war, ist Chris an dem Nachmittag noch zum See. Es gibt einen kleinen Badesee in der Nähe, nur fünf Minuten von hier mit dem Rad.«

»Der Schiefersee.«

Steffen Warnke, der bisher beim Sprechen seine Hände betrachtet hat, schaut auf.

»Da gibt es einen Strand mit Bademeister, wissen Sie. Chris war für sein Alter ein guter Schwimmer. Eine richtige Wasserratte. Er hat im Sommer fast jeden Tag dort verbracht.«

»Er war mit Freunden dort, richtig?«

Steffen Warnke nickt. »Sie sind zu dritt hingefahren, mit den Rädern. Aber Chris musste noch packen, deshalb ist er früher aufgebrochen. Alleine. Das war damals hier auf dem Mönkeberg völlig normal. Die Kinder hatten alle ihren Freiraum. Wir wären nie auf die Idee gekommen, dass da irgendetwas passieren kann.«

»Um wie viel Uhr hatten Sie ihn zurückerwartet?«

»Nach meiner Erinnerung nicht später als halb sieben. Um sieben bin ich los, um nach ihm zu schauen.«

»Und um neun haben wir dann die Polizei eingeschaltet«, sagt Dagmar Warnke. »Der Rest ist Ihnen bekannt.«

Es fällt wenig Licht in den Raum, aber niemand steht auf, um das Oberlicht einzuschalten. Auch Groth rührt sich nicht. Da liegt ein Vorwurf in Dagmar Warnkes Stimme, Groth hört es genau, und es stimmt, er sollte das alles längst wissen. In der Vorstellung der Warnkes liegt die Akte seit Tagen gebündelt auf Groths Schreibtisch, er hat sich eingelesen und mit den Kollegen von damals konferiert. Dass nichts davon bisher geschehen ist, kann er nicht preisgeben, sie würden es nicht verstehen. Schon gar nicht, dass Gerstacker nicht mehr am Fall beteiligt ist. Neben Dagmar Warnkes Vorwurf hört Groth noch etwas anderes heraus, als sie sagte, der Rest sei bekannt. Hat das nicht die gleiche Bedeutung wie: Lasst uns nicht mehr davon sprechen? Warum fangt ihr schon wieder davon an? Dagmar Warnke sagt ihm, dass ihr Schmerz noch immer zu groß ist.

Schließlich gibt sich Groth einen Ruck und steht auf, um die Deckenlampe einzuschalten. Sie alle blinzeln einige Momente ins Licht.

»Ich würde Ihnen gerne einige Fotos von Matti Beck zeigen.

Auch eine Skizze mit den Orten, an denen er sich am Abend seines Verschwindens aller Wahrscheinlichkeit nach aufhielt.«

Die Warnkes beugen sich über die Skizze, die Groth aufs Tischtuch legt. Dann das Klassenfoto des Jungen. Er faltet einen Stadtplan auf und deutet auf das Wohnhaus der Becks, die Kaufhalle, den Jugendklub, die Kleingartensiedlung, die Parzelle mit den Kaninchenställen.

»Zwischen diesen Punkten könnte Matti Beck sich am Abend seines Verschwindens bewegt haben.« Groth verbindet die Markierungen auf dem Plan mit dem Zeigefinger zu einem Kreis.

»Der Schiefersee ist nicht auf dieser Karte«, sagt Dagmar Warnke.

Groth nickt. »Die Karte haben wir für den aktuellen Fall angefertigt.«

Die Warnkes werfen sich einen Blick zu.

»Wir suchen nach Übereinstimmungen«, sagt Groth. »Anhaltspunkten, die uns erlauben, die Fälle gemeinsam zu betrachten.«

»Ich nenne Ihnen gerne eine Gemeinsamkeit, Herr Groth«, sagt Dagmar Warnke jetzt. Ihr Tonfall ist scharf. »Ist es nicht ziemlich offensichtlich? Zwei Jungen im Alter von ungefähr zehn Jahren, und die Polizei bemüht sich. Glauben Sie mir, ich weiß, dass Sie sich die größte Mühe geben, um den Mörder dieses Kindes zu finden. Aber in Wahrheit sind Sie machtlos, so ist es doch. Wissen Sie, wie oft wir uns anhören mussten, es würden wirklich alle Hebel in Bewegung gesetzt?«

»Dagmar.« Steffen Warnke legt seine Hand auf den Unterarm seiner Frau.

»Schon gut«, sagt Groth. »Ich verstehe das.«

Es hängt jetzt eine schwere Stille im Zimmer. Die ungestellten Fragen in der Wolke sind auf sie niedergegangen. Groth merkt, dass er mit voller Wucht getroffen wurde und nicht darauf vorbereitet war. Auch Gerstacker sieht mitgenommen aus, als setze ihm die aufgerührte Erinnerung zu. Immerhin ist es ein Fall, den

Gerstacker nicht lösen konnte, und so etwas steckt jemand wie er nicht einfach weg.

»Man hat uns damals gesagt, dass der Täter durch einen Zufall auf Chris gestoßen sein muss«, sagt Steffen Warnke. »Nicht Sie persönlich, Herr Gerstacker. Ihr Genosse Vorgesetzter, der sagte uns das, bevor die Ermittlungen eingestellt wurden. Wahrscheinlich wollte die Polizei erreichen, dass wir uns keine Vorwürfe machen. Aber das Wort Zufall machte es für uns besonders schlimm.«

Dagmar Warnkes Hand liegt jetzt in der ihres Mannes.

»Ich weiß nicht, ob Sie das verstehen, aber mit dem Wort ›Zufall‹ war für uns die Hoffnung vorbei, dass der Mörder jemals gefasst wird. Gegen den Zufall sind wir vollkommen machtlos.«

Als Groth und Gerstacker aus dem Haus auf die Straße treten, hängt ein trüber Mittagshimmel über dem Mönkeberg. Gerstacker spricht nicht. Er steht einfach da, hat die Hände tief in den Manteltaschen und starrt die Häuser auf der anderen Straßenseite an.

Auch Groth ist angegriffen. Ihm fallen die Worte ein, die Allers ihm einmal sagte.

»Wir müssen das aushalten, Arno. Dafür werden wir bezahlt.«

19

Das Gespräch mit Dagmar Warnke will Groth nicht aus dem Kopf. Sie hat ihn taxiert, ja, das ist das richtige Wort. Sie hat ihn mit den Augen vermessen, um ihm dann einen verbalen Schlag in die Magengrube zu versetzen. Warum gerade ihm? Warum nicht Gerstacker, der doch viel enger mit dem Fall Chris Warnke verknüpft ist als Groth? Er kann nur vermuten, dass sie die Ansprache an denjenigen richten wollte, den sie damit am tiefsten treffen würde. Groth hat seine Tochter verloren, sein einziges Kind. Er trägt eine Wunde, die ihrer eigenen ähnelt. Dagmar Warnke muss es erschnüffelt haben wie ein Hund, anders ist es nicht zu erklären. Dass ihm der Geruch des verwaisten Vaters so deutlich anhaftet, überrascht Groth mehr, als er zugeben möchte.

Nach dem Mittagessen ruft Allers an. Nur so, wie er sagt. Doch jetzt ist es Groth, der sofort erschnüffelt, dass das nicht stimmt.

Zuerst sprechen sie über Allgemeines, Groth erzählt vom Baulärm und der Stimmung auf dem Revier.

»All diese Kleinigkeiten, die zwar funktionieren, aber entweder nicht richtig, zu langsam oder zu spät. Wusstest du, dass ich eine unserer Mitarbeiterinnen nur im Innendienst beschäftigen kann, weil die weiblichen Uniformen noch nicht ausgeliefert wurden? Vor einer Woche sind uns die Anzeigeformulare ausgegangen, jetzt benutzen wir die Restbestände aus der DDR, die noch im Schrank liegen. Und ich fahre seit Dienstbeginn in Wechtershagen mit meinem Privatwagen zu den Einsätzen.«

»Das Geld fließt eben in die blühenden Landschaften, Arno. Vergiss das nicht.«

»Du warst schon immer ein Sarkast.«

Er hört, dass Allers am anderen Ende der Leitung einen Schluck trinkt und einmal durchatmet, als wolle er Anlauf nehmen für den eigentlichen Grund seines Anrufs.

»Du erinnerst dich an Pallak, unseren alten Kunden«, sagt Allers. »Sein Antrag auf Haftentlassung wurde bewilligt. Er ist seit heute ein freier Mann.«

Natürlich erinnert er sich. Sofort hat Groth den Tapetenfetzen vor Augen, mit dem Pallak sein erstes Opfer abgedeckt hat. Groth stellt sich vor, wie er grinsend aus dem Tor der Vollzugsanstalt in die Freiheit spaziert.

»Nicht zu fassen«, sagt Groth und merkt noch im selben Moment, wie doppeldeutig diese Aussage ist.

Josef Pallak war ihr gemeinsamer Fall. Ein kumpelhafter Typ und im Gespräch das genaue Gegenteil dessen, was er an seinen zwei Tatorten zurückgelassen hatte. Allers und er waren zu jung gewesen damals für diesen Mann, sie waren ihm und seiner Empathielosigkeit nicht gewachsen, obwohl sie ihn letztlich überführten. Doch sie haben Schaden genommen, sie beide. Und nie darüber gesprochen.

»Es gab zwei Gutachten«, sagt Allers. »Aber entscheidend war wohl, dass Pallak eine Schwester in Billstedt hat, bei der er unterkommen kann.«

Groth sieht das Bild von Pallaks winziger Wohnung vor sich, in der sie ihn zweimal befragt und schließlich nach Wochen verhaftet haben. Pallak baute Schiffe aus Streichhölzern, das war sein Hobby. Auf Regalen, Fensterbrettern, selbst auf dem Fernseher standen seine filigranen Konstruktionen, manche von ihnen so verstaubt, dass man sich nicht nähern konnte, ohne eine opake Wolke aufzuwirbeln. Die Wohnung lag direkt über einer Bäckerei. Da stand also ein grinsender Mann ohne Gewissen und Mitgefühl im fleckigen Rippenhemd vor ihnen, und das ganze Haus roch nach frischem Brot. Es war Allers, der damals zu Groth sagte, er fühle sich ins Hexenhaus gelockt, während der Ofen schon brennt. Und Groth erinnert sich, wie sehr der Bäckereigeruch sie alle einlullte, so sehr, dass sie anfangs nicht mal den penetranten Geruch des Klebstoffs wahrnahmen, der in Pallaks Wohnung in jedem Teppich, den Vorhängen und in den Möbeln hing. Sie konnten sich mit Pallak über Autos unterhalten, über Klebstoff, Containerschiffe und Reedereien, aber sobald die Sprache auf seine Opfer kam, zeigte der Mann keinerlei Regung, als wäre er aus Stein.

»Nun werden also die Mörder, die wir eingebuchtet haben, wieder entlassen«, sagt Allers jetzt und reißt Groth aus seinen Gedanken. »Wahrscheinlich bedeutet das, dass wir unseren Beruf schon zu lange machen.«

Als sie aufgelegt haben, schaut Groth für einige Minuten aus dem Fenster. Er sieht einen der Bauarbeiter in blauer Hose und kurzen Ärmeln am Treppengeländer lehnen und eine Zigarette rauchen. Der Mann legt den Kopf in den Nacken und blinzelt ins Licht, als wäre Frühling. Die Kälte scheint ihm nichts anzuhaben.

Pallak wollte damals mit niemandem sprechen außer mit Allers und Groth. Sie hatten sein Vertrauen gewonnen, hofften während ihrer Besuche in der JVA auf ein Geständnis, bis sie merkten, dass Pallaks diffuse Andeutungen für ihn ein Spiel blieben. Er verriet nichts. Zum Schluss schenkte Pallak ihm eines seiner Streichholzschiffe. Es stand im Hamburger Büro auf Groths Schrank, als Mahnmal gewissermaßen, um ihn daran zu erinnern, dass ein Verhör Geduld erfordert und dass ein sorgsam aufgebautes Vertrauen zum Täter sehr schnell in sich zusammenstürzen kann.

Als sie Pallak zum letzten Mal in der Haftanstalt besuchten, Allers und er, da weigerte sich Groth, dem Mann die Hand zu geben. Er brachte es nicht über sich. Allers hingegen biss die Zähne zusammen und streckte Pallak seine rechte Hand hin. Doch Groth konnte sehen, dass Allers sich die Hand an seiner Hose abwischte, unter der Tischplatte tat er das, als sie Pallak schließlich gegenübersaßen. Groth erinnert sich, dass er Allers an diesem Tag für die Geste verachtete, so sehr, dass es ihn während der Befragung ablenkte.

»Warum hast du Pallak die Hand gegeben?«, fragte Groth auf der Rückfahrt im Auto. Seine Stimme verriet seinen Ärger.

»Weil wir etwas von ihm wollen, Arno. Deshalb. Ein fünfzehnjähriges Mädchen ist tot. Da kann ich mich verdammt noch mal überwinden.«

Kurz darauf fährt Groth auf den Mönkeberg zurück. Das Gespräch mit Allers hat ihn nachdenklich gestimmt. Wie einfach wäre es, an Rinkes Schuld zu glauben und dieser einen Spur im Fall Matti Beck zu folgen. Aber Groth hat nicht eine, sondern zwei Akten vor sich. Und er weiß, was es bedeuten würde, wenn zwischen beiden tatsächlich ein Zusammenhang bestünde: Dann fahnden sie nach einem Täter, der zweimal gemordet hat. Eine Suche, die endlos erscheint, weil sie sich nicht eingrenzen lässt. Es fröstelt ihn, wenn er an die Monumentalität der Aufgabe denkt, die vor ihm liegt. Allers nennt das eine wilde Fahrt.

Groth stellt das Auto auf einem Parkplatz in der Nähe des Kiosks ab und sieht sich um. Plötzlich muss er an den Uwe-Johnson-Abend denken, als die Schauspielerin mit Dagmar-Berghoff-Stimme von »Fenstertürmen« in Manhattan und »blinden Wohnkästen« gelesen hat. Und nun steht er hier, auf der Breiten Straße, zwischen Wohnbauserien, und versucht, zehn Minuten im Leben von Matti Beck zu rekonstruieren.

Groth holt seinen Notizblock aus der Jackentasche. Er notiert sich, dass in der Kaufhalle eine Kasse besetzt ist. Er schreibt auf, was er sieht, wenn er vor der Kaufhalle steht und Richtung Straße blickt. Dann notiert er sich Alltägliches, den Preis der Apfelsinen, die Schlagzeile der heutigen *Bild*-Zeitung, die »Angst um Steffi« lautet, die Endstation der Buslinie 9, die in diesem Moment an ihm vorbeifährt. Und Straßennamen. Besonders die Straßennamen.

Trockener Weg, Kurze Straße, Windigstraße, all die sprechenden Namen, die wiedergeben, was ist. Groth geht einige Schritte auf den Bordstein zu. Hier muss Matti vor wenigen Tagen gestanden haben. Er wird die Strecke von der Kaufhalle bis zur Windigstraße zu Fuß ablaufen, so, als hätte Matti genau das getan. Im Gehen schreibt Groth auf, was ihm auffällt. Dass es hinter der Kaufhalle drei Parkplätze gibt. Müllgroßbehälter aus Stahlblech am Wareneingang des Geschäfts. Dass die Kassiererin in der Kaufhalle den Kiosk sehen kann, aber der Kioskbesitzer nicht den Eingang der Kaufhalle. Ein Mülleimer an der Bushaltestelle ist bis obenhin voll. Kahle Bäume auf einer Rasenfläche vor dem Haus Nummer 19. Ein Reifenprofil durchzieht das nasse Gras. Vielleicht von einem Fahrrad, eher Moped. Die Telefonnummer der Wohnungsgenossenschaft im Fenster einer leer stehenden Wohnung direkt an der Kreuzung. Auf der Seite jedes Mietshauses ein gemauerter Stand für Mülltonnen, nicht einsehbar.

An der nächsten Abzweigung bleibt Groth stehen. Wer von hier aus direkt zur Windigstraße gelangen möchte, würde den Weg über die belebte Breite Straße nehmen, also der Busstrecke folgen, die hier entlangführt. Doch was hätte Matti getan? Er kannte sich hier aus, kannte die Abkürzungen und versteckten Pfade hinter den Mietshäusern. Groth sieht, dass auf der anderen Straßenseite ein Plattenweg abzweigt und ähnlich dem Schleichweg, den Axel ihm beschrieben hat, zwischen zwei Wohnblocks verschwindet. Würde ein Junge in Mattis Alter nicht den Weg über die Hinterhöfe benutzen?

Groth überquert die Straße und duckt sich unter den Blicken einiger Anwohner auf den schmalen Plattenweg. Er hat noch immer sein Notizbuch in der Hand, als er die Rückseite des Wohnblocks erreicht. Vor ihm liegt nichts als ein Stück Grünfläche. Dahinter fällt der Hang ins Tal ab. Er ist an der Außengrenze der Siedlung angekommen.

Was Groth ebenfalls bemerkt, ist eine unerwartete, inselhafte

Stille. Würde ihm in diesem Moment jemand sagen, dass die lange Reihe von Wohnblocks, die einer leichten Biegung folgt, unbewohnt ist – er würde es glauben. Der Wind pfeift in Groths Ohren. Wer sich auf der Vorderseite der Häuser noch vor ihm geschützt glaubte, ist hier seiner vollen Stärke ausgesetzt. Entlang der Hauswand setzt sich der Plattenweg fort, von Wohnblock zu Wohnblock kann Groth ihm nun folgen bis in die Windigstraße. Nach halber Strecke überkommt ihn die Gewissheit, dass Matti genau diesen Weg benutzt hat.

Es ist menschenleer auf dieser Seite der Häuser. Hinter einer Balkonbrüstung sitzt ein Raucher, Groth riecht Tabak, aber er sieht nichts außer einer Stirn, einem Haaransatz. Die Teppichstangen auf der Wiese stehen verwaist. Es hängt ein vergessenes Wäschestück auf der Leine, ein Oberhemd, das steif gefroren unter vier blauen Klammern hin- und herschwingt wie eine kupferne Wetterfahne. Von der Rückwand eines verglasten Balkons lugt ihm ein Poster von Bud Spencer entgegen. Kettenraucher erster Stock links, schreibt Groth, weil der halbe Kopf als Zeuge infrage kommt. Bud Spencer im verglasten Balkon.

Der Plattenweg verläuft so nah an der Hauswand, dass Groth mit ausgestrecktem Arm die Fassade berühren könnte. Er bleibt kurz stehen und schreibt das erste Wort auf, das ihm in den Sinn kommt. Laubengang. Er ist abgeschirmt von der Welt, als würde er unter einem Blätterdach stehen. Es müsste sich schon jemand über die Balkonbrüstung lehnen, um ihn hier unten zu entdecken. Ein Junge wie Matti schlüpft unter den Blicken unbemerkt durch.

20

Es wird bereits dunkel, Groth ist gerade zurück in seinem Büro und schaltet die Klemmleuchte an, als Hellberg bei ihm anruft.

»Besuch für dich«, sagt er mit einer Stimme, die klingt, als hätte Hellberg ein Paket für ihn entgegengenommen. Groth stellt sich vor, wie der eingetroffene Besuch in diesem Moment neben Hellberg steht und mithört.

Er will gar nicht wissen, wer es ist.

»Schick ihn in mein Büro.«

Kurz darauf erscheint die Familie Bunge bei Groth. Die Eltern schieben Axel vor sich her durch die Zimmertür.

Groth versucht, nicht überrascht auszusehen, als er aufsteht, um ihnen die Hand zu geben.

»Setzen Sie sich doch.«

Die Bunges lächeln und nicken, aber Groth merkt ihnen ihre Unsicherheit an. Etwas stimmt nicht, da muss zu Hause etwas vorgefallen sein.

»Ich hoffe, wir kommen nicht ungelegen«, sagt Axels Vater.

»Nein«, sagt Groth. »Um diese Zeit ist es ruhig hier.«

Axel sieht sich in Groths Büro um. Er dreht sich zum Fenster und schaut über den Hof, so wie es Gerstacker früher getan hat, betrachtet den Inhalt des Schuttcontainers. Dann findet sein Blick in den Raum zurück, huscht über Groths Schreibtisch, seinen Schrank, die Garderobe, an der, wie Groth in diesem Moment erkennt, das leere Lederhalfter seiner Dienstwaffe hängt. Dort hakt sich Axels Blick fest. Groth sieht die Verwunderung im Gesicht des

Jungen, wo ist die Waffe, warum ist sie nicht hier, doch er kommentiert nichts.

Als sie alle sitzen, beginnt Axels Vater zu sprechen.

»Nachdem Sie gestern weg waren, da hat Axel uns noch etwas erzählt. Wir denken, dass das wichtig sein könnte.«

»Axel hat das aus gutem Grund nicht gleich erzählt«, wirft die Mutter ein. Sie sieht ihren Mann an. Dann schaut sie zu Groth. »Wir haben Axel gesagt, dass Sie das bestimmt verstehen werden.«

»Natürlich«, sagt Groth. »Wir sind an der Wahrheit interessiert. Auch wenn es etwas länger dauert.«

Axels Mutter nickt ihm zu.

»Sag dem Kommissar doch, was du uns gesagt hast, Axel.« Der Vater legt seine Hand auf die Rückenlehne von Axels Stuhl. »Nur zu.«

Es dauert noch einen Moment, bis der Junge spricht. Groth betrachtet Axels schmale Gestalt, das dunkle, glatte Haar und kann nicht anders, als eine Ähnlichkeit mit Matti Beck zu attestieren. In Axels Gesicht ist zu lesen, wie er mit sich kämpft. Groth sieht ein Kindergesicht, in dem noch kaum wahrnehmbar die ersten kantigen Züge durchschimmern.

»Alles, was ich Ihnen gesagt habe, stimmt.« Axels Blick trifft den von Groth. »In letzter Zeit hat Matti kaum noch mit mir geredet. Er wollte immer was mit Günni und Dennis und so machen.«

»Dennis Haude?«, fragt Groth.

Axel nickt.

»Matti hat sich für Dennis und die anderen Glatzköpfe interessiert. Irgendwie fand er die gut.«

»Wo hat er die denn getroffen, die Glatzköpfe?«

»Im Jugendklub.«

»Und haben die sich auch für Matti interessiert?«

Jetzt schüttelt Axel den Kopf. »Nee, gar nicht. Die wollen nichts von uns. Die nennen uns Babyspeck und so. Ich hab gehört, wie sie zu Matti gesagt haben, er soll abnuckeln.«

»Was heißt das?«

»Dass er sich verpissen soll.«

»Hat Matti das nicht gestört?«

»Ich glaub, er hat es weiter versucht wegen seines Bruders.«

Groth wird hellhörig.

»Wegen Rickie?«

Axel nickt.

»Der ist zwar nicht mit Dennis befreundet, aber mit Dennis' älterem Bruder. Sind zusammen auf die Schule gegangen.«

»Matti wollte also dazugehören, richtig?«

Wieder nickt Axel.

»Viel mehr weiß ich nicht, aber die hatten irgendwas vor. Matti wollte unbedingt mitmachen.«

»Was lässt dich glauben, dass die etwas vorhatten?«

»Matti hat mir erzählt, dass er denen bei einer Aktion hilft.«

»Bei einer Aktion?«, wiederholt Groth. »Hat Matti dieses Wort benutzt?«

»Ja, so hat er das gesagt.«

»Wann habt ihr darüber gesprochen, Axel? Erinnerst du dich noch, wann du das von ihm gehört hast?«

Axels Augen sind auf seine Hände gerichtet, die flach auf seinen Oberschenkeln liegen.

»Er hat mir das an dem Abend gesagt, als er verschwunden ist.«

»Du meinst den Mittwochabend, als er unterwegs zur Kaufhalle war?«

Vor Groths Fenster sind Stimmen zu hören, eine ist die von Schaller, er ruft etwas über den Hof, jemand lacht. Dann wird eine Autotür zugeschlagen.

»Kannst du dich erinnern, was er genau gesagt hat?«

»Ich hab ihn gefragt, was er noch so macht. Da hat er mir gesagt, dass er nichts Bestimmtes vorhat. Dass er zur Kaufe muss und sich mal umtun will, weil er Dennis bei einer Aktion hilft.«

»Und du? Was hast du gesagt?«

»Ich hab gefragt, welche Aktion.«

»Und?«

»Er hat mir gesagt, das ist geheim.«

»Weißt du trotzdem etwas über diese Aktion?«

Axel zuckt mit den Schultern.

»Ich weiß nur, dass Dennis und Günni und noch einer auf dem Schulhof waren und sich alle vorgenommen haben, die etwas davon wussten.«

»Wie meinst du das?«, fragt Groth.

»Ich hab gesehen, dass die den Ingo gepackt haben. Die sind mit ihm zu den Fahrradständern und haben ihn geschubst und so. Und einen anderen Jungen auch.«

»Und du? Haben sie dich auch geschnappt?«

»Nein.«

»Aber du weißt trotzdem etwas von der Aktion, oder?«

Der Junge schaut nach unten auf seinen Schoß. Seine Wangen glühen.

»Ich glaube, die wollten einen abklatschen.«

»Abklatschen?«, fragt Groth.

»Mehr weiß ich nicht.«

»Wen?«

»Mehr weiß ich nicht.«

Abklatschen. Groth versucht, dieses Wort einzuordnen. In den letzten Monaten hat es rechte Angriffe auf Ausländer gegeben, aber auch auf Obdachlose und Gammler. Ob sie Rinke im Visier hatten?

»Kennst du einen Mann, der Karl Rinke heißt?«, fragt Groth.

Axel nickt.

»Denkst du, dass sie vielleicht Karl Rinke abklatschen wollten?«

Wieder nickt Axel.

Dann hebt er den Kopf. »Mehr weiß ich nicht.«

»Mehr weiß er nicht«, wiederholt der Vater.

Groth bemerkt, dass jetzt Axels ganzes Gesicht gerötet ist.

»Schon gut, Axel«, sagt Groth.

Er muss seine Fragen dosieren. Weg von Rinke.

Also fragt er: »Du hast von Ingo gesprochen. Ist der ein Freund von dir?«

»Nein. Der ist schon dreizehn. Ich kenn den aus dem Jugendklub, aber der redet nicht mit mir.«

»Wie heißt er mit Nachnamen?«

Axel zögert.

»Den Namen kann ich auch von der Schule kriegen, Axel. Wenn dir das lieber ist.«

»Ingo Uhlenkott.«

Groth stutzt einen Moment. »Uhlenkott«, wiederholt er. Dann schreibt er es auf.

»Offensichtlich ist da eine Menge Gewalt im Spiel«, sagt Axels Vater. »Wir machen uns Sorgen. Was ist, wenn die herausfinden, dass wir mit Axel heute hier waren?«

»Wir haben bereits mit Dennis gesprochen, der ist uns kein Unbekannter. Wenn wir uns jetzt auch mit anderen aus dem Jugendklub unterhalten, dann fällt das nicht auf dich zurück, Axel.«

Als die Bunges wenige Minuten später aufbrechen, bringt Groth sie zum Hinterausgang. Er schüttelt ihnen die Hände, bestätigt ihnen, dass es richtig war, zu kommen. Dann sieht er Axel über die Rampe aus Spanplatten wippen und will gerade die Tür ins Schloss fallen lassen, als sich der Junge noch mal zu ihm umdreht, nur für einen kurzen Moment. Sein Gesicht wird von der Hoflampe beleuchtet. Er hat sich etwas von der Seele geredet und wirkt erleichtert. Und nicht nur das: Mach was draus, scheinen seine Augen zu sagen. Vielleicht sagt Groth es auch zu sich selbst. Jetzt ist er am Zug.

Es ist stickig in seinem Büro, die Anstrengung der letzten halben Stunde hängt in der Luft. Groth stellt das Fenster auf kipp. Dann richtet er den Strahl der Klemmleuchte auf die Wand. Das helle Licht braucht er nicht. So sitzt er eine Weile im Halbdunkel und horcht nach draußen, horcht auf die Melodie von Frau Schuberts Bodenpolierer, die Autos, die nach und nach draußen im Hof angelassen werden und durch die Schranke holpern, bis es still wird, nachtstill, und Groth seine Gedanken in eine andere Richtung lenken kann. Es gibt keine Besucher, keine Unterbrechungen mehr, er kann sich dem anderen Fall widmen, der ihn umtreibt. Groth zieht die Akte im Mordfall Chris Warnke unter einigen Lagen Papier hervor, die sich im Lauf des Tages wie eine Schneedecke über den Altfall gelegt haben. Er klappt die Teilakte mit der römischen Ziffer zwei auf und dreht seine Klemmleuchte zurück, bis der Lichtstrahl das gelbliche Papier trifft. »Sektionsprotokoll vom 27. Juli 1986. Gerichtsmedizinische Obduktion der Leiche durch das Institut für Gerichtliche Medizin und Kriminalistik der Ernst-Moritz-Arndt-Universität Greifswald.« Als Todesursache wird innere Verblutung festgestellt, hervorgerufen durch einen Lungendurchstich. Groth liest weiter. Hautvertrocknungen an den Handgelenken, die auf Fesselung hindeuten. Und dann heißt es: »Im vorderen Halsbereich findet sich eine eingetrocknete Markierung, die im Kehlkopfbereich unterbrochen ist.« Groth wird hellhörig. »Diese Strangmarke könnte dem Anbringen einer Schlinge um den Hals zugeordnet werden, mit dem Ziel, das Kind wegzuschleifen.«

Groth greift zum Telefon und ruft Gerstacker an.

»Was meinst du dazu?«, fragt Groth, nachdem er ihm die Stelle vorgelesen hat. »Es gibt also auch hier einen Täter, der sein Opfer an einer Schlinge weggezerrt hat. Zufall?«

»Wir haben in diesem Punkt eine Übereinstimmung mit dem Fall Matti Beck«, sagt Gerstacker. »Aber nur in diesem Punkt.«

»Auch der Durchmesser der Schnur ist gleich.«

»Das kann Zufall sein«, sagt Gerstacker. »Aber ich stimme dir zu. Die Handschrift ähnelt sich.«

»Was schlägst du vor?«, fragt Groth. »Sollen wir Steinert das Sektionsprotokoll im Fall Warnke vorlegen? Hören, was er dazu meint?«

Gerstacker antwortet nicht gleich.

»Ich denke, wir sollten Endlicher einschalten«, sagt er schließlich.

»Endlicher«, Groth blättert in der Akte. »Ist das nicht der Psychiater, den ihr damals beauftragt habt?«

»Professor Endlicher leitete zu dieser Zeit die forensische Psychiatrie an der Charité. Eine Koryphäe. Er war der erste Psychiater in Deutschland, der mit der Methode des Täterprofils gearbeitet hat.«

»Mag sein.« Groth nimmt den Hörer in die andere Hand. »Aber das Gutachten hat euch nicht weitergebracht.«

»Das sehe ich anders«, sagt Gerstacker. »Endlicher hat das Motiv sehr klar herausgearbeitet.«

Groth hat in der Akte Endlichers Gutachten gefunden und blättert es auf. »Hinweise auf eine mögliche pädophile, sadistische Prägung des Täters. Abnorme Triebentwicklung, Zufügung von Stichwunden im Wechsel mit wiederholter Strangulation«, liest Groth laut vor. Und dann, am Ende, den Satz: »Es bestehen Indizien dafür, dass der Lustgewinn im reinen Akt des Tötens selbst gelegen haben könnte und nicht in der Ausübung direkter sexueller Gewalt am Opfer.«

Groth klappt die Akte zu. Er denkt an die Wohnung der Warnkes, die zum Museum geworden ist, und an Chris' Zimmer, seit Jahren unangerührt.

»Und dieser Endlicher praktiziert noch?«, fragt Groth. Seine Stimme klingt rau.

»Er ist im Ruhestand«, sagt Gerstacker. »Aber ich bin sicher, er wird mit uns sprechen.«

»Bekendorf wird das gar nicht gefallen.«

»Ich dachte, der ist quasi schon in Schwerin«, sagt Gerstacker. Dann legt er auf.

Groth lehnt sich zurück. Sein Gesicht spiegelt sich im Fenster. Da fällt ihm auf, dass Gerstacker »wir« gesagt hat. Und »uns«. Wenn ihn nicht alles täuscht, ist Gerstacker wieder mit an Bord.

21

Es ist Mittwoch. Matti Beck ist seit einer Woche tot. Auf Bekendorfs ovalem Tisch liegt der vollständige Obduktionsbericht aus dem Universitätsklinikum Greifswald. Groth hat ihn durchgeblättert und Steinerts Stellungnahme gelesen. Er sehe keine eindeutigen Anhaltspunkte für einen sexuellen Missbrauch, schreibt Steinert. Mit Sicherheit ausschließen wolle er ein sexuelles Motiv aber nicht. Zwischen den Zeilen liest Groth heraus, dass Steinert in diesem Punkt mit sich hadert.

Groth fühlt sich wie ein Mensch mit zwei Gesichtern. Am Tag verfolgt er mit der Einsatzgruppe »Matti« die Spur, die zu Karl Rinke führt. In den Abendstunden verbindet er all die Indizien, die darauf hindeuten könnten, dass Matti Beck und Chris Warnke Opfer ein und desselben Täters geworden sind. Würde man ihn fragen, welcher Name zur zweiten Einsatzgruppe passt, dann wäre Groths Antwort: »Nachtschatten«.

Gerda Küttel hat ihm heute Morgen auf den Kopf zugesagt, dass er elend aussehe und dass sie kurz davor sei, sich Sorgen zu machen.

»Ich schlafe schlecht«, sagte Groth. »Der Fall Matti Beck lässt mir keine Ruhe.«

»Das lässt er uns allen nicht, Herr Groth. Aber ohne Schlaf kommen Sie doch erst recht nicht weiter.«

Groth pflichtete ihr bei und murmelte etwas von Teufelskreis. Denn das ist es doch. Solange er am Fall Matti Beck sitzt, kommt er mit Chris Warnke nicht weiter. Und wenn er sich den

Fall Warnke vornimmt, kommt er bei Matti Beck nicht von der Stelle.

Sie sitzen in Bekendorfs Büro, Groth, Schaller, Krüger und Marlene Thiese, und diskutieren, ob es für einen Haftbefehl gegen Karl Rinke reicht. Es ist Nachmittag, vor ihnen stehen leere Kaffeetassen. Dass es dämmrig geworden ist über dem ovalen Konferenztisch, fällt Groth erst auf, als Gerda Küttel ihren Kopf durch die Tür streckt und das Licht einschaltet. Sofort breitet sich ein Gefühl wie nach dem Ende einer Filmvorstellung aus.

Auf der Stellwand wandern immer mehr Namen nach unten links in die Ecke. Sie stehen für Spuren ins Leere. Rickie Beck wirkte antriebslos am Tag nach Mattis Verschwinden. Warum ging er nicht mit auf die Suche nach Matti? Stattdessen hockte er im Kinderzimmer, rauchte Zigaretten und tat nichts. Die Mutter scheint ihn, ihren Ältesten, zu verhätscheln. Groth sieht eine ungesunde Abhängigkeit der beiden voneinander. Dass die Mutter Rickie den jüngeren Söhnen vorzieht, fiel auch Schaller und Krüger auf, aber darin liegt kein Grund für ein solches Verbrechen. Außerdem hat Rickie für den frühen Abend ein Alibi. Den ersten Mann von Marlies Beck können sie ebenfalls ausschließen, er arbeitet als Koch im Hotel Vitznauerhof in der Schweiz. Da ist Reimann, ein Nachbar mit einschlägiger Vorstrafe. Er hat 1980 ein Mädchen missbraucht und schwer misshandelt. Bekam fünfzehn Jahre, doch seit Anfang 1991 ist er raus. Wie sie jetzt wissen, hat der Mann im letzten August einen Schlaganfall erlitten und ist halbseitig gelähmt. Es gibt weitere Nachbarn mit Vorstrafen, gefährliche Körperverletzung in einem Fall, die Waffe ein Baseballschläger, Rowdytum in einem anderen, ein Brandstifter in der Demminer Straße, auch einen Fall von Gefährdung der öffentlichen Ordnung hat Marlene Thiese ausgegraben. Drogenhandel gleich zweimal, ein Paar, das in der Breiten Straße wohnt. Bereits auf dem Flur hat es nach Hanf gerochen. Auch da kommen sie nicht weiter. Und die ehemaligen Mieter der Windigstraße 17 sind allesamt unauffällig, die meisten zu alt, zwei Familien inzwischen im Westen, ein Mann tot, er beging vor wenigen Monaten Selbstmord.

Der Name Karl Rinke hingegen nimmt inzwischen eine ganze Stellwand ein.

»Wie steht es bei Rinke um ein mögliches Motiv?«, fragt Bekendorf.

»Ich glaube, wir können aus der Aussage von Axel Bunge ableiten, dass Matti und vielleicht auch einige andere Jungen im Auftrag von Dennis Haude und Günni Schrader hinter Rinke herspioniert haben.«

»Stichwort Abklatschen«, wirft Bekendorf ein.

»Richtig. Das Wort, das im Gespräch mit Axel Bunge gefallen ist, war ›Aktion‹.«

»Das kann alles Mögliche bedeuten.«

»Wir wissen dank Frau Thiese aber auch, dass es eine ganze Reihe von Jungen gibt, die von Dennis und seiner Schlägertruppe beeindruckt sind. Die Buchstaben HKZ machen in den Schulen die Runde.«

Groth schaut zu Marlene Thiese, die ihm gegenübersitzt. »Sie können das besser erklären.«

Marlene Thiese zieht einen Zettel aus der Gesäßtasche.

»Die Rechten mauern komplett, da ist kein Durchkommen«, sagt sie. »Nun ist es aber so, dass wir auf dem Mönkeberg auch eine starke antifaschistische Strömung haben.« Sie macht eine kurze Pause und schaut in die Runde, als wolle sie sich vergewissern, dass die anderen ihr folgen können. »Gesprochen habe ich mit Ulla Bergmann und Kerstin Grewe, sechzehn und siebzehn Jahre alt. Wohnen beide auf dem Mönkeberg und gehen regelmäßig zum Tanzen in den Jugendklub. Mit den Rechten haben sie nichts am Hut, seit sie im letzten Herbst mit einigen Punks am Wechtsee von rechten Schlägern aufgemischt wurden.« Sie schaut von ihren Notizen auf. »Das Wort ›aufgemischt‹ stammt nicht von mir. Ich würde sagen: Die haben die krankenhausreif geprügelt. Die beiden Mädchen haben mir berichtet, dass jetzt schon die Elf- und Zwölfjährigen rechte Parolen über den Schulhof brüllen. In den Klassenzimmern gehen rechte Sprüche herum und Symbole, wie eine Geheimsprache. HKZ für Hakenkreuz. NSDA. Die schwarze Sonne. Und so weiter.«

»Ich habe einige von diesen Symbolen auch zwischen Matti Becks Schulsachen gefunden«, sagt Groth. »Wir müssen also davon ausgehen, dass er Dennis Haudes sogenannter Aktion offen gegenüberstand.«

Bekendorf schiebt sich ein Hustenbonbon in den Mund. »Wenn ich Sie richtig verstehe«, sagt er, »dann könnte Rinke von Matti Beck verfolgt worden sein und nicht umgekehrt?«

»Richtig«, sagt Groth.

»Genau das könnte Rinke ein Motiv gegeben haben«, fügt Schaller hinzu. »Ich erinnere an die Aussage des Kioskbesitzers. Rinke hat sich gegenüber den Rechten nicht zurückgehalten.« Schaller blättert sein Notizbuch auf. »Ich zitiere: ›Haut ab, ihr Drecksäcke. Lasst mich zufrieden, ihr Wichser.‹«

»Hm«, sagt Bekendorf.

Eine Weile hängen sie alle ihren Gedanken nach. Auf dem Gang ist das monotone Motorengeräusch von Frau Schuberts Bodenpolierer zu hören. Siebzehn Uhr, denkt Groth.

»Ihr kennt die Redensart vom Spatz in der Hand«, bricht Schaller das Schweigen.

»Sicher«, antwortet Groth. »Worauf spielst du an?«

»Wir haben einiges, das gegen Karl Rinke vorliegt«, sagt Schaller. »Gehen wir die Indizien noch mal durch. Da ist natürlich der rote Beutel, der in Rinkes Jackentasche steckte. Wie der dahin gekommen ist, wissen wir nicht mit Sicherheit. Rinke hat ausgesagt, er habe den Beutel auf der Straße gefunden.«

»Auf welcher Straße, konnte er uns aber nicht sagen«, ergänzt Krüger.

»Richtig. Gehen wir zum nächsten Punkt. Heute ist die Auswertung der Faserspuren zurückgekommen. Auf Rinkes Hose waren die gleichen Holzfasern, die auch an der Plane des VEB Getränkekombinats und an Matti Becks Kleidung festgestellt wurden.«

»Das wiegt schwer«, sagt Krüger.

»Er hat die Leiche gefunden«, sagt Groth. »Und zu diesem Zweck die Plane bewegt.«

»Das ist richtig«, sagt Schaller. »Dass die Plane dabei sein Hosenbein gestreift hat, halte ich für denkbar.«

Krüger nickt.

»Was haben wir sonst?«, fragt Bekendorf weiter.

»Rinkes Fingerabdrücke auf der Kellertür.«

Groth schüttelt den Kopf. »Das hilft uns nicht. Der Mann hat ja zugegeben, dass er im Keller war.«

Bekendorf beschriftet mit seinem roten Stift drei Zettel und heftet sie an die Stellwand. *Beutel. Fingerabdrücke. Faserspuren.*

»Noch etwas?«

Schaller klopft auf seine Notizen. »Es gibt Zeugen, die bestätigen, dass der Mann Kontakt zum Opfer hatte. Noch dazu ist er vorbestraft.«

»Das Wort Kontakt ist irreführend«, sagt Groth. »Er kannte das Opfer.«

»Wir können das alles nicht ignorieren«, fährt Schaller fort. »Rinke ist unser Spatz in der Hand. Ob uns der Fall Chris Warnke weiterbringt, ist völlig ungewiss.«

Alle schauen zu Groth.

»Vielleicht gibt's gar keine Taube auf dem Dach«, sagt Krüger und lässt das so stehen.

Groth rückt seinen Stuhl vom Tisch ab. Er fühlt sich in die Ecke gedrängt. Auf der Stellwand, rund um das ernste Jungengesicht von Matti Beck, dominiert inzwischen Bekendorfs Farbe Rot. Rot für den Beutel, rot für Rinkes Fingerabdrücke, rot für die Holzfasern, rot für Rinkes Wut auf die Rechten. Rot für Rinke. Was soll er also sagen? Groth hat der Übermacht der Verdachtsmomente nichts entgegenzusetzen. Und doch, wenn er sich die Fotos der Opfer anschaut, Matti Beck auf der einen und Chris Warnke auf der anderen Seite, dann schreit ihm eine Stimme entgegen, dass hier dieselben Hände am Werk waren.

Groth steht auf. »Ich versuche mir vorzustellen, dass Rinke an jenem Abend seinen Verfolger, Matti Beck, bemerkt hat und wütend geworden ist. Vielleicht sogar sehr wütend. Trotzdem erklärt sich für mich nicht, warum Rinke den Jungen daraufhin in den Keller lockt und ermordet.«

»Geht mir ähnlich«, gibt Krüger zu.

»Aber wir haben die Aussage des Kneipenwirts, dass Rinke im Rausch zu Wutausbrüchen neigt.« Schaller lehnt sich zurück. »Kann man nicht ignorieren.«

»Auch das stimmt«, sagt Krüger. Seine Stimme klingt unschlüssig, als wehe ihn der Wind mal hierhin und mal dorthin.

»Die Frage ist eigentlich ganz einfach.« Schaller sieht jeden reihum direkt an. »Haben wir genug gegen Karl Rinke in der Hand?«

»Ich denke, ja«, sagt Krüger. »Am Ende liegen wir vielleicht falsch. Aber zum jetzigen Zeitpunkt können wir es uns auf keinen Fall leisten, richtigzuliegen und aus Zögerlichkeit nicht zu handeln.«

»Marlene?«, fragt Schaller.

»Ich sage Ja.«

Bekendorfs Blick ruht auf Groth.

Groth steht mit dem Rücken zur Wand. Er weiß selbst, dass sich ein Nein jeder Vernunft entziehen würde. Natürlich hat Schaller recht. Sie müssen die Fälle getrennt betrachten, bevor sie sie gemeinsam behandeln. Aber Groth kann nicht aus seiner Haut. Er sieht in Karl Rinke keinen Mörder. Weder aus Rache noch aus Wut. Er sieht auch nicht vor sich, dass Rinke Matti Beck im Alkoholrausch aus dem Affekt heraus töten würde, schon gar nicht auf diese Weise. Aber sie sind eine Einsatzgruppe, sie alle müssen an einem Strang ziehen, und warum sollte er, Groth, sich den Argumenten der anderen verschließen? Also sagt er: »Einverstanden.«

Bekendorf nickt und steht auf. »Wir haben doch gar keine andere Wahl. Ich rufe Kuhn noch heute Abend an.«

22

Bereits am nächsten Morgen, kurz nachdem sie den Haftbefehl in Händen halten, wird Karl Rinke auf seiner schäbigen Matratze aus dem Schlaf gerissen und aufs Revier gebracht.

Groth ist gerade eingetroffen, als ihm vom anderen Ende des Gangs Schallers Stimme entgegenruft.

»Wir haben Rinke in Zimmer zwo.«

Groth hat eine Bäckereitüte in der Hand und steht in der Tür zu Gerda Küttels Vorzimmer. Das Käsebrötchen in der Tüte hat er noch nicht angerührt, er hatte Rinkes Vernehmung für den späteren Vormittag erwartet und wollte sich für ein schnelles Frühstück mit einer Tasse Kaffee in sein Büro setzen. Jetzt bedauert er, dass er vom Brötchen nicht wenigstens abgebissen hat, ein Anfängerfehler. Während er Schaller über den Hof zum Verhörraum gehen sieht, wirft Groth die Tüte samt Inhalt kurzerhand durch die offene Tür Gerda Küttel zu.

»Esse ich später«, ruft er und sieht, wie sie beim Fangen die Augen verdreht.

»Dieses Gehetze ist nicht gut für die Gesundheit«, ruft sie zurück, aber da betritt Groth schon die Spanplatten am Ausgang.

Im Verhörraum sitzt Rinke mit hängenden Schultern auf einem Plastikstuhl. Als Groth an der offenen Tür vorbeigeht und Rinkes Blick auffängt, huscht ein Schimmer des Wiedererkennens über dessen Gesicht, der gleich wieder erlischt.

Schaller und Bekendorf stehen bereits auf dem Gang und warten auf ihn.

Als sie zu dritt am Tisch gegenüber von Rinke Platz genommen haben und das Aufnahmegerät läuft, beginnt Bekendorf zu sprechen.

»Es geht um den Mord an Matti Beck, Herr Rinke. Wir sitzen heute hier, weil wir noch einige Fragen an Sie haben.«

»Ich weiß nicht, was das für Fragen sein sollen«, sagt Rinke und setzt sich auf dem Stuhl zurecht. Sein Blick geht zu Groth. »Alles, was ich weiß, hab ich schon gesagt. Da gibt es nichts hinzuzufügen.«

»Das mag sein«, fährt Bekendorf fort. »Aber nicht alle hier im Raum waren bei diesem Gespräch dabei. Deshalb möchten wir es noch einmal hören.«

Rinke hebt den Kopf und mustert jeden Einzelnen von ihnen aus dunklen Augen.

Doch dann wird Bekendorfs Stimme formell, er erklärt Rinke, dass ein konkreter Tatverdacht gegen ihn bestehe und er das Recht habe, die Aussage zu verweigern.

»Tatverdacht?« Rinke starrt Bekendorf an.

Während Bekendorf ungerührt weiterspricht, muss Groth sich eingestehen, dass dessen Stimme eine Bestimmtheit hat, der man nur schwer entkommt. In Groths Kopf stellt sich das Bild eines Arztes am Fußende des Bettes ein, der seinem Patienten sagt, wie es mit ihm von nun an weitergeht.

Karl Rinke wirkt verärgert, ausgenüchtert, überrollt von den Ereignissen. Groth denkt zurück an sein erstes Gespräch mit dem Mann vor dem Haus in der Windigstraße. Das ist erst wenige Tage her. Er bekam kaum einen zusammenhängenden Satz aus Rinke heraus. Das Erinnern war für ihn ein Kraftakt, wie Schwimmen durch klebrigen Brei. Aber Rinke stand aufrecht vor ihm und wirkte bei aller Zerstreutheit wie jemand, der sich nicht unterbuttern lässt. Nun sitzt hier ein anderer Mensch. Rinke hat seine Hände auf den Oberschenkeln zu zwei Fäusten geballt. Es sieht aus, als wolle er sich gegen die kommenden Fragen wappnen, aber als er die Fäuste einen Moment lang öffnet und sich die Handflächen an der Hose abwischt, bemerkt Groth, dass der Grund ein anderer ist. Rinkes Hand zittert; er formt die Faust, um zu verbergen, wie sehr ihn der Alkohol gezeichnet hat. Auch Rinkes Hemdsärmel über dem Handgelenk zittern. Der Mann wird in dieser Verfassung Bekendorfs autoritärer Ansprache nicht gewachsen sein.

»Kannten Sie Matti Beck?«

»Das ist der Junge, der ermordet wurde.«

»Richtig. Aber ich möchte wissen, ob Sie ihn kannten, bevor er ermordet wurde.«

Es dauert eine Sekunde zu lange, bis Rinke antwortet. »Nein.«

»Sind Sie sicher?«

»Sicher.«

»Wie ich höre, sind Ihnen einige Jungs oben auf dem Mönkeberg manchmal zum Kiosk gefolgt. Stimmt das?«

»Das weiß ich nicht, ob das stimmt. Das müssen Sie die fragen.«

»Die? Wer sind die?«

»Na, die Jungs. Ich kenn die nicht, die Jungs.«

»Nach allem, was ich weiß, kannten Sie die Jungs sehr wohl, Herr Rinke.«

Als Bekendorf ihn jetzt ins Visier nimmt, schüttelt Rinke den Kopf. Unmut scheint ihn zu erfassen, und bald gerät sein ganzer Körper in Bewegung.

»Sie haben doch von denen angefangen!«, stößt er aus. Sein Tonfall ist aggressiv. Rinke ist angezählt.

Bekendorf fährt ungerührt fort: »Kann es sein, dass diese Schüler Sie manchmal geärgert haben?«

»Ich lass mich doch von Kindern nicht ärgern.«

»Ist es nicht so, dass Sie diese Schüler weggejagt haben? Und beschimpft?«

»Nicht, dass ich wüsste.«

»Ich würde Ihnen gerne glauben, Herr Rinke. Wirklich. Aber es gibt Zeugen. Eine Gruppe von Schülern war Ihnen auf den Fersen. Das stimmt doch, oder?«

»Davon hab ich nichts mitbekommen.«

»Andere haben das mitbekommen«, sagt Bekendorf. »Zum Beispiel der Kioskbesitzer auf der Breiten Straße, wo Sie gelegentlich einkaufen.«

Rinke schweigt.

»Er hat gehört, was Sie den Schülern hinterhergerufen haben, Herr Rinke. Wissen Sie noch, was Sie gerufen haben?«

Karl Rinke schüttelt den Kopf.

Bekendorf liest die Worte von einem Zettel ab. »›Haut ab, ihr Drecksäcke. Lasst mich zufrieden, ihr Wichser.‹«

»Wichser«, wiederholt Rinke und kichert.

»Haben Sie das gesagt?«

»Wenn das so war, dann hab ich das vergessen.«

»Wissen Sie, was der Zeuge noch gehört hat?«

Rinke lässt den Kopf hängen, bis man sein Gesicht nicht mehr sehen kann.

Bekendorfs Stimme klingt tiefer, als er sagt: »›Sonst mach ich euch fertig.‹«

Es ist eine Weile still im Verhörraum.

»Das haben Sie den Schülern zugerufen, Herr Rinke. Für mich klingt das, als ob Sie mächtig sauer waren auf die Jungs.«

»Nein.«

»Nein?«

»Ich weiß es nicht mehr!«, brüllt Rinke so laut, dass sie alle zusammenfahren.

»Woher haben Sie den roten Einkaufsbeutel, den wir Ihnen abgenommen haben, Herr Rinke?«

»Hab ich gefunden.«

»Wo haben Sie den gefunden?«

»Auf der Straße.«

»Der lag auf der Straße?«

»Ja.«

»Auf welcher Straße?«

Rinke schaut an die Zimmerdecke. Er sieht erschöpft aus.

»Breite Straße? Ich weiß nicht. Auf der Straße, als ich nach Hause gegangen bin.«

»Was wollten Sie machen mit dem Beutel?«

»Nichts. Behalten.«

»Dass dieser Beutel Matti Beck gehört hat, wissen Sie das?«

Wieder setzt sich Rinke auf dem Stuhl zurecht.

»Jetzt weiß ich das.«

»Und halten Sie es nicht für wichtig, dass Sie diesen Beutel gefunden haben, von einem Jungen, der brutal ermordet wurde?«

»Also schon. Aber ich hab den ja nur auf der Straße gefunden.«

»Warum haben Sie uns das nicht erzählt?«

»Ich hab mich an das mit dem Beutel nicht mehr erinnert.«

»Sie erinnern sich an sehr viele Sachen nicht mehr, finden Sie nicht?«

»Das ist so bei mir.« Rinke pocht sich mit den Knöcheln der rechten Hand gegen die Stirn. »Funktioniert nicht mehr so wie früher.«

»Haben Sie Matti Beck gekannt, Herr Rinke?«

»Vielleicht. Vielleicht auch nicht.« Rinke grinst sie an. »Kann ich jetzt gehen?«

»Noch nicht.« Auf Bekendorfs Stirn tritt eine Ader hervor, genau in der Mitte. »Ich finde, wir sollten uns noch mal über den Beutel unterhalten, Herr Rinke. Vielleicht strengen Sie sich mal an und überlegen ganz genau, wo Sie ihn gefunden haben.«

Karl Rinke scheint in sich zusammenzusacken. Seine Fäuste hat er geöffnet, die Hände liegen flach auf den Oberschenkeln und zittern jetzt deutlich.

Groth steht auf und holt Rinke ein Glas Wasser. Als er zurückkommt, ist noch kein weiteres Wort gefallen. Bekendorf sitzt wie in Startposition da und starrt Rinke an. Schaller blättert in seinen

Notizen. Groth zieht seinen Stuhl auf die Schmalseite des Tisches, bis er nur einen halben Meter von Rinke entfernt ist. Dann stellt er ihm das Glas hin.

»Ein Bier wär mir lieber.«

»Später«, sagt Groth. »Zuerst müssen wir noch eine Weile reden.«

»Das ganze Gerede bringt doch nichts.« Rinke wischt mit dem Ärmel über den Tisch.

»Seit wann arbeiten Sie für die Wohnungsgenossenschaft?«, fragt Groth.

»Seit kurz nach der Wende. Da bin ich arbeitslos geworden. Hab mich dann als Hausmeister beworben.«

»Von Beruf sind Sie Schlosser, nicht wahr?«

Rinke nickt. »Zwanzig Jahre war ich in dem Beruf. Bis es wegen der Wirbelsäule nicht mehr ging.«

»Die Wirbelsäule also«, echot Groth.

»Die Schmerzen hab ich ertränkt, wenn Sie verstehen, was ich meine. Aber mit dem Beruf war's aus und vorbei.«

»Und dann sind Sie Hausmeister geworden.«

»Genau. Bis es damit auch den Bach runterging.«

»Wegen der Wende?«

»Gleich danach war das. Die Stelle als Hausmeister hab ich verloren. War fast ein Jahr arbeitslos. Und dann hat mir die Wogesa 'ne Stelle angeboten. Teilzeit.«

»Hat die Wogesa Ihnen auch eine Wohnung angeboten?«

Rinke lacht auf.

»Die ham mir den Schlüssel zu 'nem leer stehenden Haus gegeben. Kein Strom, kein Warmwasser. Dass ich mich da eingerichtet hab, wissen die nicht.«

»In der Windigstraße 17«, hakt Groth nach.

»Das alles ist uns schon längst bekannt«, mischt sich Bekendorf ein. Er sagt es zu Rinke, obwohl Groth nicht entgeht, dass er ihn damit meint.

Groth versucht, sich nicht ablenken zu lassen. »Gibt es da noch andere – Bewohner? In der Windigstraße 17, meine ich?«

»Nicht, dass ich wüsste.«

»Besucher?«, fragt Groth.

»Was denn für Besucher?«

»Na, gibt es Leute, die dort ein und aus gehen? Das müsste Ihnen doch aufgefallen sein.«

Rinke überlegt.

»Nur mal Bauarbeiter. Wenn es das ist, was Sie meinen.«

»Erzählen Sie mal von den Bauarbeitern.«

»Na, das Haus soll ja saniert werden. Neuer Fußboden, Telefon, Balkone und so. Da sind so einige Trupps an Bauarbeitern durchmarschiert. Einige hohe Tiere auch. Architekten, glaube ich. Jedenfalls sahn die so aus, als würdense sich für wichtig halten.«

Groth schreibt sich das auf.

»Danke«, sagt er. »Das war's von meiner Seite.«

Bekendorf starrt ihn jetzt verblüfft an.

»Kurze Pause«, sagt Bekendorf und winkt Groth und Schaller nach draußen auf den Gang.

Bekendorf geht einige Schritte auf und ab, als müsste er sich beruhigen. »Ich weiß ja nicht, was Sie vorhaben, Groth, aber falls Sie den Mann in die Mangel nehmen wollten, dann darf ich Ihnen verraten, dass der Schuss gründlich nach hinten losgegangen ist.« Bekendorf hat die Hände in die Seiten gestemmt. »Oder was sollte das werden?«

Auch Schaller sieht Groth interessiert an.

Groth versucht, sich den Ärger auf seinen Chef nicht anmerken zu lassen. »Wir wissen jetzt, dass es eine ganze Menge Leute gab, die in dem Haus ein und aus gingen. Sich auf Rinke zu fixieren, halte ich für falsch.«

»Sie halten es für falsch, sich auf den Mann zu konzentrieren, der Zugang zum Leichenfundort hatte, ein Motiv, kein Alibi und noch dazu den Einkaufsbeutel des Opfers bei sich trug?«

Groth duckt sich innerlich unter den Pfeilen hinweg, die Bekendorf ihm da entgegenschleudert. Er muss an Allers denken, den Meister der inneren Ruhe, der in Situationen wie diesen aufblüht. Also greift Groth nach dem einen Wort, das er gegen Bekendorf verwenden kann.

»Motiv«, sagt Groth. »Ein gutes Stichwort. Sprechen wir mal über das Motiv. Mir will nämlich nicht in den Kopf, dass ein Mann, der von einer Horde Kinder belästigt wird, sich plötzlich eins davon schnappt und erdrosselt.«

»Kurzschlusshandlung«, sagt Bekendorf, als wolle er den Gedanken abblocken.

»Rinke ist bekannt dafür, dass er im Suff manchmal ausrastet«, mischt sich Schaller ein. »Das hat man doch gerade gemerkt«, er zeigt auf die geschlossene Tür zum Verhörraum. »Wie schnell Rinkes Tonfall wechselt.«

Groth schüttelt den Kopf. »Trotzdem schwer zu glauben.«

»Lassen wir das Motiv mal beiseite«, sagt Bekendorf, »und konzentrieren uns auf die Indizien. Ich glaube nämlich, dass Rinke Matti Beck ziemlich gut kannte. Und ich glaube, dass er Matti Beck an jenem Abend gesehen hat. Die beiden waren ungefähr gleichzeitig am Kiosk und wahrscheinlich auch gleichzeitig in der Windigstraße. Matti verliert seinen Beutel, und Rinke findet ihn. Zu viele Zufälle.«

»Ganz meine Meinung«, sagt Schaller.

Zu viele Zufälle. Der Gedanke könnte von ihm stammen. Groth muss zugeben, dass er ebenfalls offene Fragen sieht. Ob er sich zu sehr auf das Motiv einschießt?

»Ich halte Rinke für schuldig«, sagt Schaller.

Bekendorf nickt, dann richtet er seinen Blick auf Groth und verschränkt die Arme vor der Brust.

»Na schön«, sagt Groth.

Und ausgerechnet jetzt kommt ihm ein Satz in den Sinn, den Marlene Thiese im letzten Herbst an der Polizeischule Pasewalk in seiner Lektion über den Anfangsverdacht sagte. Da nannte er sie in Gedanken noch Güstrow. »Ist es nicht besser, ab und zu mal einen mehr zu verhaften als einen zu wenig?« Genau das hatte sie gesagt, und Groth war nichts Kluges eingefallen, um ihr zu widersprechen. Er spürte, dass die ganze Klasse Marlene Thiese innerlich zunickte, sie waren alle derselben Meinung. Dabei wollte er den Rekruten doch beibringen, genau abzuwägen. Und nun steht er hier und hat das Gefühl, wieder Zeuge von vorschnellem Handeln zu sein.

Noch am selben Nachmittag wird ein fluchender und spuckender Rinke von Krüger und Bunterode in die Vollzugsanstalt Neustrelitz gefahren. Groth steht am Fenster, als sie den Mann im Innenhof in den vergitterten Barkas setzen. Wortfetzen von Rinkes Geschimpfe dringen in Groths Zimmer, alles Schweine hier – verdammte Wichser – ihr seid doch alle gleich. Als er sich in den Barkas duckt, sieht Rinke noch einmal zum Polizeigebäude herüber und scheint Groth hinter dem Fenster stehend in seinem Büro zu erkennen. Bunterode schiebt Rinke ins Innere des Wagens, aber Rinkes Blick löst sich nicht sofort von Groths Fenster. Tu doch was, sagt der Blick. Und Groth kann sich nicht helfen, er ist überzeugt, dass sie gerade den Falschen wegsperren.

23

Beim Verhör am nächsten Morgen gesteht Rinke den Mord an Matti Beck. Sie haben sich in der Vollzugsanstalt eingefunden, Rolli Kuhn, Bekendorf, Schaller und Groth. Warteten geduldig fast eine Stunde, bis der neu bestellte Pflichtverteidiger mit Rinke gesprochen hatte. Als die Beschuldigtenvernehmung endlich beginnt, ist die Stimmung auf beiden Seiten gereizt.

Bekendorf hält Rinke immer wieder die Ungereimtheiten in seiner Aussage vor. Dass er Matti Beck nicht gekannt habe, aber mit ihm gesehen wurde. Dass er sich nicht erinnere, wo er den roten Beutel gefunden habe, später aber behaupte, es sei ganz sicher auf der Straße gewesen. Dass er im Keller angeblich nichts angefasst habe, aber trotzdem Holzfasern von der Abdeckplane an seiner Kleidung hatte.

So geht es zwei zermürbende Stunden, bis Rinke den Kopf hängen lässt und leise vor sich hin murmelt.

»Können Sie bitte so deutlich sprechen, dass wir Sie alle verstehen, Herr Rinke«, sagt Kuhn.

»Was wollt ihr denn noch alles von mir?«

»Die Wahrheit über Matti Beck«, sagt Bekendorf.

»Die Wahrheit ist, dass der mir mächtig auf die Nerven ging.«

»Wie mächtig?«

Rinkes Anwalt, ein junger Mann Mitte dreißig, der nervös wirkt, raunt Rinke zu, er solle von seinem Recht Gebrauch machen, die Aussage zu verweigern. Er rede sich um Kopf und Kragen.

Rinke scheint einige Atemzüge lang darüber nachzudenken. Dann strafft er seinen Oberkörper. Ohne jemanden auf der anderen Tischseite direkt anzuschauen, sagt er: »Ich hab mich wieder daran erinnert, dass ich mit dem Jungen im Keller war.«

»Sie erinnern sich daran?«

Rinke kratzt sich an der Schulter. »Ich war besoffen an dem Abend. Aber ich weiß noch, wie ich das ganze Klimpergeld aus dem Beutel geholt habe. Und da war auch ein Stück Schnur.«

»Im Beutel?«

»Im Keller.«

Rinke schaut zum Aufnahmegerät.

»Also mach ich's jetzt kurz. Ich hab ihn damit erwürgt.«

»Sie haben Matti Beck im Keller in der Windigstraße 17 erwürgt?«

Rinke nickt.

»Bitte sagen Sie Ja oder Nein.«

»Ja.«

Im Verhörzimmer hört man in diesem Moment nur das Leiern des Rekorders.

»Wie?«, fragt Groth.

»Hab ihm die Schnur um den Hals gelegt und zugezogen.«

»Wie sah die aus, die Schnur?«

»Die lag da rum, Paketschnur. Ich weiß nicht genau.«

»Wo ist diese Schnur jetzt?«

»Die muss ich weggeworfen haben.«

»Hatten Sie auch ein Messer?«, fragt Bekendorf.

»Ja.«

»Woher?«

Rinke blinzelt mehrmals.

»Sie erinnern sich nicht?«

»Ich war besoffen.«

»Aber Sie erinnern sich an die Paketschnur. Da müssten Sie doch auch wissen, ob Sie ein Messer hatten.«

Es scheint, als müsste Rinke Anlauf nehmen, denn er presst den Rücken so fest gegen die Stuhllehne, dass das Holz knackt.

»Das Messer hab ich geklaut. In der Kaufhalle.«

»Was für ein Messer war das?«

»Schälmesser.«

Bekendorf erhöht den Takt seiner Fragen.

»Wann haben Sie das Messer geklaut?«

»Ist schon 'ne Weile her.«

»Warum hatten Sie das Messer an dem Abend dabei?«

»Ich hatte es noch in der Joppe drin. Hab es dem Jungen in die Brust gestoßen. Ungefähr hier.«

Bekendorf diktiert: »Der Beschuldigte zeigt auf den linken Brustbereich.«

»Wo ist das Messer jetzt?«

»Ich hab das am gleichen Abend weggeworfen.«

»Wohin?«

Rinke spitzt die Lippen.

»In den Müll.«

»Wo?«

Rinke schüttelt den Kopf, als wolle er die Frage nicht an sich heranlassen.

»In den Müllbehälter am Haus?«

Auch diese Frage beantwortet Rinke nicht.

»Einen anderen Müllbehälter?«

Bekendorf lässt eine Minute verstreichen. Die Zeit verrinnt langsam im Verhörzimmer, es gibt nichts zu betrachten, nichts zu tun, sie sitzen und quälen sich durch die Sekunden. Schließlich legt Bekendorf die Unterarme auf den Tisch und lehnt sich nach vorne.

»Herr Rinke, warum haben Sie Matti Beck erdrosselt?«

Wieder vergehen einige Sekunden.

»Der ging mir auf die Nerven.«

Sie fragen mehrmals nach, Bekendorf und Kuhn. Groth sagt, das sei doch kein Grund, jemanden zu töten. Dass er ihm das nicht zutraue.

Und da sieht Rinke ihn beinahe verständnisvoll an.

»Ich hab mir das auch nicht zugetraut.«

Eine halbe Stunde später ist die Vernehmung beendet, Rinke von seiner Aussage nicht abzubringen.

Die Verwunderung der Anwesenden ist greifbar. Aber da ist es, das Geständnis, sie haben es auf Band, und kurz darauf auch schriftlich, denn Rinke schmiert seine Unterschrift aufs Papier. Er wirkt fahrig, ungehalten, sagt immer wieder, er wolle diesen ganzen Mist endlich hinter sich bringen.

Groth ist über diese Entwicklung nicht nur verwundert, sondern geradezu verärgert. Rinkes Geständnis ärgert ihn in einer Weise, wie es sonst nur das irreführende Ende eines Films vermag. Es passt nicht. Die Figur des Karl Rinke passt nicht zu einer Tat wie dieser. Die Tat passt nicht zu einem wie Rinke. Und doch ist es da, das Geständnis, er kann es weder wegwischen noch ignorieren. Als die Vernehmung beendet und Rinke in seine Zelle verbracht ist, stehen sie alle noch einige Minuten auf dem Parkplatz der JVA zusammen, Schaller raucht eine Zigarette, Bekendorf kramt ein Hustenbonbon hervor, Kuhn wirkt nachdenklich, und Groth ist noch immer verstimmt.

»Also doch«, sagt Schaller. Es klingt wie ein Schlusswort, eine Bekräftigung dessen, was man gerade gehört und ja auch von Anfang an vermutet hat, doch im kalten Wind lösen sich die Silben mit dem Zigarettenrauch sofort wieder auf.

Bekendorf nickt. Und als müsste er sich von Rinkes Täterschaft aufs Neue überzeugen, fügt er an: »Er wusste noch ganz genau, an welcher Stelle er Matti die Stichverletzung beigebracht hat.«

»Das stimmt«, sagt Kuhn. »Trotzdem brauchen wir das Messer.«

Auf der Rückfahrt im Auto denkt Groth genau an diesen Satz und beschließt, einen Abstecher zum Mönkeberg zu machen. Er parkt in der Breiten Straße, geht in die Kaufhalle und sieht sich bei den Haushaltswaren um. Dort findet er Kerzen, auch Grabkerzen, Streichhölzer, Flaschenöffner und dann, an der Stirnseite einer Regalwand hängend, die Schälmesser. Es gibt nur ein Modell. Die Klinge läuft vorne spitz zu, der Griff ist aus Plastik, orangefarben, schwarz oder braun, das ist die Auswahl. Groth nimmt eines vom Haken und wartet, bis an den Kassen kein Betrieb mehr ist.

Die Kassiererin von neulich erkennt ihn sofort.

Groth fragt, ob sie sich an Karl Rinke erinnert.

»Also der Karl kam hier schon fast täglich durch, wa, Renate?«

Die Kollegin nickt.

»Hat immer det Gleiche gekooft.«

Groth schaut vom Notizblock auf.

»Korn und Bier. Im Wesentlichen.«

»Hier und da auch mal was Festes«, sagt die Kollegin.

»Auch so was?« Groth hält das Messer in die Höhe.

»Nee, so was nicht.« Beide schütteln den Kopf.

»Möglicherweise hat er so ein Messer hier geklaut«, sagt Groth.

»Der Karl? Der klaut nicht. Nie. Bezahlt immer. Immer mit Münzen, wa, Renate? Was für 'ne Pulerei. Aber wenn's nicht genug Münzen sind, dann geht die Dose Bier eben wieder zurück.«

»Ja genau. Geschenkt gibt's bei dem nicht. Und geklaut erst recht nicht.«

Groth kauft das Messer, obwohl er weiß, dass die Klinge zu klein ist. Eine größere hat die Brust von Matti Beck durchbohrt. Trotzdem wird er das Messer ins Gerichtsmedizinische Institut nach Greifswald schicken. Eine Minute steht Groth unschlüssig da. Ihm fällt ein, dass er Gerstacker über Rinkes Geständnis informieren muss und geht zur Telefonzelle, vor der sie kürzlich geparkt haben. Da waren sie unterwegs zu den Warnkes.

»Und? Was hältst du davon?«, fragt Groth.

Gerstacker seufzt ins Telefon.

»Ich glaube, dass Rinke dieses Geständnis widerrufen wird«, sagt er. »Es ist nichts wert. Tut mir leid, aber davon bin ich überzeugt.«

Groth nimmt sich für den Rest des Tages frei. Um Punkt fünfzehn Uhr steht er vor der EOS Friedrich Engels, um Irina Diehl zu überraschen, doch sie taucht nicht auf. Als er eine Schülerin im Vorbeigehen anspricht, erfährt er, dass die Diehl krank sei. Also fährt Groth aus der Stadt hinaus Richtung Osten, um nach ihr zu sehen. War sie nicht bereits vor zwei Wochen krank gewesen?

Auf *Welle Nord* läuft Musik. Groth dreht die Lautstärke auf.

Manche Leute lieben nur die Nacht, weil sie verdeckt, was dunkel lacht.

Der Verkehr wird dünner, die Straße schmaler. Nebel zieht auf und lässt verschwinden, was in der Ferne liegt. Groth passiert Bäume, von denen er nur dicke Stämme sieht, Leitpfosten, die einzeln am Straßenrand stehen und im Licht der Scheinwerfer leuchten, doch die große Landschaft dahinter, mit ihren winterlichen Feldern, Kuppen und Furchen, kann er nur erahnen.

Gleichzeitig hat Groth wieder Rinkes Worte im Ohr. Dessen bruchstückhafte Erinnerung an ein Geschehen, das sich ungeplant, wie im Rausch abgespielt haben soll und das trotzdem keine einzige Spur hinterließ. Ein schaler Geschmack macht sich breit in Groths Mund. Rinkes Geständnis hallt nach wie ein Missklang.

Uh, ich lebe doch! Und die Zeit wartet nicht auf mich. Ich liebe jede Stunde.

Groth kann nicht fassen, dass Bekendorf bereit war, dieses Geständnis hinzunehmen. Oder liegt er am Ende selbst falsch, und Karl Rinke hat Matti Beck tatsächlich im Vollrausch getötet? Wo ist meine Menschenkenntnis geblieben, fragt er sich. Habe ich Rinkes Temperament tatsächlich unterschätzt? Er spürt, wie sein Widerstand gegen diesen Ausgang des Falles wächst. Vor allem aber ärgert es ihn, dass von Gerstacker abgesehen niemand sonst Rinkes Aussage infrage stellt.

Groth sieht Licht in Irina Diehls Küche. Ein Wartburg mit Anklamer Kennzeichen steht vor dem Haus, vielleicht hat sie Besuch.

Tatsächlich öffnet ihm eine fremde Frau.

Sie stehen sich für einige Sekunden perplex gegenüber, denn Groth kennt dieses Gesicht und versucht, es einzuordnen. Auch er muss der Frau bekannt vorkommen, sie zögert, bevor sie ihn begrüßt.

»Sie müssen Irinas Kommissar sein.« Eine Hand streckt sich Groth entgegen. »Ich bin die Schwester. Anka.«

Er erinnert sich an ein Foto auf dem Fenstersims in Irina Diehls Küche von zwei Mädchen, die im Stehen schaukeln.

»Irina ist oben und ruht sich aus.«

Die Schwester scheint etwas hinzufügen zu wollen, doch dann bittet sie Groth ins Haus und schließt die Tür hinter ihm.

»Wir sind gerade vom Schulamt zurückgekommen.«

»Schulamt?«

Groth duckt sich unter einem Mobile hindurch.

»Dann hat sie Ihnen also nichts von dem Vorfall erzählt?« Anka, die vor Groth durch den schmalen Flur in die Küche geht, dreht sich zu ihm um.

»Nein«, sagt Groth. »Was ist denn passiert?«

Plötzlich fällt ihm auf, dass er Irina Diehl überreden musste, zum Uwe-Johnson-Abend zu gehen. Wie sie abgewunken hat, als er nach ihrem Befinden fragte. Sie trank keinen Wein, aber nicht mal das ließ ihn aufmerksam werden. Stattdessen schaute er nach vorne, auf ein rotes Samtsofa, auf dem eine Schauspielerin, die Irina Diehl sogar leicht ähnelte, mit rauchiger Stimme aus den

Jahrestagen vorlas. Vielleicht hat Groth den Missklang dieses Tages gebraucht, um sich endlich zu wundern.

Anka scheint sich einen Ruck geben zu müssen, bevor sie ihm antwortet.

»Irina ist am Tag nach den Weihnachtsferien angetrunken im Unterricht erschienen. Die Schüler haben es natürlich bemerkt und den Eltern erzählt. Der Rektor hat das Schulamt informiert, und seither ist sie vom Dienst freigestellt.«

Groth kann nicht fassen, was er da hört.

»Heute war sie beim Schulrat zum Dienstgespräch. Das ist übrigens derselbe Mann, der schon vor der Wende auf diesem Posten saß.«

Anka nimmt den Kessel vom Herd und bietet ihm Tee an.

»Das ist doch der eigentliche Skandal«, sagt sie, während sie den Kessel mit Wasser füllt, »und nicht die Lehrerin, die aus Einsamkeit trinkt.«

Jetzt öffnet sie lautstark eine Klappe im Küchenschrank, steht mit dem Rücken zu Groth und scheint über ihre Wut auf den Schulrat vergessen zu haben, was sie sucht. »Zum Glück konnte ich Irina begleiten. So einem willst du als Frau nicht allein gegenübersitzen.«

Während Anka hantiert, sortiert Groth in seinem Kopf die Informationen, die er gerade bekommen hat. Irina Diehl ist angetrunken zum Dienst erschienen. Schon morgens. Er denkt an den Kunstraum in der EOS Friedrich Engels und den Schrank, in dem sie zwischen Pinseln und Terpentin Wodka versteckt hält. Die leeren Weinflaschen in ihrer Küche fallen ihm ein, der Tee, den sie mit Rum versetzt. Groth schüttelt den Kopf über sich selbst und seine Blindheit.

Jetzt hört er, wie der Teekessel vom Herd genommen und Wasser eingegossen wird.

»Für Irina ist das Schlimmste, dass ihre Schüler Bescheid wissen.«

Sie stellt Groth eine Tasse hin, aus der es so stark dampft, dass er die Farbe des Tees nicht erkennen kann. Dann setzt sie sich zu ihm an den Tisch.

»Ich hatte keine Ahnung«, sagt Groth.

Anka nickt.

Sie nippen beide an ihrem Tee. Groth verbrennt sich die Zungenspitze und erkundet für einen Moment die Taubheit an dieser Stelle.

»Irina hat angefangen zu trinken, nachdem Lutz sich von ihr getrennt hat.« Ankas Blick streift sein Gesicht, wahrscheinlich versucht sie, an seiner Reaktion abzulesen, ob er diese Information einordnen kann. »Eine schwierige Scheidung«, erklärt sie. Dann fährt sie fort: »Sie hat mir immer wieder versichert, sie habe alles im Griff. Und ich habe ihr das geglaubt.«

Groth nimmt einen großen Schluck Tee, es ist ihm egal, ob er sich noch mal verbrennt.

»Wie ist das Gespräch mit dem Schulrat ausgegangen?«

»Irina wurde verwarnt. Ihre Stelle hat sie zum Glück nicht verloren.«

»Ja, das ist ein Glück.«

Einen Moment lang schweigen sie und schauen in ihre Tassen. Das Wort »Glück« scheint sich im aufsteigenden Dampf zu verflüchtigen.

Schließlich sagt Groth: »Ich kann nicht fassen, dass sie mir bei unserem letzten Treffen nichts davon gesagt hat.«

Anka schaut Groth über den Rand ihrer Tasse hinweg an. »Es ist nicht leicht, über so etwas zu sprechen. Vielleicht seid ihr in eurer Beziehung noch nicht so weit«, sagt sie. Dann rudert sie zurück. »Entschuldige. Ich weiß gar nicht, ob ihr eine Beziehung habt.«

Groth selbst weiß es auch nicht.

»Aber ich würde es mir für euch wünschen«, sagt Anka.

Dass sie zum Du übergegangen ist, scheint ihr nicht aufzufallen.

Groth fragt sich, ob die Schwestern dieses Thema erörtert haben. Das Thema Irina und Groth. Anka wird neugierig gewesen sein. Was hat es auf sich mit diesem ehemaligen Schulkameraden, der plötzlich aus Hamburg zurückgekehrt ist und nun in der alten Heimat umherirrt? Vielleicht hat Irina der Schwester gesagt, dass sie ihn möge, diesen Groth. Dass sie sich seiner annehmen wolle wie eines streunenden Katers. Nur leider gelinge es ihr nicht. Man könne ihn nicht so leicht an sich binden, er habe einen Drang zur Heimatlosigkeit.

Mitten in Groths Gedanken hinein knarren die Treppenstufen, und Irina Diehl erscheint in der Küche. Ihr Haar ist gewaschen und noch nass. Sie wirkt verlegen, weicht seinem Blick aus. Als sie näher kommt, denkt Groth, sie werde sich neben ihn setzen, doch sie greift nur nach der Tasse, die dort für sie bereitsteht, und nimmt gegenüber Platz.

»Ich habe ihm alles erzählt«, sagt Anka und deutet mit dem Kinn auf Groth.

»Prima. Ich bin also ein offenes Buch.«

Sie sagt es mit so viel Bitterkeit in der Stimme, dass Groth spätestens jetzt klar wird, wie verletzt sie ist.

Anka greift nach Irinas Hand.

»Es tut mir leid«, sagt sie. »Aber er musste es hören, Irina.«

»Mir tut es auch leid«, sagt Groth. »Dass ich nichts gemerkt habe.«

»Nein«, sagt Irina und schaut ihn direkt an. »Es ist gut, dass du endlich Bescheid weißt, Arno. Und jetzt bitte keine Entschuldigungen mehr.«

Auf der Rückfahrt in die Stadt denkt Groth über das Wort »Beziehung« nach. Es beginnt, sich in seinem Kopf breitzumachen, und seltsamerweise hat es damit zu tun, dass er nun Irina Diehls Schwester kennt. Da sind immer mehr Aspekte der Person Irina, die sich zu einem Ganzen formen. Sie unterrichtet das Fach, das er gerne studiert hätte, Deutsch. Dazu Kunst. Die Kunst, hat sie ihm gesagt, sei ihre wahre Heimat. Einmal hat er mit ihr im Kunstraum ihrer Schule gesessen und über das Wort »Rückzugsort« philosophiert. Am gleichen Abend hat er in ihrem Haus übernachtet, im Atelierzimmer, zwischen gehäkelten Übertöpfen und Mobiles. Ihr überfrachtetes Haus, denkt Groth. Nun weiß er auch, was dieses Haus verheimlicht hat. Und er? Was hat er von sich preisgegeben?

Am Straßenrand taucht das Hinweisschild für Wechtershagen auf.

Nichts.

Er hat Irina noch nicht mal erzählt, dass er seine Tochter verloren hat.

24

Groth hat nach Saskias Unfall so viel Zeit in Krankenhäusern verbracht, dass er keines betreten kann, ohne sich wappnen zu müssen gegen das Leuchtstofflicht auf den Fluren, das immer gleich bleibt, als gäbe es weder Tag noch Nacht. Saskia lag wochenlang im Koma und sah in seinen Augen so aus, als würde sie in Kürze aufwachen, sich strecken und nach Frühstück verlangen. Groth war jeden Tag bei ihr, und an manchen Tagen stellte er sich vor, er würde die Tür öffnen und Saskia auf der Bettkante sitzend vorfinden. Bis es sich eben doch änderte, das Licht.

Auch jetzt muss er kurz Luft holen, bevor er die Krankenstation der Haftanstalt betritt, durch eine gesicherte Tür, die Vollzug und Krankheit zu trennen scheint. Karl Rinke liegt in einem Mehrbettzimmer, dem einzigen Raum dieser kleinen Station, es geht ihm nicht gut. Heute Morgen haben sie ihn in seiner Zelle auf dem Boden liegend gefunden. Er blutete aus einer Platzwunde am Kopf, gerade oberhalb der Stirn. Das Blut bildete schon eine Lache auf dem glänzend gestrichenen Beton. Der Arzt sagt, er halte es für wahrscheinlich, dass Rinke mit dem Kopf voraus auf die Wand zugelaufen sei.

»Wie ein Stier«, fügte er hinzu.

Doch wie ein Stier sieht der Mann nicht aus. Er hat eine Gehirnerschütterung, die Platzwunde ist frisch genäht. Der Patient habe darauf bestanden, Groth zu sprechen, sagt der Arzt. Karl Rinke, so erfuhr Groth am Telefon, möchte sein Geständnis widerrufen.

Sein Gespräch mit Rinke bleibt kurz. Rinke sieht ihm hohlwangig entgegen, aber trotz allem liegt etwas Zähes in seinem Blick. Auch der Pflichtverteidiger ist anwesend. Die Anzughose ist dem schmächtigen jungen Mann so weit von den Hüften gerutscht, dass er auf den Saum tritt. Er ist nervös, während Rinke gefasst wirkt. Ja, er wolle sein Geständnis widerrufen. Nein, er habe mit dem Mord an Matti Beck nichts zu tun. Nach zehn Minuten haben sie alles protokolliert. Rinke verabschiedet Groth mit den Worten: »Und wann kann ich hier raus?«

In komplexen Fällen wie diesem, Groth kennt das, kommt nach furiosem Start irgendwann ein Nullpunkt. Sie haben sich bereits weit über das Spielbrett bewegt, doch es braucht nur diese eine Karte, das falsche Geständnis, und sie werden zurückgeschickt auf »Los«. Auf dem Weg ins Freie denkt Groth an seine Ermittlungen mit Gerstacker. Sie haben die ganze Zeit eine zweite, ungewisse Spur verfolgt, wie eine Schattenakte im Fall Matti Beck. Nun rückt diese Akte plötzlich ins Licht.

Am Nachmittag soll Groth in der Polizeischule Pasewalk unterrichten. Sein Fach ist Vernehmungslehre, Modul B, für den gehobenen Dienst. Zwei seiner Schüler kennt er gut, Bunterode sitzt in dieser Klasse und Marlene Thiese. Er hat den Unterricht im neuen Jahr bereits zweimal abgesagt, und auch heute ist er kurz davor, denn der Regen ist in Schneeregen übergegangen und färbt die Straße in einem unentschiedenen Weiß. Aber dann kauft sich Groth auf der Rückfahrt aus Neustrelitz ein Stück Bienenstich, isst es am Stehtisch in der Bäckerei und entschließt sich, doch zur Polizeischule zu fahren. Seine Klasse scheint tatsächlich erfreut, ihn zu sehen. Vielleicht bildet er sich das auch nur ein. Vielleicht sind sie einfach froh, den Weg nach Pasewalk bei diesem Wetter nicht umsonst gemacht zu haben.

Groth überlegt, wie viel er den Rekruten vom Fall Matti Beck erzählen soll. Es ist der Tag null. Die Ermittlungen haben in eine Sackgasse geführt. Groth ist nicht in der Stimmung, über Misserfolge zu sprechen, aber dann denkt er an Irina Diehls Schwester, die ihm erzählt hat, was er hören musste. Ungeschönt.

Also sagt er: »Ich komme gerade aus der Vollzugsanstalt Neustrelitz zurück. Dort saß ich einem Mann gegenüber, der ein Verbrechen gestanden hat, das er nicht beging. Warum tut jemand so etwas?«

Die Rekruten hängen an seinen Lippen.

Draußen regnet es nasse Flocken. Die Deckenleuchte brummt und spiegelt sich mehrfach in den Fensterscheiben. Ein Stuhl knarrt. Jemand drückt einen Kugelschreiber nervös auf und zu, bis er merkt, dass er damit Blicke auf sich zieht.

»Das Verhalten eines Unschuldigen kann dem Verhalten des Täters so sehr ähneln, dass selbst ein erfahrener Kriminalist den Unterschied nicht bemerkt.« Groth setzt sich auf die Kante des Lehrerpults und schaut in die Klasse. »Sie alle haben vom Fall Matti Beck gehört. Ein Mann wurde verhaftet, es sprach einiges für seine Täterschaft. Man fand bei ihm einen Beutel, den das Opfer bei sich trug, es gab Faserspuren, Täterwissen, latente Gewaltbereitschaft, Vorstrafen. Zudem kannte er das Opfer.«

»Indizien«, ruft jemand in den Raum.

»Richtig«, sagt Groth. »Aber nun geht es weiter. Zusätzlich zu all diesen Indizien gesteht der Mann im zweiten Verhör die Tat. Er wird in seine Zelle zurückgebracht, am nächsten Morgen erneut verhört und bleibt bei seinem Geständnis.«

Groth wartet einige Sekunden, dann fragt er: »Warum?«

»Er wurde unter Druck gesetzt«, schlägt jemand vor.

»Nein«, sagt Groth. »Zumindest nicht mehr als erlaubt. Man ließ ihn das Geständnis sogar überschlafen, er hat es am nächsten Tag wiederholt.«

»Er wusste selbst nicht, dass er unschuldig ist.«

»Wir kommen der Sache näher«, sagt Groth. »Ich habe Ihnen verschwiegen, dass der Mann Alkoholiker ist. Sein Gedächtnis ist lückenhaft. Wir wissen nicht, wie viel er am Abend der Tat getrunken hat. Trotzdem halte ich es für ungewöhnlich, dass jemand einen Mord gesteht, ohne eine Erinnerung daran zu haben.«

Marlene Thiese hebt die Hand. »Es kann doch sein, dass ihm einfach alles zu viel wurde. Er wurde immer wieder das Gleiche gefragt, alle anderen dachten, er ist schuldig, also glaubt er es irgendwann selbst.«

»Frau Thiese bringt uns auf die richtige Spur«, sagt Groth. »Was glaubt der Mann? Was geht in seinem Kopf vor? Ich fasse das unter einem Begriff zusammen: Motivation.«

Groth geht an die Tafel und schreibt das Wort auf, wie er es an der Stellwand in Bekendorfs Büro getan hätte.

»Was motiviert den Mann, uns die Unwahrheit zu erzählen?«

Groth schreibt ein weiteres Wort an die Tafel.

»Selbstbezichtigung.«

»Ein Unschuldiger kann sich genauso selbst bezichtigen wie ein Schuldiger. Die Motivation hierfür ist oft sogar überraschend ähnlich. Manchmal erkennt ein Täter nach langen Vernehmungen an, dass seine Bestrafung berechtigt ist. Das kann auch für einen Unschuldigen gelten, wenn er zum Beispiel sein bisheriges Leben als gescheitert ansieht. Aber in unserem Fall gab es nach meiner Einschätzung einen anderen Grund. Ich glaube, dass Karl Rinke, unser Beschuldigter, mit der Vernehmungssituation überfordert war. Er glaubte nicht mehr daran, seine Unschuld beweisen zu können. Und nicht zu vergessen: Er ist Alkoholiker. Vor ihm steht ein Wasserglas. Er hat Entzugserscheinungen, wirkt fahrig, unkonzentriert, ungeduldig. Was geschieht? Er möchte das Verhör abkürzen. Vielleicht stimmt, was die anderen sagen, er hat all die Indizien gegen sich. Er beginnt, seiner eigenen Erinnerung zu misstrauen. Und dann überwindet er die innere Barriere, die ihn bis jetzt zurückgehalten hat. Er sagt: ›Ich war's.‹«

Der Rekrut mit dem klickenden Kugelschreiber meldet sich zu Wort. »Aber würde er nicht sehr schnell merken, dass das nicht stimmt? Und dass er sich damit schadet?«

»Unterschätzen Sie nicht das Gefühl der Erleichterung, das sich einstellt, wenn Sie tun, was alle von Ihnen erwarten.« Groth spricht von der Persönlichkeitsstruktur des Mannes, von seiner aufbrausenden Art, den Gedächtnislücken.

Und dann kommt Groth zum Kern seiner Unterrichtseinheit, zum Beweisanschein durch die Lüge.

»In der Vernehmung«, sagt Groth, »hatten wir eine interessante Situation. Rinke bestand darauf, das Opfer, Matti Beck, an jenem Abend nicht gesehen zu haben. Er war sich nicht sicher, ob er das Opfer überhaupt kennt. Er wusste nicht, warum ein Beutel, der vom Opfer stammt, in seiner Jacke steckte. Irgendwann behauptete er, den Beutel auf der Straße gefunden zu haben. Auf welcher Straße, konnte er nicht sagen.« Groth blickt jetzt in skeptische Gesichter. »Rinke verstrickte sich in zu viele Widersprüche. Zeugen hatten ausgesagt, dass er das Opfer nicht nur kenne, sondern auch beschimpft habe. Es ist unglaubwürdig, sich zuerst nicht an Einzelheiten erinnern zu können, dann aber plötzlich doch zu wissen, wo man ein Beweisstück gefunden hat. All das führte dazu, dass wir seine Aussage insgesamt als widersprüchlich einstuften. Das nennt man ›Beweisanschein durch die Lüge‹. Wer lügt, hat etwas zu verbergen.«

Groth sieht seine Klasse als Spiegelbild im Fenster.

»Warum machte Rinke diese Angaben? Was glauben Sie?«

Einige Hände gehen in die Höhe.

»Vielleicht hat er einfach alles abgestritten, auch das, was stimmt.«

»Richtig. Davon gehe ich aus. Rinke glaubte, sich zu belasten, wenn er zugibt, das Opfer zu kennen. Wir vergessen, dass ein Beschuldigter sich anders verhält als ein Zeuge. Auch ein Unschuldiger will sich nicht belasten. Und dann streitet er alles ab. Verstrickt sich in Widersprüche. Lügt. Aber das macht ihn nicht zum Täter.«

Groth legt eine Pause ein. Er schreibt »Beweisanschein durch die Lüge« an die Tafel, dann setzt er sich wieder aufs Lehrerpult.

»Genau das ist beim Verhör von Karl Rinke passiert. Drei erfahrene Kriminalbeamte sind in diese Falle gelaufen.«

»Aber das konnten Sie nicht wissen«, sagt Bunterode. »Es hätte doch sein können, dass Rinke schuldig ist. Immerhin gab es ja auch handfeste Indizien, wie die Faserspuren.«

»Ebenfalls richtig«, Groth steht auf und geht zum Fenster. »Wahrscheinlich haben wir fast alles richtig gemacht. Der Irrtum war unvermeidbar.« Dann dreht er sich zur Klasse um. »Ich möchte Ihnen diese Geschichte mit auf den beruflichen Weg geben, damit Sie sehen, wie leicht es zu Fehlurteilen kommen kann. Zum Glück hat sich der Irrtum in unserem Fall rechtzeitig geklärt.«

Auf der Rückfahrt nach Wechtershagen denkt Groth an das, was ihn am meisten beschäftigt. Vor der Klasse hat er es nicht ausgesprochen. Wie wenig sie in diesem Fall wissen. Alles, was sie anfassen, rinnt ihnen durch die Finger. Groth schaltet im dünnen Verkehr auf der Bundesstraße das Fernlicht ein. Und der Täter ist irgendwo da draußen.

25

Ausgerechnet am Tag nachdem im Fall Matti Beck alles wieder offen ist, hält Bekendorf seine Abschiedsrede. Die gesamte Belegschaft sitzt in der Kantine auf herbeigeschafften Stühlen, auch Polizeipräsident Eicken ist anwesend. Vorne am Pult hat sich Bekendorf warmgeredet. Seine Jacke hängt über einer Stuhllehne, die Hemdsärmel hat er nach oben gerollt, obwohl es kalt ist hier unten im einzigen Raum, der groß genug ist, sie alle zu fassen. Die Heizkörper sind abmontiert worden, dort, wo die alten hingen, befinden sich jetzt Vertiefungen, wie leere Augenhöhlen aus nacktem Putz.

»Das Vertrauen in die Polizei ist gerade in Zeiten wie diesen von überragender Bedeutung«, sagt Bekendorf. Mit den Händen umgreift er die Seiten des Pults, das leicht wackelt. »Die zunehmende Gewalt von rechts unsere größte Herausforderung.« Das Pult haben sie aus dem Dachgeschoss nach unten transportiert, Groth vorne, Bunterode hinten gehend, Stufe für Stufe, drei Stockwerke und zwei endlose Gänge entlang.

Die Kantine liegt im hintersten Teil des Gebäudeflügels, der renoviert wird, und hat den Charme einer aufgeräumten Baustelle. Über den neu verlegten Bodenfliesen klebt Baupapier, auf das sich bereits wieder eine feine Schicht Steinstaub gelegt hat. Die Schuhspitzen der Anwesenden sehen aus wie gepudert. Bekendorf hat drauf bestanden, seine Abschiedsrede hier zu halten, denn der Umbau ist sein Projekt, er spricht von »immensem Fortschritt«.

Groth erwartet eine persönlich geprägte Reminiszenz, ein Nachdenken über die vergangenen Monate, die Bekendorf in Wechtershagen zugebracht hat. Er pendelte an den Wochenenden nach Lübeck, ganz angekommen ist er hier nie. Groth kann nicht umhin, das Wort »Gastspiel« durch sein Gehirn rollen zu lassen, während Bekendorf spricht. Zumal Letzterer kaum ein Wort über die Wechtershagener KPI verliert, sondern eine Rede hält, die er abheften und am Tag seines Dienstantritts am LKA unverändert aus der Mappe holen und vor den dortigen Kollegen wiederholen kann.

Bekendorf spricht von Errungenschaften. Erledigungen, Kriminalstatistik, Abgaben an die Staatsanwaltschaft, Strafanzeigen, Einstellungen. Sie alle waren aufgerufen, jeden abgeschlossenen Fall des vergangenen Jahres an Bekendorf zu melden, Betonung auf *jeden*. Schaller hatte kurz vor Weihnachten vorgeschlagen, die Zahl einzurahmen und Bekendorf zu Weihnachten als Geschenk zu überreichen. Da standen sie gerade in der Pausenküche und mussten Gerstackers Weggang verdauen. Groth erinnert sich sehr genau an den Tag und an Gerstackers regloses Gesicht, als er aus Bekendorfs Büro in die Küche kam. »Schichtende«, sagte er. Sie konnten nicht glauben, dass es ausgerechnet Gerstacker erwischt hatte, als wäre er eine weitere von Bekendorfs erledigten Altlasten. »Das bisschen Stasikontakt«, jammerte Gerda Küttel. Über der Kaffeemaschine hing ein Zettel mit einem Spruch, den Schaller dort angebracht hatte: »Wenn ihr uns richtig bezahlt, werden wir auch richtig arbeiten«. Sie brauchten diesen Zynismus, anders konnte man nicht bei Verstand bleiben.

Als Bekendorf vorne am Pult fertig gesprochen hat, brandet Applaus auf, doch er bleibt kurz, denn sie sind alle durchgefroren bis auf die Knochen. Polizeipräsident Eicken springt auf und schüttelt Bekendorfs Hand, auch Groth gesellt sich dazu und wünscht Bekendorf alles Gute.

Einige Minuten später zieht Eicken Groth auf die Seite.

»Wie ich kürzlich aus dem Innenministerium vernommen habe, würde Ihre Bewerbung als Bekendorfs Nachfolger dort sehr wohlwollend aufgenommen werden.«

Er schaut über seine Schulter, als wolle er sich nach einem anderen Gesprächspartner umschauen. Doch stattdessen kehrt sein Blick zu Groth zurück, und Eicken fährt in vertraulichem Tonfall fort: »Sie scheinen ja einen ausgezeichneten Draht nach ganz oben zu haben.« Im Gesicht des Polizeipräsidenten zeichnet sich eine Mischung aus Bewunderung und Erstaunen ab.

»Von mir wissen Sie es nicht«, Eicken wartet, bis ein Gelächter auf der anderen Seite des Raumes verstummt, »aber ein befreundeter Staatssekretär hat mir das im Vertrauen erzählt. Keine Namen, aber eine gut informierte Quelle, das kann ich Ihnen versichern. In diesem Sinne, viel Erfolg, Groth.«

Eicken klopft mit der flachen Hand auf Groths Oberarm.

Groth bedankt sich, obwohl sich sein Kopf in diesem Moment wie betäubt anfühlt. Er versucht, diese Lobeshymne einzuordnen.

Ein befreundeter Staatssekretär.

Doch ihm bleibt keine Zeit zum Nachdenken, Groth ist ab sofort und bis auf Weiteres Interimsleiter der Kriminalpolizeiinspektion Wechtershagen. Ursprünglich wollte er die Stelle nicht, aber so ist das im Leben. Man kriegt mit Vorliebe das, was man nicht will, und gewöhnt sich auch noch daran. Die nächste Stunde verbringt er damit, seine wenigen Habseligkeiten in einen Karton zu verpacken und in Bekendorfs Zimmer im ersten Stock umzuziehen.

Gerda Küttel steht bereits im neuen Vorzimmer und reckt sich, um ihren Wandkalender mit Motiven der Seenplatte an einen verbliebenen Nagel zu hängen. Den Schreibtisch hat sie so ausgerichtet, dass sie im Sitzen beide Türen im Blick hat, diejenige zum Vorzimmer und die gepolsterte Tür, die zum Büro des Chefs führt. Auf einem Hocker, aus dessen Sitzfläche dicke Schraubenköpfe ragen, steht eine Topfpflanze, dazu eine Gießkanne mit langer, geschwungener Tülle, die, wie Groth findet, die Aufdringlichkeit eines ausgestreckten Fingers hat und ihn zu ermahnen scheint, dass es wichtigere Dinge gibt als Umzüge und Chefzimmer. Ein Junge ist tot, sagt die Tülle, schon vergessen?

Als Groth auf Bekendorfs gepolstertem Bürostuhl sitzt, hinter Bekendorfs Schreibtisch, und den leeren Raum auf sich wirken lässt, da denkt er an die Warnkes und fragt sich, ob auch der Mord an Matti Beck in sechs Jahren noch ungeklärt sein könnte. Die Stellwand ist jetzt so leer wie das Zimmer. Bekendorf hat die rot beschrifteten Zettel, die Straßenkarten und Fotografien abgehängt. Also holt Groth sein Notizbuch hervor. Die Beobachtungen, die er auf dem Mönkeberg gemacht hat, wichtige, unwichtige, überträgt er auf Zettel und hängt sie auf, ohne Gewichtung, ohne nachzudenken. Schleichweg, Schiefersee, Feldweg, Keller, Sommer, Winter, Windigstraße. Alles hat Bedeutung. Als er fertig ist und die Stellwand betrachtet, sieht er zuerst nur Unordnung. Aber dann sieht er Bilder vor sich, fühlt sich an Beobachtungen erinnert. Waren nicht auch die von Uwe Johnson in New York festgehaltenen Eindrücke unordentlich? Die Farbe der Brandung, Gegenlicht in den Straßen, ein Zeitungskiosk, hupende Taxis, das an- und abschwellende Jaulen der Sirenen. Und am Ende fand doch jedes Detail seinen Platz.

Schon morgen werden sie sich mit Professor Endlicher in dessen Berliner Wohnung treffen. Bekendorf war wenig begeistert, als Groth davon sprach. Er wandte ein, Endlicher sei ein Relikt aus DDR-Zeiten. Aber nun ist Groth selbst Chef und kann machen, was er will. Relikt hin oder her, er wird sich anhören, was Endlicher zu sagen hat. Und die Einsatzgruppe »Matti« wird einen neuen Namen erhalten, nämlich den, der Groth in einer schlaflosen Nacht eingefallen ist und den er bereits für seine abendlichen Ermittlungen auf dem Mönkeberg benutzt hat: Einsatzgruppe »Nachtschatten«. Sie wird auch ein weiteres offizielles Mitglied bekommen, die neue Einsatzgruppe, jedenfalls wenn es nach Groths Plan geht. Einen externen Mitarbeiter, der sich ein wenig sträubt, auf dessen Sachwissen sie aber nicht verzichten können. Major der K a. D. Gerstacker.

26

Endlicher empfängt Groth und Gerstacker in seiner Altbauwohnung und führt sie über einen schmalen Flur mit hohen Decken in sein Arbeitszimmer.

Groth sieht sich um. Der Raum erinnert ihn an die Arztbesuche seiner Kindheit. Ein massiver Schreibtisch mit allerlei Gerät, davor drei gepolsterte Stühle mit Blick auf ein Bücherregal, in welchem, dem Betrachter zugewandt, Endlichers Fachbücher, wie *Der fehlentwickelte Jugendliche und seine Kriminalität* oder *Medizinpsychologie in der ärztlichen Praxis,* aufgestellt sind. Eine Chaiselongue unter dem Fenster ersetzt die Untersuchungsliege, daneben ein antiker Globus mit gedrechseltem Fuß. Der Lärm der Straße, an diesem Regentag besonders laut zu hören, dringt durch einen geöffneten Fensterflügel in den Raum. Der sterile Geruch des Arztzimmers fehlt, stattdessen riecht es nach Tee und kaltem Rauch.

»Der Fall Warnke war einer meiner letzten vor der Emeritierung«, sagt Endlicher und deutet auf die Stühle vor seinem Schreibtisch. »Meine Schlussfolgerung damals lautete, dass der Täter mit hoher Wahrscheinlichkeit aus sadistischem Antrieb gemordet hat.«

»Worauf wir unsere Ermittlungen gestützt haben«, sagt Gerstacker.

»Nun haben wir einen weiteren Mord«, wirft Groth ein. »Uns interessiert, ob es sich trotz der Unterschiede um denselben Täter handeln könnte.«

Groth reicht Endlicher eine Mappe mit Fotos vom Tatort, dazu den Obduktionsbericht. Es kommt ihm vor, als würden sie ihm ein Gemälde vorlegen, ein dunkles, unbekanntes, das von Vermeer stammen könnte und das Endlicher auf seine Echtheit prüfen soll.

Endlicher lässt sich viel Zeit. Er sieht sich die Fotos vom Tatort an, besonders die Nahaufnahmen von Matti Becks Leiche. Er hat ein gutes Dutzend Fotos vor sich und breitet sie aus. Ab und zu nimmt er eines auf, schiebt die Brille auf die Stirn und inspiziert es dann mit einer Lupe. Groth hat den Eindruck, dass Endlicher sein Gehirn in schnellem Takt mit Details füttert, denn kaum hat er ein Bild angesehen, legt er es ab und zieht das nächste heran. Es ist ein kreisförmiges Arbeiten, ein Schieben und Weiterschieben. Am Ende hat der Psychiater jedes Foto mehrmals aus der Nähe betrachtet.

»Gutes Material«, sagt er.

Sein Blick wandert von Gerstacker zu Groth und wieder zurück, als wolle er um keinen Preis ihre Reaktionen verpassen. »Um es kurz zu machen«, sagt Endlicher. »Ich halte es für möglich, dass der Täter mit dem Mörder von Chris Warnke identisch ist.«

Groth atmet hörbar aus.

Endlicher nimmt wieder eines der Fotos zur Hand. »Sehen wir uns die näheren Umstände der Tat genauer an. Der Täter hat sein Opfer stranguliert. Es gibt keine Anhaltspunkte dafür, dass das Opfer sexuell missbraucht wurde. Hier sind wir also beim entscheidenden Unterschied zum Fall Chris Warnke. Auch die sonstigen Fälle, die ich in meiner Laufbahn untersucht habe und bei denen ein sexuell motivierter Täter am Werk war, geben uns klare Hinweise auf diesen Antrieb. Hier fehlen diese Hinweise. Von einer möglichen Ausnahme abgesehen.«

Groth horcht auf. »Welche Ausnahme meinen Sie?«

»Was mich eine Weile beschäftigt hat, ist der Verschluss an Matti Becks Latzhose. Der war geöffnet. Ich sage bewusst ›war geöffnet‹ und nicht ›wurde geöffnet‹, denn diesen Rückschluss können wir hier nicht ziehen. Es ist möglich, und nach meiner Meinung sogar wahrscheinlich, dass sich der Verschluss im Kampf zwischen Täter und Opfer gelöst hat.«

Endlicher legt das Foto vor seinen Besuchern auf den Tisch und lässt den kleinen Finger über Mattis Oberkörper kreisen.

»Hier. Aber es ist genauso denkbar, dass der Verschluss im Hinblick auf einen beabsichtigten sexuellen Missbrauch gelöst wurde.«

»Der dann aber nicht stattfand«, wirft Groth ein.

»Korrekt. Die logisch nachfolgende Frage ist natürlich, warum nicht.«

Endlicher rückt seine Brille zurecht und blättert noch einmal durch den Fotostapel, bis er ein Bild hervorzieht, das den gesamten Kellerraum zeigt.

»Mir fällt auf, dass der Täter kein komplett Spuren vermeidendes Verhalten an den Tag gelegt hat. Sehen Sie hier. Er deckt die Leiche mit einer Plane ab, vergisst aber die Jacke. Die wird sichtbar im Keller zurückgelassen. Welchen Grund könnte das haben? Heißt das zum Beispiel, dass der Täter generell sorglos vorging? Ich würde sagen, nein, immerhin hat er den Ort des Verbrechens sehr genau ausgewählt. Im Winter ist das nicht einfach. Er wollte ungestört sein. Bedeutet es, dass er von niedriger Intelligenz ist? Nachlässig? Dafür haben wir ebenfalls keine Anhaltspunkte. Zumal er keines der Tatwerkzeuge zurückließ. Meine Schlussfolgerung wäre die folgende: Der Täter war in Eile.«

Endlicher sieht sie jetzt beinahe triumphierend an. Tatsächlich ist Groth einigermaßen perplex.

»Sie denken, er hat sich beeilt? Warum sollte er das tun?«

»Vielleicht wurde er von jemandem überrascht. Eine Störung. Es ist nur eine Möglichkeit, die ich hier in den Raum stelle«, sagt Endlicher.

Groth sieht Gerstacker an. Er fragt sich, ob sie beide das Gleiche denken. Ist es möglich, dass es Rinke war, der störte, weil er in seine Wohnung zurückkam? Oder gar in den Keller? Vielleicht war er betrunken und so laut, dass der Täter in Panik geriet.

Groth spürt wieder dieses Kribbeln in seinen Beinen. Er möchte aufstehen und einige Schritte hin und her gehen, um diesem Gedanken nachzuspüren, aber Endlicher hebt eine Hand, als wolle er ihn bremsen.

»Nur eine Theorie«, sagt er. »Sie sollten das sorgfältig durchdenken. Das Opfer wurde immerhin noch einige Meter über den Boden geschleift und in den hinteren Teil des Kellerabteils verbracht. Ganz eindeutig wollte der Täter die Leiche aus dem Licht ins Dunkel ziehen. Es könnte sein, dass er den Anorak dabei übersehen hat.«

»Bleiben wir bei dem Gedanken, dass der Täter von jemandem überrascht wurde«, sagt Groth. »Das lässt sich nicht ausschließen. Es gab einen Bewohner im Haus.«

Draußen schwillt der Regen an, ein Windstoß fährt in die dünne Gardine. Endlicher steht auf, um das Fenster zu schließen.

Noch vor wenigen Tagen hatte Groth sich vorgestellt, dass Matti Beck Rinke nach Hause gefolgt sei. Doch nun zieht ein neues Szenario ein in seinen Kopf. Matti Beck ist nicht Rinke, sondern dem Täter in die Windigstraße gefolgt.

»Bevor Sie sich zu sehr auf diese Möglichkeit einlassen, möchte ich Ihnen noch etwas Wichtiges zu bedenken geben«, sagt Endlicher, nachdem er sich wieder gesetzt hat. »Wenn wir es tatsächlich mit einem Wiederholungstäter zu tun haben – warum hat er nach Chris Warnke nicht mehr weitergemordet? Warum liegen sechs Jahre zwischen den Taten?«

»Vielleicht eine Frage der Gelegenheit«, sagt Gerstacker. Er hat die Beine übereinandergeschlagen und lässt die Stiefelette über dem Holzboden auf und ab wippen.

»Sind Sie mit der Jahrmarkt-Theorie vertraut? Nehmen wir das Beispiel des Serienmörders Erwin Hagedorn. Ein gut studierter Fall und unserem nicht unähnlich, jedenfalls wenn man Ihrer Arbeitshypothese vom gezielt planenden Wiederholungstäter folgt.«

Endlicher öffnet die linke Schreibtischschublade und befördert ein silbernes Etui und ein dünnes Heft Streichhölzer hervor. Im Etui, das er aufklappt und auch Groth und Gerstacker anbietet, kommen Zigarillos zum Vorschein, schön gereiht wie Zimtstangen. Er zündet sich eine an und lässt sich viel Zeit, als benötige er genau diese Folge von Handgriffen, um seine Gedanken zu ordnen. Erst als die Spitze ordentlich brennt und der scharfe Geruch in Groths Hals zu kratzen beginnt, fährt Endlicher fort.

»Hagedorn beschrieb seine Entwicklung zum Mörder so: Anfangs sei es für ihn wie Karussellfahren gewesen. Er habe Befriedigung darin gefunden, Kinder zu quälen oder zu schlagen. Aber als das nicht mehr reichte, da sei er eines Tages ins Riesenrad eingestiegen. Sie wissen, was das bedeutet?«

»Mord.«

»Richtig. Die Steigerung ist unvermeidlich.« Endlicher schließt die Augen und pafft. »Und das macht diesen Fall so ungewöhnlich. Wenn man es mit einem Triebtäter zu tun hat, beträgt der zeitliche Abstand zwischen den Taten selten mehr als ein, zwei Jahre. Meistens ist er sogar deutlich kürzer.«

»Wie kurz?«, fragt Groth.

»Bei manchen Serientätern liegen nur Wochen zwischen den Übergriffen.«

»Und wenn wir davon ausgehen, dass unsere beiden Fälle vom gleichen Täter begangen wurden, dann haben wir einen zeitlichen Abstand von sechs Jahren.«

»Exakt.«

»Das wäre also ungewöhnlich«, hakt Groth nach.

»Mehr als ungewöhnlich. Es könnte bedeuten, dass die Taten nichts miteinander zu tun haben. Und wenn doch, dann würde ich davon ausgehen, dass der Täter in der Zwischenzeit woanders weitergemordet hat – oder es zumindest versuchte.«

»Die Frage ist nur, wo«, sagt Gerstacker. Er klingt resigniert. »Wir haben jeden Stein umgedreht, es gab unseres Wissens in der Gegend keine weiteren Morde, die ins Bild passten.«

»Wie gesagt ist es sehr gut möglich, dass die Morde an Chris Warnke und Matti Beck gar nichts miteinander zu tun haben.«

»Aber die Ähnlichkeit.« Gerstacker wischt sich mit der flachen Hand übers Gesicht.

Einige Momente sitzen sie schweigend da und hören dem Regen zu. Die Lampe über Endlichers Schreibtisch beginnt zu flackern.

»Die meisten Menschen kommen mit dem Zufall nicht zurecht«, sagt Endlicher. »Das liegt in unserer Natur. Wir sind daran gewöhnt, hinter allem eine Ursache zu vermuten. Oder wenigstens ein Muster. Dadurch erscheint uns die Welt beherrschbar.«

»Will heißen?«, fragt Groth.

»Na, das will heißen, dass wir den Zufall leider immer mitdenken müssen, auch wenn wir das nicht wollen.«

»Dann sind wir wieder bei der Theorie, dass irgendein Täter wahllos in einen Bus einsteigt, auf den Mönkeberg fährt und sich das erste Kind schnappt, das ihm über den Weg läuft.«

Sie alle schweigen.

»Unbefriedigend, nicht wahr?« Endlicher scheint fast amüsiert.

Der Regen begleitet sie auf der Rückfahrt bis Oranienburg, dann lässt er nach. Als sie Berlin verlassen, flucht Groth über den Zustand seiner Wischblätter. Er erinnert sich, dass Gerstacker ihm schon vor Wochen sagte, die könne man mal ersetzen. Da waren sie noch Kollegen. Aber jetzt ist Gerstacker in Gedanken weit weg, er schaut zur Seite aus dem Fenster, wo sich die dicken Tropfen im Fahrtwind dehnen, bis sie fortgerissen werden. Als sich der Verkehr ausdünnt, wird er gesprächiger.

»Wir müssen den Fall Matti Beck neu denken«, sagt er. »Ich glaube, Endlicher hat uns den entscheidenden Hinweis gegeben. Matti ist nicht Rinke gefolgt, sondern jemand anderem. Und dass er seinem Mörder so einfach folgte, kann doch nur eines bedeuten.«

»Er kannte ihn«, ergänzt Groth.

Eine Stunde später sind sie zurück in Wechtershagen. Als Groth im Innenhof des Polizeireviers geparkt hat, fasst er sich ein Herz und sagt, was er während der Fahrt vor sich hergeschoben hat. »Ich will, dass du gegen deine Entlassung Klage einreichst und wieder in den Dienst kommst.«

Jetzt ist es raus.

»Wozu?«

»Es läuft nicht ohne dich.«

Groth sollte genau jetzt sagen, dass er Gerstacker als Ermittler an seiner Seite braucht. Nicht nur für die Einsatzgruppe »Nachtschatten«, sondern auch darüber hinaus, aber bevor er noch Luft holen kann, steigt Gerstacker aus dem Auto aus und marschiert los in Richtung Toreinfahrt.

Groth schließt den Passat ab und hält sein Gesicht in den Wind.

»Warte doch mal«, ruft er. »Ich bin noch nicht fertig!«

Er kann sehen, wie Gerstacker abwinkt, kurz bevor er um die Ecke biegt.

Groth beeilt sich, um nicht den Anschluss zu verlieren. Der Wind treibt ihm Tränen in die Augen. Er rutscht auf dem nassen Kopfsteinpflaster aus und kann gerade noch die Balance halten. Gerstackers Tempo ist unerbittlich, und wenn Groth sich nicht täuscht, pfeift er eine Melodie vor sich hin. Vielleicht ist es ein Ton, den der Wind macht, das kann Groth nicht ausschließen.

»Verdammt«, schnauft Groth, als er sich in der Stargarder Straße auf dem Gehweg in Hörweite zu Gerstacker befindet. »Wie schwer willst du es mir eigentlich machen?«

»Sehr schwer«, sagt Gerstacker, um im nächsten Moment abrupt stehen zu bleiben. »Ich bin nun mal nachtragend. Nicht unbedingt dir gegenüber, aber da sonst niemand zur Verfügung steht, kriegst du es eben ab.«

»Pass auf«, fährt Groth fort. »Es gibt eine ganze Reihe von Kollegen, die entlassen wurden und sich wieder reinklagen. Da ist nichts dabei, so läuft das eben. Wer ungerecht behandelt wurde, muss sich wehren. So ist das im Rechtsstaat.«

»Danke für die Erklärung«, Gerstacker schnaubt. »Aber an einer Klage bin ich nicht interessiert.«

»Warum, um Himmels willen? Es geht um deine Zukunft, und du ziehst es vor, den Beleidigten zu spielen!«

»Ja, das ziehe ich vor.« Gerstacker hat die Hände in den Jackentaschen vergraben und das Kinn im Schal.

Groth ist fast bereit aufzugeben. Er hackt mit der Schuhspitze nach einer Zigarettenkippe zwischen zwei Gehwegplatten. So was von stur.

Dann merkt er, dass er die letzten Worte laut gedacht hat.

Gerstacker tut, als hätte er es nicht gehört. Schaut auf den Ring und verfolgt mit Interesse das Umspringen der Ampel auf Rot.

»Ich bin nicht bereit, mein Leben als Kriminalist zweiter Klasse zu fristen.« Gerstackers Stimme bricht. »Ich habe Kriminalistik studiert und habe sechsundzwanzig Dienstjahre auf dem Buckel. Ich kann gar nicht zählen, wie viele Straftäter ich überführt habe. Da klagst du dich nicht ein wie ein Bittsteller. Und fängst auch nicht noch mal von vorne an. Irgendwann ist die Geduld zu Ende.« Gerstacker wendet sein Gesicht ab.

»Was willst du denn stattdessen machen?«, fragt Groth. »Irgendwas, was du nicht studiert hast? Nur weil du glaubst, dass du dich dann weniger gekränkt fühlst?«

»Vielleicht gehe ich nach Hamburg und bewerbe mich da bei der Kriminalpolizei. Hab gehört, da ist seit ein paar Monaten eine Stelle frei.«

Groth muss sich anstrengen, das zu überhören. Natürlich stochert Gerstacker nun auch in seiner Wunde herum. Groth fröstelt. Die Kälte zieht durch die Nähte seiner Jacke.

»Ich habe einen Vorschlag. In unserer Einsatzgruppe stelle ich dich ab sofort als externen Sachverständigen ein. Gleichzeitig reichst du Klage ein. Während die Klage läuft, kannst du dir ja überlegen, ob du langfristig lieber Kreuzworträtsel auf dem Sofa lösen willst.«

Gerstackers Gesicht zeigt jetzt Kampfspuren.

»Damit kommst du nie durch. Es ist gar kein Geld da für externe Wasweißichs.«

»Das lass mal meine Sorge sein«, sagt Groth. »Immerhin bin ich jetzt Chef, und für irgendwas muss das ja gut sein.«

In diesem Moment gehen die Straßenlaternen an.

Gerstacker schaut nach oben.

»Also gut. Ich bin einverstanden, wenn du dich im Gegenzug um den Chefposten bewirbst.«

»Hand drauf«, sagt Groth.

Noch am Abend legt er seine Bewerbung auf Gerda Küttels Schreibtisch. *Innenministerium. Auf dem Dienstweg.*

27

Groth wacht mitten in der Nacht auf. Kaum hat er die Augen in die Dunkelheit hinein geöffnet, beginnt sein Herz schneller zu schlagen. Es ist still in der Wohnung bis auf ein Brummen des Kühlschranks. Von draußen sind Schritte zu hören, jemand geht zu später Stunde über den Hof, ein Auto wird angelassen. Ein Halbsatz schwirrt in Groths Kopf herum, »unsere alten Kunden«. Er muss ihn geträumt haben, denn nach seiner Erinnerung hat niemand diese Worte zu ihm gesagt.

Doch als Groth aufsteht, um ins Badezimmer zu gehen, da fällt ihm ein, dass er etwas Ähnliches von Allers gehört hat, als sie telefonierten und über Pallak sprachen. Groth tastet im Flur mit der Hand nach dem Lichtschalter. Hatte Allers nicht davon gesprochen, dass sie ihren Beruf schon zu lange machen? Groth steht auf dem Flur und lauscht. Der Kühlschrank ist von einer Sekunde auf die andere verstummt, als hielte er die Luft an. Von der Straßenseite fällt ein rötlicher Lichtschein herein. Groth erkennt die Umrisse seiner Jacke im Flur, darunter seine Schuhe, sodass er fast glauben könnte, dort in der Ecke stünde ein Mensch. Wieder tastet seine Hand nach dem Lichtschalter, doch dann beschließt er, dass er kein Licht braucht, und tappt über die kalten Fliesen ins Bad. Irgendwo draußen wird in diesem Moment eine Flasche zerschlagen, das Geräusch hallt von der Straße bis zu ihm in die Wohnung. Bei dem Gedanken an die Scherben und an seine nackten Füße fährt ein lebendiger Schmerz durch seinen Körper, eine Idiosynkrasie, denkt Groth, denn er hat eine übertriebene Angst, in Scherben zu treten. Tatsächlich dauert es eine Weile, bis seine Fantasie nicht mehr um spitzes Glas kreist. Stattdessen sieht er jetzt den Feldweg vor sich, an dessen Rand Chris Warnkes Fahrrad liegt, als wäre der Junge nur abgestiegen. Verschwunden gegen achtzehn Uhr. Wieder so ein seltsamer Zufall, oder etwa nicht? Er nimmt sich vor, diese Übereinstimmung nicht zu vergessen und genau hier am nächsten Morgen anzusetzen. Genau hier, denkt Groth, und schläft wieder ein.

Tatsächlich erinnert er sich beim Aufwachen an den Gedanken, der ihm mitten in der Nacht kam. Achtzehn Uhr. Beide Jungen verschwanden um die gleiche Uhrzeit. Doch sein ausgeruhter Verstand ist davon weniger beeindruckt als der nächtliche. Groth steht vor dem Badezimmerspiegel und rasiert sich, seine linke Gesichtshälfte ist weiß von Schaum, er hält den Rasierer unter fließendes Wasser. Gleichzeitig argumentiert er mit seinem Spiegelbild über den Fall. Zwei Kinder, die gleiche Uhrzeit, doch es liegen sechs Jahre dazwischen. Nichts spricht dagegen, dass das zweimal vorkommt und reiner Zufall ist. Was ihn an diesem Morgen weit mehr umtreibt, ist die Tatsache, dass er Gerstacker zurückgeholt hat. Es gab für ihn etwas wiedergutzumachen, denn Groth wirft sich vor, Gerstacker vor dessen Entlassung nicht besser verteidigt zu haben. Plötzlich fühlt er sich von diesem Erfolg angetrieben. Er beendet die Rasur, so schnell er kann, und ritzt sich in der Eile sogar neben dem Ohr. Ein winziger Blutstropfen tritt aus. Groth reißt ein Stück Toilettenpapier ab, kaum größer als ein Fingernagel, und klebt es über die Stelle. Das muss reichen.

Im Küchenschrank findet Groth nur Löskaffee, also macht er Wasser heiß und schüttet einen guten Löffel von dem Pulver in eine Tasse. Er starrt müde vor sich hin, während sich das kochende Wasser goldbraun verfärbt. Es kann nicht mehr lange so weitergehen, denkt Groth. Er betreibt Raubbau an seinem Körper, schläft wenig, kauft kaum noch ein, hat nur trockenes Zeug im Haus,

Filinchen, Haferflocken und künstlichen Kaffee. Er schüttet den Inhalt der Tasse nach zwei Schlucken weg.

Als er um sieben aus dem Haus tritt, funkelt auf den Steinplatten im Hof eine Schicht Raureif. Groth bemerkt, wie sich neben ihm das Fenster der Parterrewohnung öffnet und über einer herausquellenden Daunendecke der Kopf seiner Nachbarin erscheint.

»Sieht nach Rutschpartie aus, wenn Se mich fragen.«

Groth knurrt etwas von Nachtfrost und zieht die Mütze über die Ohren.

»Immer schön langsam, Herr Kommissar.«

Doch da ist Groth schon beim Auto.

Groth hat gerade das Chefzimmer betreten und die Jacke ausgezogen, als Heiko Beck anruft.

»Es geht um Svenni«, sagt er. »Gestern Abend hat er von Ihnen gesprochen.«

Groth ist überrascht. Er erinnert sich an die Blicke des Jungen, die ihn so manches Mal verfolgt haben. Am Tag nach Mattis Verschwinden saß Groth mit den Eltern im Wohnzimmer, und Svenni ging reihum von einem zum anderen und fasste mit klebrigen Fingern an jedes Knie, nur bei seinem, da traute er sich nicht.

»Wir haben es im Moment nicht leicht mit ihm. Dass Matti nicht mehr da ist, versteht er nicht. Wie auch.«

»Wie auch«, wiederholt Groth.

»Gestern Abend hat Svenni mir gesagt, dass er Ihnen etwas zeigen möchte.«

»Mir?«

»Richtig.«

Groth weiß nicht, was er davon halten soll. Für Spielereien hat er keine Zeit. Aber da ist das Gefühl, dass er dem Jungen und seiner Trauer um den großen Bruder zu wenig Beachtung geschenkt hat. Er schuldet ihm eine halbe Stunde.

Also sagt er: »Gut. Ich werde das einrichten.«

In der Teeküche berichten Krüger und Schaller von einem morgendlichen Einsatz, ein Einbruch im Juweliergeschäft Nehring in der Innenstadt.

»Die haben den erstbesten Kanaldeckel genommen«, demonstriert Schaller stehend mit der vollen Kaffeetasse in der Hand, »einfach rausgehebelt, und dann haben die das schwere Ding durch die Scheibe geworfen.« Schaller imitiert die Wurfbewegung mit beiden Händen in Zeitlupe. »Dann einmal die Auslage leer geräumt, fertig.«

»Die Dreistigkeit kennt keine Grenzen«, sagt Krüger.

»Und der Schaden liegt bei mehreren Tausend.« Bei dem Wort Tausend schwappt doch noch Kaffee über den Becherrand auf seinen Pullunder, und Schaller flucht.

Gegen elf erhält Groth einen Anruf von Hennemann vom *Vier-Tore-Kurier.*

Er wolle sich nach dem Sachstand im Mordfall Matti Beck erkundigen. »Wie ich höre«, sagt Hennemann, »ist der einzige Tatverdächtige schon wieder entlassen. Stimmt es, dass er sein Geständnis widerrufen hat?«

Groth sagt, er könne das nicht kommentieren, aber er werde sich melden, sobald es etwas Neues gibt.

»Und was ist mit Chris Warnke? Die Akte zum Fall haben Sie doch inzwischen sicher auf dem Tisch.«

»Das habe ich«, sagt Groth. Er muss auf der Hut sein, nicht preisgeben, wie sehr ihn der Fall umtreibt. Hennemann ist schlau, genau wie Dagmar Warnke würde er Groths Gedanken sofort erraten.

»Auch da noch nichts Neues«, sagt Groth knapp. »Aber wir ermitteln in alle Richtungen.«

»Warum dauert das so lange?« Hennemann lässt nicht locker.

»Wir verfolgen eine Menge Spuren«, sagt Groth. »Über zweihundert.«

Die Zahl hat er sich ausgedacht.

Er hört Hennemanns Stift am anderen Ende übers Papier kratzen.

»Irgendwas Konkretes?«

Groth antwortet nicht.

»Auf dem Mönkeberg verstehen die Leute nicht, dass die Polizei so lange braucht«, sagt Hennemann. »Die sagen, dass das früher schneller ging als heute. Wenn Sie verstehen, was ich meine.«

»Wie gesagt«, wischt Groth die Bemerkung beiseite, »ich melde mich, sobald wir etwas haben.«

Dann legt er auf.

Groth schließt die Augen. Plötzlich spürt er den enormen Druck, der auf ihm lastet. Chris Warnke. Matti Beck. Die rechte Jugendszene auf dem Mönkeberg. Matti Becks Aktion. Wie soll er sich zwischen all diesen Fäden zurechtfinden, deren lose Enden ihm mitten ins Gesicht flattern?

Es ist Nachmittag, als Groth und Gerstacker bei den Becks eintreffen. Heiko Beck ist mit Svenni allein zu Hause.

»Meine Frau ist beim Grab«, sagt er. »Ab Montag muss sie wieder zur Arbeit.«

Groth nickt. Er weiß nicht, was er dazu sagen soll. Er erinnert sich an die Wochen nach Saskias Tod, er kennt diese Arbeitstage, durch die man sich quält, obwohl man nicht mehr kann. »Minendienst« nannte Groth das, als er glaubte, einfach weiterarbeiten zu können. Morgens fuhr er ein in den Schacht. Abends wieder raus. So schien es jedenfalls. Denn verlassen hat er die Mine in dieser Zeit nie. Er weiß auch, dass er seine eigenen Tunnel nicht mit denen der anderen vergleichen kann.

Jetzt merkt er, dass Svenni in der Wohnzimmertür steht und ihn beobachtet. Schnell wischt er seine düsteren Gedanken beiseite. Warum hat er das Gefühl, dass dieses Kind ihn lesen kann?

»Du willst uns also etwas zeigen?«, fragt Groth.

Der Kleine kommt auf ihn zu und zieht ihn am Jackenärmel,

nicht in eines der Zimmer, sondern direkt zur Garderobe, wo Svenni seine Stiefel anzieht und die Jacke vom Haken nimmt.

Groth seufzt.

»Wie es scheint, machen wir einen kleinen Ausflug.«

Kurz darauf gehen sie zu viert los, Groth und Svenni, gefolgt von Gerstacker und Heiko Beck. Svennis Hand schiebt sich in die von Groth, es ist eine Geste, deren Zartheit er vergessen hatte, denn er kennt sie von Saskia – und wie lange ist das schon her. Es ist, als hielte Groth einen lebendigen Spatz in der Hand. Der Kleine zieht ihn ins Treppenhaus, führt sie durch den Hinterausgang, über wenige Stufen hinunter zum Plattenweg, der an der Rückseite des Hauses entlangführt. Groth erkennt alles wieder, hier schwang das steif gefrorene Hemd auf der Wäscheleine. Das Hemd ist fort, nur die hellblauen Wäscheklammern, die hängen noch kopfüber da. Bald kommen sie am Poster von Bud Spencer auf einem der unteren Balkone vorbei. Groth fühlt ein Flattern der kleinen Hand in seiner, als Svenni ihn quer über die Grasfläche zu einem Trampelpfad zieht. Es ist der gleiche Pfad, an dem Groth schon vor Tagen stand, bewaffnet mit einer winzigen Taschenlampe, und versuchte, ins Gebüsch zu leuchten. Dass er vorhatte, hierher zurückzukehren, war ihm entfallen. Genau wie ihm so viele andere Wege und Pfade des Mönkebergs, die die Kinder kennen, unsichtbar geblieben sind. Bei Tageslicht wirkt der Boden des schmalen Wegs fast schwarz vor Nässe. Groth stellt sich vor, dass schon sehr lange kein Sonnenstrahl mehr bis dorthin vorgedrungen ist. Zwei verschmierte Bierflaschen stecken im Erdreich fest. Groth lässt Svennis Hand gehen, er duckt sich unter Ästen hindurch und rutscht hinter dem Jungen den Hang hinab, bis sich dicke Ränder aus Matsch an seinen Schuhen gebildet haben. Als Groth unten aus dem Gebüsch ins Freie tritt, steht er auf einem geteerten Feldweg mit Zäunen zu beiden Seiten und erblickt an dessen Ende die Kleingartensiedlung.

Also da will er mit uns hin, denkt Groth.

Heiko Beck sperrt die Gartenlaube auf. Ein strenger Geruch dringt in Groths Nase. An der Rückwand der Laube stehen zwei Käfige, doppelstöckig, Groth zählt vier Türen, mit Hasendraht bespannt, auf dem Fußboden liegt Stroh. Durch das Laubenfenster dringt Licht in den Raum. Er muss daran denken, dass Matti täglich bei den Kaninchen war, und fragt sich, wer hier jetzt sauber macht.

Heiko Beck nimmt seinen Sohn auf den Arm.

»Was gibt's denn hier zu sehen, Svenni?«, fragt er.

»Matti hat dahinten was versteckt«, flüstert der Kleine.

»Na, sag bloß. Wo denn?«

Mit der Hand zeigt Svenni auf die obere Reihe, auf einen Stall mit einem beachtlichen blaugrauen Kaninchen. Das Tier sitzt so nah am Hasendraht, dass sein Fell durch die Maschen quillt.

Heiko Beck öffnet mit der freien Hand den Riegel und beginnt, das Kaninchen zu kraulen.

Svenni streckt sich, schiebt zuerst seinen kleinen Arm, dann den ganzen Oberkörper an dem des Vaters vorbei in den hinteren Teil des Käfigs und befördert eine Spanschachtel mit Deckel ans Licht.

»Sieh mal an«, sagt Heiko Beck und wechselt einen Blick mit Groth.

»Weißt du auch, was da drin ist?«, fragt Groth.

Der Junge nickt.

Er nimmt ihm die Schachtel ab und dreht den Deckel vorsichtig auf.

Im Innern findet Groth etwa ein halbes Dutzend Telefonkarten der Telekom. Als er sie herausnimmt und auffächert, greift Svenni nach einer der Karten.

»Die hier ist die Beste«, sagt er.

Sie alle beugen sich über die Karte, die nach Groths Meinung genauso aussieht wie die anderen.

»Warum ist das denn die Beste?«, fragt Gerstacker.

»Es gibt nur eine.«

»Nur eine«, echot Gerstacker. »Ist das so?«

Svenni nickt.

»Der Mann hat das gesagt.«

Bis auf das Rascheln aus den Käfigen ist es jetzt vollkommen still in der Laube.

Groth fühlt durch die gefütterte Jacke Gerstackers Ellenbogen in seiner Seite.

»Da war also ein Mann, der Matti diese Karte gegeben hat?«, fragt Groth.

Der Junge schaut ihn an, dann geht sein Blick zur leeren Spanschachtel, und er schüttelt den Kopf.

Es liegt fast so etwas wie Enttäuschung in seinem Blick, was Groth sich zuerst nicht erklären kann, bis der Junge sagt: »Er hat *mir* die Karte gegeben.«

Es ist so still, dass sie vom fernen Flugfeld das Brummen eines Propellers wahrnehmen.

»Welcher Mann, Svenni? Welcher Mann denn, um Himmels willen?« Es ist Heiko Beck, der das voller Verzweiflung fragt, aber seine Stimme klingt so hoch, dass sie kaum wiederzuerkennen ist.

»Der Mann mit der Simson.«

Es zuckt um die Mundwinkel des Kindes. Die Bedeutung des Wortes »Mann« liegt so schwer wie der Stallgeruch in der Luft. Svenni kämpft mit den Tränen. Dem Jungen muss gerade klar werden, dass das, was er weiß, ein großes Gewicht hat und vielleicht nichts Gutes bedeutet. Vielleicht hat er sich gerade in Schwierigkeiten gebracht.

»Dann ist es deine Karte«, sagt Groth und gibt sie dem Jungen zurück.

Der schnappt sie sich mit einem schnellen Griff.

Sie stehen in diesem Moment vor dem Durchbruch im Fall Matti Beck, das ist Groth völlig klar, und auch Gerstacker und Heiko Beck wissen das. Trotzdem – oder wohl gerade deswegen – weiß keiner von ihnen, wie sie weiter vorgehen sollen. Der Junge ist scheu, er weint zum Glück nicht, denn niemand hat ihm den Schatz genommen, den er ihnen zeigen wollte. Aber er wird ab jetzt auf der Hut sein und nicht zu viel preisgeben wollen.

»Vielleicht füttern wir die Kaninchen«, sagt Groth laut. »Wenn wir schon mal hier sind. Du hilfst uns doch dabei, Svenni?«

Und während sie Heu in die Raufen füllen, steht Heiko Beck so blass wie die Spanschachtel, die er in Händen hält, vor dem Laubenfenster, das inzwischen von ihrem Atem beschlagen ist. So schaut er durch die blinde Scheibe, als läge dahinter die Antwort, die er sucht, nur lesen kann er sie nicht.

Ein Mann mit einer Simson. Groth hört Gerstacker neben sich vor Aufregung laut atmen. Sie sehen dem Jungen zu, der sich der unteren Käfigreihe widmet und mit Stroh gefüllte Plastikschalen herauszieht.

»Wie heißt denn der Mann?«, fragt Groth.

Svenni setzt ein Kaninchen auf den Boden und antwortet nicht.

»Vielleicht hat der Mann gar keinen Namen«, fährt Groth fort. »So ist es doch, oder? Er hat euch nicht gesagt, wie er heißt.«

»Warum willst du das wissen?«, fragt Svenni.

Groth überlegt sehr genau, was er antworten soll. Er weiß nicht, was in dem Kind vorgeht. Ob Sven Angst vor dem Mann hat oder ihm vertraut.

»Weil ich auch gerne eine Telefonkarte hätte.«

Jetzt schaut Svenni Groth an.

»Der kommt nicht mehr.«

»Bist du sicher?«

Svenni nickt. »Ich weiß das.«

»Vielleicht können wir den Mann ja besuchen«, sagt Groth. »Wohnt er hier in der Nähe?«

Svenni zuckt mit den Schultern.

»Wenn du uns alles über den Mann sagst, was du weißt, dann finden wir ihn vielleicht«, sagt Gerstacker.

Groth schießt ihm einen Blick zu. Gerstacker ist ungeduldig, aber er darf jetzt nicht vorpreschen.

»Hast du noch andere Telefonkarten?«, fragt Groth.

»Ich hab diese«, Svenni zeigt auf seine Hosentasche, in die er seine besondere Karte gesteckt hat. »Und dann hab ich noch eine zu Hause.«

»Hast du die auch von dem Mann mit der Simson?«

»Die hab ich von Matti.«

»Geschenkt?«

Svenni nickt.

»Das ist nett von Matti.«

Wieder nickt der Kleine. Das Kaninchen springt von Svennis Schoß und hoppelt zu einem Eimer, um daran zu schnuppern.

Sofort springt auch Svenni auf. Er bückt sich, um das Kaninchen einzufangen, doch es entkommt.

In diesem Moment wendet sich Heiko Beck vom Fenster ab und kniet sich neben seinen Sohn.

»Zeig uns mal, wo du den Mann getroffen hast.«

Svenni stapft in seinen Gummistiefeln zum Feldweg zurück und von dort zu einer schmalen Straße, die hinter der Kleingartensiedlung zum Fliegerhorst führt. Sie liegt vor ihnen wie eine lange Schnur. Zwischen den parallel verlegten Betonplatten wächst Gras. Wie ein Scheitel teilt das schmutzige Grün die Fahrbahn in zwei Hälften. Die Platten sind ausgeblichen, einige Schneereste an den Rändern heben sich kaum vom Untergrund ab. Groths Blick wandert an der Grasnarbe entlang bis zum Ende, er sieht etwa fünfhundert Meter weiter ein Gatter, vielleicht auch einen Zaun, es ist schwer auszumachen. Zu beiden Seiten der Straße wächst Gras, dessen Spitzen im Wind zittern.

Svenni hat eine Pfütze gefunden und springt in seinen Gummistiefeln hinein. Gerstacker sieht sich am Wegesrand um, stochert mit der Stiefelspitze im Erdreich zwischen den Grashöckern, dann hebt er etwas auf. Ein Zigarettenstummel. Groth hat die Hände in den Jackentaschen und gesellt sich zu Gerstacker, sodass sie Svenni den Rücken zukehren.

»Der Junge könnte den Täter gesehen haben«, flüstert Groth. »Aber ich weiß nicht, wie ich ihn danach fragen soll.«

Gerstacker schaut kurz über die Schulter nach hinten.

»Spiel was mit ihm.«

Und so findet sich Groth mit Svenni an der Hand auf dem Feldweg wieder. Er hat den Start mit einem Stock auf dem Weg markiert, daran reihen sie ihre Schuhspitzen auf.

»Wenn ich ›Los‹ sage, kommt die erste Frage«, sagt Groth.

Der Junge hüpft auf der Stelle.

»Wer einen Baum sieht, darf einen Schritt vorgehen.«

Svenni macht einen großen Satz. Groth und Heiko Beck tun es ihm nach.

»Wer Telefonkarten sammelt, macht einen großen Schritt nach vorne.«

Wieder springt Svenni vorwärts.

»Wenn der Mann blonde Haare hatte, machen wir einen großen Schritt«, sagt Groth.

Svenni tänzelt auf der Stelle.

»Wenn der Mann braune Haare hatte ...« Er muss den Satz nicht beenden. Svenni schreitet so ausholend er kann weiter. Sie alle tun es ihm nach.

»Wer seinen eigenen Namen kennt, macht einen Schritt nach vorne.«

Gerstacker steht am Wegesrand und formt mit den Lippen stumm das Wort »Jetzt«.

»Wer den Namen des Mannes kennt, macht einen Schritt nach vorne.«

Svenni bleibt stehen.

Groth fährt mit Gerstacker zum Revier zurück, um aus der Akte das Foto von Karl Rinke auszuheften und es Svenni vorzulegen.

Als sie wieder in der Wohnung der Becks eintreffen, ist der Junge bereits im Schlafanzug. Marlies Beck ist zurück und sieht erst Groth, dann Gerstacker düster an.

Lasst meinen Sohn zufrieden, scheint ihr Blick zu sagen. Lasst uns alle in Ruhe, wir können nicht mehr.

Doch Groth muss ihn wegwischen, diesen Blick.

»Hier, Svenni«, sagt er. »Schau dir mal dieses Bild an. Ist das der Mann mit der Simson?«

Das Foto liegt auf dem Sofatisch. Svennis Bauch berührt die Tischplatte. Der Junge atmet hörbar und zieht die Nase hoch.

Es ist still im Raum.

Schließlich schüttelt Svenni den Kopf.

»Schau gut hin, Svenni. Bist du sicher?«, fragt Heiko Beck.

»Das ist doch der Gammler vom Kiosk«, sagt Svenni. »Der hat keine Simson.«

»Kannst du uns sonst etwas über den Mann sagen, Svenni?«, fragt Groth. »Ist er groß? Hat er einen Bart? Welche Farbe hat seine Simson?«

Während Groth fragt, wischt der Junge mit den Handflächen über das Holz des Sofatischs, sodass Groth nicht sicher ist, ob er überhaupt zuhört. Doch dann sagt Svenni: »Er riecht komisch.«

»Es reicht jetzt«, sagt Marlies Beck. »Schlafenszeit, Svenni. Komm.«

»Gute Nacht«, sagt Groth, als die beiden das Wohnzimmer verlassen. Eine Antwort bekommt er nicht. Gerstacker gibt ihm ein Zeichen. Sie verabschieden sich, bevor Marlies Beck zurück ist.

»Es gibt etwa eine Million Menschen, die zurzeit in diesem Land eine Simson fahren«, sagt Schaller. »Wie soll uns das weiterbringen?«

»Sind die nicht registriert?«, fragt Groth.

»Kleinkrafträder wurden bei uns nicht registriert«, sagt Gerstacker.

»Und ein Kennzeichen haben wir auch nicht.« Schaller winkt ab. »Wir können uns genauso gut an der Breiten Straße auf die Lauer legen und jeden Simsonfahrer stoppen. Wir haben ja sonst nichts zu tun.«

»Über eine Million«, sagt Groth zu sich selbst.

Er steht vor der Stellwand und fühlt die Blicke der anderen in seinem Rücken.

Inzwischen hat Groth zwei neue Zettel angepinnt.

Simson.

Telefonkarte.

Krüger fragt, wie viele Telefonkarten wohl im Umlauf sind. Hunderttausende?

Groth nimmt am Rande wahr, wie die Kollegen über diese Zahl diskutieren, er ist mit seinen Gedanken woanders. Er befindet sich auf der Breiten Straße. In seiner Vorstellung ist es Mittwoch, achtzehn Uhr. Es ist viel los auf der Kreuzung. Die Straße ist regennass, im Asphalt spiegeln sich Scheinwerfer. Der Linienbus hält am Kiosk, Passanten mit Schirmen und Kapuzen sind in Eile, über der Kaufhalle leuchtet das Ladenschild. Groth horcht ganz genau hin. Aus dem Lärm des Abends auf dem Mönkeberg hört er das Knattern einer Simson heraus.

28

Auf dem Weg zum Einkaufen sieht Ina auf einem übrig gebliebenen Aushang das Gesicht des verschwundenen Jungen. Jemand hat das fotokopierte Bild mit Klebestreifen an einem Mast befestigt. Da hängt es jetzt seit Wochen. Die Seitenkanten sind eingerissen und zittern im Wind. Vermisst. Der elfjährige Undsoweiter. Ina versucht, nicht hinzuschauen. Sie könnte den Zettel einfach abreißen, schließlich haben sich die Dinge inzwischen geändert. Niemand sucht mehr nach diesem Kind. Aber vielleicht ist es gut, die Erinnerung genau hier hängen zu lassen. Vielleicht ist es Absicht, denn wer weiß schon so genau, was passieren würde, wenn man sich zu sicher fühlt. Ina stemmt sich der Februarkälte entgegen. In Gedanken geht sie den Einkaufszettel durch. Ein Liter Schlauchmilch, Aufschnitt, Gurke, ein Dutzend Eier. Benno ist hungrig, wenn er vom Sport kommt. Brot und nicht zu vergessen: Sekt. Sie ist über ihren Schatten gesprungen und hat Ulo zum Abendessen eingeladen. Wie überrascht er aussah, als sie ihn fragte. Dabei hat sie versucht, es ganz nebensächlich klingen zu lassen.

»Warum kommste nicht mal bei uns zum Abendbrot vorbei? Wär doch nett.«

Ulos Nase lief. Er hatte Fausthandschuhe an, mit denen er sich nach ihrer Frage die Nase abwischte. Sein Blick ging über den Bahnhofsvorplatz. Dann klatschte er mit seinen Handschuhen ein paarmal in die Hände, wahrscheinlich weil er hoffte, dass das wärmt. Beim Klatschen gab es dieses gedämpfte Geräusch, poff, poff. Ina mochte das. Sie mag alles Weiche, Sanfte.

Jedenfalls sagte Ulo schließlich: »Wann denn?«

Ina ging davon aus, dass das Ja heißt, und sagte: »Na, wie wär's denn mit morgen so gegen halb sieben?«

Jetzt überlegt sie, ob Sekt zu gewagt ist. Sie könnte sich vorstellen, dass Ulo einfach Bier mag, aber von Bier hat sie nach zwölf Jahren Andi die Nase gestrichen voll. Das kommt ihr nicht ins Haus. Also Sekt. Sie steht vor dem Regal mit all den Glitzeretiketten und greift zu Rotkäppchen.

Als sie Ulo am Abend ein Glas reicht, da sagt er, dass die Sektkellerei jetzt der Treuhand gehöre.

»Der Umsatz ist nach der Wende schwer eingebrochen«, sagt er. »Gibt zu viel Konkurrenz. Und zu wenig zu feiern.«

»Na, dann ist ja gut, dass wir den Umsatz ankurbeln«, sagt Ina.

Sie stoßen an.

Ulo fragt nicht nach Bier.

Für die Treppen hat er eine Weile gebraucht, fünf Stockwerke mit einem steifen Knie, das muss man erst mal hinkriegen.

Auch darüber hat er sich nicht beklagt.

Sie stehen in der kleinen Küche, Ina schneidet Gurke und Radieschen. Ulo hat schon zweimal gefragt, ob er was helfen kann, und sie hat gesagt, dass er ihr gleich die Teller in die Stube tragen darf. Sobald sie fertig sind.

»Eigentlich hätte ich dich einladen sollen.« Ulos Blick streift ihr Gesicht. »Und nicht umgekehrt. Hab mich aber nicht getraut.«

»Deswegen?«, fragt Ina. Sie zeigt mit dem Gemüsemesser auf sein Knie und bereut es sofort.

»Nein, nicht deswegen.« Ulo winkt ab und klingt eine Spur verletzt. »Weil wir Kollegen sind, deswegen.«

In diesem Moment geht die Wohnungstür.

»Das ist Benno«, flüstert Ina und versteht selbst nicht, warum sie das nicht laut sagt.

Sie hat Benno heute Morgen beim Frühstück darauf vorbereitet, dass sie einen »netten Kollegen« zum Abendbrot eingeladen hat. Sie flocht das so ein, als Benno sich beklagte, dass von der Erdbeermarmelade nur noch die dicken Fruchtklumpen übrig seien.

»Ich gehe heute einkaufen«, hat Ina gesagt. »Muss ich sowieso. Wir kriegen nämlich am Abend Besuch, weißt du.«

Bennos Blick schoss sofort zu ihr. »Wer?«

Da sagte sie dann den Satz mit dem netten Kollegen.

Benno schaute sofort wieder auf seinen Teller. Er antwortete nicht. Das Marmeladenbrot ließ er liegen.

Als er die Wohnungstür hinter sich zuknallte, wusste sie, dass er gehofft hatte, sein Vater käme zu Besuch.

Wie kann er das hoffen.

Du warst wegen dieses Vaters zwei Monate im Krankenhaus, sagte sie mit leiser Stimme, als sie die Frühstücksteller ineinanderstellte. Zwei Monate. Bist fast gestorben. Und jetzt vermisst du ihn auch noch.

»Benno«, ruft Ina. »Wir sind in der Küche.« Sie ruft es vorsichtshalber, falls Benno vergessen hat, was sie ihm heute Morgen sagte. Netter Kollege. Abendbrot. Aber nein, als er in der Küchentür erscheint, wirkt er nicht ein bisschen überrascht. Er lächelt nicht. Schaut Ulo kaum an. Aber er streckt seine Hand aus und lässt sie von Ulo schütteln.

»Kannst mich Ulo nennen.«

Im nächsten Moment ist Benno schon wieder weg.

»Das Alter«, flüstert Ina und ärgert sich, weil sie schon wieder flüstert. Auch über ihre Bemerkung ärgert sie sich. Warum schieben Eltern immer alles auf das Alter? Das wollte sie nie tun, und jetzt ist sie auch eine von denen.

»Hast du Kinder?«, fragt Ina.

»Nein«, sagt Ulo. »Aber zwei Brüder. Davon muss ich mich erst mal erholen.«

»Haben die Kinder?«

Wieder verschwindet das Lächeln für einen Moment aus Ulos Augen. »Die haben Familie, ja.«

Da hat sie also wieder etwas aufgerührt.

»Komm, lass uns essen.«

Am Tisch ist Benno so ernst und schweigsam, dass Ina die Tränen zurückhalten muss. Das hat sie nicht verdient. Sie schmeckt die Teewurst nicht. Auch nicht den Senf und die Gurken. Das Einzige, was sie schmeckt, sind die Bläschen im Sekt.

Ulo erzählt vom Sport. Er fragt Benno, ob er schon mal einen Diskus geworfen hat. Benno antwortet nicht, aber Ulo tut so, als bedeute das Nein, und sagt, dass er in Bennos Alter auch nicht wusste, was das für ein Sport ist. Und als er zum ersten Mal einen Diskus in der Hand hielt, da hat er das Ding fliegende Untertasse genannt. Weil es eben so aussah.

Benno verzieht keine Miene.

»Weißt du, was das Wichtigste ist beim Diskuswerfen?« Eine Antwort bekommt Ulo nicht, aber immerhin schaut Benno ihn jetzt an. »Die meisten sagen Kraft. Aber das stimmt nicht. Das Wichtigste ist Gleichgewicht. Denn nur wenn du beim Drehen gutes Gleichgewicht hast, kannst du deine Kraft optimal auf den Diskus übertragen.«

»Warst du gut?«, fragt Ina.

Ulo überlegt, bevor er antwortet. »Ich war nicht schlecht.«

Ina spürt, dass er ihr ausweicht. Warum hat sie die anderen nie nach Ulos früherem Leben gefragt? Sie mustert ihn, während er in seine Schnitte beißt. Sie sieht seine breiten Schultern, die kräftigen Arme und weiß in diesem Moment, dass er als Diskuswerfer richtig gut gewesen sein muss.

Keiner von ihnen spricht.

Ina reicht die Radieschen herum.

»Benno ist auch sportlich. Er spielt Fußball«, sagt Ina jetzt, um die Stille zu füllen.

»Das stimmt doch gar nicht!« Bennos Stimme ist so laut, dass Ina erschrickt. Die Radieschen kullern über den Tisch. Benno nimmt seinen Teller und steht auf. Sie hören, wie es klirrt, als er den Teller in der Küche ins Becken wirft. Dann verschwindet er in seinem Zimmer.

»Ist vielleicht besser, wenn ich gehe«, sagt Ulo.

Ina vergräbt ihr Gesicht in den Händen und schüttelt den Kopf.

»Ich bin gleich wieder da«, sagt sie.

Sie klopft an Bennos Tür. Er sitzt mit dem Walkman auf dem Bett.

Ina setzt sich neben ihn und streift ihm die Kopfhörer ab.

»Was ist los mit dir?«

»Nichts. Ich will allein sein.«

»Seit wann reagierst du so, wenn wir über Fußball reden?«

Benno presst die Lippen zusammen, bis sie nur noch ein Strich sind.

Aus den Kopfhörern kreischen E-Gitarren.

»Wie war's bei Dr. Morgenthal?«

»Gut.«

»Und in der Schule?«

»Gut.«

»Keine Probleme mit Ingo?«

»Nein.«

»Na schön. Ich lass dich in Ruhe.«

Als sie an der Tür steht, sagt sie: »Ulo ist ein netter Kerl. Also behandle ihn bitte auch so.«

Sie räumen den Tisch ab, Ina stellt das Geschirr auf ein Tablett. Sie sollte sich bei Ulo entschuldigen, aber sie will sich nicht mehr für irgendwas entschuldigen, schon gar nicht für ihren Sohn, der genug Probleme hat und sein Bestes gibt. In der Küche ist es eng. Ulo stellt das Tablett auf die Ablage, während Ina Senf und Aufschnitt in den Kühlschrank räumt. Als sie sich umdreht, steht Ulo direkt vor ihr.

»War schön«, sagt er. »Trotz allem.«

»Du lügst. Aber danke.«

»Ich geh dann jetzt.«

»Meinetwegen kannst du noch etwas bleiben.«

»Und dein Sohn?«

»Der kriegt sich schon wieder ein.«

Ein Sofa hat Ina nicht, also setzen sie sich wieder an den Esstisch. Ina hat die Sektgläser nachgefüllt. Ulo sitzt ihr gegenüber, und Ina spürt, wie sich ihre Hosenbeine berühren, als er sein Knie unter dem Tisch an ihrem vorbeifädelt. Er ist geschickt darin, den kaputten Teil seines Lebens zu verstecken.

»Was genau ist dir passiert, Ulo? Hattest du einen Unfall?«

Ina weiß, dass sie mit der Frage warten sollte. Aber sie sitzen hier unter der Hängeleuchte, die sie von Klaudia übernommen hat. Die verbreitet ein neugieriges Licht, das fand Ina schon immer.

»Die gleiche Frage könnte ich dir stellen«, sagt Ulo. »Du kreuzt hier plötzlich auf, hast einen Sohn, aber keinen Mann und erzählst nie von früher.«

»Was willst du wissen?«, fragt Ina.

»Bist du verheiratet?«

Ina atmet durch.

»Getrennt. Ich habe mich von Bennos Vater getrennt. Er will die Trennung nicht akzeptieren, deshalb bin ich mit Benno abgehauen.«

Ulo nickt. Ina ist nicht sicher, ob ihm die Antwort gefällt.

»Ist das der mit dem Rasierwasser?«

»Genau der. Bennos Vater ist Alkoholiker und wird gewalttätig, wenn er getrunken hat. Er weiß nicht, wo wir sind. Und so soll es auch bleiben. Wenn er mich findet, dann schlägt er mich tot.«

Ulo sieht zugleich alarmiert und ungläubig aus. Ina kennt das. Genauso hat Klaudia reagiert.

»Warst du bei der Polizei?«, fragt Ulo.

Exakt Klaudias Worte.

Wie erklärt man jemandem, dass die Polizei alles nur schlimmer macht und nicht besser.

»Weißt du, was die Polizei sagt?« Ina verstellt ihre Stimme: ›Frau Paul, wir würden Ihnen dringend empfehlen, sich mit ihrem Sohn aus der gemeinsamen Wohnung zu entfernen.‹ Na, schönen Dank auch. Auf die Idee bin ich nämlich schon selbst gekommen.«

Der Polizist, der ihr das sagte, war höchstens Mitte zwanzig. Er hatte gerade etwas gegessen, und ein Krümel klebte in seinem Mundwinkel. Ina erinnert sich, wie sie darauf wartete, dass der Krümel sich endlich löst. Es war im Sommer nach der Wende, und der Polizist trug noch das alte hellgraue Uniformhemd der Volkspolizei. Es roch nach Schweiß. Überhaupt schien die Zeit stillzustehen im Polizeirevier Bernau. Eine Fliege surrte durch den Raum, während Ina Fragen beantwortete. Er ließ sie das Unfallprotokoll unterschreiben, unten rechts, neben dem kleinen Kreuz. Da lag Benno noch im Krankenhaus. Sie unterschrieb, dass Andi die Kontrolle über das Auto verloren hatte. Dass er getrunken hatte. Die Menge ließ sie offen. Und dass es ein Unfall war, auch wenn Ina wusste, dass das nicht stimmte. Andi war viel zu schnell in die Kurve gefahren, weil er sich und Ina und Benno umbringen wollte.

Ulo sieht sie jetzt forschend an.

»Wahrscheinlich hast du recht«, sagt er. »Jetzt bist du hier, verdienst dein eigenes Geld.«

Ina hat das Gefühl, dass da noch ein Aber kommt, doch stattdessen greift Ulo nach ihrer Hand.

»Bist ’ne mutige Frau«, sagt er.

Ina starrt auf ihre Hand in seiner. Da ist noch ein Senfklecks auf dem Tisch. »Danke«, sagt sie. Sie würde das sehr gerne glauben. Aber es stimmt nicht. Zwölf Jahre lang war sie genau das Gegenteil von mutig. Traute sich nicht, zu gehen, bis es fast zu spät war.

Ulo streicht mit dem Daumen über ihren Handrücken.

»Ich hatte keinen Unfall«, sagt er. »Was ich habe, nennt sich Arthrofibrose.«

»Wie hast du das gekriegt?«, fragt Ina.

»Ich hatte einen Kreuzbandriss, wurde operiert und habe danach zu schnell wieder mit dem Training begonnen. Zwei Operationen später war's aus mit dem Leistungssport.«

Ulos Hand fühlt sich verschwitzt an. »Kommt davon, wenn man zu ehrgeizig ist.«

»Manchmal hat man einfach Pech«, sagt Ina.

Ulo nickt.

»Du warst gut im Diskus, stimmt's?«

Ulo lässt ihre Hand los und fährt sich durchs Haar. »Ja, ich war gut. Zweiter bei den DDR-Meisterschaften. Hinter Jürgen Schult. Olympiasieger, falls du den nicht kennst.«

»Mann, Ulo. Das wusste ich alles gar nicht.« Ina spürt diesem Gefühl nach, auf dem Podest zu stehen und kurz darauf alles zu verlieren.

Ulo nimmt jetzt das Sektglas und leert es in einem Zug.

»Das war keine gute Idee«, sagt er und stellt das Glas ab. »Jetzt brauch ich nämlich ein Taxi.«

Ina lächelt. »Stell dir das Gerede vor, wenn Berti hier aufkreuzt und dich vor meiner Wohnung abholt.«

»Sollen sie nur reden. Das ist mir egal.«

Ulo greift wieder nach ihrer Hand.

Sie hört, wie Benno über den Flur ins Bad tappt. Aus der Nachbarwohnung erklingt der Gong der *Tagesschau*. Im Treppenhaus weint ein Kind, dann schlägt eine Wohnungstür zu, und es wird still. Ina wünschte, ihr Leben könnte auch still sein. Plötzlich ist er greifbar, der Traum, endlich angstfrei zu leben.

Sie sieht sich in ihrer Kindheit, als sie in einem grauen Haus an der Durchgangsstraße wohnte. Fast fremd ist ihr das jetzt, so weit entfernt von ihrer Mönkeberg-Realität, dass sie sich an die Zeit wie an Bilder in einem Fotoalbum erinnert. Sie hatte ein Zimmer nach hintenraus. Da gab es einen Schlauchgarten und am Ende des Schlauchs einen Kirschbaum. Doch der Ort spielt gar keine Rolle. Dass Ina sich sicher fühlte, hatte nichts mit dem Haus zu tun, dem Ort oder der Zeit. Sondern mit ihren Eltern. Sie führten eine Bilderbuchehe, Friedrich und Gabi Paul, Inas Eltern. Nicht mal ihnen hat Ina erzählt, wo Benno und sie hingezogen sind.

»Bleib doch einfach«, sagt Ina jetzt zu Ulo.

Am nächsten Morgen wacht sie neben Ulo auf. Sie schaut auf den Wecker, fast halb acht. Da durchfährt sie ein Schreck, die Schule fängt in fünfzehn Minuten an, sie hat verschlafen. Ina springt aus dem Bett. Bennos Zimmertür steht auf, das Bett ist gemacht.

Sie findet Benno in der Küche.

Während er hastig zuerst Butter, dann Marmelade auf eine Scheibe Brot schmiert, schaut er kein einziges Mal auf.

»Lass uns heute Abend mal in Ruhe über alles reden, ja, Benni?«

»Worüber denn reden? Über Fußball?«

Ina ist getroffen. Er versteht es wie kein anderer, sie zu provozieren.

»Nein, nicht über Fußball. Ich habe das kapiert mit dem Fußball. Du hast keine Lust zu spielen. Wir müssen darüber reden, dass ich dich gar nicht wiedererkenne. Du erzählst mir nichts. Ich weiß nicht mal, ob es dir gut geht.«

»Mir geht's blendend.«

»Das ist kein Spaß, Benno. Nicht, wenn ein Junge aus deiner Schule ermordet wurde. Ich muss wissen, dass du mit den richtigen Leuten Umgang hast.«

»Aber das hab ich. Wie oft soll ich das noch sagen?« Er schiebt den Teller mit dem Marmeladenbrot von sich.

»Bis ich überzeugt bin.«

»Warum kannst du mir nicht einfach glauben? Du bist so ein, ein ...« Benno stürmt aus der Küche. Mit wenigen Handgriffen zieht er seine Schuhe an, dann die Jacke und schnappt sich die Schultasche. Die Tür ist schon auf, als er ihr das fehlende Wort zuruft. Es hallt durchs Treppenhaus, bevor er die Wohnungstür hinter sich zuschlägt.

»Schisser!«

»Guten Morgen.«

Ulo taucht aus dem Schlafzimmer auf. »Ist was los?«

»Entschuldige«, sagt Ina. Sie drängelt sich an ihm vorbei und zieht sich in Windeseile an. »Bin gleich wieder da.« Im Flur liegen Ulos Autoschlüssel, bestimmt hat er genau vor dem Haus geparkt. Sie ruft ihm zu: »Mach dir Kaffee. Benno hat was vergessen.«

Eigentlich hat sie selbst etwas vergessen. Sie hat eine Nacht mit Ulo verbracht und dabei nur an sich selbst gedacht. Warum rennt sie durchs Treppenhaus? Was verspricht sie sich davon?

Ina fährt Benno in Ulos Taxi hinterher, sie fährt den Schulweg ab und sucht nach einem Jungen mit orangefarbener Mütze, aber sie sieht keinen. Die Klingel schrillt aus dem Gebäude, als sie vor der Mönkebergschule das Fenster runterkurbelt. Der Schulhof ist bis auf zwei Nachzügler leer. Sie hat ihn verpasst. Knapp muss es gewesen sein. Vielleicht ist er den ganzen Weg gerannt. Als sie wieder zu Hause ist, beschleicht sie ein ungutes Gefühl, das sie bis mittags nicht verlässt.

29

Es ist einer dieser Tage, an denen sich plötzlich der Hochnebel lichtet. Nach der Morgenlage holt Groth Irina Diehl von zu Hause ab, um sie zum Bahnhof zu bringen. Sie fährt für drei Wochen nach Barth zur Kur. Schon im Hausflur, als Groth ihren Koffer nimmt, spürt er ihre Nervosität. Sie haben am Telefon verabredet, dass Groth nicht nach Irina Diehls Fortschritt fragen wird und sie nicht nach seinem Fall. Also wechseln sie im Auto nur belanglose Sätze über den klaren Himmel, die Sonne, darüber, dass sie sich bei ihm melden werde aus Barth. Im Autoradio läuft ein Bericht über die Olympischen Winterspiele in Albertville, und sie beide tun so, als hörten sie zu. Irina Diehls Hände liegen in ihrem Schoß, sie spielt mit den Fingerhandschuhen, die sie ausgezogen hat, und schaut aus dem Seitenfenster auf offene Felder. Fast scheint es Groth, als meide sie seinen Blick, doch dann sieht sie sich auch beim Aussteigen am Bahnhof ängstlich um, und er begreift, dass sie niemandem begegnen möchte, den sie kennt. Anka sagte ihm bereits, dass Irina Angst davor habe, ihrer Klasse gegenüberzutreten. Die Scham sei zu groß.

Auf dem Bahnsteig bläst der Wind so beständig, dass Groths Nase zu laufen beginnt. Sie stellen sich hinter einen Stahlträger, doch Irina Diehls Haar weht ihr an dieser Stelle mit noch mehr Wucht ins Gesicht. Als sie vollkommen blind dasteht, müssen sie lachen.

»Und so was nennt sich Windschatten«, sagt sie.

Kurz darauf kommt der Zug. Groth öffnet seine Arme, und Irina

Diehl fällt hinein, sie umschlingt ihn und drückt ihn an sich. Dann steigt sie ein, während Groth sich nach ihrem Koffer bückt und ihn hinterherreicht. Der Zug fährt an, bevor Groth durch die schmutzigen Fenster ihre Gestalt im Waggoninneren ausmachen kann.

Noch auf dem Bahnsteig überkommt ihn das Gefühl des Zurückbleibens. Sie fährt nach Barth, eine neue Landschaft wird vor dem Zugfenster an ihr vorbeirollen, doch für ihn ändert sich nichts. Der Geruch nach Urin in der Unterführung, die klappernden Haken der Fahnenmasten auf dem Bahnhofsvorplatz, der träge Verkehr auf dem Ring. Am Kiosk springt ihm in großen Lettern das Wort »zugeschlagen« auf der Titelseite der *Bild*-Zeitung entgegen und holt ihn zurück in eine Welt, in der er einen Mörder sucht. Im nächsten Moment fällt ihm sein Gespräch mit Allers ein. *Pallak ist wieder auf freiem Fuß.* Plötzlich kommt Groth der Gedanke, dass Pallak eines Tages wieder zuschlagen wird. Ein Unsinn, wirklich. Er kann das nicht wissen. Groth schließt kurz die Augen. Dann stellt er sich am Kiosk an, kauft sich den *Vier-Tore-Kurier* und ein Brötchen und fährt zurück ins Revier.

Groth steigt gerade die Treppe ins erste Stockwerk hinauf, als ihm Gerda Küttel entgegeneilt.

»Herr Groth!« Sie bleibt am Treppengeländer stehen und sieht ihn an, ohne zu blinzeln. »Der Bürgermeister ist in Ihrem Büro.«

Groth stutzt. »Kruse?«

»Er möchte Sie sprechen.« Gerda Küttel senkt die Stimme. »Worum es geht, weiß ich nicht. Er sagte was von Antrittsbesuch.«

Tatsächlich steht Bürgermeister Kruse vor der Vitrine im Chefzimmer, die noch Staubspuren von Bekendorfs Trophäen-Kollektion enthält. Auf den obersten Glasboden hat Groth das Streichholzschiff gestellt, das Pallak ihm vor vielen Jahren geschenkt hat und das er längst hätte wegwerfen sollen.

Groth schließt die gepolsterte Tür hinter sich.

»Donnerwetter«, sagt Kruse, als er sich das Schiff näher anschaut. »Wie viele Hölzer da wohl verbaut sind. Ihr Hobby?«

»Nein«, sagt Groth. »Ein Geschenk. Ich fürchte, mir fehlt die Geduld für sowas.«

»Geht mir genauso. Früher hab ich ne ganze Gartenlaube aus lauter Restholz zusammengezimmert. Heute hab ich die Zeit gar nicht mehr.«

Als sie sich gegenübersitzen, fragt Groth, ob er etwas anbieten kann, doch Kruse winkt ab.

»Nur keine Umstände, ich muss gleich wieder los. Aber die Stimmung in der Stadt macht mir Sorgen, Herr Groth.« Bei dem Wort »Sorge« erlischt wie auf Kommando jede Spur von Heiterkeit in Kruses Augen.

»Inwiefern?«

»Na, die Leute reden, Sie kennen das. Die Gerüchteküche kocht, da schaukeln sich alle möglichen Spekulationen hoch. Wer das gewesen sein könnte, dass ja schon der Mörder von Chris Warnke nicht gefasst wurde und wann er sich das nächste Kind schnappt.«

Groth überlegt, wie er darauf antworten soll. »Es ist schwer, solchen Gerüchten beizukommen«, sagt er. »Aber es stimmt, wir ermitteln außer im Fall Matti Beck auch im Fall Chris Warnke. Es gibt Ähnlichkeiten, wir schließen nichts aus.«

»Wie lange noch, bis Sie etwas Konkretes haben, Herr Groth?«

Groths Blick geht zur Stellwand.

»Das kann ich nicht beantworten, weil ich es schlicht nicht weiß.«

»Wir sollten der Bevölkerung etwas an die Hand geben.«

»Eine Tätersuche lässt sich nicht beziffern.«

»Mir geht es um dieses, dieses –«, Kruses Hand rührt durch die Luft, »Gefühl von Sicherheit, verstehen Sie. Sie sind doch von hier, Herr Groth. Den Wechtershagenern ist nach der Wende genau das abhandengekommen. Da gibt es diejenigen, die an nichts mehr glauben, und diejenigen, die an das Falsche glauben. Dazwischen ist nicht viel. Also tun Sie mir den Gefallen und lassen Sie etwas in die Zeitung setzen, das den Leuten sagt, alles gut, wir sind dran, wir machen Fortschritte, das Land blüht.«

»Ich werde sehen, was ich tun kann«, sagt Groth.

»Bestens. Wir verstehen uns.« Der Ausdruck von tiefer Sorge auf Kruses rundem Gesicht löst sich binnen eines Sekundenbruchteils auf und weicht der anfänglichen Fröhlichkeit.

»So, dann will ich mal. Alles Gute im neuen Amt.«

Kruse reicht ihm die Hand, und Groth ist wieder allein.

Eine Weile sitzt er da, starrt an die Wand und lauscht auf die Geräusche, die von draußen an sein Ohr dringen. Gerda Küttels Stimme auf dem Gang. Ein unregelmäßiges Hämmern, das plötzlich aufhört, um Sekunden später wieder einzusetzen. Nun kommt also bereits der Bürgermeister persönlich und sagt ihm, er solle sich gefälligst beeilen. Der *Vier-Tore-Kurier* liegt ungelesen vor ihm auf dem Tisch. Groth faltet die Zeitung auf und blättert sie durch, bis er das findet, was er schon geahnt hat, unter »Lokales« auf Seite neun.

»Nach Verbrechen: Eltern leben in Angst um ihre Kinder. Noch immer keine Spur im Fall des getöteten Elfjährigen auf dem Mönkeberg.«

Groth spürt einen aufziehenden Kopfschmerz. Er kann nicht vernünftig nachdenken in diesem Büro. Als das Hämmern von Neuem beginnt, springt er auf, reißt seine Jacke von der Stuhllehne und ruft Gerda Küttel im Vorbeigehen zu, er müsse mal an die Luft. Groth verlässt das Revier über den Hof. Ein eisiger Windstoß trifft ihn, gerade als er die Jacke überzieht. Groth stemmt sich dem Wind entgegen. Er vergräbt die Hände in den Jackentaschen und schaut nicht auf, bis er auf der Stargarder Straße endlich das Sonnenlicht erreicht, das er gesucht hat. Der Himmel ist jetzt strahlend blau. Einige Lachmöwen kreischen über den Dächern, stehen fast still im Wind. An der nächsten Straßenecke ragt der

Turm des Hauses der Kultur und Bildung wie ein Zeigefinger auf und wirft einen langen Schatten über die Straße. Groth bleibt stehen. Selbst die spitzen Antennen oben auf dem Dach bilden sich auf dem Pflaster ab, gestochen scharf wie Zinnen. Eine der Spitzen berührt Groths Schuh. Im vierzehnten Stock des Turms befindet sich ein Café, im Stockwerk darüber eine Aussichtsplattform, auf der Groth noch nie war.

Er legt den Kopf in den Nacken und schaut nach oben. Hinter der Brüstung erkennt er zwei winzige Köpfe. Auch wenn er nach seinem eiligen Aufbruch ins Revier zurück sollte, um sich dem »Fortschritt« zu widmen, den Kruse eingefordert hat, siegt seine Neugier. Groth durchquert den Schatten, geht zum Turmaufzug und fährt bis ganz nach oben.

Als er ins Freie tritt, peitscht ihm der Wind ins Gesicht, reißt an seiner Jacke, seinem Haar. Ein frierendes junges Paar schiebt sich an ihm vorbei, sobald Groth die Tür freigemacht hat. Der Aufzug schließt sich, dann ist er allein. Einige Bodenplatten sind lose und knirschen unter seinen Schritten.

An der Brüstung richtet er seinen Blick in die Ferne. Der Wind hat sich beruhigt und weht jetzt konstant, als habe er nur kurz gewütet, um sich aus der Enge des Aufzugsschachts zu befreien. Groth umrundet die Plattform, betrachtet die Naht der Stadtmauer mit ihren vier gotischen Toren, im Norden den Mönkeberg und schließlich im Süden den Wechtsee, bis die Sonne ihn so sehr blendet, dass er sich abwenden muss.

Groth wechselt zur Brüstung auf der anderen Seite und schaut nach unten in die Tiefe zur Stargarder Straße, auf deren Gehweg er selbst vor einigen Minuten gestanden und mit der Fußspitze den Schatten der Turmantenne berührt hat. Er beobachtet die Menschen, die aus dem grellen Licht kommend die Straße überqueren und in eben diesen Turmschatten eintauchen. Sobald sie ihn betreten, kann Groth sie nicht mehr sehen. Es ist ein optischer Trick, dieses Spiel mit hell und dunkel. Die Passanten, eben noch klar umrissen im Sonnenlicht, verschwinden so plötzlich, als habe der Asphalt sie verschluckt.

Irgendwo da unten, denkt Groth, in diesem Gewimmel, da ist er zu finden. Er versucht, sich den Täter vorzustellen, ein Mann mit dunklem Haar und einer Simson, mehr wissen sie nicht. Unwahrscheinlich, dass er auf dem Mönkeberg wohnt, denn hätte Svenni ihn dann nicht erkannt? Groths Blick geht noch einmal zur Hochhaussiedlung in der Ferne. Doch, es ist möglich, dass der Täter von dort stammt. So viele Fenster, so viele Zimmer, Wohnungen, Flure. Vielleicht lebt er zurückgezogen. Vielleicht hat Matti den Mann tatsächlich gekannt, aber Svenni nicht. Vielleicht rennt er, Groth, einer fixen Idee hinterher, wenn er die Morde von Matti und Chris zusammendenkt, obwohl sie so weit auseinanderliegen.

Groth ist jetzt durchgefroren. Seine Wangen brennen. Er erinnert sich an den Satz, den Steffen Warnke Gerstacker und ihm mit auf den Weg gegeben hat, beim ersten Besuch. *Gegen den Zufall sind wir vollkommen machtlos.* Ist das so? Nein, denkt Groth. Genau das will er nicht akzeptieren.

30

Inas Schicht beginnt um elf. Ihr erster Fahrgast ist der Mann aus Haut und Knochen, den sie zweimal wöchentlich zur Dialyse bringt. Ina setzt ihn nach vorne, auf den Beifahrersitz, damit er besser sieht, und tatsächlich leckt er die Umgebung mit Blicken auf, als die Sonne durch die Wolkendecke bricht und sich Licht und Schatten auf dem Straßenpflaster abwechseln. Auf den Feldern glitzert der Raureif.

»As op en Ansichtskoort«, sagt er. »As op en Ansichtskoort.«

Für einen Moment, der so lange anhält wie die Wolkenlücke, kommt Ruhe über Ina.

In der Poliklinik wird der Mann eine Weile zubringen, also beschließt sie, nach Hause zu fahren und auf Benno zu warten.

Zu Hause ist alles noch genauso wie heute Morgen, das Geschirr, die Krümel, die Stille, mit Ausnahme eines Zettels.

War schön. Danke. Ruf mich an. Ulo.

Es ist halb zwei, und Benno ist noch nicht zurück. Ina versucht, sich zu beschäftigen, spült Gläser ab, wischt die Küche auf. Sie hat Bennos Mittagessen vorbereitet, hat die Teller mit Schnittbrot, Bauernsalami, sauren Gurken und geviertelten Hollandtomaten mit Schüsseln abgedeckt, damit es nicht austrocknet. Im Hintergrund läuft der Fernseher, ein Eislaufwettbewerb, aber Ina hat keinen Sinn für das, was die Läufer ins Eis zeichnen. Die Sorge knipst alles andere aus. Um zwei fährt sie los und holt den Fahrgast von der Poliklinik ab. Sie bringt ihn bis an die Wohnungstür, das muss sein. Danach meldet sie sich über Funk ab.

Vor der Schule trifft sie auf Ingo und erfährt, dass Benno heute nicht im Unterricht war. Sie schaut auf den nackten Schulhof und versucht das zu begreifen. Gar nicht? Der Wind frischt auf, und Ina zieht ihre Jacke fest zu. Sie schaut Ingo hinterher. Wo ist ihr Sohn? Was bedeutet das? Warum wusste sie nichts davon?

Und dann durchfährt sie der Gedanke, dass Andi aufgetaucht ist. Hat sie nicht vor einigen Tagen das Gefühl gehabt, sie hätte ihn am Bahnhof gesehen? Sie hat es als Spuk abgetan. Was, wenn es stimmt? Wenn Andi sie beide tatsächlich gefunden hat?

Es ist nicht unmöglich. Sie hat ihren Eltern gesagt, dass sie Taxi fährt. Klaudia weiß, wo sie wohnt. Vielleicht hat Benno einem seiner Berliner Schulfreunde verraten, wo sie hingezogen sind. Das alles sind Spuren, die zu ihnen führen. Die falsche Fährte, die sie gelegt hat, weist nach Hamburg. Aber Andi ist nicht dumm.

Hat er Benno vor der Schule abgepasst?

Ina geht langsam zurück zum Auto. Der Gedanke ist so mächtig, dass sie ihn Stück für Stück abarbeiten muss. Benno würde nicht einfach so mit Andi wegfahren, nicht an einem Schultag. Nicht, ohne ihr Bescheid zu sagen.

Doch dann denkt sie an ihren Streit heute Morgen.

Schisser. Ina steht jetzt heftig atmend im Flur ihrer Wohnung. Sie ist den ganzen Weg durchs Treppenhaus gerannt. Zwischen zwei Atemzügen horcht sie in die Stille. Sie tastet nach dem Lichtschalter.

Das Deckenlicht im Flur flammt auf. Sofort geht ihr Blick zum Haken, an dem sonst Bennos Jacke hängt. Zum leeren Schuhvorleger. In Bennos Zimmer zieht sie alle Schubladen auf, um seine Kindergeldbörse zu finden, ein Schütteletui für Münzen, in das er auch Geldscheine reingequetscht hat. Es ist nicht da. Sie geht in die Küche, schaltet auch dort das Licht an. Sie betrachtet die Tasse mit dem Kakaorand. Das angebissene Marmeladenbrot, das Benno im Streit nicht zu Ende gegessen hat. Sie hat ihm gesagt, dass sie heute Abend mit ihm sprechen muss. Dass er ihr etwas verschweigt.

Wieder hört sie das Wort, das er ihr zurief, gefolgt vom Knall der Wohnungstür.

»Schisser!«

Wahrscheinlich bin ich das wirklich, denkt Ina. Ist ja auch kein Wunder. Sie hat in ihrer Ehe die Angst in allen Facetten erlebt. Wie bei einem Rädchen, das man immer eine Stufe weiterdreht.

Anfangs war sie berauscht von der Angst, da war sie zwanzig und fuhr mit Andi auf dessen Emme über die Landstraßen, atemlos, viel zu schnell, bis sie der Nervenkitzel juchzen und schreien ließ. Die Haare klatschten ihr ins Gesicht, während der heiße Sommerwind Andis Hemd wie einen Ballon aufblähte. Doch es dauerte nicht lange, da hatte sich das Rädchen der Angst weitergedreht. Andis Gesicht ganz dicht vor ihrem. Schnaps in seinem Atem. Das war in der Hellersdorfer Wohnung. An jenem Abend schlug er ihr zum ersten Mal mit dem Handrücken ins Gesicht. Drehte sich zuerst weg, um dann diese ausholende Bewegung mit dem rechten Arm zu machen. Wumm. Er traf sie direkt am Ohr. Sie erinnert sich noch an den Knall. Die Lichtschalterdose presste sich in ihren Rücken, als sie stolperte und gegen die Wand schlug. Sonst hat sie keine Erinnerung mehr. Dass etwas geschehen war, wusste Ina nur, weil sich ihre rechte Kopfhälfte beim Aufwachen taub anfühlte und weil Andi sich am nächsten Morgen bei ihr entschuldigte. Da lag sie noch im Bett, mit dem Rücken zu ihm. Ihr rechtes Ohr pochte. Er kam ihr nahe, legte seinen Arm wie eine Schlinge über ihre Bettdecke und zog sie zu sich heran.

»Du, das mit gestern Abend tut mir leid.«

Sein Arm drückte einmal zu, wie eine Aufforderung. »Ich hab Probleme auf der Arbeit. Da hab ich überreagiert.« Andi schien eine Antwort abzuwarten, bevor er hinzufügte: »Das hat nichts mit dir zu tun.«

Er lockerte den Griff und strich ihr das Haar aus dem Nacken. »Was ist, Schatz? Immer noch sauer deswegen?«

Ina weiß auch noch, dass Andi ihr Schweigen genutzt hat, um unter ihre Bettdecke zu kriechen. Sie spürte seine Erregung, das drang durch die Kopfschmerzen in ihr Bewusstsein, genauso wie die Hornhaut an seiner Hand, die ihr Nachthemd hochschob.

An diese Erinnerung hakt sich eine Frage, die Ina nicht loswird: Warum bist du bei ihm geblieben? Geh doch einfach, will Ina ihrem vergangenen Selbst zurufen. Doch die Ina von früher wusste nicht, was sie heute weiß. Damals war die höchste Stufe der Angst noch gar nicht erreicht. Die heißt Lebensgefahr und kam in Inas Fall wie aus dem Nichts. Sie ist erreicht, wenn jemand das Auto aus der Kurve lenkt, um sich und dich und deinen Sohn umzubringen.

Nein, Benno darf nicht mit Andi im Auto unterwegs sein. Ina muss zur Polizei, das steht außer Frage. Doch in ihrer Verzweiflung rennt sie zuerst zu Dr. Morgenthal, wie eine Fliege, die ins Freie will und das weit offene Fenster nicht findet. Dr. Morgenthal wohnt fünf Treppen hoch. Als Ina außer Atem oben ankommt, steht er in der Tür und sieht ihr besorgt entgegen. Vielleicht hat er dem schnellen Tempo ihrer Schritte angehört, dass etwas passiert ist.

Ina sagt, dass sie Benno nicht finden kann.

»Ist er hier?«

Aus der Wohnung riecht es nach Kaffee. Zwei Uhren ticken versetzt im Takt.

»Nein«, sagt Morgenthal. Sie kann ihm ansehen, wie leid ihm das tut. »Aber da wird schon nichts passiert sein«, fügt er hinzu. »Benno ist ein vernünftiger Junge.«

»Ja«, sagt Ina. »Das ist er.«

»Vielleicht wäre es trotzdem besser, die Polizei einzuschalten«, sagt Morgenthal. »Nur für alle Fälle.«

Ina nickt. Sie weiß ja, dass er recht hat. »Danke.«

Sie ist schon an der Treppe, als Morgenthal sagt: »Warten Sie. Mir fällt noch etwas ein.« Ina dreht sich um.

»Benno und ich haben ein Gedicht gelesen. Darin kamen die Worte »bange Liebe« vor. Als wir darüber sprachen, erzählte Benno mir, er habe früher mit seinem Vater an einem Motorrad gebastelt.«

Ina schluckt. Die alte Emme.

»Vielleicht ...«, Dr. Morgenthal zögert, »nun, ich erwähne es nur für den Fall, dass Sie damit etwas anfangen können.«

31

Ina sitzt am Bahnhofsplatz neben Ulo im Taxi und kann nicht mehr klar denken. Ulo hat die Hände oben auf dem Steuer liegen, als wolle er gleich losfahren, dabei sind sie auf der Vier, ganz hinten in der Schlange. Bertis Wagen steht vor ihnen, und Berti selbst linst durch den Rückspiegel immer wieder zu ihnen hin. Hat gleich gemerkt, dass etwas nicht stimmt. Da muss man kein Hellseher sein.

Sie hat Ulo alles erzählt, vom Unfall, der keiner war, von Bennos Kopfverletzung. Ulo hat die ganze Zeit durch die Windschutzscheibe nach draußen gestarrt, auf Bertis Nummernschild, als stünde da eine Antwort drauf. WH-ER 1706. Die Ziffern hat Berti sich selbst ausgesucht. Siebzehnter Juni. Einfach zu merken.

Jetzt schaut Ulo zu ihr.

»Du musst zur Polizei.« Ulo unterstreicht das Wort »musst«.

Ina schaut in den dämmrigen Himmel. Auf dem Bahnhofsvorplatz gehen die Straßenlaternen an. Eine leere Plastiktüte fliegt auf und scheint für einen Moment in der Luft zu stehen.

»Ich kann nicht einfach so zur Polizei, Ulo.«

»Doch, Ina. Worauf wartest du?«

Er hat recht. Worauf wartet sie. Andi weiß doch längst, wo sie ist.

Es klopft an die Scheibe. Als Ulo runtergekurbelt hat, erscheint Bertis Gesicht in der Fensteröffnung.

»Kann man für euch was tun? Ihr seht aus, als hätte es euch die Petersilie verhagelt.«

»Benno ist verschwunden«, sagt Ulo. »Inas Sohn. Seit heute Morgen.«

»Scheibenkleister«, sagt Berti.

Kurz darauf ist der Taxenstand leer. Berti hat über Funk die gesamte Flotte alarmiert. Jetzt sind sie ausgeschwärmt. Ina muss sich zusammenreißen, um nicht zu heulen, als Berti losfährt und ihr dabei zweimal zuhupt.

Das Polizeirevier ist nur einen Steinwurf entfernt. An der Pforte fragt Ina nach dem Polizisten, der Arno heißt. Den Nachnamen hat sie vergessen. Er sei vor Kurzem auf dem Mönkeberg im Einsatz gewesen, sagt sie. Ina erinnert sich noch gut, wie er vor ihrer Tür stand und fast schüchtern wirkte. Er klang, als meine er es ehrlich. Durch Zufall hat sie ihn einige Tage später noch mal gesehen, als sie seine Freundin nach Hause fuhr, eine Lehrerin, nette Person. Erkannt hat er sie nicht.

»Worum geht es denn?«, fragt der Pförtner.

»Um meinen Sohn«, sagt Ina.

Vierzig Minuten später wissen sie Bescheid. Benno ist in Berlin. Der Polizist, der Groth heißt, hat im Revier in Hellersdorf angerufen und eine Streife zu Andis Wohnung geschickt. Gerade kam die Rückmeldung. Positiv. Der Junge ist gefunden. Es geht ihm gut.

Ina hört aus alldem nur die Worte heraus, die es durch die Aufregung hindurch an ihr Ohr schaffen. Gefunden. Gut. Positiv.

»In der Wohnung Ihres Mannes haben die Beamten niemanden angetroffen«, sagt der Polizist, »aber die Nachbarin nebenan war da.«

»Frau Scheffel«, flüstert Ina.

»Benno sitzt bei der Nachbarin am Küchentisch. Er würde sich freuen, wenn Sie ihn dort abholen.«

Ganz durcheinander sei der Junge gewesen, sagt Frau Scheffel, als Ina in Hellersdorf bei ihr im Flur steht. Inzwischen ist es nach zweiundzwanzig Uhr. Ulo hat Ina nach Hellersdorf gebracht. Sie wollte selbst fahren, aber Ulo sagte, das sei keine gute Idee. »Lass dir mal helfen«, sagte er. An jeder Ampel nahm er ihre Hand in seine, bis es Grün wurde.

Im Hellersdorfer Treppenhaus war wie üblich das Oberlicht kaputt, sodass Ina drei Stockwerke im Dunkeln nach oben rennen musste. Die Holzstufen knarrten exakt so wie früher. Mit jedem Knarren schlich sich eine andere Erinnerung ein, zu Inas Überraschung auch die ein oder andere gute. An ihrer alten Wohnungstür überkam sie das sichere Gefühl, Andi warte dahinter auf sie. Sie ließ die Tür nicht aus den Augen, klingelte bei Frau Scheffel und zählte die Sekunden, bis die Nachbarin endlich aufmachte und Ina sich in deren Flur retten konnte.

»Ihr Mann ist momentan jar nich da«, sagt Frau Scheffel jetzt. »Den hab ick seit mehreren Wochen nich jesehen. Der Treichel sagt, dass Ihr Mann eine Entziehungskur in einer Klinik in Brandenburg macht. Woher der det so jenau wissen will, weeß ick aber nich. Wahrscheinlich hat er wieder rumspioniert, der Treichel. Wär ja nich det erste Mal.«

Ina findet Benno am Küchentisch. Frau Scheffels Fernseher läuft auf der Anrichte gegenüber, und Benno starrt wie festgefroren in das Gesicht von Ulrich Wickert.

Ina hat sich ausgemalt, dass Benno ihr um den Hals fallen würde oder zumindest sie ihm. Sie stellte sich vor, wie erleichtert er sein würde, sie zu sehen. Doch nichts dergleichen geschieht. Er sieht sie, steht auf, klaubt seine Schultasche und Jacke vom Boden im Flur und gibt Frau Scheffel die Hand. Ina nimmt Benno mit nach Hause wie ein Paket, das sie bei der Post abholt.

Auf der Rückfahrt schweigen sie fünf Ampeln lang. An der sechsten dreht Ina sich um. Benno schaut fast gierig nach draußen, auf die breiten Straßen, die er kennt, die Schienen, den trägen Verkehr bei Nacht. Sein Atem kondensiert an der Scheibe.

»Warum haste denn bloß so was gemacht, Benno?«, fragt Ina. »Einfach weglaufen, meine ich. Ohne was zu sagen.«

Benno antwortet nicht.

»Also schön. Wenn du nicht reden willst, dann musst du eben zuhören. Du hast mich Schisser genannt, Benno, und das stimmt. Ich habe sehr oft Angst, weißt du. Angst vor der Zukunft. Angst, dass ich mich um dich nicht genug kümmere. Angst, dass uns das Geld ausgeht. Und ich hab Angst, dass Papa uns findet und alles wieder so wird wie früher. Aber es war trotzdem richtig, von ihm wegzugehen. Und mutig war es auch.«

Sie hört ein quietschendes Geräusch. Benno wischt mit dem Ärmel die Scheibe frei, dann schaut er wieder aus dem Fenster.

»Ich weiß natürlich, wie gerne du möchtest, dass wir wieder hierher zurückziehen, Benno. Das verstehe ich. Jeder möchte seine beiden Eltern bei sich haben.«

»Das will ich gar nicht«, sagt Benno zur Fensterscheibe.

»Wie?«

»Ich will doch gar nicht, dass du wieder mit Papa zusammenlebst.«

»Nein?«

Benno schüttelt den Kopf.

»Ich will Papa doch nur mal wiedersehen.«

Ina hört, wie Benno die Stimme stockt. Da ist ein großer Schmerz in ihm, den sie nicht sehen will. Sie dachte, sie sei einsam, dabei sind sie es beide.

»Das wusste ich nicht«, flüstert sie.

»Du hast mich nie gefragt. Du hast mich auch nicht gefragt, ob ich Fußball spielen will«, sagt Benno.

Auch damit hat er recht.

»Willst du Fußball spielen?«

»Nein. Ich bin nicht gut, nicht mal als Torwart.«

»Aber macht es nicht Spaß, mit den anderen Jungen in einer Mannschaft zu sein?«

»Nein! Wenn man so schlecht ist wie ich, macht das null Spaß. Die anderen lachen über mich.«

»Das tut mir so leid, Benni.«

Sie möchte die Hand nach ihm ausstrecken.

Sie fahren hinter Ahrensfelde auf die Autobahn. Im Wagen ist es jetzt fast dunkel.

»Gibt es denn was anderes, was du machen möchtest?«

»Ich bin gut im Billard.«

»Das wusste ich gar nicht.«

»Richtig gut«, sagt Benno.

Ina versucht, im Rückspiegel seinen Blick aufzufangen. »Hast du jemanden, der mit dir Billard spielt? Einen guten Freund in der Schule?«

Benno schüttelt den Kopf.

»Aber ich dachte, du bist mit Ingo befreundet.«

Benno scheint zu überlegen.

»Früher wollte ich unbedingt mit Ingo befreundet sein. Jetzt nicht mehr.«

»Hast du dir wegen Ingo die Springerstiefel gewünscht?«

Benno nickt.

»Was gefällt dir an Ingo?«

»Der hat vor niemandem Angst. Lässt sich nicht rumschubsen.«

Ina wartet, ob da noch etwas kommt, aber Benno lässt das so stehen.

Es ist fast Mitternacht, aber Ina ist hellwach. Hier, im Inneren von Ulos Taxi, fühlt sie seit langer Zeit zum ersten Mal keine Angst.

»Ich erzähle euch beiden jetzt etwas, das ihr niemandem weitererzählen dürft«, sagt sie. »Versprochen?«

»Versprochen«, sagt Ulo.

Benno streckt seinen Kopf zwischen den Sitzen nach vorne.

»Was hast du jetzt wieder gemacht, Mama?«

32

Am Montagmorgen findet Groth die Tür zu Gerstackers Büro weit offen, die Schreibtischlampe brennt. Gerstackers Jacke hängt an der Garderobe, er selbst steht mit einer Tasse Kaffee in Gerda Küttels Vorzimmer. Zum ersten Mal seit seiner Entlassung wird Gerstacker wieder bei der Morgenlage dabei sein. Gerda Küttel glüht vor Freude.

Groth stellt sich im Chefzimmer ans schmale Ende des ovalen Konferenztischs und macht sich bereit, den Kollegen eine Idee zu präsentieren, die er mit sich herumträgt. Gerstacker sitzt ihm gegenüber, Schaller und Krüger an der Fensterseite, und Marlene Thiese mit dem Rücken zur Stellwand.

Tatsächlich liegt heute eine andere Stimmung in der Luft als in den letzten Wochen. Groth hat gehört, wie Gerda Küttel mit Gerstacker von einem möglichen Durchbruch sprach. Etwas bewegt sich, aus zwei Tätern könnte einer werden, das Offensichtliche wird endlich wahrgenommen. Sollten sie es tatsächlich mit einem Wiederholungstäter zu tun haben, ist höchste Eile geboten.

»Wenn wir davon ausgehen, dass es sich um ein und denselben Täter handelt, der Chris Warnke auf dem Gewissen hat und sechs Jahre später Matti Beck«, sagt Groth und zeigt auf die beiden Fotos an der Stellwand. »Warum könnten so viele Jahre zwischen den Taten liegen?« Er blickt in die Runde. »Was erklärt den langen Abstand zwischen dem Mord an Chris Warnke und Matti Beck?«

Groth lässt die Frage einige Sekunden im Raum stehen. Er ist nervös. Er spürt, dass die Argumentation, die er gleich vortragen wird, Lücken hat. Die anderen sind schwer zu überzeugen, natürlich sind sie das, denn er präsentiert eine wacklige Hypothese, wacklig wie die Bodenplatten auf dem Aussichtsturm, auf dem er stand, als er die Menschen unten auf der Straße im Schatten verschwinden sah.

»Der Täter ist weggezogen.« Es ist Marlene Thiese, die das sagt.

»Dann hätte er woanders weitergemordet, oder nicht?«, wirft Gerstacker ein.

»Vielleicht hat er das, und wir wissen nichts davon.«

»Der Täter könnte keine Gelegenheit gehabt haben, seiner Perversion nachzugehen«, schlägt Schaller vor. »Vielleicht hat er geheiratet. Oder er hat sich in ärztliche Behandlung begeben.«

»Möglich«, sagt Groth. »Nicht sehr wahrscheinlich, aber möglich. Ich glaube, es gibt einen anderen Grund, warum der Täter erst jetzt wieder zugeschlagen hat.«

Groth ruft sich das Bild der Menschen ins Gedächtnis, die in den Turmschatten eintauchten. Er hat die volle Aufmerksamkeit aller Anwesenden.

»Ein Täter verschwindet von der Bildfläche, dann ist er plötzlich wieder da. Es gibt nur eine vernünftige Erklärung: Er saß im Gefängnis. Inhaftiert«, fügt er hinzu. »Vermutlich bis zur Amnestiewelle nach der Wende.«

Groth blickt in nachdenkliche Gesichter. Niemand spricht. Sie versuchen, seine Hypothese einzuordnen. Ist es möglich? Oder sogar wahrscheinlich?

»Wir haben keinen verurteilten Mörder aus dieser Zeit ermittelt«, sagt Schaller. »Bunterode hat das überprüft. Einen Kindermörder schon gar nicht.«

»Das kann ich bestätigen«, sagt Gerstacker. »Es wäre uns aufgefallen, wenn es damals noch weitere Fälle gegeben hätte.«

Da ist er, der Gegenwind. Doch nun ist die These in der Welt, Groth muss sie verteidigen.

»Lasst uns davon ausgehen, dass es keine einschlägige Verurteilung war. Keine Sexualstraftat, kein Missbrauch. Würde das nicht erklären, warum unser Täter vom Radar verschwunden blieb?«

»Klar«, sagt Marlene Thiese. »Das würde es erklären.«

Groth schiebt die Ärmel hoch. »Mein Vorschlag ist folgender: Wir besorgen uns die Namen aller Entlassenen aus den JVAs im erweiterten Umkreis in den, sagen wir, letzten zwölf Monaten. Unabhängig vom Delikt. Vielleicht gibt es tatsächlich einen Treffer.«

Gerstacker ist der Erste, der nickt. »Einen Versuch ist es wert.«

Die anderen zögern. Ein letzter Zweifel hängt in der Luft.

»Was haben wir zu verlieren«, sagt Krüger schließlich. Er zuckt mit den Achseln.

»Schaller?«

»Einverstanden. Besser als Simsons zählen ist es allemal.«

»Marlene?«

»Ich bin dabei.«

Am nächsten Morgen sitzt Groth vor Kuhn in dessen Büro. Der Staatsanwalt trägt zum Sakko einen karierten Schal und sieht weniger imposant aus als bei ihren bisherigen Begegnungen. Groth hört Kuhns Stimme an, dass er erkältet ist. Vielleicht hat ihn auch die Realität seiner neuen Stelle erreicht. Auf einem Aktenbock neben der Tür stapeln sich Ermittlungsakten. Die meisten bestehen nur aus wenigen Seiten, was die schiere Zahl der zu bearbeitenden Fälle bei genauer Betrachtung noch einmal erhöht. Groth mag sich nicht vorstellen, in den Schuhen des Staatsanwalts zu stecken, er würde sich von diesem endlosen Zustrom erdrückt fühlen.

Groth hat seine Idee vor Kuhn ausgebreitet. Sie wollen bei den drei Vollzugsanstalten, Bützow, Neustrelitz und Brandenburg, Listen der entlassenen Straftäter aus den Jahren 1990 und 1991 anfordern. Wie viele Namen sie erhalten werden, lässt sich nicht absehen. Sie werden anschließend die Listen abarbeiten müssen, Klinkenputzen, auch das eine mühsame Aufgabe. Aber vielleicht haben sie

Glück und finden den Grund, warum sich das von Endlicher beschriebene Riesenrad in sechs langen Jahren nicht gedreht hat.

»Ich weiß, dass alles am seidenen Faden hängt«, sagt Groth jetzt. In Gedanken fügt er hinzu: Wenn es noch immer nach Bekendorf ginge, wäre ich gar nicht hier. »Es ist die einzig konkrete Spur, die wir haben.« Und da ihm das zu bittstellerisch vorkommt, fügt er hinzu: »Alternativ können wir weiterhin auf dem Mönkeberg Streife fahren und abwarten, ob der Täter erneut zuschlägt.«

Kuhn bückt sich unter den Tisch und holt eine Thermoskanne hervor. Er schenkt sich eine gelbliche Flüssigkeit ein. Der Geruch von Kamillentee erreicht Groths Nase.

»Es ist den Versuch wert«, sagt Kuhn. »Solange Sie den offiziellen Weg über die JVAs gehen, bin ich einverstanden.«

Groth ist bereits an der Tür, da sagt Kuhn: »Übrigens. Sie hatten bei Rinke den richtigen Riecher, Herr Groth.« Kuhn nickt ihm zu. »Hoffen wir, dass es auch dieses Mal so ist.«

Die darauffolgenden Tage vergehen wie in Zeitlupe. Die Zeiger auf seiner Uhr schleichen bis zur Mittagspause, dann bis zum Feierabend, und jedes Mal denkt Groth, dass wieder ein Arbeitstag vergeudet wurde, wieder wird es Stunden dauern, bis sich in den Haftanstalten jemand über die Listen beugt und die Namen und Daten vergleicht. Er möchte es am liebsten selbst machen. Ja, Groth würde sich gerne ans Steuer setzen und persönlich nach Bützow oder Brandenburg fahren, doch Kuhn hat ihm unmissverständlich klargemacht, dass jetzt Geduld gefordert ist. Sie müssen den offiziellen Weg gehen. Die Listen müssen handschriftlich erstellt und von den Anstaltsleitungen übermittelt werden. Nachdem ihm die Zeit in den letzten Wochen davongerannt ist, wird sie jetzt zu einer sämigen Masse, wie Lava, die zuerst aus dem Erdinnern schießt, um dann in einem unendlich trägen Strom Richtung Tal zu fließen.

Groth hat keinen Sinn für die Telefonnotizen, die sich auf seinem Schreibtisch angehäuft haben. Er ignoriert Hennemanns Presseanfragen. Als Gerda Küttel darauf besteht, ruft er den Bürgermeister zurück und versichert, dass oben auf dem Mönkeberg verstärkt Streife gefahren werde. Er delegiert einige seiner unerledigten Telefonnotizen an Marlene Thiese, die sofort versteht, dass da gerade eine Fleißarbeit an sie abgewimmelt wird, weil sie als Azubi von vorneherein immer das kürzeste Streichholz in der Hand hat, da müssen sie nicht mal ziehen.

Sie schnappt die Zettel aus Groths Hand und stürmt damit ins Gemeinschaftsbüro im Dachgeschoss.

Am zweiten Abend des Wartens ruft ihn Irina Diehl aus Barth an, vom Fernsprecher, wie sie ihm erklärt. Kein Telefon auf den Zimmern. Sie sagt zweimal kurz nacheinander, dass es ihr gut gehe. Seit dem Vorfall vor vier Wochen sei sie nun trocken. Es gefalle ihr nicht, dieses Wort.

»Vorfall?«, fragt Groth.

»Nein, das Wort trocken.« Er hört sie atmen. »Wer will denn schon trocken sein?«

Groth stimmt ihr zu.

Dann sagt sie: »Moment mal eben, Arno.«

Im Hintergrund quietscht es. Irina Diehl ruft etwas, er vermutet, nach draußen. Er versteht die Worte »aufhören ... wummern ... geht dadurch nicht schneller« und »Zwischenmenschliches«.

Dann ist sie zurück am Hörer. »So. Das war leider nötig.«

»Es ist schön, deine Stimme zu hören«, sagt er.

Irina Diehl gelingt ein »Ja« als Antwort. Groth hört ihr an, wie sehr sie sich zusammenreißt. »Eigentlich wollte ich in den Ferien nach Italien reisen, idealerweise mit dir, Arno. Aber nun ist es eben anders gekommen.«

Hier legt sie eine Pause ein. Im Hintergrund hört Groth einige Münzen durchrutschen.

»Italien läuft nicht weg«, sagt Groth.

»Außer vielleicht Venedig«, antwortet sie.

Da hat sie recht, also lässt er es so stehen.

Dann ist das Geld verbraucht, sämtliche Abschiedsworte obsolet, und Groth hat trotz allem ein Lächeln auf den Lippen.

Am nächsten Tag ruft Gerstacker stündlich aus seinem Büro im Erdgeschoss an, um sich nach dem Stand der Dinge zu erkundigen. Bald hebt Groth nur den Hörer ab, wartet auf Gerstackers eine Silbe: »Und?«, und antwortet mit zwei Silben: »Noch nichts.« Das Wort »noch« ist wichtig, denkt Groth, als er am Schreibtisch sitzt. Es ist Tag drei des Wartens, fünfzehn Uhr, und alles sieht danach aus, dass es einen weiteren Feierabend geben wird ohne Ergebnis. Vielleicht liegen sie falsch mit ihrer Vermutung. Vielleicht stimmt es ja, und Groth hat sich verrannt. Vielleicht sieht er Zusammenhänge, wo keine sind.

Er hat gerade erneut seine drei Silben mit Gerstacker ausgetauscht und den Hörer aufgelegt. In genau dieser Position, mit der Hand auf dem grünen Telefonhörer, ist Groth eingefroren, wie ein Stillleben sitzt er da. Sein Arm scheint den Minutenzeiger auf der Wanduhr zu imitieren. Im Nebenraum tippt Gerda Küttel mit hoher Geschwindigkeit etwas ab, das Groth nicht diktiert haben kann. Seine Arbeitsleistung geht seit vorgestern gegen null. Jetzt verstummt die Schreibmaschine. Groth hört ein Schurren, ein Bügel fällt zu Boden. Dann eine Männerstimme, ein kurzes Gespräch, er hört Gerda Küttel »Schönen Feierabend« sagen. Es klingt, als hätte sie es eilig, nach Hause zu kommen.

Doch wider Erwarten klopft es, und Gerda Küttel betritt den Raum mit dem Mantel über dem Arm.

»Bevor ich gehe«, sagt sie. »Gregor Bunterode war gerade hier. Hat mir das hier gegeben. Wohl einer der Briefe, auf die Sie warten.«

Sie befördert einen Briefumschlag aus den Falten ihres Mantels und reicht ihn Groth.

JVA Brandenburg. Auf dem Dienstweg.

Sie sagt noch etwas, aber Groth hört es nicht mehr. Er hat schon den Telefonhörer am Ohr und wählt Gerstackers Nummer.

Keine Minute später klappern die vertrauten Stiefeletten bereits über den Gang. Alles ist so, wie es immer war. Gerstacker klopft nicht, er spricht nicht, sondern nickt Groth knapp zu, als er das Zimmer betritt und sich ohne Weiteres über die Liste beugt. Gemeinsam gehen sie Namen für Namen durch. Sie streichen alle Strafgefangenen, die deutlich später als 1986 inhaftiert wurden. Auch diejenigen, die vor der Wende entlassen wurden. Als sie fertig sind, bleiben zehn Namen.

Eilers
Kottke
Kowalczyk
Labs
Nowak
Opitz
Sauerwald
Schildt
Vollmer
Zimmerling

»Was denkst du?«, fragt Groth. »Irgendeiner dabei, den du kennst?«

Gerstacker schüttelt den Kopf. »Vielleicht übersehe ich etwas, aber auf den ersten Blick, nein.«

Gerstacker liest die Namen jetzt laut vor.

Groth hört nur halb hin. Zwei Namen, Kowalczyk und Vollmer, kennt Groth, aber die Vornamen stimmen nicht, und er weiß, dass er sie mit alten Hamburger Fällen verbindet. Was hatte er erwartet? Dass ihnen der Täter auf einem silbernen Tablett präsentiert wird? Es wird eine Fleißarbeit sein, sie werden die Namen einzeln durchgehen müssen, jeden der zehn Entlassenen auf der Liste näher überprüfen.

Gerstacker hat fertig gelesen und geht zum Fenster. Dort bleibt er stehen wie vor einem Spiegel, wippt auf und ab und beginnt, laut nachzudenken.

»Vielleicht fangen wir bei denen an, die vor Strafantritt in Wechtershagen gelebt haben. Oder bei denjenigen, deren Strafende zeitlich am nächsten an Matti Becks Ermordung liegt. Andererseits könnte das Delikt wichtig sein. Gewaltdelikte vor Eigentum.« Während Gerstacker spricht, hakt sich Groths Blick an etwas fest.

Da steht: Georg Schildt. Inhaftiert 1986. Entlassen in der allgemeinen Amnestiewelle im Frühjahr 1990. Er kennt diesen Namen nicht. Auch die Wohnadresse passt nicht. Aber trotzdem rührt dieser Georg Schildt in Groth etwas auf.

»Georg Schildt«, sagt Groth jetzt.

Gerstacker dreht sich um.

»Was ist mit dem?«

»Sagt dir nichts?«

»Nein. Dir?«

»Nein. Ich weiß nicht. Vielleicht.«

Gerstacker setzt sich auf den Heizkörper und sieht Groth an.

»Was meinst du mit vielleicht?«

»Moment«, sagt Groth.

Er geht zur Garderobe und holt sein Notizbuch aus der Jackentasche. Dann legt er es unter den Lichtkegel der Schreibtischlampe. Groth befeuchtet seinen Daumen und blättert die Seiten durch.

Hier hat er sich seit Tag eins der Suche nach Matti Beck im Johnson'schen Stil alles aufgeschrieben, was ihm auf dem Mönkeberg auffiel. Das steif gefrorene Hemd auf der Wäscheleine, der halbe Kopf hinter der Balkonbrüstung, der Fußweg zum Brauereigelände, Domestosflaschen und volle Mülleimer, die kalten Blicke der Kahlgeschorenen vor dem Jugendklub. Er hat Seite um Seite damit gefüllt. Selbst den Blick aus dem Kioskfenster hat er festgehalten. Wann die Bauarbeiter nach Hause gehen, wie oft der Bus vorbeifährt, wie viele Leute um sechs Uhr abends aussteigen, wann die Kinder zum Kiosk gehen, ob man die Uhr danach stellen kann. Für sich genommen unwichtige Informationen, die sie nicht weiterbringen, bis eben doch eine davon plötzlich ein Bild vervollständigt. Denn jetzt fällt es ihm ein. Der leer stehende Friseursalon.

Gerstacker ist an den Schreibtisch getreten.

»Und?«

Als Groth die Seite findet, steht da: »Frisuren Schildt«. Groth öffnet seine Schreibtischschublade und greift nach ganz hinten. Da liegt ein Telefonbuch, das er längst wegwerfen wollte, weil es ungültig ist. Fernsprechbuch Deutsche Post. Es stammt aus dem Jahr 1989.

Der Friseurbetrieb Schildt ist unter Wechtershagen mit der Nummer 3386 gelistet.

»Das ist er«, sagt Gerstacker. »Das muss er sein.«

Und auch Groth wird von einer prickelnden Gewissheit erfasst, er ist sicher, dass das kein Zufall sein kann. Frisuren Schildt.

Zwischen all den Fenstern und Straßen und Balkonen leuchtet ihnen endlich ein Name entgegen.

33

Benno sitzt in Dr. Morgenthals Wohnung und kann sich nicht konzentrieren. Seine Mutter hat Ulo und ihm versprochen, das Richtige zu tun, und zwar heute, gleich nach dem Dienst. Da bist du am Bahnhof, hat Benno gesagt, das Polizeirevier ist nur zwei Straßen weiter.

»Wird gemacht, mein Großer«, hat sie gesagt und gelächelt, aber unter dem Lächeln lag ein Zögern. Aus Angst. Da kann sie Benno nichts vormachen. Vielleicht kneift sie am Ende doch noch, das ist leider möglich.

»Auch eine Handlung kann eine Metapher sein«, sagt Dr. Morgenthal jetzt. »Zum Beispiel, wenn uns jemand ein besonderes Essen kocht, dann drückt sich darin Liebe aus. Oder wenn man gemeinsam ein Motorrad repariert«, fügt Morgenthal mit einem Seitenblick auf ihn hinzu.

Benno beginnt zu verstehen.

»Wenn jemand etwas für dich tut, was er gar nicht tun will«, sagt er. »Weil er davor Angst hat«, schlägt er vor.

»Auch das«, nickt Morgenthal. »Die Liebe lässt uns sogar unsere Angst überwinden. Das ist ein gutes Beispiel.«

Doch als Benno nach Hause kommt, liegt da ein Zettel. *Musste noch mal los, bin spätestens um neun zurück. Polizei morgen, ich verspreche es!* Benno zerknüllt das Papier und lässt es liegen.

Dabei war es seine Mutter, die ihm beigebracht hat, sich nicht zu ducken.

»Weißt du, wie du merkst, was das Richtige ist?«, hat sie ihn im letzten Sommer auf der Fahrt nach Wechtershagen gefragt. »Das Richtige ist das, was dir am schwersten fällt.«

Wie zum Beispiel die Altbauwohnung in Hellersdorf an einem Mittwochmorgen mit nichts als einem Koffer und einer Tüte mit Bettwäsche für immer zu verlassen.

Das haben sie gemacht, seine Mutter und er. Im letzten Sommer.

Sein Vater denkt, sie sind in den Westen gegangen, weil seine Mutter da schon immer hinwollte. Und jetzt sucht er ganz Hamburg nach ihnen ab.

Benno weiß, wie der Polizist aussieht. Er hat ihn mehrmals auf dem Schulhof gesehen und einmal im Jugendklub. Da haben sie eine Partie Billard gespielt, und Benno hat gleich gemerkt, dass der Polizist von ihm beeindruckt war. Die Art, wie er ihm über dem Queue zugezwinkert hat, voller Anerkennung, das hat Benno nicht vergessen. Außerdem wissen alle, dass er manchmal mit einem seiner Kollegen im Paradies zu finden ist. »Wahrscheinlich warten die darauf, dass der Mörder reinspaziert«, sagte Ingo.

Tatsächlich sitzt der Polizist auch an diesem Abend an einem Tisch in der Ecke und scheint auf jemanden zu warten. Benno geht zweimal an der Scheibe vorbei. Es ist niemand in der Kneipe, den er kennt. Trotzdem setzt er seine Mütze ab, die Farbe ist viel zu knallig. Benno hat schon die Türklinke in der Hand, als er einen Rückzieher macht. Ein Bauarbeiter kommt und geht vor ihm in die Kneipe. Benno hält ihm sogar die Tür auf. Er selbst bleibt draußen auf dem Gehweg stehen. Allmählich wird ihm kalt.

In der Nähe knallt ein Auspuff und lässt ihn zusammenzucken. Genau wie seine Mutter, die die Wohnungstür zweimal verriegelt und trotzdem vor jedem Geräusch erschrickt. Aber irgendwann muss Schluss sein mit der Angst, findet Benno. Man kann doch nicht immer die Koffer packen und weiterziehen. Benno denkt an Dr. Morgenthal, der jedes Mal hinter ihm herwinkt, auch wenn Benno schon längst im Treppenhaus ist. Er mag Dr. Morgenthal, aber er möchte nicht so allein sein, wenn er selbst mal alt ist.

Benno gibt sich einen Ruck und geht hinein.

Der Polizist sieht Benno an wie jemanden, den er schon mal irgendwo gesehen hat.

Benno stellt sich an den Tisch, mit dem Rücken zum Wirt, denn der hat seine Ohren sicher überall, so wie im Hellersdorfer Wohnhaus der Treichel aus dem Vierten. Der zog ihnen sogar mit der Pinzette die Umschläge aus dem Briefschlitz.

»Wir haben Billard gespielt«, sagt der Polizist jetzt.

Benno nickt.

»Setz dich doch.«

Benno schiebt den Stuhl zurecht. Die Stuhlbeine quietschen über den Steinboden. Durch das Geräusch bekommt Benno eine Gänsehaut.

»Ich hatte keine Chance gegen dich.«

Benno weiß nicht, was er darauf antworten soll, also schaut er auf seine Hände, die ganz rau sind und rot. Er hat gar nicht gemerkt, dass er keine Handschuhe anhat.

»Worum geht es denn?«

»Um meine Mutter«, sagt Benno. »Die weiß was über Matti Beck und traut sich nicht, es zu sagen.«

Der Polizist sieht überrascht aus. Er legt die Unterarme auf den Tisch und lehnt sich ein Stück nach vorne.

»Du kanntest Matti Beck?«

Benno schüttelt den Kopf.

»Meine Mutter auch nicht.«

»Darf ich fragen, wie du heißt?«

Benno hat die Frage erwartet.

»Noch nicht«, sagt er. »Vielleicht später.«

»In Ordnung«, sagt der Polizist. Er hat sich einen Bierdeckel gegriffen, den stellt er jetzt auf die Kante und rollt ihn zwischen den Fingern wie ein Rad.

»Was weiß deine Mutter denn über Matti Beck?«

»Sie hat an dem Abend den Mörder gesehen.«

Benno beobachtet, wie der Bierdeckel zwischen den Fingern des Polizisten stoppt.

»Moment.« Der Polizist holt ein Notizbuch aus seiner Jackentasche. Der Stift, der darin eingeklemmt ist, fällt auf den Boden. Benno bückt sich und hebt ihn auf.

»An welchem Abend war das?«

»Als er verschwunden ist.«

»Da hat deine Mutter also jemanden gesehen und glaubt, das war der Mörder?«

»Sie hat ihn mit dem Taxi angefahren. Auf der Windigstraße.«

Der Polizist notiert sich das.

»Wie alt bist du?«

»Dreizehn«, lügt Benno.

Der Polizist sieht ihn jetzt sehr freundlich an. »Ich bin froh, dass du mir das erzählt hast. Sagst du mir jetzt, wie du heißt?«

»Lieber nicht«, sagt Benno und presst die Lippen zusammen.

»Du bist erst mal vorsichtig, das finde ich schlau«, sagt der Polizist. »Aber du musst wissen, dass ich auch schlau bin. Ich würde niemals jemanden verraten.«

Benno denkt an die zwei Riegel an der Wohnungstür, an ihre Festung und dass niemand wissen darf, wo sie sind. Der Polizist würde das nicht verstehen.

Also sagt er: »Ich heiße Ingo. Aber mehr sage ich nicht.«

Er schiebt den Stuhl an den Tisch und will gehen, doch der Polizist steht jetzt auch auf.

»Ingo, ich werde mit deiner Mutter sprechen müssen. Gleich. Das ist sehr wichtig.«

Dann fragt der Polizist nach seiner Adresse.

Jetzt hat er also das Richtige getan, denkt Benno, und das hat er nun davon. Ist er jetzt eigentlich ein Spitzel? Bei der Stasi hatten die Informanten alle einen Namen. Seiner wäre wahrscheinlich Ingo. Vielleicht ist das sogar eine Metapher. Er hat gedacht, dass er sich besser fühlt, wenn er die Information an die Polizei weitergibt. Aber leider ist das nicht so. Er überlegt, ob er einfach wegrennen soll. Vor dem Paradies sind die Straßenlaternen ausgefallen, da würde der Polizist gar nicht sehen, wohin er rennt.

Doch der Polizist scheint seine Gedanken zu lesen.

»Ich will mit deiner Mutter einfach nur sprechen, Ingo. Sie hat eine Information, die sehr wichtig sein könnte.«

Benno denkt kurz darüber nach. Dann sagt er: »Mein richtiger Name ist Benno. Benno Paul.«

Im Zimmer brennt nur eine Schreibtischlampe. Der Polizist schiebt einen Stuhl für Ina heran.

»Sie möchten mir etwas sagen?«

Ina sieht den Polizisten an. Sie ist erstaunt, wie sanft er mit ihr spricht.

»Dass Sie mir etwas vorenthalten, ist mir schon bei unserer ersten Begegnung in Ihrer Wohnung aufgefallen«, sagt er. »Warum Sie zögern, verstehe ich allerdings nicht. Schützen Sie jemanden? Einen Freund? Einen Mann? Oder vielleicht liegt der Grund ganz woanders, und es hat gar nichts mit diesem Fall zu tun.«

Der Polizist scheint ihr Gesicht zu studieren.

»Oder ist dieser Grund vielleicht Ihr Sohn?«, fragt er jetzt.

Ina schießen Tränen in die Augen. Sie hat Bennos Stimme im Ohr.

»Du kannst nicht immer weglaufen, Mama.« Er klang ganz erwachsen, als er das zu ihr sagte. So ist das bei ihnen. Wieder einmal ist es Benno, der auf sie aufpasst, obwohl es doch umgekehrt sein sollte.

»Mir geht es nur darum, die Kinder auf dem Mönkeberg zu schützen«, hört sie den Polizisten sagen. »Sie haben auch ein Kind. Und ich vermute, für dieses Kind würden Sie alles tun.«

Der Kommissar greift nach einem Aktendeckel und holt ein Foto heraus, das er genau vor Ina auf dem Tisch platziert.

Es ist das erste Mal seit vielen Monaten, dass Ina nach oben taucht, in die laute, derbe Welt. Sie hat wie in einer Schwimmblase gelebt, abgeschottet und still. Ihre Augen tasten sich langsam an das Foto des toten Jungen heran. Eigentlich erkennt man nicht viel. Kein Gesicht, keine Wunde, kein Blut. Sie sieht einen Anorak, eine Jeanshose, ein liegendes Kind, neben dem man Fähnchen und Markierungen angebracht hat wie auf einer Baustelle. Im ersten Moment denkt Ina sogar, es sei gar kein echter Mensch auf dem Bild, sondern eine Attrappe. Sie haben es nachgestellt, denkt sie. Der Polizist werde ihr doch kein Foto von einer Leiche zeigen. Aber dann fallen ihr all die Kleinigkeiten auf. Der Gummistiefel, der halb vom Fuß gerutscht ist. Das Kinn, das seltsam in die Höhe ragt. Ein Arm ist ausgefahren wie bei jemandem, der Engelsflügel in den Schnee malt. Ina überlegt, ob es der rechte oder linke Arm ist, ihr Richtungssinn ist ganz durcheinander.

Der Kommissar reicht ihr ein Taschentuch.

»Ich glaube, dass ich mit dem Taxi den Mann angefahren habe, der das hier gemacht hat«, sagt Ina. »Und hinterher habe ich Fahrerflucht begangen.«

»Moment«, sagt der Kommissar. »Wann genau war das?«

»An dem gleichen Abend. Er fuhr plötzlich mit einem Moped quer über die Windigstraße und genau in mein Taxi. Das ging so schnell, ich konnte nicht mehr rechtzeitig bremsen.«

»Wurde er verletzt?«

»Ich denke schon. Er hatte was am Bein. Aufstehen konnte er noch, denn als ich mich genähert habe, um ihm aufzuhelfen, ist er sofort zu seinem Moped gehumpelt und hat es auf die andere Straßenseite geschoben. Er wollte so schnell wie möglich weg.«

»Können Sie mir sagen, was der Mann anhatte und wie er aussah?«

Ina schüttelt den Kopf.

»Ich weiß nicht mehr, was er anhatte.« Sie ist eine Meisterin der Verdrängung.

Der Kommissar, der sie gerade noch voller Erwartung angeschaut hat, sieht jetzt zu Boden. Natürlich ist er enttäuscht, Ina versteht das.

»Aber ich würde sein Gesicht wiedererkennen.«

Der Blick des Kommissars richtet sich wieder auf sie.

Sie hat das Gesicht des Mannes für eine Sekunde genau vor sich gehabt. Da ist der Blitz einer Erinnerung, ein Paar aufgerissene Augen im Scheinwerferlicht. Der Rücken des Mannes, der vor ihr in die Dunkelheit flüchtet.

»Und ich hab was gerochen«, sagt Ina.

Der Polizist sieht sie erstaunt an.

Ina schließt kurz die Augen. Niemand außer ihr hätte es bemerkt. »Er roch nach einem Rasierwasser, das ich kenne.«

»Da sind Sie sich sicher?«

»Ich würde den Geruch unter Tausenden erkennen«, sagt Ina und hebt ihr Kinn. »Unter Tausenden.«

34

Zum ersten Mal folgen sie einem Namen und einem Gesicht. An der Stellwand hängt das Phantombild eines sechsundzwanzigjährigen, dunkelhaarigen Mannes, den sie observieren, auskundschaften, beleuchten. Nachdem sie über Wochen keine nennenswerte Spur hatten, geht es jetzt schwindelerregend schnell. Groth fühlt sich an früher erinnert, als er mit Saskia in ihrer Hamburger Wohnung auf einem Teppich Memory spielte. Um die große Raute in der Mitte legten sie die Karten aus. Sie saßen davor, Saskia und er, der Ablauf war immer gleich. Zuerst waren alle Karten ordentlich gereiht, sie deckten auf, legten zurück, merkten sich die Bilder und Stellen. So ging das eine Weile, bis sich Saskia das erste Paar holte. Dann er. Die Reihen begannen sich zu lichten. Und dann kam der Moment, den Groth besonders mochte, weil sich Saskias kindliche Freude in ihrem Gesicht Bahn brach, jedes Mal aufs Neue. Es waren nur wenige Karten übrig. Sie fand zwei Gleiche, war noch einmal am Zug und deckte in einem furiosen Endspurt alle verbliebenen Paare auf, bis für ihn nichts mehr übrig war und der Teppich leer gefegt.

An einem solchen Punkt sind sie jetzt in ihren Ermittlungen. Die Einsatzgruppe ist ausgeschwärmt, um sich ein Bild von dem Mann zu machen, der alle Eigenschaften ihres Täters erfüllt. Jede Spur, die sie aufnehmen, führt sie zur nächsten, das Tempo erhöht sich, bis sie es plötzlich vor sich haben, das Gesamtbild, den Täter.

Georg Schildt.

Sein Name steht auf der Stellwand, als hätte er sich von Anfang an im Hintergrund versteckt gehalten. Wie ein Vexierbild existierte er im Teppichmuster dieses Falls vor aller Augen, sie konnten ihn bloß nicht sehen.

Georg Schildt wohnte bis 1982 in dem Haus, in dem Matti Becks Leiche gefunden wurde. Vielleicht ging er dort noch ein und aus, nachdem er mit den Eltern längst in die Oststadt gezogen war, denn sie vermuten, dass Georg Schildt in all den Jahren einen Schlüssel zum Haus behalten hat, der noch funktioniert. Sie wissen nun, dass niemand die Schließanlage ausgetauscht hat. Die Familie war in der Gegend bekannt. Der Vater, Manfred Schildt, führte einen Friseursalon auf dem Mönkeberg, Frisuren Schildt, ein Meisterbetrieb im alten Stil. Die Schildts kannten auch die Familie Warnke, denn sowohl Manfred Schildt als auch Steffen Warnke gehörten als Selbstständige der Handwerkskammer an. Georg Schildt umgab sich bereits als Jugendlicher gerne mit kleinen Kindern. Ein Nachbar von damals sagte ihnen, der Friseurmeister Schildt sei streng mit dem Sohn gewesen. Er habe seinen Georg an der kurzen Leine gehalten. Ein herber Schlag für ihn, als sich der Sohn gegen den Friseurberuf entschied. Die Mutter? Weich. Gefällig. Sie stecke Georg zu viel Geld zu. Dass er im Gefängnis saß, empfinde sie als Fehlurteil. Ihr Sohn habe nichts verbrochen.

Eine Woche lang ermittelte die Einsatzgruppe »Nachtschatten« verdeckt und machte ihrem Namen alle Ehre. Schaller und Krüger befragten unter einem Vorwand die früheren Nachbarn. Bunterode und Thiese beobachteten das Wohnhaus von Schildts Mutter in der Oststadt, Groth und Gerstacker folgten Schildt, der zu Fuß unterwegs war und sie zu einer Werkstatt führte, die seine Simson repariert. Sie gingen Schildts Strafakte durch. Sie sprachen mit dem Wirt, in dessen Kneipe Georg Schildt vor sechs Jahren wegen einer Schlägerei festgenommen worden war, und telefonierten mit dem Anstaltsleiter der JVA. Sie haben ihre Karten in der Hand. Der Teppich ist leer. Der nächste Schritt lautet: Zugriff.

Groth lässt Gerstacker den Vortritt, als es an die Zusammenfassung ihrer Ermittlungen geht. Sie sitzen am ovalen Tisch im Chefzimmer. Zwei Flaschen Mineralwasser stehen bereit, dazu Gläser, Notizzettel, Stifte. Rolli Kuhn ist da und lehnt sich dieses Mal nicht im Stuhl zurück, sondern sitzt konzentriert und nach vorne gebeugt da, mit den Ellenbogen auf der Tischplatte. In der Nähe der Tür hat Gerda Küttel Platz genommen. Zuletzt betreten Schaller und Krüger den Raum. Groth blickt in ernste Gesichter, die Atmosphäre ist angespannt. Es geht um die Verhaftung eines mutmaßlichen Mörders, möglicherweise in zwei Fällen, Fehler dürfen bei Schildts Festnahme nicht passieren, das hat Kuhn ihnen bereits vorab am Telefon deutlich gesagt.

Gerstacker hält ein dicht beschriebenes Blatt Papier in der Hand, das er gar nicht braucht. Er zittert ein wenig, und Groth fragt sich, ob es Aufregung ist oder die Anspannung der letzten Wochen, die sich endlich löst.

»Georg Schildt«, sagt Gerstacker, »sechsundzwanzig Jahre alt, ledig, von Beruf Leitungsmonteur. Hat zu DDR-Zeiten beim VEB Fernwärmeversorgung Wechtershagen gearbeitet. 1986 kam er nach einem Messerangriff wegen Körperverletzung mit Todesfolge für vier Jahre in Haft.

Nach seiner Entlassung hat er wieder bei den Eltern gelebt, nur für einige Monate, denn der Vater hat ihn schließlich rausgeworfen. Im November 1991 beging Manfred Schildt Selbstmord, die genauen Gründe hierfür sind unklar. Aber sicher ist, dass mit dem Tod des Vaters die starke Hand wegfällt, das letzte Hemmnis, das Georg Schildt abgehalten hat, erneut zu morden. Er zog mit der Mutter in eine kleinere Wohnung in der Oststadt. Das ist die Wohnung, die wir in den letzten Tagen observiert haben. Georg Schildt besitzt ein Moped, eine Simson, die stammt noch aus der Zeit vor seiner Inhaftierung. Es ist anzunehmen, dass er sich mit dieser Simson zum Tatort auf dem Mönkeberg bewegt hat.«

Gerstacker legt seine Notizen auf dem Tisch ab. Die anfängliche Unsicherheit ist ihm nicht mehr anzumerken.

»Ich würde gerne mehr über den Grund für Schildts Inhaftierung im Jahr 1986 hören«, bittet Kuhn. »Meines Wissens haben wir es dabei mit einer vollkommen anderen Tat zu tun.«

»Das stimmt«, sagt Gerstacker. »Diese Tat fand wenige Wochen nach dem Mord an Chris Warnke statt. Ein entsetzlicher Zufall, dass Schildt ausgerechnet da in diese andere Sache hineingeraten ist.« Gerstacker hält eine Sekunde inne, als müsste er die Tragik dieses Zufalls abschütteln, dann fährt er fort: »Schildt stieß in einer Kneipe mit einem Gleichaltrigen zusammen, der provozierte ihn, roch wohl, dass Georg Schildt kein Interesse an Frauen hatte, und beschimpfte ihn als Schwuchtel. Und Schildt ließ sich provozieren. Es kam zum Streit, verbal zuerst, eine Schubserei, bis der Kneipenwirt die Polizei rief. Im Hinterhof zückte Schildt ein Tauchermesser, die Klingenlänge zwölf Zentimeter. Es ist nicht auszuschließen, dass es das gleiche Messer war, mit dem Schildt Chris Warnke getötet hatte. Damit stach er drei Mal auf sein Gegenüber ein und verletzte den Mann so schwer, dass er im Krankenhaus starb.«

Gerstacker zieht etwas aus dem Stapel heraus, der vor ihm liegt, dann hält er ein Schwarz-Weiß-Foto des Tauchermessers hoch, bis alle es gesehen haben. »Das stammt aus der Strafakte von damals.«

»Der Kneipenbesitzer hat uns beschrieben, dass Schildt nicht mal mit der Wimper gezuckt hat«, sagt Groth.

»Und die Abmessungen der Einstichstellen im Fall Warnke«, hakt Kuhn nach. »Stimmen die mit diesem Tauchermesser überein?«

»Ja, da haben wir eine Übereinstimmung«, sagt Gerstacker. »Es kommt als Tatwaffe infrage.«

Sie alle hängen diesem Gedanken nach.

»Das bedeutet also, dass Schildt nach der Kneipenschlägerei von der Bildfläche verschwand, weil er in U-Haft saß.« Kuhn gießt sich

Wasser ein und reicht die Flasche anschließend um den Tisch. »Während die MUK weiterhin nach ihm suchte.«

»Genauso war das«, sagt Gerstacker.

»Was wissen wir sonst über Schildt?«, fragt Kuhn.

Schaller klappt sein Notizbuch auf.

»Wie schon gesagt kam er 1990 wieder auf freien Fuß. Da war er vierundzwanzig. Ihm wurden Aushilfstätigkeiten vermittelt, zuletzt übernahm er im Stadtgebiet einfache Reinigungsarbeiten für die Telekom, darunter auch die Säuberung der Telefonzellen auf dem Mönkeberg.«

»Seinen Vorgesetzten haben wir auch befragt«, sagt Krüger. »Er beschreibt Schildt als freundlich, unauffällig und nicht sehr gesprächig. Seine Arbeit erledigt er zuverlässig. Ob er engeren Kontakt zu Kollegen pflegt, wusste der Vorgesetzte nicht, aber er sagte, das würde ihn überraschen. Schildt erscheine ihm nicht gesellig.«

Von der Stellwand blickt ihnen bei diesen Worten Schildts Phantombild entgegen, die Augen wirken seltsam starr. Groth hat Schildt nur aus sicherer Entfernung gesehen, doch die Ähnlichkeit ist nicht zu verkennen. Nach Krüger übernimmt Groth das Wort.

»Kommen wir zu den Spuren, die sich im Mordfall Matti Beck mit Georg Schildt in Verbindung bringen lassen. Wir haben die Aussage einer Zeugin, Ina Paul, eine Taxifahrerin, die Georg Schildt am Tatabend gegen 19 Uhr mit dem Auto angefahren haben will.«

»Das möchte ich gerne etwas genauer hören«, sagt Kuhn.

»Ina Paul fuhr an diesem Abend zu ihrer Nachtschicht. Sie hatte das Taxi in der Nähe der Angerstraße in ihrer Garage abgestellt, stieg dort ein und nahm den Weg über die wenig befahrene Windigstraße, um die Großbaustelle Mönkeberg-Center zu umgehen. Jetzt im Winter sei dort nichts los, sagte die Zeugin. Auf der Höhe des leer stehenden Wohnblocks kollidierte ihr Wagen mit einem Moped. Der Fahrer rollte über ihre Kühlerhaube und landete auf der Straße. Trotz des Zusammenpralls berappelte er sich so schnell, dass er mit seinem Moped humpelnd in Richtung einer Baustelle verschwand, als sie ausstieg, um nach ihm zu sehen. Sie sagte aus, sein Gesicht für einen Sekundenbruchteil genau vor sich gehabt zu haben. Vor allem aber habe sie beim Aussteigen einen Geruch wahrgenommen. Ein Aftershave, das sie sehr genau kennt. Florena Privileg.«

»Sonstige Zeugen oder Beweisstücke?« Kuhn schaut von seinen Notizen auf.

»Wir haben den Dienstplan von Georg Schildt«, sagt Schaller. »Daraus lässt sich entnehmen, dass er jeweils mittwochs auf dem Mönkeberg arbeitete. Matti Beck hat in einem Kalender, der uns vorliegt, zweimal den Mittwoch eingekreist. Wir können nur vermuten, dass er Georg Schildt kannte. Wir vermuten auch, dass Schildt mit ihm Telefonkarten getauscht hat, das sind beliebte Sammelobjekte bei den Kindern. Wie gut sie sich kannten, wissen wir nicht. Allerdings hat Matti Beck bei einer Begegnung mit Schildt seinen kleinen Bruder Sven dabeigehabt. Sven hat uns erzählt, ein ›Mann‹ habe ihm eine besondere Telefonkarte geschenkt. Inzwischen wissen wir, dass es sich um eine seltene Karte handelt, die nicht frei verkäuflich ist, sondern als Geschenk an Mitarbeiter der Telekom verteilt wird.«

»Wir haben also zwei Personen, die Georg Schildt gesehen haben und ihn möglicherweise identifizieren können«, rekapituliert Kuhn. »Die Taxifahrerin und den kleinen Bruder des Opfers.«

»Richtig«, sagt Groth. »Aber wir werden abwarten, wie kooperativ Georg Schildt sich zeigt. Wenn wir Glück haben, ist eine Gegenüberstellung nicht nötig.«

»Morgen wissen wir mehr«, sagt Kuhn. »Die richterlichen Beschlüsse sollten wir bis zum Ende des Tages haben. Ich mache mich jetzt gleich an die Arbeit. Zugriff morgen früh, meine Herren.« Er klopft zweimal mit den Fingerknöcheln auf die Tischplatte.

35

Am Abend wartet Groth am Wechtershagener Bahnhof auf den Schnellzug aus Stralsund, um Irina Diehl abzuholen.

Es ist der Abend vor dem Sturm, wie Gerstacker nach der Lagebesprechung sagte, am frühen Morgen wollen sie Schildt verhaften, und Groth ist froh, etwas vorzuhaben, das ihn ablenkt. In den letzten Wochen hatte er viel zu wenig Zeit, um über Irina Diehls Abwesenheit nachzudenken, aber während er jetzt hier steht, im orangefarbenen Licht des gleichen Bahnsteigs, auf dem sie sich vor drei Wochen verabschiedet haben, da fühlt er ein deutliches Ziehen im Magen, wie er es sonst nur bei Vorfreude kennt.

Am Bahnsteigende springt das Signallicht auf Grün. Die Einfahrt ist frei. Groth schlägt seinen Jackenkragen hoch. Der Wind hat noch seine Schärfe.

Als der Zug eingetroffen ist und die Reisenden aussteigen, sieht er unter ihnen sofort Irina Diehl. Ihr Haar leuchtet, sie winkt ihm zu, sobald sie ihren Koffer aus dem Waggon und über die Eisentritte auf den Bahnsteig gewuchtet hat.

»Das sind Bücher und Steine«, sagt sie, als Groth den Koffer anhebt und unter dem Gewicht das Gesicht verzieht.

»Steine?«, fragt Groth.

»Kein Witz, Arno. Wir haben in der Therapie Steine bemalt. Einer ist für dich.«

Unterwegs kaufen sie Brot und Aufschnitt, dann schleppt Groth den Koffer in Irina Diehls Flur und weiter über eine enge Treppe hinauf ins Schlafzimmer. Auf der Kommode steht ein gerahmtes Foto. Irina Diehl und ihr Mann am Tag ihrer Hochzeit. Er sieht, dass auf ihrem Nachttisch das Buch liegt, das er, Groth, ihr zu Weihnachten geschenkt hat. Als er zurück in die Küche kommt, deckt Irina Diehl den Tisch zum Abendessen.

»Ich habe viel über mich gelernt in den letzten Wochen«, sagt sie, als sie sich hingesetzt haben. Irina Diehl beißt in eine saure Gurke.

»Zum Beispiel?«, fragt Groth.

»Zum Beispiel, dass ich mich nicht mehr selbst belügen möchte.« Sie wirft ihm einen schnellen Blick zu. »Und die anderen Menschen in meinem Leben auch nicht.«

Eine Weile sprechen sie über die Kurgäste, eine Melkerin und einen Pfarrer zum Beispiel, beide langjährige Alkoholiker, die nach der Therapie als Paar nach Hause gefahren sind, über Kartoffelgerichte in endlosen Variationen, über schwierige Wahrheiten und den ständigen Gedanken an Alkohol.

Dann schiebt Irina Diehl ihren Teller beiseite.

»Weißt du noch, als ich dich im Januar zum ersten Mal von meinem neuen Telefon angerufen habe? Da habe ich dir gesagt, dass du mein zweiter Anruf bist, und du hast gefragt, wer war dein erster?«

Groth lächelt.

»Da habe ich gelogen, Arno. Meine Schwester war nicht die Erste, die ich angerufen habe. Das warst nämlich du. So sieht es aus. *Dich* wollte ich zuerst anrufen. Ich habe mich nicht getraut, dir das zu sagen.« Ihre Stimme klingt rau. »Ich habe dich an jenem Abend angerufen, um dir zu erzählen, was mit mir los ist, dass ich trinke und damit aufhören muss, und während wir sprachen, stell dir das vor, da hatte ich ein Glas Wodka in der Hand.«

Ein Hilferuf, und er hat ihn nicht gehört. Groth will etwas Tröstendes sagen, aber es fällt ihm nichts ein, also flüchtet er sich in eine Plattitüde. »Es ist gut, dass du dich dem Problem stellst.«

Irina Diehl scheint es zu überhören. Sie nimmt ihr Messer zur Hand und schneidet sich ein viel zu großes Stück Butter ab.

»Ich möchte dich etwas fragen, Arno. Und bitte dich um eine ehrliche Antwort.«

Groth legt sein Käsebrot ab. »Das klingt ernst.«

»Am Telefon haben wir über Italien gesprochen. Weißt du das noch?«

Sie verteilt Butter auf einer Schnitte, als verlange es ihre volle Konzentration.

»Ich erinnere mich. Du wolltest im Frühling verreisen.«

»Das stimmt. Wobei du einen wichtigen Teil unterschlägst. Wir haben vor Weihnachten schon einmal darüber gesprochen. Damals habe ich dich gefragt, ob du mitwillst. Und erinnerst du dich noch an deine Antwort?«

Groth schüttelt den Kopf, dabei ist er sicher, dass er schon damals ausweichend geantwortet hat.

»Du hast gesagt: ›Zuerst muss ich ankommen.‹«

Das Gespräch driftet in eine Richtung, die Groth ungern ansteuert. Er trinkt einen Schluck Tee. Die nächste Frage ist unausweichlich.

»Bist du inzwischen angekommen, Arno?«

Groth weiß nicht, was er sagen soll, obwohl die Antwort klar ist. Nein.

Schließlich hört er sich sagen: »Ich arbeite daran.«

Irina Diehl lächelt.

»Du musst dich entscheiden, Arno. Man kann nicht immer nur warten, bis einem die Lösung in den Schoß fällt. Ich frage dich: Wo willst du denn zu Hause sein? Uwe Johnson zum Beispiel lebte freiwillig in Sheerness. Hätte er nicht auch woanders hingehen können? Wo du zu Hause bist, das ist doch ein willentlicher Akt.«

Genau da differieren sie.

»Das weiß ich eben nicht, Irina. Vielleicht bin ich anders als du.

Ich kann nicht einfach eines Morgens entscheiden, dass ich am richtigen Ort bin, und alle Zweifel abschütteln.«

Irina Diehl schaut zur Seite. Ihr Gesicht bekommt einen Ausdruck, als wäre sie den Tränen nah.

Nach einigen Sekunden sagt sie: »Da hast du wahrscheinlich ins Schwarze getroffen. Du kannst dich nicht entscheiden, wohin du gehörst. Das liegt aber nicht an Wechtershagen oder an Hamburg. Sondern an dir, Arno.«

Sie sieht ihn jetzt direkt an und legt ihre Hände auf seine Unterarme.

»Das möchtest du vielleicht nicht hören. Seit drei Monaten treffen wir uns, wir verstehen uns prächtig, und, wenn ich ehrlich sein darf, brauchst du mich sogar, um nicht völlig zu vereinsamen. Aber du weißt noch nicht mal, was das ist zwischen uns. Eine Freundschaft? Eine ehemalige Freundschaft, aus Schulzeiten übrig geblieben? Oder eine mögliche Beziehung. Sei ehrlich, Arno. Du weißt es nicht.«

Er überlegt, wie er darauf antworten soll, und entscheidet sich für die Wahrheit. »Es gibt einen Grund.«

»Sag ihn mir.«

»Das kann ich nicht. Nicht jetzt.«

»Dann lass mich dir helfen. Es hat mit deiner Tochter zu tun, nicht wahr? Du hast von ihr gesprochen, aber an Weihnachten warst du allein. Ich habe Fotos von ihr in deiner Wohnung gesehen. Auf allen Bildern ist sie noch sehr jung. Ihr ist etwas geschehen, habe ich recht?«

Groth nickt. Er spürt ein Kribbeln in den Beinen, dann das bekannte Gefühl einer aufkeimenden Panik.

Er zieht seine Arme unter Irina Diehls Händen hervor und steht auf. Da ist er wieder, der Fluchtinstinkt. Groths Blick geht zur Tür.

Er verlässt die Küche und nimmt seine Jacke von der Flurgarderobe. Noch bevor er sie anzieht, hat er die Haustür geöffnet und atmet die schwere Nachtluft ein.

So steht er auf der Türschwelle, mit der Jacke in der Hand.

Im Haus gegenüber bellt ein Hund.

Die Straße vor Irina Diehls Haus ist eine von denen, die entweder in die Stadt führen oder tiefer hinein ins Land. Eine Fahrbahn in jede Richtung, kein Mittelstreifen. Hier muss man zurechtkommen. Die kalte Luft nimmt Groth einige Sekunden lang den Atem.

Groth bleibt in der offenen Tür stehen, aber er geht nicht zum Auto. Er zieht die Jacke nicht an. Er tritt zurück in den Flur, schließt die Haustür, geht wieder in die Küche zur Bank, auf der er eben noch gesessen hat. Da ist eine Mulde im Kissen, die von ihm stammt.

Irina Diehl sitzt unverändert an der Stelle, an der sie ihm eben ins Gewissen geredet hat.

Sie lächelt, aber unter dem Lächeln liegt Sorge.

»Saskia«, sagt er und lässt sich auf die Bank fallen. »Der Name meiner Tochter. Sie ist vor zwei Jahren und vier Monaten gestorben. Da war sie neunzehn Jahre alt.«

Irina Diehl blinzelt mehrmals. Ihr Mund steht offen.

»Wahrscheinlich hätte ich mich nicht so oft mit dir treffen sollen«, fährt Groth fort. »Versteh mich nicht falsch, ich wollte Zeit mit dir verbringen. Aber ich werde den Ballast nicht los.«

»Ich weiß gar nicht, was ich sagen soll, Arno. Das ist – eine Tragödie. Wie ist das passiert?«

»Es war ein Segelunfall. Bei einer Halse wurde sie am Kopf getroffen. Sie lag drei Wochen im Koma, bevor sie starb.«

Wie oft hat er diesen Hergang schon referiert. Dass er Saskias Freund Uwe die Schuld gibt, sagt Groth nicht. Er spricht nicht vom böigen Wetter an diesem Tag, von Fehlentscheidungen, Selbstüberschätzung. Stattdessen nimmt er ein Stück Gouda vom Teller, verschlingt es, danach noch eines, ohne etwas zu schmecken.

Irina Diehl setzt sich neben ihn auf die Bank.

»Ach, Arno. Jetzt wird mir so vieles klar.«

An den darauffolgenden Tagen hat Groth so viel zu tun, dass er nicht zum Nachdenken kommt, weder über Heimat noch über das Wort »Beziehung«. Die Verhaftung von Georg Schildt erfolgt wie geplant am nächsten Morgen und verläuft reibungslos. Sie rücken in großer Besetzung an, sichern Hintertür und Keller ab, doch Schildt öffnet arglos nach dem ersten Klingeln und leistet keinen Widerstand. Er steht in einer Sporthose aus Polyester vor ihnen, ein fülliger Typ, die dunklen Haare hängen ihm ungekämmt in die Stirn. Unmittelbar nach dem Öffnen der Tür scheint er zu wissen, was hier gerade geschieht und dass es jetzt aus ist. Groth kann es in seinem Gesicht lesen, als er fragt:

»Sind Sie Georg Schildt?«

Bei der Wohnungsdurchsuchung am selben Morgen finden sie neben einer blauen Nylontasche mit Schnur und zwei Messern, einer Praktica B 200 electronic und einem Karton mit Fotos auch einen Flakon Florena Privileg.

Schildts Vernehmung dauert am ersten Tag acht Stunden, am zweiten fünf. Der Mann ist von Anfang an geständig, im Fall Matti Beck wie im Fall Chris Warnke.

Am Abend des zweiten Tages sitzt Groth mit Gerstacker in seinem Büro und hört eines der Tonbänder nochmals ab. Ihnen ist etwas aufgefallen, eine ungenaue Formulierung in Schildts Aussage, doch über was genau sie gestolpert sind, ist ihnen nicht klar.

Groth drückt auf den Startknopf. Die Stimme von Georg Schildt füllt den Raum.

Ich habe nie etwas richtig geplant, mehr so auf mich zukommen lassen. Chris Warnke und Matti Beck, meine ich.

»Die Formulierung ist interessant«, sagt Gerstacker. »Das Wort ›nie‹.«

Groth nickt. »Man bekommt den Eindruck, dass Schildt von

mehr als nur zwei Taten spricht. Dann präzisiert er und nennt Chris Warnke und Matti Beck.«

»Was hältst du davon?«, fragt Gerstacker. »Ob wir dem Ganzen zu viel Bedeutung beimessen?«

»Ich bin nicht sicher. Er verrät sich nicht«, wendet Groth ein. »Hier zum Beispiel.« Groth spult ein Stück weiter. »Er spricht zuerst ganz unbestimmt von ›denen‹, dann wieder von Matti oder Chris.«

Manchmal kam ich zufällig mit einem ins Gespräch. Hab nach der Uhrzeit gefragt oder denen etwas gezeigt. So war das bei Matti. Der hat sich gleich für meine Simson interessiert. Ich habe ihm gesagt, dass ich immer mittwochs auf dem Mönkeberg arbeite und dass er mal probefahren kann, wenn er will. Ich bin ihm dann noch am gleichen Abend nach Hause gefolgt. Ich stand vor seinem Wohnhaus und habe die Namen neben den Klingeln gelesen und mich gefragt, in welchem Stockwerk er wohnt. Das war zwei Wochen bevor ich mit ihm in die Windigstraße gegangen bin.

Groth stoppt das Band. »Hier ist ganz eindeutig von Matti die Rede.«

Gerstacker kratzt sich am Kopf. »Aber es wird auch deutlich, dass Schildt immer wieder versucht hat, Jungen anzusprechen.«

Wieder spult Groth ein Stück weiter.

Der Junge kam mir bekannt vor. Ich hatte ihn kurz davor am Strand beobachtet. Dann kam er mit dem Fahrrad den Feldweg entlanggefahren. Ich hab ihn gefragt, ob er ein Foto von mir machen kann.« … »Es war nicht schwierig. Ich habe Matti gesagt, dass ich ihm Fahrstunden geben kann auf der Simson, wenn das unter uns bleibt. Das haben wir dann auch gemacht, zuerst an der Kleingartensiedlung und später dann in der Windigstraße.« … »Es ist viel schwieriger, im Winter einen guten Ort zu finden.« … »Da war kein Druck. Ich ließ es einfach darauf ankommen.

»Genug«, sagt Groth und schaltet das Tonbandgerät ab. Der Plauderton, in dem Georg Schildt seine Taten beschreibt, ist für ihn nur schwer zu ertragen. Schildt hält mit nichts zurück, er berichtet sorglos jedes Detail, ist willig und gesprächsbereit, als hätte er auf diese Gelegenheit schon sehr lange gewartet.

Am nächsten Tag besucht Groth mit Gerstacker die Becks, um sie über das Ergebnis der Ermittlungen zu informieren, bevor es in der Zeitung steht. Es ist ein vorsichtiges Präsentieren der Fakten am Wohnzimmertisch in der Wallstraße, als sie Heiko und Rickie Beck gegenübersitzen. Hier ist alles noch frisch, der Schmerz greifbar. Heiko Beck sagt, er könne nicht mehr schlafen. Rickie Beck ist dienstunfähig gestellt, bis auf weiteres. Trotzdem liegt dieses Mal kein einziges Kleidungsstück herum, der Tisch ist bis auf ein Fotoalbum und eine offene Bierflasche leer. Die Großeltern aus Grimmen seien da gewesen, hätten aufgeräumt und eingekauft.

»Keiner von uns schafft das«, sagt Heiko Beck. »Was wir gerade noch schaffen, ist Durchhalten.«

Groth erinnert sich an seinen ersten Besuch am Tag nach Mattis Verschwinden, als ihn die Unordnung bereits im Flur erdrückte. Aber da war Leben in der Wohnung, trotz Überforderung, Arbeitslosigkeit, Geldsorgen. Jetzt sieht er den Stillstand, den Mattis Tod mit sich gebracht hat, und Groth schämt sich für seinen unnachgiebigen Blick von damals. Sie werden den Besuch kurzhalten und wiederkommen, wenn sich alles gesetzt hat.

»Meine Frau lässt sich entschuldigen«, sagt Heiko Beck. »Sie ist noch nicht so weit.«

Groth sagt, dass er das verstehe. Er wechselt einen kurzen Blick mit Gerstacker.

»Wir haben den mutmaßlichen Täter ermittelt. Sein Name ist Georg Schildt.« Gerstacker wartet einige Sekunden, dann fasst er zusammen, was sie über Schildt wissen. »Er ist geständig«, sagt Gerstacker. »Er hat den Mord an Matti zugegeben.«

Heiko Beck hat die Hände zur Faust geballt und hält sie vor den Mund.

»Matti kannte ihn flüchtig«, sagt Groth. »Schildt besitzt eine Simson und hat Matti damit gelockt, dass er ihn bei den Kleingärten ein Stück fahren lässt. Nach Schildts Aussage haben sie sich zweimal getroffen, jeweils mittwochs, nach der Schule.«

Rickie sitzt reglos da, während Heiko Beck seine Hände gegen Mund und Kinn presst, als wolle er zubeißen, um den Schmerz mit Schmerz zu betäuben.

»Er war ganz verrückt nach Mopeds und Motorrädern«, sagt er schließlich.

»An jenem Mittwoch«, fährt Groth fort, »da hatte sich Schildt mit Matti erneut in der Nähe der Kleingärten verabredet, und zwar wieder am Mittag nach der Schule. Wir gehen davon aus, dass Matti auch dort auf ihn gewartet hat, denn er hat sich den Tag in seinem Kalender markiert und hoffte, noch eine Fahrstunde zu bekommen. Doch er wartete vergeblich. Schildt tauchte nicht auf. Wir wissen jetzt, dass das bereits Teil des Plans war. Schildt hat Matti mit Absicht versetzt.«

»Um ihn dann später abzupassen und in die Windigstraße zu locken«, ergänzt Gerstacker.

Die Worte stehen im Raum. Gerstacker vergewissert sich mit einem Blick zu Groth, dass er weitermachen kann. Und dann beginnt er den Ablauf im Einzelnen zu schildern. Für einige Minuten tauchen sie in Matti Becks Schicksal ein, der Vater, der Bruder, Gerstacker und Groth.

Es ist Mittwoch, kurz vor achtzehn Uhr. Matti Beck hat sich gerade von Axel verabschiedet und die Angerstraße überquert, als ihm auf dem Gehweg der Mann entgegenkommt, den er heute nach der Schule treffen wollte. Matti erkennt ihn sofort an seiner Monteursuniform.

»Mensch, du bist das«, sagt der Mann jetzt und bleibt stehen.

»Hab dich nicht gleich erkannt.« Die Umhängetasche rutscht ihm von der Schulter, doch er fängt sie mit der Armbeuge ab. Matti hört ein Klimpern wie von Werkzeug. »Tut mir leid, dass ich heute Mittag nicht konnte. Hatte zu viel zu tun.«

»Schon gut«, sagt Matti und versucht, sich nicht anmerken zu lassen, wie lange er an der zugigen Zufahrtsstraße bei den Kleingärten auf ihn gewartet hat.

»Na dann«, sagt der Mann und will weiter, als er nochmal stoppt. »Sag mal, hast du jetzt vielleicht Zeit? Ich hab die Simse in der Windigstraße stehen. Im Dunkeln kannste zwar nicht mehr fahren, aber zwei-, dreimal Starten üben geht allemal.«

Der Mann schiebt den Ärmel hoch, um auf seine Uhr zu schauen. »Müsste aber jetzt gleich sein.«

Matti zögert. Es ist sechs, in einer halben Stunde macht die Kaufhalle zu. Er stellt sich auf die Zehenspitzen, sieht von hier schon die beleuchtete Front des Geschäfts. Gerade geht die Tür auf, eine Frau kommt mit einer vollen Einkaufstasche heraus.

Aber die Windigstraße ist nicht weit von hier. Das Starten hat er letztes Mal nicht hingekriegt. Leergang rein, das weiß er noch, dann Vergaserhebel nach rechts und Kickstarter nach unten treten. Kräftig. Und wenn der Motor läuft, Gas geben. Er hat eine Viertelstunde. Der Mann schaut noch einmal auf seine Armbanduhr.

»Und?«

Kurz darauf stehen sie auf der Rückseite eines Wohnblocks in der Windigstraße. An der Hauswand brennt eine runde Leuchte und gibt gelbes Licht ab. Hier wohne keiner mehr, also könnten sie niemanden stören und ordentlich Krach machen, sagte der Mann, als sie eintrafen.

Matti hat drei Startversuche hinter sich, keiner hat geklappt. Wahrscheinlich zu viel Gas gegeben. Die Luft riecht nach Benzin. Der Mann nimmt Matti die Simson aus der Hand und stellt sie auf den Kippständer.

»Liegt nicht an dir«, sagt er.

Matti versteht das nicht. Er hat alles richtig gemacht, sich genau an die Reihenfolge gehalten.

Der Mann zuckt mit den Schultern und sagt: »Ist die Kälte. Die Alte muss sowieso mal überholt werden.« Er wischt mit dem Lederhandschuh über den Spiegel.

»Ich geh dann jetzt«, sagt Matti.

Er hat sich schon umgedreht, als er einen Widerstand spürt. Seine Kapuze hängt fest. Matti greift danach und fühlt im nächsten Moment einen Lederhandschuh am Kapuzensaum. Der Mann hat den Stoff gepackt, zieht jetzt sogar daran. Dennis macht das manchmal auf dem Schulweg, um ihn zu ärgern. Doch dieser Griff ist viel fester als der von Dennis. Der Reißverschluss seiner Jacke schneidet kalt in die Halsbeuge unter Mattis Kinn. Er lässt den Einkaufsbeutel fallen und zwängt seine Finger unter den Stoff am Halsausschnitt, um sich Luft zu verschaffen. Dennis hätte inzwischen längst losgelassen. Matti schreit: »Lass mich!« Und: »Rickie!« Aber seine Schreie sind kaum zu hören, weil ihm der Stoff in die Kehle schneidet. Matti zerrt am Reißverschluss, um die Jacke zu öffnen. Und genau da lässt der Mann los. Nur für eine Sekunde kann Matti Luft holen, bis sich der Arm des Mannes von hinten um seinen Hals legt.

Was genau im Keller passierte, lässt Gerstacker aus, bis auf die Tatsache, dass es schnell ging. Denn Professor Endlichers Vermutung trifft zu. Schildt hatte ein sexuelles Motiv, doch er wurde gestört. Eine Tür schlug zu, Schritte hallten durchs Treppenhaus. Schildt konnte es nicht fassen, damit hatte er nicht gerechnet. Er wusste nicht, dass im Haus jemand wohnt.

Ob das ein Trost ist? Groth kann in den Mienen der beiden Männer nichts lesen außer Erstarrung. Kurz darauf verabschieden sie sich per Handschlag von den Becks, zuerst Gerstacker, dann Groth. Als er Rickie Becks Hand drückt, sagt Groth, er wünsche ihm, dass er bald wieder nach vorne schauen und sein Studium antreten könne, Matti hätte es so gewollt. Dann verlassen sie die Wohnung, damit das Gesagte Einzug halten kann, langsam, unaufhaltsam, unabänderlich.

Im Anschluss an ihren Besuch bei den Becks fahren Groth und Gerstacker zum Wechtsee. Sie müssen sich die Last dieses Gesprächs von der Seele laufen. Durchpusten lassen, sagt Gerstacker.

Groth war seit Wochen nicht mehr am Wasser. Er hat vergessen, wie weit man aus der Welt heraustritt, wenn man am Ufer steht. Die Landschaft wirkt friedlich, fast stoisch, die Umrisse des Sees eingefasst in eine Steppnaht aus winterlich braunem Schilfgras.

»Ich habe da so ein Gefühl bei Schildt«, sagt Gerstacker. »Kann mir nicht helfen.«

Groth sieht zu Gerstacker hin, der neben ihm steht und die Bahn zweier Blässhühner zu verfolgen scheint, die sich in diesem Moment aus dem Schilf lösen. Ihre spitzen Rufe hallen über die Seeoberfläche. »Was meinst du damit?«

»Etwas sagt mir sehr deutlich, dass dieser Mann noch häufiger getötet hat. Er spielt mit uns. Macht Andeutungen, lässt uns im Dunkeln.«

Groth sieht zu, wie sich Gerstackers weiße Atemwolke auflöst.

»Was schlägst du vor?«

»Wir setzen zwei Leute daran, alle Vermisstenfälle der letzten Jahre durchzugehen. In Wechtershagen und Umgebung, und zwar im Radius, den eine Simson erreichen kann. Die Zeit von Schildts Inhaftierung sparen wir aus.«

Groth will entgegnen, dass all das doch schon längst geschehen sei. Nach Matti Becks Ermordung haben sie jeden Stein umgedreht, jede Eintragung in der Vermisstenkartei, jede Anzeige, jede noch so dünne Spur.

»Ich kann mir nicht vorstellen, dass wir etwas übersehen haben«, sagt Groth.

Er wartet auf eine Bestätigung, aber Gerstacker schaut entschlossen über den See, genau dorthin, wo sich in der Ferne die Silhouette des Mönkebergs wie eine Festung erhebt.

»Wir *haben* etwas übersehen«, sagt Gerstacker.

»Im Moment stecken wir alle bis zum Hals in Arbeit. Ich habe niemanden zur Verfügung außer der Thiese«, sagt Groth.

»Na schön.« Gerstacker hebt das Kinn aus dem Schal. »Dann muss es eben die Thiese machen. Gründlich ist die allemal.«

Am nächsten Tag bringen sie Schildt in die Windigstraße Nummer 17, um die Tat nachzustellen. Schildts Verteidiger ist dabei, Rolli Kuhn, dazu Gerstacker, Schaller und Krüger. Die Anspannung im engen Kellergang ist greifbar. Als sie Schildt platziert haben und anfangen, fühlt Groth einen Anflug von Panik und ist dankbar, dass oben jemand die Haustür offengelassen hat. Kalte Luft zieht über die Kellertreppe herein und mit der Luft das Wissen um den Weg nach draußen ins Tageslicht. Während sie mit Schildt die Handgriffe und Modalitäten der Tat durchgehen, atmet Groth genau diese Luft von draußen ein. Nur so kann er diese Stunde überstehen.

Groth stellt bei dieser letzten Vernehmung nur eine einzige Frage an Schildt. Es ist die, die er sich bis zum Schluss aufgespart hat und die ihn seit Wochen beschäftigt.

»Warum Matti Beck?«, fragt Groth mitten hinein in die Kellerluft.

Er strengt sich an, seine Frage freundlich klingen zu lassen, fast nebensächlich, als interessiere er sich nur am Rande dafür.

Groth erwartet, dass Schildt von seiner ersten Begegnung mit Matti erzählt. Von dem Mittwoch, als sie sich zufällig vor einer Telefonzelle über den Weg liefen. Als Matti nach liegengebliebenen Karten schauen wollte, und Schildt ihm eine gab, die er früher am Tag in einer anderen Zelle gefunden und mitgenommen hatte. Vielleicht hatte der Junge etwas an sich, das Schildt gefiel. Groth stellt sich vor, wie Schildt Matti Beck an diesem Mittwoch gefolgt ist, um herauszufinden, wo der Junge wohnt.

Aber Schildt sagt nichts dergleichen. Stattdessen sagt er einen Satz, von dem Groth sofort weiß, dass er ihn nicht mehr vergessen wird.

»Der Bruder war mir zu jung.«

36

Die Kaltblütigkeit des Mörders Schildt beschäftigt Groth so sehr, dass er den Becks nicht mehr ohne Skrupel ins Gesicht sehen kann, denn er will und wird ihnen diesen Satz nicht mitteilen. Er bleibt verschlossen in Groths Archiv der Unmenschlichkeit, in dem schon Täter wie Pallak viel zu viel Raum einnehmen.

Am Nachmittag steigt Groth mit Gerstacker die Stufen zur Wohnung der Warnkes hinauf. Er wird sich auch hier nichts anmerken lassen, dazu ist er da, er muss das Unerträgliche für die Hinterbliebenen im Schatten verschwinden lassen.

Auf dem Wohnzimmertisch steht auch dieses Mal Kaffee bereit. Am Kopfende des Tisches hat Dagmar Warnke ein gerahmtes Foto von Chris aufgestellt. Er solle seinen Platz in ihrer Runde bekommen, sagt sie, das seien sie ihm schuldig.

»Chris wäre letzte Woche vierzehn geworden«, sagt Steffen Warnke.

Sie alle schweigen und schauen in das Kindergesicht auf dem Bild. Die Haare frisch geschnitten. Zwei übergroße Schneidezähne lachen ihnen entgegen. Ein Grübchen im Kinn.

»Der Beschuldigte ist geständig«, sagt Groth. »Wir haben keinen Zweifel an seiner Täterschaft.«

Gerstacker stellt seine Kaffeetasse ab.

»Wenn Sie bereit sind, haben wir einige Details zum Hergang.« Gerstacker macht eine Pause. »Schildt hat ausgesagt, wie er Chris dazu brachte, vom Fahrrad abzusteigen.«

Steffen Warnke schaut zu seiner Frau, doch die hat den Blick nach unten auf ihre Hände gerichtet. Sie wird Gerstacker nicht ins Gesicht sehen, Groth weiß das, sonst sind die Worte nicht zu ertragen. Steffen Warnke atmet tief durch und wendet sich Gerstacker zu.

»Bitte. Wir sind bereit.«

Es ist, als würden sie Chris zuhören. Endlich kann er ihnen erzählen, was ihm damals zugestoßen ist. Sie tauchen ein in den Abend vor sechs Jahren, als das Leben dieser Familie so jäh zerstört wurde. Ja, zerstört, zerstampft, ausgelöscht, es braucht hier ein radikales Wort, denkt Groth. Nichts anderes wird dem Geschehenen gerecht.

»Heh! Halt doch mal kurz. Kannste mir 'nen Gefallen tun?«

Chris ist bereits an dem Mann vorbeigefahren. Während er bremst, wirbelt Staub auf. Er steigt ab und dreht sich um. Der Mann kommt ihm bekannt vor. Ja, den hat er schon mal gesehen. Da fällt es ihm wieder ein. Beim Haareschneiden war das. Er kennt den Mann vom Friseur.

»Hier.« Der Mann schwenkt etwas durch die Luft. »Kannste schnell mal ein Foto von mir machen? Dahinten, auf der Wiese.«

Er zeigt Richtung Bach.

Chris schüttelt den Kopf. »Ich muss nach Hause.«

Der Mann steht jetzt vor ihm. Das Ding in seiner Hand ist ein Fotoapparat. Er baumelt von einem Lederriemen.

»Verstehe. Na, dann mach mal hin, wenn du's eilig hast.« Der Mann hängt sich den Fotoapparat über die Schulter und kneift die Augen ganz komisch zusammen. »Schickes Rad.«

Chris nickt. Er will mit der Sandale das Pedal gerade richten und losfahren, da sagt der Mann: »Würde aber nicht lange dauern, das Foto.«

Chris verliert in diesem Moment die Balance, das Rad ist schwer und rutscht ihm seitlich weg. Es landet im Gras. Sein Vater sagt, es sei noch zu groß für ihn, aber er werde reinwachsen. Besser reinwachsen als rauswachsen, sagt sein Vater.

»Jetzt biste doch sowieso schon abgestiegen. Kannst doch schnell das Foto machen.«

Chris hat keine gute Antwort darauf, also lässt er das Rad erst mal liegen und folgt dem Mann ins hohe Gras. Es ist heiß und windstill. Das Rasierwasser des Mannes liegt in einer Wolke über der Wiese.

Chris ist nicht sicher, wie man den Fotoapparat bedient. Der Mann sagte was von Auslöser und Knopf, das ging ihm zu schnell, aber er lässt es sich nicht anmerken und drückt auf den einzigen Knopf, den er ertasten kann.

Es klickt. Ein Mal, dann kommt der Mann zu ihm, dreht an einem Rädchen und sagt, dass er noch eine Aufnahme machen soll. Chris drückt ein zweites Mal auf den Auslöser.

»Ich muss jetzt los«, sagt er.

»Klar doch.« Der Mann streckt im Gehen seine Hand nach dem Fotoapparat aus. Chris' Hände schwitzen, aber er hält den Riemen trotzdem sehr fest, damit der Apparat nicht runterfällt. Seine Eltern haben geschimpft, als ihm vor ein paar Wochen im Musikhaus in Berlin eine Ukulele aus der Hand gefallen ist.

Doch was dann passiert, hat Chris nicht erwartet.

Die Hand des Mannes greift gar nicht nach dem Fotoapparat. Stattdessen kommt sie schnell auf ihn zu, näher als nötig. Chris wundert sich noch über die Faust, da boxt ihn der Mann auch schon in den Bauch. Der Fotoapparat fällt ins Gras. Chris krümmt sich und geht in die Knie. Direkt vor ihm springt ein Grashüpfer mit einem Satz davon. Über sich hört Chris den Fotoapparat klicken. Der Mann hat ihn fotografiert.

Niemand spricht im Wohnzimmer der Warnkes. Das Gesagte ist schwer zu ertragen und sickert nach so vielen Jahren nur langsam in Köpfe und Möbel und Wände. Aus einer Nachbarwohnung ist eine Klingel zu hören, kurz darauf wird eine Tür zugeschlagen. Groth hat den Drang, zum Fenster zu gehen und frische Luft ins

Zimmer zu lassen. Doch er zwingt sich, seinen Blick an den Sammelstücken im Wohnzimmerschrank entlangwandern zu lassen, damit sich nur nicht das Foto vom lachenden Chris in sein Sichtfeld schleicht. Nach einer Weile gibt er auf. Das Foto ist da und starrt ihn an. Sein Blick ist darin gefangen wie in einem Netz. Gerstacker hat Schildts Aussage gekürzt. Er hat den Eltern den Ablauf beschrieben, aber nicht die Details dieser Tat, das wiederholte Würgen, das Schildt sexuell erregte, die Abfolge der Stiche, die Qualen. Dass es nach Schildts Erinnerung mindestens fünfzehn Minuten gedauert hat, bis Chris starb. Auch Groth hätte all das nur auf Nachfrage preisgegeben. Nur das Warum, das kann Gerstacker den Eltern nicht ersparen. Es gehört untrennbar dazu.

»Das sexuelle Motiv«, fährt Gerstacker fort, »das Professor Endlicher schon 1986 vermutete, hat sich anhand der Aussage von Georg Schildt bestätigt. Der vorläufige Bericht des psychiatrischen Sachverständigen geht bei ihm von einer schweren Persönlichkeitsstörung mit sadistischer Triebentwicklung aus. Wir müssen sehen, was der Gutachter zur Schuldfähigkeit sagt.«

»Schuldfähigkeit«, wiederholt Steffen Warnke. Seine Stimme klingt deutlich angegriffen. »Dass ich nicht lache.«

Dagmar Warnke legt ihre Hand über die geballten Fäuste ihres Mannes.

»Wir kannten den Vater von Schildt, können Sie sich das vorstellen?«

Die Fassungslosigkeit in Steffen Warnkes Stimme verrät, wie sehr ihn diese Tatsache umtreibt. Groth sieht es vor sich, wie die Menschen auf dem Mönkeberg bei Frisuren Schildt ein und aus gingen, man grüßte sich auf der Straße, wechselte einige Worte, ein Nachbar wie jeder andere. Sicher sprachen die Leute auch vom Sohn, den sehe man nur selten, wird gesagt, ein Einzelgänger, mit Gleichaltrigen komme der nicht gut zurecht. Der Vater mache kein Geheimnis daraus, dass er enttäuscht sei über den Sohn.

»Wie gut kannten Sie den Vater von Georg Schildt?«

»Gut genug, um mich an sein Gesicht zu erinnern.« Steffen Warnkes Stimme bricht. Er sitzt einige Sekunden still da, um sich zu fangen. »Wir waren beide als Handwerker selbstständig. Das war in der DDR ja nicht gut angesehen. Er hatte einen Meisterbrief, war Lotse der Handwerkskammer, genau wie ich.« Steffen Warnke hebt die Hand und zeigt auf einen seiner Manschettenknöpfe. »Da läuft man sich schon mal über den Weg.«

»Einmal sind wir sogar in dasselbe Ferienheim gefahren«, sagt Dagmar Warnke. »Zum Glück nicht zur gleichen Zeit.«

Groth wechselt einen Blick mit Gerstacker.

»Manfred Schildt hat im vergangenen Jahr Selbstmord begangen.« Groth pausiert. »Seine Frau sagt, er habe das alles nicht verkraftet. Was genau sie damit meint, die Wende oder die Inhaftierung des Sohnes, das ist unklar. Sie wollte dazu nichts Weiteres sagen.«

»Es gibt etwas, das ich nicht begreife«, sagt Dagmar Warnke jetzt. »Warum fiel dieser Schildt in all der Zeit niemandem auf? Er hat doch kurz danach wieder einen Menschen ermordet. Und niemand ist auf die Idee gekommen, dass er auch unseren Jungen auf dem Gewissen hat? Wie kann jemand wie er unentdeckt bleiben?«

Gerstackers Sessel knarrt, als er sich für die Antwort in Position bringt.

»Wie Sie sich denken können, habe ich mir die gleiche Frage gestellt. Georg Schildt wurde drei Wochen nach dem Mord an Chris verhaftet. Warum haben wir damals nicht die Verbindung zu Chris gezogen? Was haben wir übersehen? Die Antwort ist ganz banal. Die Taten ähnelten sich nicht. Schildt hat damals einen Mann mit dem Messer schwer verletzt, nachdem dieser ihn als Schwuchtel bezeichnet hatte. Er ist dabei äußerst brutal vorgegangen. Der Mann starb im Krankenhaus an seinen Verletzungen.« Gerstacker legt eine kurze Pause ein, bevor er sagt: »Und dann saß er im Gefängnis, während wir nach ihm suchten.«

Steffen Warnkes Blick geht ins Leere.

Groth lässt einige Sekunden verstreichen. Dann sagt er: »Manchmal ist es unmöglich, selbst das Offensichtliche zu erkennen. Es hat mit Licht und Schatten zu tun. Der Lichtkegel der polizeilichen Ermittlungen ist begrenzt, die Ränder sind unscharf. Georg Schildt hat es geschafft, gerade außerhalb dieses Kegels zu bleiben. Bis jetzt.«

37

Es ist die größte Pressekonferenz, die Groth je bestritten hat. Neun Journalisten, zwei Fernsehkameras, ein Nachrichtenteam des Norddeutschen Rundfunks, eines aus Brandenburg. Groth sitzt mit Gerstacker, Staatsanwalt Kuhn und Polizeipräsident Eicken im Konferenzraum der Staatsanwaltschaft an einem langen Tisch, den man quer gestellt hat. Vor ihnen stehen eigens angefertigte Namensschilder mit Amtsbezeichnungen und zwei Mikrofone. Es riecht nach Lack. Groth fällt auf, dass die Fenster vergittert sind und, wenn er richtig sieht, sogar frisch gestrichen.

Die Reporterin vom Norddeutschen Rundfunk wendet sich an Kuhn. »Gehen Sie davon aus, dass der Mann noch weitere Morde begangen hat?«

»Nein«, sagt Rolli Kuhn. Groth merkt, dass Gerstacker neben ihm unruhig wird. »Dafür gibt es keine Anhaltspunkte.«

»Was passiert jetzt mit dem Täter? Wie kann man dafür sorgen, dass er keine Gefahr mehr für die Öffentlichkeit darstellt?«

Kuhn erklärt, der Tatverdächtige werde psychologisch betreut. Er spricht von psychiatrischen Gutachten, von Untersuchungshaft und einer nach derzeitigem Sachstand sehr wahrscheinlichen Verurteilung zu lebenslanger Haft. In Fällen wie diesen könne das Gericht Sicherungsverwahrung anordnen.

»Wie sind Sie am Ende auf den Mann gekommen? Immerhin hatte die Polizei zuerst den Falschen verdächtigt.«

Es ist Hennemann, der das fragt, und die Frage richtet sich an Groth.

Groth überlegt, wie er darauf antworten soll. Er muss an die falschen Spuren denken, denen sie gefolgt sind, an die Rechten, an Rinke, aber auch an Axel Bunge, Benno Paul und den kleinen Sven.

»Was uns letztlich zum Täter geführt hat, war die Beobachtungsgabe der Kinder im Mönkebergviertel. Ohne deren Mithilfe hätten wir Georg S. nicht aufgespürt.«

Nach der Pressekonferenz fährt Groth mit Gerstacker zurück aufs Revier. Zwei Ampeln lang schweigen sie. Dann scheint sich Gerstacker einen Ruck zu geben.

»Es interessiert dich vielleicht, dass ich jetzt einen Anwalt habe«, sagt er. »Ich werde gegen meine Entlassung klagen. Die Chancen stehen nicht schlecht.«

Als sie auf die Pontanusstraße einbiegen, fügt Gerstacker hinzu: »Du wirst mich also doch nicht so schnell los.«

Und Groth fährt vor Freude so schnell über das Kopfsteinpflaster, dass Gerstacker sich am Handgriff über der Tür festklammern muss.

Auch Groth muss jetzt eine Entscheidung treffen, die seine Zukunft betrifft und die er bereits seit dem Morgen mit sich herumträgt. Vor der Pressekonferenz erhielt Groth einen Anruf aus dem Innenministerium. Ein Referent mit Namen Rauch teilte ihm mit, dass seine Bewerbung um den Dienstposten in Wechtershagen erfolgreich gewesen sei. Er habe sich gegen zwei andere Kandidaten durchgesetzt. Rauch ließ ihm von seinem Vorgesetzten ausrichten, man habe im Ministerium den Fall Georg Schildt verfolgt und sehr wohl wahrgenommen, dass Groth von Anfang an den richtigen Riecher bewiesen habe.

Den Fall Georg Schildt.

Groth hörte nur halb zu, als Rauch ihm die Details erläuterte, die Ernennung im Rahmen einer kleinen Feier, die Aushändigung der Urkunde. Er bedankte sich für die Glückwünsche, aber freuen konnte er sich nicht.

Und nun sitzt Groth im Chefzimmer am großen Schreibtisch

und ruft den Referenten des Innenministeriums Rauch zurück, nur Stunden nachdem er von seiner bevorstehenden Ernennung erfahren hat. Die Nummer hat er sich in sein Notizbuch auf eine Seite mit Johnson'schen Adjektiven geschrieben. *Quengelig. Zerplatzend. Quer.* Groth muss all seinen Mut zusammennehmen. Sein Herzschlag geht schnell, die Finger zittern, als er mit dem Telefonhörer in der Hand das Notizbuch aufklappt und wählt.

Noch bevor Rauch sich meldet, legt sich Groths Aufregung, denn er weiß, dass er das Richtige tut.

»Es tut mir leid«, sagt er. »Aber ich muss die Stelle nach reiflicher Überlegung ablehnen. Aus persönlichen Gründen.«

Einen Moment bleibt es still in der Leitung.

»Sind Sie sicher, Herr Groth? Das würde ich nicht überstürzen. Vielleicht möchten Sie die Entscheidung zumindest überschlafen.«

»Nein, meine Meinung werde ich nicht ändern. Ich bedanke mich für das Vertrauen«, fügt er hinzu, und er meint es so. »Es bedeutet mir sehr viel.«

»Wirklich sehr schade, Herr Groth.«

Kurz darauf ist das Gespräch beendet. Groth schaut sich im Zimmer um. Sein Blick fällt auf das Streichholzschiff in Bekendorfs Vitrine. Es steht da wie vergessen. Er bleibt also vorerst ein einfacher Kriminalhauptkommissar. Und wenn er ehrlich ist, hat er das schon seit einer Weile gewusst. Man soll sich nichts vormachen. Er gehört nicht zu denen, die Fallzahlen hinterherjagen und mit Staatssekretären befreundet sind. Das liegt ihm nicht im Blut. Er möchte auch nicht vom Fall Georg Schildt sprechen. Sondern von Matti Beck und Chris Warnke. Groth klappt sein Notizbuch zu. Vielleicht musste er sich genau deshalb um die Stelle bewerben: um zu erkennen, dass er sie nicht will.

Am nächsten Vormittag löst Groth die Einsatzgruppe »Nachtschatten« auf und räumt seine Sachen aus Bekendorfs Büro. Er wird in sein altes Zimmer im Erdgeschoss zurückziehen, Vorzimmer hin oder her. Selbst Gerda Küttel findet, dass man unten näher dran sei am Geschehen.

Bevor er geht, pflückt Groth alle Zettel von der Stellwand, die sie in den letzten Wochen aufgehängt haben. *Anorak. Telefonkarte. Blutgruppe A. Simson.* Einen Moment lang zögert er. Vielleicht sollte er sie in einem Karton aufbewahren, man weiß nie. Aber dann rafft er alles zu einem Stapel zusammen und wirft ihn so, wie er ist, in einem unordentlichen Haufen in den Papierkorb.

Er ist mit dem Packen fast fertig, als es klopft und Marlene Thiese ins Zimmer tritt. Sie sieht den Karton, der vor Groth auf dem Schreibtisch steht.

»Auch wenn Sie's vielleicht nicht hören wollen«, sagt sie. »Die Stelle hab ich Ihnen gegönnt.«

»Danke«, sagt Groth. Er muss lächeln. »Aber wie es aussieht, warten andere Aufgaben auf mich.«

»Apropos Aufgaben«, sagt Marlene Thiese.

Sie legt eine dünne Akte vor Groth auf den freien Teil des Schreibtischs.

»Ich bin da auf etwas gestoßen.«

Groth entziffert »Rosenholz, E.« auf dem Aktendeckel. Der Name sagt ihm nichts.

»Die Frau mit der eingebildeten Entführung«, hilft Marlene Thiese ihm auf die Sprünge.

Da dämmert es Groth. Sie war Anfang Januar bei ihm. Eine Frau in seinem Alter. Er erinnert sich, dass ihr fellbesetzter Mantelkragen kahle Stellen hatte. Sie behauptete, ihr Sohn sei vor zehn Jahren entführt worden, doch aktenkundig war nichts. Schaller kannte die Frau. »Die Rosenholz hat se nicht mehr alle. Einen Sohn hat die gar nicht. Nie gehabt«, sagte Schaller zu Groth. »Die taucht jedes Jahr im Januar auf und erzählt uns die gleiche Geschichte. Kannste die Uhr nach stellen.«

Doch Marlene Thiese schüttelt den Kopf. »Die bildet sich nichts ein. Die Rosenholz hatte tatsächlich einen Sohn. Jakob.«

Groth, der gerade die Klappen des Kartons schließt, hält inne.

»Der Sohn ist im Januar 1982 im Alter von sieben Jahren spurlos verschwunden.«

»Nicht möglich«, sagt Groth.

»Doch. Dieses Schreiben hier stammt aus der Patientenakte der Rosenholz.«

Sie reicht Groth ein holziges Papier, das eng mit Schreibmaschine beschrieben ist und löchrig wirkt.

Er liest den Briefkopf.

»Polizei Braunlage?«

»Der Sohn ist nicht hier, sondern im Erzgebirge verschwunden. Dort war die Rosenholz mit ihrem Mann und dem Sohn in jenem Winter in Urlaub. Irgendein Ferienheim der Handwerkskammer, der Name steht im Bericht. Sie hat den Sohn dort am 3. Januar 1982 als vermisst gemeldet.«

Groth überfliegt den Polizeibericht. Jakob Rosenholz, sieben Jahre alt, am Nachmittag nicht mit den anderen Kindern vom Schlittenfahren zurückgekehrt, zuletzt gesehen von jugendlichen Betreuern gegen vierzehn Uhr dreißig.

»Der Fall liegt also gar nicht in unserer Zuständigkeit«, sagt Groth und versucht, nicht allzu erleichtert zu klingen.

»Da bin ich eben nicht so sicher«, entgegnet Marlene Thiese. Sie entnimmt der Akte eine weitere Seite und dreht sie zu Groth.

»Hier. Einer der Zeugen war ein Jugendlicher aus der Schlittengruppe.«

Sie zeigt auf den Namen.

Groth zieht sich die Seite heran und erstarrt.

Georg Schildt aus Wechtershagen.

»Ich hab das nachgerechnet«, sagt Marlene Thiese. »Georg Schildt war damals sechzehn Jahre alt. Seine Eltern waren auch mit in Braunlage. Das war 'ne ganze Gruppe, sechs Familien. Die kannten sich alle über die Handwerkskammer. Anders kam man ja an solche Reisen gar nicht ran.«

Handwerkskammer.

»Sechzehn Jahre«, wiederholt Groth.

»Genau.« Und in üblicher Thiese-Manier setzt sie hinzu: »Jung, aber nicht so jung, dass es unmöglich erscheint.«

Die Meldung, die am nächsten Morgen im *Vier-Tore-Kurier* erscheint, wirkt auf Groth zu diesem Zeitpunkt in fast absurder Weise veraltet. Die Zeitung liegt auf dem ovalen Konferenztisch, als Groth die aufgelöste Einsatzgruppe erneut einbestellt und Marlene Thiese von ihren Erkenntnissen berichten lässt. Am Ende ihrer Ausführungen herrscht für einige Momente Sprachlosigkeit.

Es ist Gerstacker, der das Schweigen bricht.

»Ich wusste es. Wir müssen noch mal ran«, sagt er und schüttelt den Kopf.

Groth lässt das für einige Sekunden im Raum stehen. Dann sagt er: »Ich rufe Kuhn gleich an. Wie es aussieht, hat Gerstacker recht. Wir müssen die Kollegen in Braunlage informieren. Mit Schildt sind wir noch nicht fertig.«

Durchbruch im Fall des getöteten Matti B. auf dem Wechtershagener Mönkeberg. Polizei und Staatsanwaltschaft gaben bei ihrer gestrigen Pressekonferenz weitere Details zum Mordfall des elfjährigen Matti aus Wechtershagen bekannt. Der Junge wurde im Januar im Keller eines leer stehenden Hauses tot aufgefunden. Die Aussagen mehrerer Jugendlicher und Bewohner führten schließlich zur Festnahme des Tatverdächtigen. Die zuständige Staatsanwaltschaft Wechtershagen ermittelt gegen einen vorbestraften 26-jährigen Monteur wegen des Vorwurfs des Mordes in zwei Fällen. Die Polizei geht davon aus, dass er nicht nur für den Tod des Elfjährigen verantwortlich ist, sondern bereits 1986 ein achtjähriges Kind getötet hat. Der gebürtige Wechtershagener wurde dem Haftrichter vorgeführt, der Haftbefehl erließ. Der Tatverdächtige befindet sich in Untersuchungshaft. Die Ermittlungen der Kriminalpolizei dauern an. Es gilt die Unschuldsvermutung.

Ein letztes Mal fährt Groth auf den Mönkeberg. Er stellt das Auto an genau der Stelle ab, an der er es zum ersten Mal geparkt hat, sechs Wochen ist das jetzt her. Hier hat er an mehreren Abenden bei schneidender Kälte Position bezogen, wie ein Wächter, Hände in den Jackentaschen, und sich aus Fenstern und verglasten Balkonen betrachten lassen. Die Luft ist jetzt fast lau.

Wie leicht hätte ihm die Lösung des Falles Matti Beck durch die Finger gleiten können. Groth steht auf der Breiten Straße und glaubt, alles im Blick zu haben. Jedes Haus, jeden Aufgang, die Balkone. Die Bushaltestelle, den Kiosk, die Kaufhalle, die Passanten. Doch in Wahrheit haben sie ihn im Blick und er sieht gar nichts.

Während er vorne auf der Straße steht, passieren die Dinge hinten in den Höfen und auf Wegen, die er nicht kennt. Hat er sie nicht gesehen, all die Zeichen der Zeit, die drei Buchstaben auf den Handknöcheln von Elfjährigen? Er steht hier, und die Rechten treffen sich fröhlich im Kutter.

Groth geht einige Schritte. Er spaziert am Kiosk vorbei und hält nach Rinke Ausschau. An der Kaufhalle nimmt er einen heimeligen Geruch nach Gebäck wahr und muss daran denken, wie Allers und er nach der Festnahme von Pallak monatelang keine Bäckerei betreten konnten. Kurz darauf steht er auf der Wallstraße unterhalb des Fensters der Familie Beck. Die Gardinen sind zugezogen, dahinter erahnt er ein Licht, nicht mehr als eine bläuliche Färbung. Groth muss endlich mit Marlies Beck sprechen. Sie hat ihn gemieden und er sie. Also hat er sich für heute angekündigt, zum Gespräch. Das Wort Abschluss ließ er weg. Es ist der letzte Gang, den er im Fall Matti Beck noch vor sich hat.

Groth klingelt, und Marlies Beck öffnet ihm die Tür. Sie trägt eine weiße Bluse, vielleicht hat sie sich für seinen Besuch schick gemacht, vielleicht ist sie aber auch gerade von der Frühschicht gekommen. Sie setzen sich an den Tisch in der Küche. Groth fragt, ob sie die Meldung in der Zeitung gesehen hat.

»Der Tatverdächtige ist jetzt in Haft.«

Marlies Beck nickt, während sie aus dem Fenster schaut.

»Er hat gestanden«, sagt Groth. »In vollem Umfang.« Dass sie wegen eines weiteren Mordes gegen Schildt ermitteln, behält Groth für sich.

Sie antwortet nicht. Groth kann den Schmerz in ihrem Gesicht sehen, im Kinn, in den Lippen, die sie aufeinanderpresst.

»Schildt wird den Rest seines Lebens hinter Gittern verbringen.« Groth will hinzufügen, dass er ihr das versprechen könne, aber dann denkt er an Pallak und lässt die Worte weg.

»Ich wollte das alles gar nicht wissen«, sagt Marlies Beck.

Groth versteht zuerst nicht, was sie meint. Und als er nachfragt, da schießt ihm ein grimmiger Blick entgegen.

»Es wäre mir lieber gewesen, wenn Matti einfach verschwunden geblieben wäre. Ich hätte lieber ewig nach ihm gesucht als ihn beerdigt. Das ist die Wahrheit, auch wenn Sie das bestimmt nicht verstehen.«

Sie schleudert ihm all das ins Gesicht. Groth braucht einen Moment, um sich zu sammeln. Marlies Beck hat nie zuvor patzig mit ihm gesprochen. Sie hat meistens geschwiegen, und wenn sie etwas gesagt hat, dann nicht in diesem Ton. Also was soll er ihr antworten? Dass die meisten Hinterbliebenen anders empfinden? Dass die meisten nach einiger Zeit sogar dankbar sind, Gewissheit zu haben?

»Vielleicht werden Sie eines Tages anders denken«, sagt Groth zu Marlies Beck. Er ist vor plötzlicher Enttäuschung selbst den Tränen nah und hofft, dass seine Stimme ihn nicht verrät. Denn er fühlt sich leer. Ausgepumpt. Die letzten Wochen hat Groth dieser einen Wahrheit geopfert, die jetzt von genau der Person, für die sie bestimmt war, achtlos fortgeschleudert wird.

Trotzdem sagt er: »Aber das müssen Sie nicht. Jeder Mensch hat seine eigene Weise.«

Marlies Beck schaut aus dem Fenster auf das Wohnhaus gegenüber. Hier oben sind sie über den Baumspitzen, man blickt unverstellt in die Fenster der anderen.

»Was soll es mir bringen, ganz genau zu wissen, wie Matti gestorben ist? All diese Details. Ich ... ich will das alles nicht.«

Bei diesen Worten findet Marlies Becks Blick zurück in den Raum. Sie stößt sich beim Aufstehen vom Tisch ab. Ein Messer rutscht dabei von der Tellerkante und landet auf dem Boden. Als das Geklapper verstummt, hat sie die Küche schon verlassen. Groth bückt sich, um das Messer aufzuheben, doch dann hält er inne. Vielleicht ist es besser, sich in die Eigenart dieser Wohnung zu fügen und die Dinge genau dort zu belassen, wo sie sind.

Man ahnt in den Baumkronen ein erstes Grün. Ein Schauer hat einen Stapel Werbeprospekte aufgeweicht und bunte Papierfetzen in den Rinnstein gespült. Groth erinnert der Anblick an die Zettel, die er im Lauf der letzten Wochen geschrieben hat, Beobachtungen, Zitate, Momentaufnahmen der Jagd nach Matti Becks Mörder. Anfangs war da nichts als eine Kontur, und nun, da sie den Täter endlich gefunden haben, zieht Marlies Beck diesen Umriss der Gewissheit vor. Ein Krokus sticht sich neben den Müllbehältern durch schweres Erdreich ins Licht. Überhaupt wirkt alles ein wenig farbiger. Vielleicht bekommen sogar die Schatten, die sich hier auf dem Mönkeberg eingenistet haben, im Frühling einen Anstrich.

Groth steht vor der Mönkebergschule, als es zum Unterrichtsschluss klingelt. Tatsächlich kommt nach einigen Minuten Axel Bunge über den knochenfarbenen Schulhof auf ihn zu. Noch hat er Groth nicht gesehen. Axel ist schon an der Straße, als er aufschaut und Groth auf der anderen Seite entdeckt. Er bleibt stehen, überlegt, dann hebt er die Hand, nur die Hand, wie zum heimlichen Winken, und rennt im nächsten Moment auf dem Gehweg davon. Manchmal denkt Groth, dass er in seinem Beruf so viel Zeit auf die Täter verwendet, dass für die Opfer nichts übrig bleibt. Er fragt sich, ob Frau Schledorn dort oben in Mattis Klassenzimmer mit allem einverstanden wäre, seinen Fragen, seinem Blick hinter die Mauern. Ob er auf der Seite der Leute hier oben auf dem Mönkeberg geblieben ist, trotz allem. Er fragt sich auch, ob die Kinder des Mönkebergs auf seiner Seite bleiben werden. Vielleicht genügt es, dass er hier steht. Immerhin gibt es Rickie Beck, der Philosophie studieren will, es gibt Zwölfjährige, die das Richtige tun, und Jungen wie Axel, die sich nicht einschüchtern lassen. Was sagte die Taxifahrerin noch gleich zu ihm? Die Angst hat Häute wie eine Zwiebel. Man muss sie Stück für Stück ablegen.

Am Nachmittag sitzt Groth an Irina Diehls Küchentisch und isst selbst gemachten Streuselkuchen. Er hat weiter darüber nachgedacht, ob er in Wechtershagen angekommen ist, und festgestellt, dass es die falsche Frage ist. Die richtige Frage lautet, ob er woandershin will, und die Antwort darauf lautet Nein. Irina ist oben, er hört ihre Schritte, sie geht hin und her und summt dabei, als räume sie etwas zuerst nach links und dann wieder nach rechts. Er horcht eine Weile hin und versucht, die Melodie einzuordnen, doch er verliert sich im süßlichen Geruch des Fencheltees und in seinen Gedanken.

Er hat in den letzten Tagen die ganze Bandbreite der Schicksalsbewältigung erfahren. Marlies Beck, die sich an Unkenntnis klammert, weil sie die Brutalität der Wahrheit nicht aushält. Die Warnkes, die aus ihrem Leben ein Museum gemacht haben und den Namen des Täters brauchten, um sich daraus zu befreien. Und nun auch Elvira Rosenholz, die eine Entführung erfunden hat, um nicht an den Tod glauben zu müssen. Und er? Was hat er in diesem ganzen Spiel verloren?

Oben poltert etwas zu Boden, und Irina Diehl flucht.

Nichts. Er hat nichts verloren. Dass er jedes Detail von Saskias Tod kennt, geht schon in Ordnung. Manchmal spielt er den Moment der Halse, als der Mastbaum dreht und Saskia mit voller Wucht am Hinterkopf trifft, in Gedanken durch. Dann ist er nur für diesen Moment mit auf dem Boot. Er lächelt Saskia an, als der Schlag sie trifft, und sagt: »Das konntest du nicht wissen, Söte. Niemand hätte ausweichen können. Es ist nicht deine Schuld.«

Dass Schildt sich Matti Beck ausgesucht hat, ist ein grausamer Zufall, so wie ihm auch Chris Warnke zufällig an jenem Sommerabend auf dem Feldweg entgegenfuhr. Es hätten andere Jungen sein können, an einem anderen Tag, denn Schildt wartete einfach nur ab. Groth fällt es schwer, das zu begreifen, dieses Zufallsprinzip, das auch in seinem Leben zugeschlagen hat, als er Saskia verlor.

Er wünschte, dass es mathematischer zuginge im Leben. Dass sich die Dinge ordnen ließen. Stattdessen dreht sich der Roulette-Teller, und die Menschen klackern herum wie Kugeln.

Es ist die Unordnung, denkt Groth. Sie ist das alles beherrschende Prinzip. Aber sie hat auch ihr Gutes. Denn dass sie Georg Schildt gefunden haben, ist letztlich Groths Zettelwirtschaft zu verdanken.

Von oben ruft Irina Diehl. »Arno, ich glaube, es hellt sich auf, findest du nicht auch? Lass uns eine Runde an die frische Luft gehen.«

NACHWORT

Beim Schreiben dieses Buches hat mich ein Zitat von Margaret Atwood begleitet. Es stammt aus einem Interview für den amerikanischen Fernsehsender PBS und betrifft die Entstehung ihres dystopischen Romans *Die Geschichte der Magd*. Atwood sagt, sie habe sich für ihr Buch eine Bedingung gestellt: »Nichts kommt hinein, wofür es keinen Präzedenzfall gibt, historisch oder im Hier und Heute.«

Was in *Die Farbe des Schattens* »hineinkam«, folgt zum größten Teil dieser Regel. Die geschilderten Verbrechen sind in Mecklenburg in den Jahren 1983, 1984 und 1994 tatsächlich geschehen. Trotzdem haben die wahren Fälle im Roman nur Spuren hinterlassen. Alle Personen, Schauplätze und Abläufe sind so verändert, dass eine ganz neue und eigene Geschichte daraus entstehen konnte.

Für die Recherche zu zwei Mordserien möchte ich besonders auf Remo Kroll und Frank-Rainer Schurichs, *Serienmorde in der DDR* (Verlag Dr. Köster, Band I und II, 2018 und 2019) verweisen, deren Erkenntnisse in dieses Buch Eingang gefunden haben. Von großem Wert waren außerdem: Steffen Maus *Lütten Klein* (Suhrkamp Verlag, 2020) sowie Hendrik Bolz und Don Pablo Mulembas *Springerstiefel* (Podcast MDR 2023/2024).

Ein reales Vorbild gibt es auch für den forensischen Psychiater, der im Buch als Professor Endlicher auftaucht. Die Figur ist Professor

Hans Szewczyk nachempfunden, soweit sich Material über diesen in der DDR und darüber hinaus bekannten Psychiater finden ließ. Er gilt als Erfinder der wissenschaftlichen, datenbasierten Täterhypothese, später bekannt geworden als »Profiling«, die in der Kriminalistik seit den 1980er-Jahren Anwendung findet. Hans Szewczyk selbst bleibt als Privatmensch in seinen Veröffentlichungen unsichtbar. Ich habe mir daher die Freiheit genommen, ihn so darzustellen, wie er mir nach der Lektüre der Fachliteratur in meiner Vorstellung erschienen ist.

Und schließlich möchte ich auf Friedrich Dürrenmatts *Das Versprechen* Bezug nehmen, kein Kriminalroman und eben doch einer, den ich immer griffbereit auf dem Schreibtisch liegen hatte.

Mein besonderer Dank geht an: Die KPI Neubrandenburg unter der Leitung von Kriminaldirektor Hanno Lüders; Staatsanwalt Uwe Picard; Erika Tägder; das Stadtarchiv Neubrandenburg. Sie alle haben mir mit Rat und Tat zur Seite gestanden. Fehler und Ungenauigkeiten, die sich ins Buch eingeschlichen haben oder aus dramaturgischen Gründen geschehen mussten, verantworte ich selbst.

Groths Ausbilder Dr. Seel sagt, nichts bleibe je spurlos, man müsse nur gründlich genug suchen. In diesem Sinne möchte ich dieses Buch all jenen widmen, die bereit sind, auf der Suche nach Wahrheit selbst der ungewissesten Spur zu folgen.

SUSANNE TÄGDER

DAS SCHWEIGEN DES WASSERS

KRIMINALROMAN

LESEPROBE

TROPEN

TANNENKRUGER FORST
IM MAI 1980

Wie so oft ist es Frau Schulte, die ihm mit der Brötchentüte die Neuigkeit des Tages zuschiebt. »Ham Se schon gehört, Herr Hennemann? Im Tannenkruger Forst ist mächtig was los. Ein Großeinsatz, sag ich Ihnen. Den ganzen Morgen schon Polizeisirenen, dass die Wände wackeln.« Hennemann greift nach der Tüte. Er ist Fotograf bei der *Demminer Freien Presse*. Bei dem Wort »Großeinsatz« kriegt er Gänsehaut. Erst letzte Woche stand eine Vermisstenmeldung in der Zeitung. Eine Schülerin aus der Gegend, keine zwanzig Jahre alt. Hennemann fackelt nicht lange, holt seine Pentacon und schwingt sich aufs Rad. Er will mit der Kamera vor Ort sein, bevor Chefredakteur Lossewitz ihn zurückpfeifen kann.

Auf der Fernverkehrsstraße oberhalb des Waldes wimmelt es bereits von Polizei. Hennemann steigt ab und schiebt sein Rad an einem geparkten Kleintransporter mit geöffneter Hecktür vorbei. Er kann nicht fassen, wie viele Streifenwagen hier stehen, dazu mehrere Barkas-Transporter, alle mit Rostocker Bezirkskennzeichen. Er lehnt sein Fahrrad an eine Birke und macht Fotos. Aus dem Wald dringt Hundegebell, dazwischen Kommandorufe, das Knacken von toten Ästen im Unterholz.

Der Einsatzort liegt zweihundert Meter waldeinwärts. Als Hennemann eintrifft, mischt er sich unter die Ermittler, sie beachten ihn nicht. Zuerst sieht er nichts außer dichtem Gestrüpp, darin ein Bündel, das nicht dorthin zu gehören scheint. Doch bald weht ein Fäulnisgeruch zu ihm heran. Hennemann reckt sich. Er nimmt außer Stoff auch Beine wahr, die nackten Beine einer jungen Frau, die sehr bleich wirken. Er erkennt Füße, einer mit Schuh, einer ohne. Schnürschuh, denkt er und bewegt sich schrittweise weiter auf das Unterholz zu, stellt sich mit der Kamera wie selbstverständlich neben die Kriminaltechniker in ihren Kitteln. Immer wieder drängeln sich Rücken ins Bild, Arme, untätig in die Hüften gestemmt mit abgespreizten Ellenbogen. Die Kamera baumelt von seiner Schulter, sein Herz schlägt überraschend schnell.

Als der richtige Moment kommt, ist Hennemann bereit. Die Rücken bewegen sich, jemand verschafft sich Zugang zum Fundort, jemand, der wichtig aussieht, in einem karierten Jackett, für den sich alle zum Halbkreis formieren. Plötzlich findet sich Hennemann allein wieder, genau an der Stelle, die ihm den Blick ins freigelegte Unterholz erlaubt. Er nimmt die Kamera hoch und hält sie auf die Leiche. Der Auslöser klackt so laut, dass sich einige Köpfe zu ihm umwenden, auch der des Mannes im karierten Jackett, der ihn mit eisigem Blick anstarrt. Hennemann nickt in die Gesichter, und während sie ihn noch einzuordnen versuchen, dreht er sich um und marschiert, so gelassen er kann, über den weichen Laubboden zurück zur Chaussee. Die Blicke brennen sich in seinen Rücken, selbst dann noch, als er schon auf dem Fahrrad sitzt und Richtung Stadt radelt, was das Zeug hält. Das Hemd klebt ihm am Körper, als er in der Redaktion eintrifft.

In der Dunkelkammer entwickelt Hennemann den Film, lässt ihn trocknen und macht noch am Nachmittag Abzüge. Er taucht das Fotopapier mit der Zange unter, schiebt es in der Wanne hin und her, bis sich erste Konturen zeigen, sich die Grauschattierungen verdichten und in Umrissen das Gehölz erscheint. Er ist so gebannt, dass er das Papier ein wenig zu lange im Entwicklerbad lässt, denn jetzt sticht das Gesicht der Toten aus dem dunklen Unterholz heraus, der Kopf ist zur Seite geneigt, die Lippen geöffnet, und auf dem Kinn kleben Spuren von Blattwerk und Matsch. Eine junge Frau, sehr jung. Dunkle Locken umrahmen ihr Gesicht. Im letzten Moment befördert er das Papier mit der Zange ins Fixierbad.

Als Hennemann am nächsten Morgen in die Redaktion kommt, ist die Dunkelkammer wie leer gefegt, die Klammern weisen kopfüber nach unten. Er hatte die Bilder über Nacht zum Trocknen auf der Leine gelassen, die Fotos hingen in Reih und Glied genau hier über ihm, als er gestern das Licht löschte. Nur eines hat er nicht aufgehängt, sein bestes Bild, die Nahaufnahme der Leiche. Er hat sie auf ein Trockengitter gelegt, auf sein Schränkchen unter dem Waschbecken. Hennemann bückt sich danach, doch in diesem Moment wird hinter ihm die Tür aufgerissen, und Chefredakteur Lossewitz' Stimme füllt den winzigen Raum. »In mein Büro, jetzt sofort.«

Die Bilder vom Tatort liegen vor Lossewitz auf dem Tisch, er hat sie zu einem lieblosen Stapel geschichtet, und Hennemann kann erkennen, dass das schon gestern gewesen sein muss, denn die Bilder wurden nass von der Leine gepflückt und kleben aneinander fest, als der Chef sie ihm hinhält.

»Was sollte das hier eigentlich werden, Kollege Hennemann?« Lossewitz lässt die Fotos auf den Tisch klatschen. »Sie fahren zu einem Polizeieinsatz, spionieren herum, spielen sich auf, als wären Sie selbst von der Kriminalpolizei – ach wo, von wegen bei der K«, unterbricht sich Lossewitz selbst. »Niemand bei der K würde durch die Gegend laufen und den Tatort zertrampeln. Können Sie sich vorstellen, was ich mir Ihretwegen anhören musste?«

Hennemann beginnt zu ahnen, woher der Wind weht. Er starrt auf das graue Telefon auf dem Schreibtisch und malt sich aus, wie es geklingelt hat und wie Lossewitz' Hals rot anlief, als man ihm von Hennemanns »Einsatz« berichtete.

»Ich habe denen nichts zertrampelt«, sagt Hennemann. »Sondern fotografiert.«

Lossewitz schnaubt. »Nichts zertrampelt? Unsere ausgezeichnete Beziehung zur Bezirksdirektion, die haben Sie zertrampelt. Da kann ich von vorne anfangen!« Die letzten Worte brüllt Lossewitz.

Hennemann nimmt wahr, wie in diesem Moment das Geklapper der Schreibmaschinen abstirbt. Die Redaktion verstummt.

»Wieder der Pennemann«, werden die Kollegen flüstern. »Wer auch sonst. Was er wohl diesmal verbockt hat.«

Es erscheint kein Bericht über die Tote, kein Foto. Anfang August, als Hennemann schon fast nicht mehr an das Mädchen im Wald denkt, wird er von Lossewitz entlassen. Seine Negative muss er abgeben, den Schlüssel fürs Büro, sein Dienstfahrrad. Angeblich kann Hennemann in der Demminer Redaktion nun doch nicht bleiben, es sei keine Stelle frei, man bedauere das und empfehle den jungen Kollegen als fähigen Vermittler der sozialistischen Werte hier im Bezirk und darüber hinaus weiter.

Hennemann nimmt nichts mit außer seiner Pentacon und dem Foto des toten Mädchens, das ihn die Stelle gekostet hat und das noch immer auf dem Trockengitter unter dem Handwaschbecken liegt. Er versteht selbst nicht warum, aber er hat es niemandem gezeigt.

HERBST 1991

1

Groths neues Büro liegt nach hinten raus, Erdgeschoss, mit Blick auf den Fuhrpark der Polizeiwache Wechtershagen. Er hatte um ein ruhiges Büro gebeten, ein wenig ab vom Schuss, gerne in einer der oberen Etagen, und das genaue Gegenteil erhalten. Direkt vor seinem Fenster parken Einsatzfahrzeuge, Dienstwagen aus DDR-Bestand mit kreisrunden Lautsprechern auf dem Dach, die wie Ohren aussehen. Bei jedem Ausrücken zittert der Stifteköcher auf Groths Schreibtisch.

Das Zimmer ist spärlich möbliert; Schreibtisch, grünes Telefon, Klemmleuchte. Ein Holzstuhl für Besucher, auf dem Groth morgens seine Aktentasche abstellt. Ein Waschbecken mit Spiegel in der Ecke und daneben ein Schrank. Der einzige Wandschmuck ist ein Abreißkalender, der noch immer den Spruch vom 30. September zeigt. *Wer zu spät kommt, den bestraft das Leben. M. Gorbatschow.*

Groth steht am Fenster und kämpft mit der Gardine, die sich im Kippspalt verhakt hat, als er auf der anderen Hofseite den Mann im gelben Hemd sieht. Groth hat ihn schon vor einigen Tagen bemerkt, er erinnert sich genau, da stand der Mann im Schatten der gegenüberliegenden Hauswand rauchend da und schien zu warten. Groth fand das nicht weiter ungewöhnlich, es hätte ja sein können, dass der Unbekannte jemanden begleitet hatte, das kam im Hof einer Polizeiwache häufig vor, aber als Groth an jenem Abend zum Auto ging und im aufflammenden Licht der Hoflampen einen interessierten Blick in seine Richtung warf, da nahm der Mann seinen Rucksack vom Boden auf, duckte sich unter der Schranke durch und verschwand. Er erinnert sich, dass er den Mann in Gedanken als lichtscheu betitelt hatte.

Groth geht zurück zum Schreibtisch und nimmt das Diktiergerät zur Hand. Er hört Gelächter aus dem Nebenraum, Gerda Küttels Schreibmaschinengeklapper im Vorzimmer, dann die Stimme von Bekendorf, seinem Chef, der nach Lübeck pendelt und sich ins Wochenende verabschiedet. Kurz darauf wird im Hof ein Auto angelassen.

Groth seufzt. Er sitzt an seiner Unterrichtsvorbereitung. Bekendorf hat ihm die Fortbildung der Volkspolizisten, Modul Vernehmungslehre, übertragen. Groth ist Aufbauhelfer Ost, als solcher steht er jede Woche vor einer Klasse an der Polizeischule in Pasewalk. Viele der Rekruten sind bereits voll ausgebildete Volkspolizisten, denen das altbekannte Rechtssystem weggebrochen ist, manche so erfahren wie Groth selbst. Dass sie ein Polizeihauptkommissar aus Hamburg unterrichtet, beeindruckt sie wenig. Wenn Groth in die Gesichter schaut, liest er Sorge in den Blicken. Manchmal auch Wut. Wut ist ihm lieber, damit kann er umgehen. Bisher hat niemand mit ihm gesprochen. Sobald die Unterrichtsstunde beendet ist, leert sich der Raum.

»Die kriminalpolizeiliche Vernehmung«, diktiert Groth, »ist eine Mischung aus gezielter Fragetechnik und genauem Zuhören. Besonders Letzteres wird oft vernachlässigt. Das Ungesagte«, diktiert er weiter, dann unterbricht er sich. Er darf nicht philosophisch werden. Die Rekruten haben aufgrund seiner Exkurse bereits einen Spitznamen für ihn, Laberoth, was Groth beinahe originell findet. Ebenso originell findet er, dass man ausgerechnet ihm die Anpassungsfortbildung übertragen hat, denn eigentlich ist es Groth selbst, der einen Neuanfang braucht. Nach der Diagnose, die ihm der Polizeiarzt Dr. Ewald schon vor einem Jahr in Hamburg gestellt hat, schrammte er knapp an der Dienstuntauglichkeit vorbei.

Er spult zurück und beobachtet eine Weile die Blähbewegung der dünnen Gardine im Wind. Sein Hamburger Büro war kaum größer als dieses, noch dazu teilte er es sich mit Geert Lüppert, der schon morgens Fischbrötchen mit Zwiebeln aß, aber es lag im vierten Stock mit Blick über den Hafen. Dieser Blick, so merkt Groth jetzt, hat seinem Leben eine gewisse Weite verliehen. Eine Weite, die er vermisst. Als Groth nach einigen Minuten wieder zur anderen Hofseite hinüberschaut, denkt er im ersten Moment, dass der junge Mann mit dem gelben Hemd verschwunden ist. Aber dann entdeckt er ihn. Der Mann lehnt jetzt keine zehn Meter entfernt an Groths VW Passat.

Groth öffnet den Fensterflügel.

»Kann man was helfen?«, ruft er.

»Möglich«, sagt der Mann.

Er löst sich von der Kühlerhaube, nimmt seinen Rucksack vom Boden und bewegt sich auf Groth zu. Aus der Nähe wirkt der junge Mann mager. Er trägt eine weite Cordhose, die ihm selbst mit Gürtel fast über die Hüften rutscht. Wie alt mag er sein? Um die dreißig vielleicht? Schwer zu schätzen im schwindenden Licht. Das Gesicht des Mannes wirkt grau. Wenn Groth richtig sieht, ist er barfuß, ein Detail, das Groth nicht einzuordnen weiß.

Seine neue Nachbarin aus dem Parterre hat ihm erst kürzlich erzählt, dass es plötzlich Obdachlose gebe in der Stadt. Auch wenn man sich frage, so die Nachbarin, wohin der ganze Wohnraum plötzlich verschwunden sein soll. Groth wusste es auch nicht.

»Das ist eben die Freiheit«, sagte die Nachbarin. »Det hamwa jetzt davon.«

Die Gestalt, die sich seinem Fenster nähert, scheint gegen das feuchtkalte Wetter immun, die Schritte sind lautlos und tastend wie die einer Katze.

Sie stehen sich also mit reichlich Abstand gegenüber. Groth spürt die Herbstkälte, er nimmt wahr, dass ein strenger Körpergeruch ins Zimmer weht. Er versucht, sich nichts anmerken zu lassen, konzentriert sich auf das Gesicht seines Gegenübers.

»Darf man hier rauchen?«, fragt der Barfüßige. Er zieht einen Tabakbeutel aus der Hosentasche.

»Frau Küttel«, ruft Groth ins Nebenzimmer. »Hätten Sie vielleicht einen Aschenbecher für Herrn –«

Groth schaut den Barfüßigen fragend an.

»Eck«, sagt der Mann.

»Für Herrn Eck«, vervollständigt Groth.

Er hört, wie Gerda Küttel nebenan aufsteht und kurz darauf eine Schranktür zufallen lässt. Sie erscheint mit einem Keramikbecher im Büro, geht einige Schritte Richtung Schreibtisch, bevor sie Groth am Fenster entdeckt und im Hof davor den Unbekannten.

»Hier.« Sie reicht Groth eine Tasse, die wie das Töpferstück eines Grundschülers aussieht. Seine Tochter brachte früher solche Stücke aus der Schule mit nach Hause, Tiegel, Becher, Vasen, alle identisch geformt. Groth fragt sich, ob er sie weggeworfen hat. Das sähe ihm ähnlich.

An der Tür dreht sich Gerda Küttel noch einmal um.

»Ich würde dann jetzt ins Wochenende gehen«, sagt sie. Ihr Blick streift den Mann vor dem Fenster. »Oder brauchen Sie mich noch?«

»Nein, das geht in Ordnung«, sagt Groth. »Bis Montag.«

Er kann spüren, dass Gerda Küttel etwas auf der Zunge liegt, etwas über diesen ungewaschenen Gast, den er, Groth, auch noch mit einem Aschenbecher bedient. Sie ist ohnehin der Meinung, dass Kommissar Groth sich zu schnell um den Finger wickeln lässt.

Während Eck sich am Fensterbrett einrichtet und seine Zigarette dreht, überlegt Groth, wie er ihn abwimmeln kann.

Dieser Eck wirkt schreckhaft. Das dünne Blättchen, das er mit Tabak befüllt, zittert zwischen seinen Fingern. Außerdem kann

Groth in dem Geruch, den Eck verströmt, eine Schnapsfahne ausmachen.

»Das da ist Ihr Auto, oder?«, fragt Eck. Er zeigt mit dem Kinn auf Groths Passat.

»Stimmt«, sagt Groth.

»Sie sind aus dem Westen«, sagt Eck.

Groth ist sich nicht sicher, ob das eine Frage ist.

»Aus Hamburg.«

»Freiwillig?«, fragt Eck.

Groth hört die Frage, er hört den Unterton und muss sich anstrengen, die Leichtigkeit in der Stimme zu behalten.

»Freiwillig«, antwortet er.

Es ist gelogen. Jo Allers, sein Vorgesetzter in Hamburg, hat ihn überredet, es doch mal im Osten zu versuchen.

»Die suchen erfahrene Kollegen wie dich«, sagte Allers. »Kein Mensch kennt sich da drüben mit dem neuen Rechtssystem aus.«

Als Groth schwieg, fügte Allers hinzu: »Kann ein echtes Sprungbrett sein, Arno.«

»Warum gehst du dann nicht selbst hin?«, hatte Groth gefragt. Aber der Stachel saß bereits in seinem Fleisch. Groth stammt aus Wechtershagen. Er hat hier Wurzeln. Und nach allem, was vorgefallen ist, läuft er in Hamburg als Altlast. Da macht er sich nichts vor.

Eck scheint mit Groths Antwort zufrieden zu sein. Er entzündet die Zigarette hinter der gewölbten Hand. Dabei kneift er die Augen zusammen, als müsste er sich konzentrieren.

»Jemand ist hinter mir her«, sagt Eck jetzt.

Groth horcht auf.

Eck steht so nah am Fenster, dass das Licht aus Groths Büro auf seinen Oberkörper fällt. Groths Blick folgt Ecks Hand, mit der er die Zigarette zum Aschenbecher führt, er betrachtet die blonden Härchen auf Ecks Unterarm und fragt sich, wie viel von dem Teint Sonnenbräune ist und wie viel Schmutz.

»Wer ist hinter Ihnen her?«, fragt Groth.

»Jemand, den ich von früher kenne.«

»Und was will derjenige von Ihnen?«

Eck zuckt mit den Schultern.

»Mein Leben.«

»Ihr Leben?« Die Rückfrage gerät Groth ein wenig zu laut.

»Sie glauben mir nicht.«

Groth bemüht sich, ein ernstes Gesicht zu machen. Er hat es im Lauf seiner Dienstjahre mehrfach mit Verfolgungswahn zu tun gehabt und weiß, dass er seine Worte vorsichtig setzen muss.

»Ich glaube, dass es viele Gründe gibt, warum man sich verfolgt fühlt. Die meisten sind harmlos. Haben Sie denn Anhaltspunkte für eine konkrete Gefahr?«

Eck scheint zu überlegen.

»Man hat mir ein Boot geklaut.«

Groth sieht ihn ratlos an.

»Ein Boot?«

»Tretboot.«

»Sie besitzen ein Tretboot?« Was für eine seltsame Geschichte, die ihm da aufgetischt wird, denkt Groth.

Eck hält seine Zigarette wie einen Nagel beim Einschlagen zwischen Daumen und Zeigefinger und nimmt einen tiefen Zug. Eine Antwort auf seine Frage erhält Groth nicht.

»Jemand könnte das Boot genommen und einfach woanders abgestellt haben«, schlägt Groth vor.

»Vertäut, heißt das.«

Groth lächelt und lässt das so stehen. Er sieht zu, wie Eck seine Zigarette ausdrückt.

»Ohne etwas Konkretes kann ich nichts für Sie tun«, sagt Groth und hofft, dass Eck sich damit zufriedengibt.

Tatsächlich bückt sich der junge Mann jetzt. Er fischt nach dem Riemen seines Rucksacks und macht sich bereit, ihn über die Schulter zu streifen.

»Vielleicht komme ich Anfang nächster Woche mal vorbei«, sagt Eck. »Mit Beweisen.«

»Sicher«, sagt Groth. »Das geht.«

»Gut. Abgemacht.«

Dann wendet sich Eck zur Hofeinfahrt. Groth beobachtet ihn, seine Schritte, wie vorsichtig er sie setzt, kontrolliert, als messe er im Gehen den Weg ab. Gut, denkt Groth. Den bin ich erst mal los. Aber etwas sagt ihm, dass der Mann genau weiß, was er tut. Das war heute nur ein Test. Ob Groth bestanden hat, wird sich nächste Woche zeigen.

»Was wollte der denn?«

Groth erschrickt über die Stimme direkt hinter ihm. Es ist Gerstacker, ein Kollege in Groths Alter, der so eine Art hat, sich anzuschleichen. Hat die Jacke an und seine Aktentasche in der Hand.

»Ich bin mir nicht sicher«, sagt Groth. »Faselte was von einem Boot. Und dass er verfolgt wird.«

»Einem Boot«, wiederholt Gerstacker.

»Tretboot«, erwidert Groth.

»Nicht die Jahreszeit für Bootsfahrten«, sagt Gerstacker. »Vielleicht hat der ’ne Schraube locker.« Eine Antwort wartet Gerstacker nicht ab. »Na dann, Feierabend.« Er tippt sich mit zwei Fingern an die Stirn und geht.

Das Geräusch seiner Absätze ist noch eine Weile zu hören, zuerst auf dem Gang, dann im Hof, wo neben der Treppe sein Fahrrad parkt.

Gerstacker trägt Schuhe mit Hacken, um sich einige Zentimeter größer zu machen, was Groth, wenn er ehrlich ist, affig findet. Am ersten Arbeitstag, Groth war keine Viertelstunde im neuen Büro, da kam Gerstacker mit seinen komischen Stiefeletten rein, ebenfalls ohne zu klopfen, und spazierte alles ab, Schreibtisch, Schrank, Fenster. Er ließ sogar den Finger über das Fensterbrett gleiten zum Staubtest. Schließlich stellte er sich ans Fenster, Hände hinter dem Rücken verschränkt, als überwache er den Hof.

»Hamburg also«, sagte Gerstacker.

Groth wusste nicht recht, was er darauf erwidern sollte.

»Frisch eingetroffen«, bestätigte er.

»Aus Hamburg«, sagte Gerstacker noch mal.

»Korrekt.«

»Wenn es ums Handwerkliche geht, dann ist das hier bei uns noch so richtig alte Schule. Kein Netz, kein doppelter Boden. Solides Handwerk. Wer davon nichts hält, sollte vielleicht lieber wieder dahin zurückgehen, wo er hergekommen ist.«

»Gut zu wissen«, sagte Groth.

»Keine Ursache«, entgegnete Gerstacker.

Letzte Woche hat Gerda Küttel Groth anvertraut, dass Gerstacker wohl auf der Abschussliste stehe. Das habe sie aus verlässlicher Quelle gehört. Als Groth das Wort wiederholte, »Abschussliste«, da flüsterte sie: »Sie wissen schon, Herr Groth, die Stasi-Liste. Wenn Herr Gerstacker weiterbeschäftigt werden will, wird er sich ordentlich anstrengen müssen, wenn Sie mich fragen.«

Auch Bekendorf hatte Groth gegenüber gleich zu Beginn einige Andeutungen gemacht, die er nicht recht einzuordnen wusste. Dass Gerstacker wohl zu den Kollegen gehöre, die sich schwertun mit dem Umbruch. Dass man ihm ein wenig auf die Sprünge helfen müsse. Irgendwann verstand Groth, dass mit dem Wort »helfen« er selbst gemeint war. Bekendorf wollte, dass er mit Gerstacker zusammenarbeitete.

»Der ist nicht einfach zu nehmen«, hatte Bekendorf gesagt. »Aber Sie kriegen das hin, da habe ich keine Zweifel.«

Groth hingegen ist sich nach den ersten zwei Wochen nicht so sicher. Seine Gespräche mit Gerstacker kann er an einer Hand abzählen. Die Sätze, die dabei fielen, auch.

Als Groth das Auto anlässt, um nach Hause zu fahren, flammt ihm Opernmusik entgegen. *O mio babbino caro.* Er drückt panisch auf den erstbesten Knopf, dann auf den zweiten, bis die Musik verstummt. Das Lenkrad ist trotz Lederbespannung eiskalt. Groth spürt den Schlägen seines Herzens nach, bevor er losfährt. Ein freies Wochenende liegt vor ihm. Er biegt von der Pontanus- auf die Stargarder Straße und weiter auf den Ring. Kaum hat er die Stadtmauer passiert, merkt Groth, dass er nicht weiß, was er mit sich anfangen soll. Eine Ampel springt knapp vor ihm auf Rot. Groth bremst und kommt gerade noch zum Stehen. Eine Gruppe Jugendlicher mit Bierflaschen in der Hand überquert die Straße Richtung Innenstadt. Sie müssen einen Bogen um Groths Passat machen, dabei streifen ihre offenen Jacken sein Auto. Er ist an Hamburg gewöhnt, an Gegröle und Starkmacherei, und staunt noch über die Stille, als wie aus dem Nichts eine Faust auftaucht und mit Wucht auf seiner Kühlerhaube niedergeht. Im nächsten Moment hupt es hinter ihm. Die Ampel ist grün geworden. Groth schaltet und tritt ein wenig zu heftig aufs Gas.

Die Fahrt nach Hause nimmt er kaum wahr, bis er im Innenhof seiner neuen Wohnung angekommen ist. Die Nachbarin aus dem Parterre links erscheint augenblicklich in ihrem Fenster.

Groth hat den Gesprächsfaden, den sie regelmäßig auswirft, noch nie aufgenommen. Er nickt ihr zu, murmelt allenfalls einen Gruß. Sie gibt nicht auf, was er beinahe bewundert. Noch dazu scheint ihr Repertoire an rhetorischen Fragen unerschöpflich. Erst heute früh hat sie ihn abgefangen.

»Auch schon wieder Freitag.« Entsprechend hat sie seinen Einzug vor zwei Wochen kommentiert: »Hat sich ja mächtig was angesammelt, wa?« Da stand sie vor einem Stapel seiner Umzugskisten im Hof und hielt ein Objekt in der Hand, das sie zu inspizieren schien und das Groth bei genauerem Hinsehen als seine Knoblauchpresse identifizierte.

Groth würde sich nicht wundern, wenn die Frau vor der Wende das Hausbuch geführt hat.

Er beobachtet sie durch den Rückspiegel, sieht, wie sich die Auspuffgase im Bremslicht rot verfärben und dann zerfasern. Der

Weg ins Haus führt unweigerlich an ihr vorbei. Er könnte in eine Kneipe gehen. Es gibt eine gleich hier um die Ecke, die Apotheke heißt und verräuchert genug zu sein scheint, um ihm ein wenig Anonymität zu verschaffen. Aber was soll er da? Allein in der Kneipe, das ist nicht Groths Talent. In Hamburg war er schon nicht gut darin, warum also sollte das hier anders sein. Nein. Groth parkt ein und steigt aus dem Auto. Er wird ein Stück laufen, sich unter die Leute mischen. Er hat Zeit. In der Wohnung wartet niemand auf ihn.

Außerdem hat er die Stimme seiner Tochter im Ohr: »Du musst mal raus, Papa. Leute kennenlernen. Sonst wird das nichts.«

Saskia war nie in Wechtershagen, nicht ein einziges Mal, aber sie hätte sofort verstanden, warum er hierher zurückmusste.

Groth taucht in die Tordurchfahrt ein wie vor Kurzem noch dieser seltsame Eck. Er überquert die Straße und spaziert Richtung Stargarder Tor.

Plötzlich klingt ihm der Satz nach, den Eck so unvermittelt aussprach. *Jemand ist hinter mir her.* Gilt das nicht für uns alle?, denkt Groth. Wer wird denn nicht von etwas verfolgt, und wenn es nur die eigenen Fehler sind. Gleichzeitig fragt er sich, ob er diesen ungepflegten Mann ernst genug genommen hat. Vielleicht sollte er sich die Geschichte in der kommenden Woche noch einmal gründlich anhören. Die »Beweise« abwarten, die Eck angekündigt hat. Wenn es überhaupt welche gibt. Denn wahrscheinlich hatte Gerstacker recht, bei dem Mann sitzt eine Schraube locker. Alkoholinduzierte Psychose, die Diagnose kennt Groth zur Genüge aus den Akten. Andererseits wirkte der Mann bis auf die fehlenden Schuhe vernünftig, um nicht zu sagen: gebildet. Beim Gehen ahmt Groth Ecks Schritte nach, setzt die Füße auf, als wäre er barfuß. Durch die Schuhsohlen fühlt er die Wölbung des Kopfsteinpflasters.

Wie nah und zugleich fremd ihm hier alles ist. Die Luft schmeckt nach Heizung, die Tore sind gotisch, das Kino heißt

Lichtburg. Wenige Wochen vor dem Umzug hatte sich tatsächlich ein Gefühl freudiger Erregung in ihm breitgemacht. Es hielt so lange an, dass Groth sein Hab und Gut in Kartons verpacken konnte. Dazu Saskias Sachen aus dem Studentenwohnheim, die nach ihrer Beerdigung übrig geblieben waren.

Doch einige Tage vor seinem Wegzug verwandelte sich die freudige Erregung in Überforderung. Plötzlich war er sich sicher, einen großen Fehler zu begehen. Bewegte er sich denn vorwärts? Oder etwa zurück? Was wollte er überhaupt in seiner alten Heimat? Doch da war es schon zu spät. Sein Hamburger Leben steckte in Kartons. Am nächsten Tag verabschiedete er sich von den Kollegen. Ging noch einmal auf den Friedhof, um nach dem Rechten zu sehen. Betankte sein Auto. Sprach seiner Ex-Frau eine Nachricht auf den Anrufbeantworter. Sie war mit ihrem neuen Mann auf Sylt in einer Zweitwohnung, von der Groth weder Adresse noch Telefonnummer besaß. Kurz vor dem Auszug fielen ihm Saskias Kübelpflanzen ein. Er hatte sie verschenken wollen, aber da sie ihn zwangen, ab und zu in Saskias stilles Zimmer zu gehen, konnte er sich nicht trennen. Also entschied er, sie vorerst bei den Nachbarn in Pflege zu geben. Seine Waschmaschine im Keller vermachte er in letzter Minute der Studentin aus dem vierten Stock, weil er vergessen hatte, dass er auch noch dieses zwanzig Jahre alte Ungetüm besaß. Das Durcheinander war bestimmt von dem Gefühl, wieder und wieder auf Start vorzurücken, ohne je voranzukommen. Groth hatte Angst bekommen. Angst vor der eigenen Courage. Wenn er nicht wüsste, dass Saskia es so gewollt hätte, wäre er jetzt nicht hier.